이견지 夷堅志 갑지 甲志

【一】

이견지夷堅志 갑지甲志【一】

1판 1쇄 인쇄 2019년 7월 1일
1판 1쇄 발행 2019년 7월 10일
저　자 ┃ 洪　邁
역주자 ┃ 유원준 · 최해별
발행인 ┃ 이방원
발행처 ┃ 세창출판사
　　　　신고번호 ┃ 제300-1990-63호
　　　　주소 ┃ 서울 서대문구 경기대로 88 (냉천빌딩 4층)
　　　　전화 ┃ (02) 723-8660　팩스 ┃ (02) 720-4579
　　　　http://www.sechangpub.co.kr
　　　　e-mail: edit@sechangpub.co.kr
ISBN 978-89-8411-821-8 94820
ISBN 978-89-8411-820-1 (세트)

이 번역도서는 2014년 정부(교육부)의 재원으로 한국연구재단의 지원을 받아 수행된 연구임
(NRF-2014S1A5A7038165).

이 도서의 국립중앙도서관 출판시도서목록(CIP)은 서지정보유통지원시스템 홈페이지(http://seoji.nl.go.kr)와 국가자료공동목록시스템(http://www.nl.go.kr/kolisnet)에서 이용하실 수 있습니다.(CIP제어번호: CIP2019025236)

이견지 夷堅志 갑지 甲志

An Annotated Translation of

Yijianzhi (Jiazhi)

【一】

[송宋] 홍 매洪邁 저

유원준 · 최해별 역주

세창출판사

이 책은 송대宋代(960~1279)의 홍매洪邁(1123~1202)가 편찬한『이견지夷堅志』가운데 초지初志의 갑지甲志와 을지乙志 각 20권을 번역하고 독자들의 이해를 돕기 위해 상세한 주해를 더한 것이다.『이견지』는 송대 명문 사대부 가문에서 태어나 고위관료를 지낸 홍매가 중앙과 지방에서 재직하며 수집한 각종 일화를 모은 책으로서 대략 12세기 말경 편찬된 것으로 추정한다. '이견夷堅'이라는 제목은『열자列子·탕문湯問』에서『산해경山海經』을 가리켜 "우禹가 다니다 그것을 보고, 백익伯益이 확인한 후 이름 붙였으며, 이견夷堅이 이를 듣고 기록하였다"라고 한 데서 유래한 것으로, 홍매 스스로 박문다식博聞多識한 '이견'이라는 인물을 자처하며 지은 것이다.『이견지』는 편찬 당시 총 420권에 달하였지만 현재 전해지는 것은 그 절반에 불과하다.

저자 홍매는 자가 경로景盧, 호는 용재容齋·야처野處이며, 강남동로江南東路 요주饒州 파양현鄱陽縣(지금의 강서성 上饒市 鄱陽縣) 사람이다. 아버지 홍호洪皓는 금조金朝에 사신으로 파견되었다가 15년이나 억류되었음에도 불구하고 시종 충절을 지켰던 인물로 유명하다. 홍호는 금조에 대한 강경책을 주장하며 주화파인 진회秦檜와 대립하였기에 사회적 명망에 비해 정치적으로는 불우하였다. 이런 정치적 입지로 인해 홍매를 비롯한 그의 자식들도 한때 어려움에 처하였다. 홍매는 소흥紹興 15년(1145)에 진사가 되어 여러 관직에 올랐고, 부친에 이어 금조에 사신으로 다녀왔으며, 길주吉州지사, 감주贛州지사, 무주婺州지사 등을 역임하면서 지역 발전에 힘썼다. 순희淳熙 13년(1186) 한림학사翰林學士가 되었으며 그 후 영종寧宗 시기 단명전학사端明殿學士에 오른 후 관직에서 물러났다. 만년에는 향리에 머물면서 저술에만 전념했으며, 그가 남긴 저술로는 『이견지』 외에 『용재수필容齋隨筆』과 『야처유고野處類稿』 및 『사기법어史記法語』 등이 있다.

『이견지』는 홍매가 관리로서 도성을 비롯해 각 지방에 재직하며 전해 들은 민간의 이야기를 집록한 것이다. 그런 만큼 그 내용은 매우 다양하고 풍부하다. 정치와 행정, 전쟁과 군사, 범죄와 사법, 상업과 교통, 문학과 교육, 과거 응시와 당락, 음식과 술, 혼인과 애정, 질병과 의약, 죽음과 저승, 점복占卜과 민간신앙, 불교와 도교 등 당시 사람들의 삶을 총체적으로 보여 주는 다양한 주제들이 포함되어 있으며, 정사에서 보기 힘든 황제와 고위관료의 일화를 비롯해 금과의 외교관계까지 총망라되어 있다.

물론 수록된 일화 가운데 현재 우리의 상식으로는 이해하기 힘든 기이하고 괴상한 이야기奇談怪事가 상당수 포함되어 있다. 그래서 그동안 『이견지』는 당시 사회상을 잘 반영하는 기록이라기보다는 지괴소설의 하나로 더욱 주목받아 왔다. 하지만 『이견지』 속의 기이한 일화가 홍매 자신이 지어낸 것이 아니라 각지에서 사실로 인식되고 있었던 이야기를 집록했다는 점이 중요하다. 이는 당시 계층에 상관없이 대다수 사람들이 그러한 정신적 · 정서적 형태를 지니고 있었음을 말해 준다. 또한 어떤 일화이건 그것이 인구에 회자되기 위해서는 당시 현실을 반영한 측면이 있어야 한다. 이런 점에서 홍매의 『이견지』는 당시 사람들의 집체적인 심성을 우리에게 그대로 전해 주는 매우 귀중한 자료이다.

이견갑지 【一】

최근 송대 연구자들이 『이견지』의 가치에 대해 높이 평가하고 주목하는 것도 바로 이 때문이다. 기존 사서와 달리 필기소설이라는 문학적 특성에 힘입어 『이견지』는 일반 사료에서는 찾아볼 수 없는 그 시대의 호흡과 감정을 고스란히 담고 있다. 특히 성과 사랑, 질투와 욕망, 금기와 기복, 사후세계에 대한 상상 등 기존의 관찬사서나 사대부들의 문집에는 수록되지 않은 당시 사람들의 생생한 삶의 모습이 소설의 형태로 가감 없이 드러나 있다. 따라서 『이견지』는 일반 사료로는 접근하기 어려웠던 일상사·미시사·심성사 등에 대한 연구를 가능하게 해 준다는 점에서 각별한 의미를 지닌다.

또 그동안 『이견지』의 한계로 지적되어 온 '객관성' 문제 역시 새로운 이해와 접근이 필요하다. 저자 홍매는 그의 글에서 『이견지』의 사실성과 객관성을 확보하기 위해 매우 고심하였음을 밝힌 바 있다. 홍매는 『이견을지夷堅乙志』 서문에서 이전의 대표적인 지괴문학인 간보干寶의 『수신기搜神記』와 서현徐鉉의 『계신록稽神錄』 등을 거론하며 그 내용이 허무환망虛無幻茫한 데 반해 자신의 기록은 분명한 사실에 근거하고 있음을 강조한 바 있다. 또 일화를 전한 사람의 이름을 명기함으로써 자신의 주장을 객관적으로 입증하고자 하였다. 또 홍매는 『이견지』에 기괴한 일화가 포함되어 있음을 인정하면서도 이는 『춘추』나 『사기』 같은 정통사서에도 포함된 것이라며 그 가치를 당당히 주장했다. 동시대를 살았던 육유陸游도 『이견지』를 '역사서의 보완史補' 이상의 것으로 평가하였다.

사실 객관성이라는 것 역시 시대적 한계를 지닌다는 점에서 현재의 관점으로 송대 사유방식의 객관성을 판단하는 것이 과연 타당한 일인지 다시 생각해 보게 된다. 무엇보다도 『이견지』의 일화를 덮고 있는 운명론적 · 신비주의적 베일을 걷어 내면 오히려 우리가 찾고 있던 송대의 사회상을 더욱 가까이 마주할 수 있게 될 것이다.

그럼에도 불구하고 『이견지』의 활용에는 적지 않은 제약이 따른다. 우선 그 내용이 매우 방대하고 편찬 체례가 체계적이지 않다. 주제별 · 인물별 · 지역별 범주 없이 2,600여 개의 짤막한 일화가 뒤섞여 있기 때문에 그 활용이 쉽지 않다. 문체도 상당히 난해한 편인데, 고위관료인 저자의 문어체와 설화의 특성인 구어체가 뒤섞여 있어 해석의 어려움이 크다. 더구나 수천 개의 짧은 일화 속에 당시의 정치 · 제도 · 법률 · 문물 · 지명 · 관습 등과 관련된 용어가 전후 맥락 없이 대거 등장한다.

따라서 『이견지』의 번역과 주석은 매우 필요한 작업이다. 그러나 『이견지』에 대한 전면적 번역 및 주석 작업은 아직 이루어지지 못했다. 중국학계에서도 부분적인 백화白話 번역만이 진행되어 현재 중주고적출판사본(中州古籍出版社, 1994)이 전해진다. 그러나 중주고적출판사본에는 적지 않은 문제점이 있다. 첫째, 원문을 간체자로 수록해서 판본에 대한 엄밀한 대조 작업이 어렵다. 둘째, 여러 사람이 나누어 표점과 번역을 진행하여 표점의 기준이 각기 다르고 번역의 질에서도 상당한 차이가 눈에 띈다. 셋째, 번역에 있어서 상당한 오역이 발견되고, 일부 난해한 부분은 전후 문맥만 살린 채 모호하게 해석하였으며, 시詩와 사詞는 번역하지 않은 채 원문을 그대로 수록하였다. 넷째, 독자를 위한 각주나 색인 작업이 되어 있지 않다.

『이견지』는 원래 초지初志, 지지支志, 삼지三志, 사지四志의 순서로 발행되었고, 모두 합해 420권으로 이루어져 있었다. 하지만 합본合本은 원대元代에 이미 산일되었던 것으로 추정된다. 지금까지 전하는 판본은 여러 종류가 있다. 우선 광서光緖 5년(1879)에 육심원陸心源이 송본宋本을 중각重刻한 육심원본陸心源本 80권(甲, 乙, 丙, 丁 각 20권)이 있다. 두 번째로는 완위별장본宛委別藏本 79권이 전하며, 세 번째로는 필기소설대관본筆記小說大觀本 50권이 있다. 네 번째로 현재 가장 많은 내용을 수록하고 있는 것으로, 함분루涵芬樓에서 인쇄한 『신교집보이견지新校輯補夷堅志』가 있는데, 초지·지지·삼지 중 남아 있는 부분에다 보유補遺를 더해 총 206권으로 편찬했다. 1981년 중화서국中華書局에서는 함분루본을 저본底本으로 삼아 표점을 찍고 교감한 뒤 『영락대전永樂大典』 등에서 집록해 낸 일문佚文 26개를 「삼보三補」 편으로 추가해 207권에 달하는 고체소설총간古體小說叢刊 『이견지』를 편찬해 냈다. 중화서국본은 현존하는 『이견지』 가운데 가장 완정한 내용을 담고 있다고 할 수 있다.

본 역주는 중화서국본 등 여러 판본을 참고하여 진행하였으며 또한 번역을 할 때는 중주고적출판사본도 참고하였다.

한편 전체 분량 가운데 상당한 부분을 차지하는 기담奇談이나 괴사怪事 등을 서사자료로 활용하기 위해서는 당시 사회에 대한 정보가 충분히 제공되어야 한다는 점을 고려하여 각주에서 관련 인물, 지명, 관직, 사건 등에 대한 배경지식을 가급적 상세히 담고자 하였다. 또한 중국사 연구자가 아닌 일반 독자들을 위해 중국의 역사·지리·문화와 관련된 다양한 정보를 제공하고자 하였다. 필기소설이기에 풍부하게 표현된 상상력과 송대인의 감정을 최대한 생동감 있는 문체로 재현해 내는 것도 번역자에게 주어진 과제였지만 번역의 정확성과 가독성 사이에서 만족스러운 해답을 찾기란 쉽지 않았다. 어찌되었든 이러한 작업이 독자들이 『이견지』를 좀 더 쉽게 이해하는 데 도움이 되기를 바라며 오류가 있는 부분에 대해서는 독자들의 거침

없는 질정도 부탁드린다.

　　본 번역은 『이견지』의 사료적 가치에 주목한 송원사학회 연구자들의 윤독회를 계기로 시작되었으며 당시 김상범·김영관·김영제·나영남·박지훈·육정임·이근명·이석현·정일교·조복현·홍승태 선생님 등이 함께하였다. 이후 한국연구재단 2014년도 명저번역지원사업의 지원을 받아 번역을 진행하였고, 초벌 번역이 끝난 뒤 박지훈·김영제 선생님의 정성 어린 교감이 이루어졌다. 출판을 앞두고 송원사학회 모든 연구자들의 격려와 질정에 다시 한 번 깊이 감사드린다.

　　본서는 초지 가운데 갑지와 을지 각 20권을 번역한 것이니 분량으로는 현존 『이견지』의 1/5을 조금 넘는다. 이후 부분에 대해서도 역주 작업을 계속 추진할 예정이다. 아무쪼록 이번 역주 작업을 통해 『이견지』가 지괴소설을 넘어 송대 사회의 여러 복합적인 모습을 담고 있는 귀중한 사료로 자리매김하고, 『이견지』의 활용을 촉진시켜 송대 사회 더 나아가 전통시대 중국에 대한 우리의 이해가 더욱 깊어지길 고대한다.

2019년 6월 역주자 드림

❶ 본 문
- 한문 원문을 먼저 수록하고 번역문을 뒤에 수록한다.
- 한문 원문에서 [ ]로 표기된 것은 함분루본의 교감 내용으로 독자의 편의를 위해 꼭 필요한 부분만 선별하여 중화서국본을 참고해 해당 부분에 보충하였다.
- 가독성을 높이기 위해 필요한 내용은 별도의 ( ) 처리 없이 의역한다.
- 지명은 송대 행정명을 기준으로 주와 현을 명기하되 낙양·장안·하남 등 당시 관례로 사용되어 온 곳은 예외로 한다.
- 대화체 문장은 가급적 본래의 뉘앙스를 살려 번역하며, 신분제의 특성을 반영하기 위해 존칭과 비칭을 수용하였다.
- 직접 대화체 문장은 '말하길, 대답하길, 묻길' 등으로 표기한 뒤 줄을 바꿔서 " "로 처리하고, 간접 대화체 문장은 ' ' 로 표기한 뒤 줄을 바꾸지 않고 처리함을 원칙으로 한다.
- 기원전·후는 (전38~후10)으로 표기한다.

❷ 각 주
- 표제어는 검색의 편의성을 고려하여 설정하되 관명은 되도록 정식명칭을, 이름은 본명을 기준으로 한다.
- 관직과 행정명은 북송 말을 기준으로 하되 남송대 사건은 臨安·建康 등 당시 지명을 따른다.
- 지명은 각 권당 1회 표기하며, 현 지명은 치소보다 관할지역을 우선 고려한다.

❸ 이체자
- 이체자는 아래와 같이 통용자로 바꾸어 표기한다.
  擧→擧, 教→敎, 宫→宮, 玘→玘, 曁→曁, 祵→棍, 甯→寧, 凭→憑, 令→令
  吴→吳, 汚→汚, 卧→臥, 衞→衛, 飮→飮, 益→益, 刾→刺, 巓→巓, 癲→癲
  顚→顚, 躝→躪, 直→直, 真→眞, 鎭→鎭, 厨→廚, 值→値, 鬭→鬭, 邨→邨

❹ 국호 및 호칭

● 漢文 사료에는 거란의 국호가 여러 차례 바뀌었지만 거란문자로 된 사료에는 시종 '하라치딴(哈喇契丹)'으로 표기하고 있기에 통상 거란으로, 특별한 경우에는 원문에 따라 번역한다.

● 遼·宋·金 등 국호가 모두 외자이므로 '거란·송조·금조'로 번역한다. 연호를 표시할 경우에는 거란·송·금 등으로 표기한다.

● 金에 대한 『이견지』 내의 국호 용례는 '金·金國·女眞' 등 다양하고, 문맥에 따라 어의가 다른 경우도 있다. 가급적 원문대로 번역하되 문맥에 무리가 없으면 '금조'로 번역한다.

● 金朝를 나타내는 蔑稱으로 쓴 '虜'는 문맥에 따라 단순한 호칭이기도 하다. 명확한 멸칭일 경우 직역을 하고 그렇지 않을 경우 전후 관계에 따라 '金朝·女眞·金軍' 등으로 번역한다.

● 오늘날의 漢族에 해당하는 송대 용어는 漢人·漢民·漢兒·漢家 등이며 뚜렷한 구분 없이 함께 사용되고 있다. 본서에서는 '한족'이라는 용어보다는 '한인'으로 번역하고, 거란족과 여진족은 가급적 '거란인'과 '여진인'으로 번역한다.

❺ 용 어

● 인물이 소개될 때는 字와 출신지역, 관직, 이름 순 표기를 원칙으로 한다.

● 생몰연도 모두가 불명확하거나 확인할 수 없는 경우 별도로 표기하지 않는다.

● '紹興 원년'은 '소흥 1년'으로, '소흥 무인년(1158)'은 '소흥 28년(1158)'으로 표기한다.

● 縣令: 知縣과 縣令을 구분하지 않고 모두 '현지사'로 번역한다.

● 陰府·冥府·幽府·地府·冥司·陰典·陰君·府·司·典·君 등의 관명이 있을 경우 '명계의 관부·관아·왕'으로 번역한다. 반면, 陰·西·地下는 '저승'으로 번역하되 앞뒤 관계를 보아 '명계'로도 번역한다.

이견지夷堅志 갑지甲志

【一】

| 차 례 |

권
2

권
3

권
4

이견갑지 【一】

이견지夷堅志 갑지甲志

【二】

이견갑지 【一】

이견갑지

夷堅甲志
卷 1

孫九鼎, 字國鎭, 忻州人, 政和癸巳居太學. 七夕日, 出訪鄕人段浚
儀於竹柵巷, 沿汴北岸而行, 忽有金紫人, 騎從甚都, 呼之於稠人中,
遽下馬曰:"國鎭, 久別安樂?"細視之, 乃姊夫張斻也. 指街北一酒肆
曰:"可見邀於此, 少從容."孫曰:"公富人也, 豈可令窮措大買酒?"曰:
"我錢不中使."

遂坐肆中, 飮啗自如. 少頃, 孫方悟其死, 問之曰:"公死已久矣, 何
爲在此? 我見之, 得無不利乎?"曰:"不然, 君福甚壯."乃說死時及孫
送葬之事, 無不知者. 且曰:"去年中秋, 我過家, 令姊輩飮酒自若, 並
不相顧. 我憤恨, 傾酒壺擊小女以出."

孫曰:"公今在何地?"曰:"見爲皇城司注祿判官."孫喜, 卽詢前程.
曰:"未也. 此事每十年一下, 尙未見姓名. 多在三十歲以後, 官職亦不
卑下."孫曰:"公平生酒色甚多, 犯婦人者無月無之, 焉得至此?"曰:
"此吾之迹也. 凡事當察其心, 苟心不昧, 亦何所不可!"

語未畢, 有從者入報曰:"交直矣."張乃起, 偕行, 指行人曰:"此我輩
也. 第世人不識之耳."至麗春門下, 與孫別, 曰:"公自此歸, 切不得回
顧, 顧卽死矣. 公今已爲陰氣所侵, 來日當暴下, 宜毋喫他藥, 服平胃
散足矣."

旣別, 孫始懼甚, 到竹柵巷見段君. 段訝其面色不佳, 沃之以酒, 至
暮歸學. 明日, 大瀉三十餘行, 服平胃散而愈. 孫後連蹇無成, 在金國
十餘年, 始狀元及第, 爲祕書少監. 舊與家君同爲通類齋生, 至北方屢
相見, 自說玆事.

자가 국진인 흔주[1] 사람 손구정[2]은 정화 4년(1113)에 태학[3]에 기거
하고 있었다. 칠석날 죽책항에 사는 고향 사람 단준의를 만나기 위해

태학에서 나와 변하[4]의 북쪽 제방을 따라서 걷고 있었다. 그때 갑자기 3품 이상의 관원만 입는 자주색 관복을 입고 신분증이 새겨진 어대를 찬 고관[5]이 시종을 거느리고 모두 말을 탄 채 나타났는데 자못

---

1 忻州: 河東路 忻州(현 산서성 忻州市).

2 孫九鼎(1080~1165): 자는 國鎭이며 河東路 忻州 定襄縣(현 산서성 忻州市 定襄縣) 사람이다. 동생인 孫九儔·孫九億과 함께 북송이 멸망한 이듬해인 金 天會 6년(1128)에 金朝에서 주관한 과거에 응시하여 經義進士 장원으로 급제하였다. 정권 교체기라는 특별한 상황으로 인해 급제 직후 종7품관인 承議郎에 제수되었으며, 후에 祕書省少監을 역임하였다.

3 太學: 북송의 태학은 廣文·律學과 함께 3館이라고 하였지만 과거 응시 때만 1천명을 넘겼을 뿐 평소에는 하급관원 자제 10~20명이 거주하던 곳에 불과하였다. 그러다가 慶曆 4년(1044)에 단독으로 분리 독립해 발전하기 시작했고, 거란 사신 접대 시설인 錫慶院을 하사받아 규모를 크게 확대하였다. 특히 변법의 일환으로 太學三舍法을 시행하면서 元豐 2년(1079)에 2,400명 규모로 확대되었고, 崇寧 1년(1102)에는 총 3,800명을 수용하는 시설을 신축하고 '辟雍'이라 개칭하였다. 본문에서 언급한 태학은 황궁의 정남 방향으로 뻗은 御街의 武成王廟 사거리에서 동쪽방향인 橫街에 있었다.

4 汴河: 隋 煬帝 때 대운하를 개착하면서 만든 通濟渠 구간이다. 唐代 이후 廣濟渠라고 칭하였지만, 속칭인 汴河로 더 널리 알려졌다. 현 하남성 鄭州 滎陽市(京西北路 孟州 河陰縣) 동북쪽에서 황하의 물을 받아들여 현 하남성의 鄭州~開封~商邱~夏邑, 안휘성의 宿縣~泗縣, 강소성의 盱眙縣를 지나 淮河로 유입되는 총 600km의 운하다. 개봉 성곽 서쪽에 있는 宣澤·利澤 두 수문을 거쳐 성 안으로 들어와 通津·上善 두 수문을 거쳐 흘러나갔다. 수심은 6尺(1.8m)을 기준으로 하였다.

5 金紫: '金印紫綬'의 준말로서 고위관작을 뜻한다. 唐 永徽 2년(651)부터 5품 이상의 관원에게 물고기 모양의 신분증(魚符)을 넣은 통(魚袋)을 허리에 차게 하여 궁궐 출입증으로 활용하였다. 則天武后 때는 신분증을 거북이 모양으로 바꾸고 3품관 이상은 자주색 관복에 금으로 장식한 어대를, 5품관 이상은 붉은색을 누인 관복(緋衣)에 은으로 장식한 어대를 휴대하게 하였다. 송대에는 별도의 어부를 휴대하지 않고 어대 표면에 물고기 모양을 장식하여 허리에 차게 하였다. 이에 '金紫'는 3품관 이상을, '銀緋'는 5품관 이상의 고위 관원을 뜻하게 되었다. 송대 관복은 3품 이상은 紫色, 5품 이상은 朱色, 7품 이상은 綠色, 9품 이상은 靑色이었으나 元豐 3년(1080)의 관제개혁 이후 3품 이상은 紫色, 6품 이상은 緋色, 9품 이상은 綠色으로 조정하였고, 6품 이상은 魚袋를 패용하게 하였다.

26

위풍당당하였다. 고관은 붐비는 사람들 틈에서 손구정을 부르더니 서둘러 타고 있던 말에서 내리며 말을 건넸다.

"국진, 오랫동안 보지 못하였는데 그동안 잘 지냈나?"

손구정이 그 고관을 자세히 살펴보니 바로 자형이었던 장신이었다. 장신은 거리의 북쪽[6]에 있는 한 주점을 가리키며 말하길,

"자네 여기서 술 한 잔 사게나, 그리고 잠깐 이야기 좀 나누세."

손구정이 말하길,

"자형 같은 부자가 저처럼 가난한 서생[7]보고 술을 사라니 그게 말이 되나요?"

그러자 장신이 대답하였다.

"내 돈은 여기서 쓸 수가 없어서 그래."

두 사람은 곧 주점에 앉아서 편하게 술과 안주를 먹고 마셨는데, 잠시 후 손구정은 장신이 이미 죽었음을 새삼 깨달았다. 이에 장신에게 묻길,

"자형은 이미 오래전에 돌아가셨는데, 어떻게 여전히 여기에 계시지요? 그리고 돌아가신 분을 보았으니 혹시 내게 좋지 않은 일이라도 생기는 것 아닌가요?"

하지만 장신은,

"걱정할 것 없네. 처남은 복이 많은 사람이야."

---

6 街北: 唐代에는 街東·街西 등이 성 안에서 특정 지역을 뜻하는 지명으로 자주 사용하였기 때문에 '街北' 역시 지명의 하나로 해석할 수도 있다. 하지만 송대 개봉의 경우 도시가 크게 확장되었고 엄격한 市制가 적용되지 않았기 때문에 '거리의 북쪽'으로 번역하였다.
7 窮措大: 解試에 합격한 擧人, 또는 가난한 學人을 가리키는 송대의 俗語이다.

그리고는 자신이 죽었을 때의 일과 장례 때 손구정이 했던 일에 대해 말하였는데, 모르는 것이 하나도 없었다. 또 말하길,

"작년 추석 때 집에 가 보니 자네 누나들이 평소처럼 술만 마시며 내 생각을 하지 않기에 화가 나서 술병으로 작은 딸을 때린 뒤 나왔었네."

손구정이 묻길,

"자형은 지금 어디서 일하고 계신가요?"

장신이 답하길,

"지금 황궁 경비와 출입 등을 주관하는 황성사[8]에서 기록 담당 판관[9]직을 맡고 있네."

그 말을 들은 손구정은 기뻐하며 자신의 앞날에 대하여 묻자,

"아직은 몰라. 그 명단은 10년에 한 번 내려오는데, 처남의 이름은 아직 보이지 않네. 아마도 서른이 넘으면 벼슬이 낮을 것 같지는 않아."

손구정이 묻길,

---

8 皇城司: 황궁의 궁문 개폐와 출입 관리, 순시와 경비, 암구호 관리, 군 내부동향 탐지 등의 업무를 맡은 禁軍 내 최측근 친위부대로서 親從官과 親事官 두 부대로 이루어졌다. 본래 武德司라고 하였으나 태종 太平興國 6년(981)에 황성사로 개칭하였고, 남송 초 일시 行宮禁衛所로 바꾸었지만 곧 行在皇城司로 본래의 명칭을 회복하였다.

9 判官: 唐代 採訪使・節度使・觀察使・經略使 등 使職官에게 1~2명씩 배정한 고위보좌관에서 시작해 五代에는 막료직을 포괄하는 용어로 사용되어 송대로 이어졌다. 송대에는 三司・開封府・宣撫使司・市舶司 등에 모두 판관직을 두었다. 본문의 황성사 注錄判官은 정식 직제에 없는 순수한 막료직 또는 가상의 직책일 가능성이 높다. 또 주록판관이 4품 이상의 고관이 입는 紫色 관복을 입었다는 것도 사실과는 부합하지 않는다.

"자형은 평생 주색을 몹시 밝혔고, 여자들을 건드리지 않고 넘어간 달이 거의 없었는데 어떻게 이렇게 높은 벼슬에 오를 수 있었나요?"

그러자 장신은,

"그런 일도 있었지. 하지만 모든 일은 그 마음을 살펴봐야 돼. 본심이 잘못되지 않았다면 안 될 일이 어디 있겠는가?"

말을 채 마치기도 전에 한 시종이 들어와서 보고하길,

"당직교대 시간입니다."

이에 장신은 곧 자리에서 일어나 손구정과 함께 걸어가면서 지나가는 행인을 가리키며,

"이들 모두 우리 혼령들이네, 다만 세상 사람들이 그것을 모를 뿐이지!"

장신은 여춘문[10]에 이르러 손구정과 헤어지면서,

"처남은 여기서 돌아가게, 그리고 절대 뒤를 돌아보면 안 돼. 만약 뒤를 돌아보면 당장 죽게 될 것이야. 그리고 지금 이미 음기에 크게 노출되었으니 내일 설사를 심하게 할 거야. 하지만 다른 약을 먹을 필요는 없고, 평위산[11]만 먹으면 괜찮아질 걸세."

---

10 麗春門: 송대 개봉성은 唐의 宣武軍節度使 관저를 개축한 황성, 당과 後周가 수축한 내성, 후주에서 수축한 것을 바탕으로 거듭 확충한 외성 등 총 3중 성벽이 있었다. 그 가운데 황성에는 총 7개의 성문이 있었고, 내성은 동서에 각 2개, 남북에 각 3개 등 모두 10개의 성문이 있었으며, 외성은 동북에 각 4개, 남쪽에 3개, 서쪽에 5개 등 모두 16개 성문이 있었다. 성문에는 정식 명칭과 함께 속칭이 있는데 '여춘문'은 『東京夢華錄』 등에도 보이지 않는다.

11 平胃散: 蒼朮 · 陳皮 · 厚朴 · 감초 · 생강 · 대추 등으로 만든 소화기계통 치료약이다. 脾胃의 기능 부진으로 생긴 식욕 부진과 복통, 메스꺼움 · 구토 · 설사 등의 증상을 치료하여 위의 기능을 고르게 해 준다고 해서 붙여진 이름이다. 평위산에 관한 기록은 송대의 『太平惠民和劑局方』에 실려 있다.

손구정은 장신과 헤어지자 비로소 몹시 겁이 났다. 죽책항에 가서 단준의를 만났는데, 단준의는 손구정의 안색이 좋지 않은 것을 보고 의아해하며 술을 퍼마시게 했다. 해 질 무렵 태학으로 돌아간 손구정은 다음 날 30여 차례나 설사하였지만 평위산을 먹고 난 뒤 점차 차도가 있었다. 손구정은 그 뒤로 운이 없어서 계속 낙방하였지만 금조 치하에서 10여 년이 지난 뒤 비로소 과거에 장원급제[12]했고, 후에 비서성의 부책임자인 비서성 소감[13]직에 올랐다. 손구정은 전에 필자의 부친[14]과 함께 태학의 같은 숙사에서 생활하였고, 부친께서 북방의 금조에 사신으로 가셨을 때 여러 차례 만난 일이 있었다. 이 일은 그가 직접 말한 것이다.

12 손구정이 장신을 만난 것은 1113년이었고, 장원급제한 해는 북송이 멸망한 이듬해인 1128년이므로 15년 뒤의 일이다. 따라서 손구정이 10여 년간 과거에 급제하지 못할 것이라는 장신의 예언은 맞았으며, '불운하였다'고 할 수도 있다. 하지만 금이 화북을 차지한 10년 후에 과거에 급제하였다는 것은 사실과 다르다.

13 祕書省少監: 역대 서적과 國史 · 實錄 · 天文 등을 담당하는 비서성의 부책임자로서 품계는 원풍개혁 후 종5품이다. 정원은 1명이었으나 남송 때에는 비서성의 수장인 祕書省監과 함께 결원인 경우가 많았다.

14 洪皓(1088~1155): 원문에 '家君(부친)'이라고 한 인물은 저자 洪邁의 아버지 홍호다. 자는 光弼이며 江南東路 饒州 鄱陽縣(현 강서성 上饒市 鄱陽縣) 사람이다. 과거에 급제하였을 때 권신 王黼와 朱勔이 서로 사위를 삼고 싶어 할 정도로 인물이 출중하였다. 금에 사신으로 파견되었다가 15년 동안 구금되었으나 충절을 고수하였다. 아마 이 구금 기간 중 손구정과 여러 차례 만났던 것으로 보인다. 이때의 견문을 기록한 『松漠紀聞』은 남북송 교체기 금조의 내부사정에 관한 귀한 사료적 가치를 지니고 있다. 자식 가운데 洪適 · 洪遵 · 洪邁의 문재가 뛰어나 '3홍'이라 불렸으며 부자간에 3명의 (부)재상과 4명의 大學士가 배출되었다.

이견갑지 【一】

蔣靜, 宜興人, 爲饒州安仁令. 邑多淫祠, 悉命毁撤, 投諸江, 且禁民
庶祭享, 凡屛三百區. 唯柳將軍廟最靈, 未欲輒廢, 故隱然得存. 廟庭
有杉一株, 柯幹極大, 蔽陰甚廣, 蔣意將伐之. 日晝臥琴堂中, 夢異人
被甲乘馬, 叩階而下, 長揖言曰:"吾姓木卯氏, 居此方久矣, 幸司成賜
庇, 不敢忘德, 後十五年當復來臨."

覺而知其爲神, 但不曉司成爲何官, 頗加歎訝. 因置木不伐, 仍繕修
其堂宇. 逮秩滿, 詣廟告別, 留詩壁間曰:"夢事雖非實, 將軍默有靈.
舊祠從此煥, 古檜蔚然靑. 甲馬霄中見, 琴堂臥正冥. 留詩非志怪, 三
五扣神扃." 今刻石尙存. 後十五年, 乃自中書舍人出鎭壽春·江寧, 鈐
轄江東, 安仁實隷封部, 入爲大司成, 至顯謨閣直學士而卒.

상주 의흥현[15] 사람 장정[16]은 요주 안인현[17]지사[18]가 된 뒤 현 내에

---

15 宜興縣: 兩浙路 常州 宜興縣(현 강소성 無錫市 宜興市).
16 蔣靜: 자는 叔明이며 兩浙路 常州 宜興縣(현 강소성 無錫市 宜興市) 사람이다. 元
　豊 2년(1079)에 과거에 급제하였다. 안인현지사로 부임하였을 때 전염병이 창궐
　하였는데, 주민들이 약 대신 무속에만 의존하자 무속인을 모두 처벌하고 300여 개
　의 비공인 사묘를 철폐한 뒤 신상을 강에 던져 버렸다. 「유장군」은 당시의 사건과
　관련된 고사다. 장정은 후에 國子司業을 거쳐 中書舍人·大司成·顯謨閣直學士
　로 승진하였고, 壽州府·江寧府·洪州府지사 등을 역임하였다.
17 安仁縣: 江南東路 饒州 安仁縣(현 강서성 鷹潭市 余江縣).
18 縣令: 송조는 본래 현지사를 知縣과 縣令으로 구분하였다. 인구가 많고, 관할지역
　이 넓으며, 군사적 요충지에 위치한 중요한 현에는 중앙부서 관료 자격을 갖춘 京
　官을, 그렇지 않은 현에는 자격을 갖추지 못한 選人을 임명하였다. 정식 직함도 지
　현은 '權知某縣事'로서 權은 '임시', 知는 '주관'이란 뜻이니 'ㅇㅇ현의 업무를 주관

있는 많은 비공인 사묘[19]를 모두 철폐시켰다. 또한 사묘 안에 있던 신상 등을 강에 던져 버린 뒤 주민 제사도 금지시켰다. 철폐시킨 사묘가 모두 300여 곳에 달하였다. 하지만 가장 영험한 유장군 사묘[20]만은 서둘러 철폐하지 않았기 때문에 온전하게 보존될 수 있었다.

　유장군 사묘의 뜰에는 줄기가 아주 굵고 나무 그늘도 대단히 큰 삼나무가 한 그루 있었다. 장정은 그 삼나무를 베어 버리려고 마음먹었다. 그런데 하루는 관아[21]에서 낮잠을 자던 중 꿈에 한 비범하게 생긴 사람이 갑옷을 입고 말을 탄 채 나타났다. 그는 계단 아래에서 읍[22]을

하기 위해 임시 파견한 경관'이라는 말이다. 경관을 지방에 임시 파견하는 형식을 취하였던 송조의 특성이 반영된 명칭이다. 반면 縣令은 경관을 파견한 것이 아니므로 그냥 '현령'이라고 칭하였다. 하지만 그 직능에서 큰 차이가 없으므로 지현과 현령을 구분하지 않고 모두 'ㅇㅇ현지사'로 번역하였다. 별칭은 縣宰·邑宰이다.

19 淫祠: '淫·邪' 등은 비정통·비공인을 뜻하는 卑稱으로서 정부로부터 공인받지 못한 祠廟를 가리킨다. 정부로부터 공인된 扁額이나 懸板을 갖고 있느냐가 음사 여부를 판가름하는 중요한 기준이다. 따라서 좁은 의미에서 음사란 賜額이 없는 (額外) 사묘를 가리킨다.

20 祠廟: 조상에 대해 제사 지내는 건물을 가리켜 '祠'라고 하며 속칭은 '宗祠·祠堂' 이다. 하지만 황제의 경우 '太廟', 명문가의 경우 '家廟', 제왕급의 신이나 인물에 한해 孔廟·關帝廟·岳王廟 등 묘라고 칭하게 하여 일반의 '祠'와 구분하였다. 하지만 후대로 내려가면서 土地廟·瘟神廟 등 신의 등급과 상관없이 廟라는 용어가 남용되어 조상을 모시는 사당의 개념은 물론 등급에 따른 사와 묘의 구분이 모호해졌다. 이에 특별히 구분되는 경우가 아니면 '사묘'로 번역하였다.

21 琴堂: 현지사가 집무하는 관아를 뜻한다. 孔子의 제자인 宓子賤이 縣宰가 되었을 때 거문고를 타면서 堂下에 내려가지 않았음에도 縣을 잘 다스렸다는 故事에서 유래하였다.

22 揖: 중국의 전통적인 인사법으로서 『周禮』에 명기될 정도로 오래되었다. 서주부터 위진남북조까지 유행한 周揖禮, 당대부터 원대까지 유행한 叉手揖禮, 명대부터 지금까지 유행하고 있는 抱卷揖禮로 나눌 수 있다. 포권읍례는 원래 군대 내에서 행하던 것인데, 간결하여 漢代 이래 지속되었으며 명·청대 이후 널리 유행하였다.

이견갑지【一】

한 채 공손히 조아리며 말하길,

"저의 성은 유씨입니다. 아주 오래전부터 이곳에서 살았는데, 사성께서 보살펴 주시는 은혜를 내려 주신다면 그 덕을 어찌 잊을 수 있겠습니까? 사성께서는 15년 뒤에 이곳에 다시 오시게 될 것입니다."

장정은 꿈에서 깨어난 뒤 그 비범한 사람이 유장군 신령[23]임을 알았고, 사성이 무슨 벼슬인지 끝내 알 수 없었지만 자못 놀랍고 의아했다. 이에 삼나무를 베려던 생각을 버리고 사묘 건물을 잘 수리하였다. 후에 임기를 마치고 떠나면서 사묘에 들려 고별하며 다음과 같은 시를 사묘 벽에 남겨 두었다.

꿈속의 일이란 비록 실제는 아니지만,
장군께서는 말 없는 가운데 영험하시다.
옛 사묘는 여기에서 빛나고,
오래된 회나무[24]는 여전히 푸르고 무성하네.
갑옷을 입고 말을 타고 하늘에서 나타나셨으니,
금당에 누워 곤하게 자고 있을 때였네.
시를 지어 남김은 괴이함을 기록하려 함이 아니라,
15년 뒤에 다시 신의 문을 두드리고자 함이라네.

---

23 鬼神: 중국인들은 사람이 죽으면 鬼가 되고, 鬼가 승격하면 神이 된다고 생각하였는데, 돌아가신 부모나 조상을 鬼라고 부르는 것이 적절치 않다고 여겨 사당에 모신 위패에는 통상 'ㅇㅇ公之神位'라고 적었다. 이렇게 鬼와 神이 명확히 구분되는 존재가 아니었기에 통상 鬼神이라고 칭하였지만 神格을 각별히 강조할 경우에는 神靈이라고도 하였다. 鬼는 통상 '귀신'이라고 번역하였지만 鬼 가운데 이승을 차마 떠나지 못하고 있는 경우는 '혼귀'로 번역하기도 하였다.

24 본문의 杉나무와 檜나무는 서로 다른 수종이므로 명확하게 구분된다. 따라서 앞뒤 내용이 서로 다르지만 본문에 근거하여 번역하였다.

지금도 시를 새겨 놓은 돌이 여전히 남아 있다. 장정은 15년 뒤 조칙을 관장하는 중서사인[25] 신분으로 수춘부[26]·강령부[27]지사로 파견되어 장강 하류[28] 일대를 관할하였는데,[29] 안인현 역시 관할구역 내에 속하였다. 장정은 후에 국자감 대사성[30]에 임명되었고, 현모각 직학사[31]까지 올라간 뒤 사망하였다.

---

25 中書舍人: 舍人은 詔勅을 작성하는 황제의 측근이며, 중서사인은 중서성에서 詔勅을 작성·관장하는 요직으로 품계는 정4품이다. 6부 관련 문서 작성의 편의를 고려하여 정원을 6명으로 하였다.

26 壽春府: 淮南西路 壽春府(현 안휘성 六安市 壽縣). 政和 6년(1116)에 壽州에서 壽春府로 승격하였다.

27 江寧府: 江南東路 江寧府(현 강소성 南京市). 建炎 3년(1129)에 建康府로 개칭하였다.

28 江東: 장강은 안휘성 남쪽에서 동북쪽으로 꺾어지는데, 이 구간을 중심으로 동서와 좌우를 구분한다. 따라서 강동은 통상 장강 하류 일대를 가리키며 협의의 강남 지역을 뜻하기도 한다. '江左'라고도 한다.

29 差遣: 송대에는 중앙관(京官)을 파견하는 형식으로 지방관을 임명하였다. 따라서 장정의 경우 중서성에서 조칙을 작성하고 관장하는 중서사인의 신분을 유지하면서 수춘·강령 등지의 주지사로 임시 파견되는 형식을 취한 것이다. 이를 통상 差遣이라고 하며 出鎭이라고도 한다.

30 大司成: 太學의 최고 책임자로서 태학 운영 전반을 관리하였다. 북송 초에는 唐代의 전례에 따라 종3품이었으나 실제로는 임명하지 않았고, 元豐개혁 이후 종4품으로 조정하면서 임명하였다. 서열은 6部 侍郞과 中書侍郞 사이이다. 唐代에 國子監을 司成館으로 개칭하면서 국자감의 祭酒를 大司成으로 개칭한 전례를 따라 崇寧 2년(1103)에 辟雍 대사성으로, 崇寧 4년(1105)에 다시 태학 대사성으로 개칭하였다.

31 學士: 황제 사후 관련 문서를 총괄 보존하는 건물로 龍圖閣·天章閣·寶文閣·顯謨閣 등이 잇달아 건립되었다. 顯謨閣의 경우 송 神宗의 조서 등 유관 문서를 보존하는 건물이므로 神宗을 閣主라고 한다. 그리고 고위관료에게 명예직인 學士를 부여하였는데, 본래의 관직에 추가되는 일종의 명예직이기 때문에 貼職이라고 한다. 宰執 자격자에게는 觀文殿學士·資政殿學士·端明殿學士 등 殿學士를, 侍從 자격자에게는 閣學士·侍制를, 卿·監 자격자에게는 修撰·直閣을, 京官에는 直祕閣을, 武臣에게는 閣門使·宣贊舍人직을 부여하였다. 각학사는 정3품이고, 직학사는 종3품이며, 같은 학사의 경우 서열은 설치 순에 따랐다.

袁可久嘗教其弟昶以寶樓閣呪. 昶不甚深信, 然旦起必誦三五十遍, 初未知其功效也. 紹興三年夏, 肄業府學. 方大軍之後, 城邑荒殘, 直齋卒汪成, 每番宿室中, 必夢魘, 達旦方已, 無一夕安寢, 成殊以爲苦. 或詢其所見, 云: "被人捽髮欲加箠, 故呼叫拒之." 昶令徙于己房, 猶不止. 同舍生惡其妨睡, 共議遣逐. 昶試書呪語, 貼于柱, 此夜晏然. 由是一齋妖祟絶跡.

其呪語卽所謂'唵摩尼達哩吽撥吒'八字. 但世俗所傳訛謬, 寫皆從口, 而亦不得其音. 要當取『大藏』中善本, 元初譯師言爲證, 自有大功. 昶因悔昔慢, 始篤奉之, 祕其事.(二事皆孫九鼎言, 孫亦有書紀此事甚多, 皆近年事.)

원가는 일찍부터 오랫동안 동생 원창에게 「보루각 주문」을 가르쳤다. 원창은 주문을 그다지 믿지는 않았지만 매일 아침 일어나면 반드시 30~50번씩 암송하곤 했다. 하지만 처음에는 주문이 얼마나 효험 있는지 잘 알지 못하였다. 소흥 3년(1133) 여름, 원창이 부학[32]에서 공부하고 있었는데, 당시는 큰 전란이 막 끝난 뒤여서 성읍이 황폐하였다. 부학에서 숙직하던 사졸 가운데 왕성이라는 자가 있었는데, 매번 숙소에서 잠을 자면서 악몽에 시달리다가 새벽녘이 되서야 비로소 깨어나곤 하였다. 하루

---

32 府學: 정부에서 설립한 교육기관의 총칭이기도 하지만 통상 지방의 府와 州에 세운 교육기관을 말한다.

도 편히 잠들지 못하다 보니 잠자는 일을 아주 고통스럽게 여겼다. 주변 사람들이 꿈에 무엇을 보았느냐고 물어보자 왕성이 말하길,

"누군가가 내 머리채를 잡고 채찍으로 때리려 해서 악을 쓰며 대들었다."

원창은 자기 방에 와서 자라고 권하였지만 악몽은 그치지 않았다. 함께 숙사에 사는 동기생[33]들은 왕성 때문에 잠을 잘 수 없다며 미워하더니 내쫓기로 의견을 모았다. 이에 원창은 시험 삼아 「보루각 주문」을 써서 기둥에 붙여 두었는데, 그날 밤 왕성은 모처럼 편안히 잘 수 있었다. 이렇게 해서 숙사의 요괴[34]들이 모두 없어졌다.

주문은 '옴·마·니·달·리·우·발·타'의 8자로 되어 있다. 하지만 세상에 알려진 것은 잘못된 것이다. 모두 외우는 대로 그냥 썼기 때문에 정확한 음은 알 수 없다. 마땅히 대장경 가운데 좋은 판본을 찾고, 원래 번역한 스님의 말을 근거로 고쳐야 한다. 크게 효험을 본 뒤로 원창은 그동안 태만하였던 점을 반성하고 주문을 정성껏 믿기 시작했을 뿐 아니라 그 일을 비밀로 하였다.(이 두 가지 일화 모두 손구정이 한 이야기다. 손구정은 이러한 일화를 아주 많이 기록하였다. 다 근래의 일화다.)

---

33 同舍生: 舍는 學舍·학교를 뜻한다. 따라서 同舍生은 동기·동창을 가리키는 말이다.

34 妖怪: 귀신과 유사하나 귀신과 구분되는 존재를 가리켜 통상 妖怪라고 한다. 요괴에 해당하는 용어로 『이견지』에 가장 많이 등장하는 것은 崇이며, 魅·魅·魑·魘 등도 있다. 崇를 妖崇·疾崇·崇物이라고도 하였으니 요괴와 유사한 개념이지만 鬼와 명확하게 구분되지 않기 때문에 鬼崇이라고도 하였다. 한편 魅·魅·魑 또는 鬼魅·魑魅도 등장하는데, 이는 도깨비에 가까운 개념이다. 崇를 통상 '요괴'로 번역하였으나 맥락에 따라서는 '요물' 또는 '앙화' 등으로도 번역하였고, 魅·魅·魑는 '도깨비'로 번역하였다. 魘는 '악귀'의 개념이 강하지만 天魘·妖魘·淫魘 등으로 구분한 경우 그에 따라 번역하였다.

이견갑지【一】

張維, 字正倫, 燕山三河人. 家君初出使至太原, 維以陽曲主簿館
伴. 嘗言, 宣和乙巳歲, 同邑有村民, 頗知書, 以耕桑爲業, 年六十餘.
一夕, 驚魘而覺, 戰栗不自持, 謂其妻曰: "吾命止此矣!" 妻驚詰其故.
曰: "適夢行田間, 見道上有七胡騎, 內一白衣人乘白馬, 怒色謂我曰:
'汝前身在唐爲蔡州卒. 吳元濟叛, 我以王民治澶, 爲汝所殺, 我銜恨久
矣. 今方得見, 雖累世, 猶當以命償我.' 乃引弓射中吾心, 因顚仆而寤,
吾必不免, 明日當遠竄以避此患."

　　妻云: "夜夢何足信, 汝妄思所致耳." 老父益恐, 未旦而起. 其家甚
貧, 止令小孫攜被, 欲往六十里外一親知家避之. 行草徑三十餘里, 方
出官道, 又二里許, 遇數人, 與同行. 忽有騎馳至, 連叱衆令住, 行者皆
止. 老父回視, 正見七騎, 內一白衣人騎白馬, 宛如夢中所覩. 因大駭,
絶道亟走. 騎厲聲呵止之, 不聽. 白衣大怒曰: "此□交加人!" 遂鞭馬
逐之, 至其前, 引弓射, 中心, 應弦而斃. 七人者, 皆女眞也.

자가 정륜인 연산부로[35] 삼하현[36] 사람 장유는 필자의 부친께서 처

---

[35] 燕山府路: 거란 南京道 析津府(현 북경·하북성 일부). 송조는 여진과 손을 잡고
현 북경 일대와 산서 북부지역 점령을 추진하면서 宣和 4년(1122)에 燕山산맥 남
쪽의 山前지역, 즉 현 북경일대에는 燕山府路를, 山後지역, 즉 현 大同일대에는 雲
中府路를 미리 설치하였다. 燕山府路는 燕山府와 관할 9개 주, 즉 涿州·檀州·易
州·營州·順州·薊州·景州·經州·平州 등으로 이루어졌고, 관할 縣은 총 20
개였다. 하지만 이듬해 금으로부터 실제 받은 것은 經州·平州·營州를 제외한 6
개주였고, 그나마도 2년 후인 宣和 7년(1125)에 다시 금에게 빼앗기고 말았다.

[36] 三河縣: 거란 南京道 析津府 薊州 三河縣(현 하북성 廊坊 三河市).

음 금조에 사신으로 파견되어 태원부에 이르렀을 때 양곡현[37] 주부[38]로서 접대를 맡았었다. 당시 장유는 다음과 같이 말하였다.

선화 7년(1125), 양곡현 촌민 가운데 뽕나무를 키우며, 글도 제법 읽을 줄 아는 60여 세의 노인이 있었다. 하루는 밤에 악몽을 꾸고 놀라 깨더니 벌벌 떨며 어찌할 바를 몰랐다. 그리곤 아내에게 말하길,

"이제 내 명이 다한 것 같소!"

아내가 놀라서 그 까닭을 캐묻자 말해 주길,

"꿈속에 밭 사이를 지나가는데, 길에서 일곱 명의 여진 기병을 만났소. 그 가운데 흰옷을 입고 백마를 탄 자가 나를 보고 격분하며 말하길 '너는 전생에 당나라 채주[39]의 사병이었다. 오원제[40]가 채주에서 반란을 일으켰을 때, 나는 당조의 백성으로 반군 진압을 위해 참호를 파다가 너에게 살해당하였다. 내가 오랫동안 한을 품고 있었는데, 이제야 너를 만나게 되었다. 비록 몇 대 전의 일이기는 하지만 너는 네 목숨으로 나에게 보상해야 마땅하다.' 그러더니 활을 당겨 내 심장을 맞추었다오. 나는 활을 맞고 쓰러져 죽은 뒤 꿈에서 깨어난 것이니 죽음을 면치 못할 것 같구려. 내일 멀리 달아나 숨어서 이 액운을 피

---

37 陽曲縣: 河東路 太原府 陽曲縣(현 산서성 太原市 陽曲縣).

38 主簿: 문서 작성, 문서·인장 관리, 물품 출납을 맡은 관리로서 중앙 및 지방관에 모두 두었다. 본문의 경우 縣主簿를 가리키는데, 현 내에서의 위상은 縣丞의 아래, 縣尉의 위에 해당한다. 현의 크기와 시기에 따라 품계는 약간 변동이 있었는데, 元祐연간(1086~1094) 이후로는 정9품에서 종9품 사이였다.

39 蔡州: 京西北路 蔡州(현 하남성 駐馬店市 汝南縣).

40 吳元濟(783~817): 蔡州에 주둔하고 있던 淮西節度使 오원제는 하북의 번진과 연합해 당조에 반란을 일으켰다. 심각한 위협을 느낀 당 憲宗은 전력을 다해 진압에 나섰지만 오원제의 저항이 거세어 반란은 5년이나 지속되었다. 후에 감군 裵度가 강경한 입장을 고수하고, 부장 李愬가 기습 공격하여 겨우 진압할 수 있었다.

해야 하겠소.”

농부의 아내가 말하길,

“밤에 꿈꾼 것 가지고 뭘 그래요! 당신이 쓸데없는 생각을 하니까 그런 꿈을 꾼 거예요.”

하지만 노인은 더욱 무서워하며 해가 뜨기도 전에 일어났다. 노인의 집은 아주 가난하여 어린 손자에게 이불만 들게 하고 60리[41] 밖에 있는 한 친지 집으로 피난가기로 하였다. 작은 길로 30여 리를 간 뒤 관에서 닦은 큰길을 만나 2리쯤 더 갔을 때 길을 가던 사람 몇 명을 만나 동행하였다. 그때 갑자기 말을 탄 병사들이 달려오더니 ‘모두 제자리에 서라’고 거듭 소리 질렀다. 일행이 모두 멈춰 섰는데, 노인이 뒤돌아보니 바로 일곱 명의 기병이었고, 그 가운데 한 사람이 흰옷을 입고 백마를 타고 있었다. 바로 꿈속에 본 것과 똑같은 상황이었다. 깜짝 놀라 길에서 벗어나서 정신없이 달아났고, 기병들은 정지하라고 무섭게 소리쳤지만 끝내 듣지 않았다. 흰옷을 입은 기병이 몹시 화를 내며 소리 지르길,

“저놈이 정말 열받게 하네!”

그리고 말에 채찍질을 하며 쫓아가 그 노인 앞에 가서 활로 심장을 쏴서 맞혔다. 화살 소리와 함께 노인은 쓰러져 죽었다.[42] 그 일곱 명 모두 여진 기병이었다.

---

41 里: 송대의 1里는 1華里와 같아 500m에 해당한다.
42 應弦而斃: ‘화살 소리와 함께 쓰러지다’란 뜻이지만 뛰어난 활 솜씨를 가리키는 말이기도 하다. ‘應弦而倒’와 같다.

蔚州城內浮圖中有鐵塔神, 素著靈驗, 郡人事之甚謹. 契丹將亡, 州民或見其神奔走于城外. 亟詣寺視之, 神像流汗被體, 雖頗驚異, 然莫測其故. 至夜, 神見夢于寺主講師曰: "吾奉天符, 令拘刷, 城中合死人, 連日奔馳, 始克就緒. 來日午時, 女眞兵至, 破城. 城中當死者一千三百有畸, 而本寺僧四十餘, 和尙亦在籍中. 吾久處玆地, 平日仰師戒德, 輒爲以它名易之. 詰旦從此而逝, 庶萬一可脫."

講師旣寤, 以語寺衆, 皆笑其妄, 遂獨挈囊登寺後山顚避之. 行約五里, 忽憶所遺白金盃, 復下至寺. 適有修供者, 衆競挽留之, 曰: "和尙聰明如此, 顧乃信夢, 今檀越在此, 正欲和尙升堂演法, 無故捨去, 則此寺不可爲矣. 况邊上不聞有警, 勉徇衆意, 齋罷而行, 亦何晚耶?" 僧不得已, 遂升堂. 講畢, 各就食, 方半, 有報: "女眞自草地至, 卽圍城." 城素無備, 不可守, 頃刻而陷. 僧蒼皇失措, 不暇走, 兵已大掠. 城中人與寺僧死者如神告之數, 講師亦不免.

울주[43]성 안의 어느 절에 철탑신이 있는데, 본래부터 영험하다고 널리 알려져 울주 주민들이 아주 정성껏 섬겼다. 거란이 망할 무렵, 일부 주민들은 철탑신이 성 밖으로 달아나는 것을 보고 서둘러 절에 가서 살펴보니 철탑의 신상이 땀에 흠뻑 젖어 있어서 자못 놀랐다. 하지만 그 까닭은 짐작도 할 수 없었다. 그날 밤, 철탑신이 주지 겸

---

43 蔚州: 거란 西京道 蔚州(현 하북성 張家口市 蔚縣).

　이견갑지 【一】

설법을 맡은 스님에게 현몽하여 말하길,

"저는 하늘의 명부를 받들어 울주 성내에서 사망할 사람들을 잡아 가는데, 며칠 동안 바삐 뛰어다녀 이제 어느 정도 정리가 되었습니다. 내일 정오에 여진 군대가 와서 울주성이 함락되고 성내에서 죽어야 할 사람이 1,300여 명이나 될 것입니다. 그 가운데에는 이 절의 스님 40여 명도 포함되어 있고, 스님도 그 사망자 명단에 있습니다. 저는 오랫동안 이곳에서 살면서 평소 스님의 덕망을 존경하여 왔기에 우선 다른 사람 명의로 바꾸어 놓았습니다. 내일 아침 일찍 이곳을 떠나셔서 만에 하나라도 재난에서 벗어나시길 바랍니다."

주지는 잠에서 깨자마자 절의 대중에게 자신이 꾼 꿈에 대해서 이야기하였다. 하지만 모두 황당하다며 웃고 말았다. 이에 주지는 혼자서 자루를 들고 절 뒤의 산꼭대기에 올라가 재난을 피하려고 하였다. 하지만 대략 5리쯤 가다가 갑자기 은[44]으로 만든 발우를 두고 온 것이 생각나 다시 절로 내려왔다. 이때 마침 재를 지내러 온 사람이 있자 모두 앞다투어 주지를 말리며 말하길,

"스님처럼 지혜로운 분이 꿈을 믿으시다니요? 지금 시주[45]가 오셔서 스님께서 법당에 올라가 설법하기만을 기다리는데, 아무런 까닭도 없이 거절하시면 우리 절은 유지할 수가 없습니다. 더구나 변방에서 여진이 쳐들어온다는 경보도 없지 않습니까? 그러니 어렵더라도 많은 사람들의 뜻을 따라 재를 지낸 뒤에 가셔도 늦지 않을 것입

---

44 白金: 본문의 '백금'은 지금의 백금이 아니라 은을 뜻한다.
45 檀越: 산스크리트어 da^na-pati의 음역어로서 '施主'란 뜻이다. 陀那鉢底·陀那婆로 音譯하거나 檀越施主·檀越主·檀那主·檀主 등 梵漢혼용으로 번역하기도 한다.

니다."

주지는 할 수 없이 법당에 올라가 설법을 마친 뒤 각자 음식을 먹기 시작하였는데, 막 반 정도 먹었을 때 소식이 전해지길,

"여진 군대가 풀밭을 통해 접근하여 성을 포위하였다."

울주성에는 원래부터 아무런 방비가 없어서 지키지 못하고 순식간에 함락되고 말았다. 승려들은 창졸간에 어찌할 줄 몰랐고, 미처 달아날 틈도 없었는데, 여진 병사들이 대거 약탈에 나섰다. 성내의 사망자와 승려 가운데 사망한 자의 수는 꿈에 철탑신이 말한 것과 같았고, 주지 역시 죽음을 면치 못하였다.

張孝純有孫, 五歲不能行, 或告之曰:"頃淮甸間一農夫, 病腿足甚久, 但日持觀世音名號不輟, 遂感觀音示現, 因留四句偈曰:'大智發於心, 於心無所尋. 成就一切義, 無古亦無今.'農夫誦偈滿百日, 故病頓愈."於是孝純遂教其孫及乳母齋絜持誦, 不兩月, 孫步武如常兒. 後患腿足者誦之皆驗.

又汀州白衣定光行化偈亦云:"大智發於心, 於心何處尋. 成就一切義, 無古亦無今."凡人來問者, 輒書與之, 皆於後書"贈以之中"四字, 無有不如意, 了不可曉.

　　장효순에게 손자가 있는데 다섯 살이 되어도 걷지 못하였다. 어떤 사람이 알려 주길,

　　"얼마 전에 회하[46] 부근의 한 농부가 다리와 발에 병이 나서 오랫동안 앓았는데, 하루도 빼놓지 않고 '관세음보살'을 계속 외우자 관세음보살이 감동하여 현신한 뒤 4구로 된 게를 주었는데, 그 내용은

---

46 淮河: 하남성 桐柏山에서 발원하여 하남성·호북성·안휘성을 거쳐 강소성 洪澤湖에 유입된 뒤 두 갈래로 갈라져 장강을 거쳐 바다로 나가는 전장 1000km의 강이며 유역면적은 27만㎢이다. 회하 유역은 개봉 동쪽~商邱~徐州~宿遷~淮陰을 잇는 廢황하를 중심으로 동서 두 유역으로 나눈다. 京杭大運河는 운수 기능 외에도 회하 유역의 유수 조절을 겸하고 있어 주요 수계의 하나로 간주해도 무방하다. 예전에는 淮水와 淮河를 함께 사용하였으나 최근에는 淮河를 공식 지명으로 하고 있다.

큰 지혜는 마음에서 피어나지만,
마음에서는 찾을 수가 없도다.
일체의 뜻을 깨우치게 되면,
과거도 없고 또한 현재도 없다.

인데, 농부가 이 게를 외운 지 딱 100일이 되자 갑자기 병이 나았다."

이 말을 들은 장효순은 손자와 유모에게 게를 알려 준 뒤 목욕재계하고 게를 암송하게 하였다. 두 달도 되지 않아 장효순의 손자는 보통 아이들처럼 걷게 되었다. 그 뒤로 다리가 아픈 사람들마다 이 게를 외웠고, 모두 효험을 보았다.

또 정주[47]의 재가 신도인 정광의 「행화게」 역시 마찬가지여서

큰 지혜는 마음에서 피어나지만,
마음을 어디에서 찾으리오.
일체의 뜻을 깨우치게 되면,
과거도 없고 또한 현재도 없다.

라고 하였다. 무릇 와서 가르침을 청하는 사람들 모두에게 이 게를 써 주었고, 그 뒤에 '그 요체를 준다'라는 4자를 써 주었다. 그 게를 암송한 사람들마다 뜻대로 되지 않은 일이 없었지만, 그 정확한 뜻은 이해할 수 없었다.

---

[47] 汀州: 福建路 汀州(현 복건성 龍岩市 長汀縣).

상사 유씨의 아내^{劉廂使妻}

金國興中府有劉廂使者, 漢兒也. 與妻年俱四十餘, 男女二人, 奴婢
數輩. 一日, 盡散其奴婢從良, 竭家貲建孤老院. 緣事未就, 其妻施左
目, 以鐵杓剜出, 去面二三寸許. 方擧刀斷其筋脈, 若有物翕然收睛入,
其目儼然, 如是者三, 流血被體, 衆人力勸而止. 明日, 擧杓間, 目已失
所在, 不克剜. 又明日, 復如故. 精明異常, 衆皆駭而憐之, 爭施金帛,
院宇遂成. 時金國皇統元年, 卽紹興十年庚申也.

금군 상사⁴⁸를 지낸 금국 흥중부⁴⁹의 한인 유씨와 그의 아내는 둘
다 40여 세였다. 집에서 자녀 둘과 노비 몇 명과 함께 살았는데, 하루
는 노비들을 모두 양민으로 풀어 주고 전 재산을 들여 양로원⁵⁰을 세
우고자 하였다. 그러나 여러 가지 사정으로 일이 진척되지 못하자 유
상사의 아내는 부처의 도움을 받고자 자신의 왼쪽 눈을 보시하기로
하였다. 쇠로 만든 국자로 눈알을 도려내 얼굴에서 2~3촌가량 들어
낸 뒤 칼로 눈알의 근육을 자르려고 하자 갑자기 무엇인가가 눈알을
안으로 밀어 넣어 눈이 멀쩡하게 되었다.

---

48 廂使: 唐 肅宗 때 禁軍 가운데서 활을 잘 쏘는 병사를 御前射手로 선발하여 左廂과
右廂에 나누어 설치한 전통을 이어 後梁 때 수도에 4廂을 설치하였고, 송대에는
內城에 4廂, 外城에 9廂을 두었다. 廂마다 使를 두어 성곽의 소방 등을 관장하게
하였다.

49 興中府: 금 北京路 興中府(현 요녕성 朝陽市).

50 孤老院: 돌봐 줄 가족이 없는 노인을 위한 복지시설이다.

이러기를 세 차례나 거듭하는 와중에 피가 온몸을 적시게 되자 많은 사람들이 극력 말려 결국 포기하고 말았다. 다음 날, 다시 국자를 들어 눈알을 파내려는 순간 눈알이 사라져서 어찌할 수 없었으며, 그 다음 날도 또 마찬가지였다. 하지만 평소와 달리 정신만은 충만하였다. 이에 모든 사람들이 놀라고 한편으로는 애석하게 여겨 앞다투어 돈과 비단을 보시하니 건물이 곧 준공될 수 있었다. 이는 금 황통 1년(1140), 즉 남송 소흥 10년의 일이다.

이견갑지 【一】

　　紹興丁巳歲, 僞齊濟州通判黃勝死三日復蘇. 言: "有數人追之, 往一公庭, 見服緋綠人坐云: '差汝押僧五百人至五臺.' 吾辭以家貧多幼累, 不可行. 左右吏前曰: '可差李主簿代之, 兼它非晚, 自有差使.' 復遣元追人送歸, 故得活."

　　後兩日, 本州山口縣報, 帥司差李主簿赴州點視錢糧, 舍縣驛中. 一夕落枕暴亡. 勝心知其代己死, 爲盡送終之禮. 居一歲, 忽沐浴更衣, 告妻子曰: "今當別汝, 緣官中差我往天台取經, 我平生得力者, 緣看了『華嚴經』一遍." 語訖, 瞑目而逝.

소흥 7년(1137)에 위제⁵¹의 제주⁵² 통판⁵³ 황승이 죽은 지 사흘 만에 다시 살아나서 다음과 같이 말하였다.

몇 사람을 따라 한 법정에 갔는데, 6품관과 9품관 이상의 관복⁵⁴을

---

51 僞齊(1130~1137): 금이 북송을 멸망시킨 뒤 화북지역을 간접 통치하기 위해 濟南府지사였던 劉豫를 내세워 만든 괴뢰정권이다. 국호는 '大齊'이지만 통상 '劉齊'라고 칭하며, 송의 사료에서는 '僞齊'로 표기하고 있다. 정권의 태생적 한계와 金軍의 남정을 돕기 위한 가렴주구로 민심을 얻는 데 실패하였고, 거듭된 패전으로 이용가치가 없어지자 금에 의해 7년 만에 소멸되었다.

52 濟州: 京東西路 濟州(현 산동성 濟寧市).

53 通判: 주지사를 견제하기 위해 파견한 부지사이며 민병·재정·조세·사법 등에 관해 지사와 공동 결재권을 부여하였다. 직급은 정7품~종7품으로 지사와 많은 차이가 있었지만 주지사를 포함한 관리들에 대한 감찰과 황제에 대한 직보 권한이 부여되어 황제의 지방 통제권 강화에 중요한 역할을 담당하였다. 정식 명칭은 知事通判이며, 通判州事라고도 하고 약칭은 通判이다. 당시 通判으로 자주 쓰였으므로 여기서도 약칭으로 번역한다.

입은 사람들이 앉아서 말하길,

"승려 500명을 인솔하여 오대산[55]에 다녀오도록 너를 파견할 것이다."

이에 나는 사양하길,

"집안이 가난하고 어린 자식이 많아서 갈 수 없습니다."

그러자 좌우에 있던 서리들이 앞으로 나와 말하길,

"문서 담당관인 주부 이씨를 대신 파견하면 될 것 같습니다. 이 사람에게는 다른 일을 맡겨도 늦지 않을 것이고 앞으로도 이 사람이 맡을 일이 있을 것입니다."

그리고 원래 나를 데리고 왔던 사람들에게 나를 돌려보내도록 하여 다시 살아날 수 있었다. 이틀 뒤 제주 산구현[56]에서 보고하길,

"안무사[57]가 주부 이씨를 차출하여 제주로 가서 돈과 양식을 점검하라고 하여 산구현의 역사에 머물렀는데, 아침에 갑자기 목 뒤가 아

---

54 緋綠人: 원풍개혁 이후 관복 색깔은 문관 3품 이상은 紫色, 6품 이상은 緋色, 9품 이상은 綠色이고, 무관과 환관은 紫色으로 하되 魚袋를 패용하지 못하도록 변경하였다.

55 五臺山: 산서성 忻州市 五臺縣에 위치하였으며, 최고봉은 3,061m다. 모두 다섯 개의 봉우리로 구성되어 오대산이라고 칭하였으며, 절강성 普陀山 · 안휘성 九華山 · 사천성 峨眉山과 함께 중국 불교의 4대 명산이지만 '금오대 · 은보타 · 동아미 · 철구화'라는 말처럼 그 가운데서도 으뜸으로 꼽는다. 北魏 때부터 불교 성지로 각광받아 많은 사찰이 세워졌는데, 전성기에는 360개 사찰과 1만 여명의 승려가 밀집하였다고 하며, 지금도 40여 개의 거대한 사찰이 남아 있다. 南禪寺 대웅전은 唐代에 만들어진 것으로서 현존 최고의 목조 건축물이다.

56 山口縣: 濟州 山口縣은 『송사』 「지리지」와 『歷代沿革表』(四部備要, 臺灣中華書局, 1971)를 비롯한 여러 자료에서 찾을 수 없었다. 관할 山口鎭을 잘못 쓴 것이 아닌가 생각된다.

57 帥司: 宋代에 각 路마다 按撫司나 經略按撫司를 설치하고 조정 대신을 임명하여 軍政을 담당하게 했는데, 이 기관을 가리켜 帥司라고 칭하였다.

프다[58]고 하더니 급사하였다."

황승은 주부 이씨가 자기 대신 죽은 것을 알고 장례 물품을 최대한 보내 주었다. 1년이 지난 뒤 황승은 갑자기 목욕을 하고 옷을 갈아입은 뒤, 처자식에게 말하길,

"이제는 너희들과 이별할 때가 되었다. 관에서 나를 천태산[59]으로 파견하여 불경을 가지고 오라고 하였기 때문이다. 내 평생에 무언가 이룬 것이 있다면 모두『화엄경』을 한 번 읽은 덕택이다."

말을 마친 뒤 눈을 감고 세상을 떴다.

---

58 落枕: 잠들기 전에 아무렇지도 않았는데, 아침에 일어난 뒤 갑자기 목 뒤가 쑤시고 움직이기 어려운 증세를 말한다. 주로 베개나 잠자는 자세와 밀접한 관계가 있으며, 겨울과 봄에 성인들에게 자주 나타나는 증세다. 失枕이라고도 한다.

59 天台山: 절강성 台州市 天台縣에 있는 높이 1,098m의 산으로서 天台宗의 발상지이다.

거북이 모양의 우박^{冰龜}

> 戊午夏五月, 汴都太康縣, 一夕大雷雨, 下冰龜, 亘數十里. 龜大小
> 不等, 首足卦文皆具.

　　소흥 8년(1138) 음력 5월, 한여름인데도 변경[60]의 공주 태강현[61]에 저녁내 천둥이 치고 큰비가 내리더니 수십 리에 걸쳐 거북이 모양의 우박이 떨어졌다. 우박의 크기는 각기 달랐지만 머리와 다리 그리고 등의 무늬가 모두 완전하였다.

---

60 開封府: 東京 開封府(현 하남성 開封市). 송의 도성 開封은 춘추전국시대 '啟拓封疆'의 뜻을 담아 세운 '啟封城'에서 유래하였다. 啟封은 西漢 景帝 劉啟의 이름을 피휘하여 開封으로 개칭하여 지금에 이른다. 춘추시대 梁의 도성이었던 大梁에서 유래한 梁州, 汴河에 위치한 데서 유래한 汴州는 개봉의 별칭이다. 後梁 태조가 당시 汴州를 開封府로 승격시키고 도성으로 삼은 뒤 오대와 북송 모두 개봉을 東都 혹은 東京 開封府라고 불렀다. 북송 멸망 직후 금조는 개봉을 汴京으로 개칭하였다. 汴都는 그에 따른 별칭이다. 따라서 개봉은 '개봉'과 '개봉부', 또는 '도성'으로 표기하고, 금조와 관련한 경우에만 '변경'으로 표기한다.

61 太康縣: 京畿路 拱州 太康縣(현 하남성 周口市 太康縣).

阿保機嘗居西樓, 夜宿氈帳中, 晨起, 見黑龍長十餘丈, 蜿蜒其上.
引弓射之, 卽騰空夭矯而逝, 墜于黃龍府之西, 相去已千五百里, 才長
數尺. 其骸今見置金國內庫, 著相陳王悟室長子源嘗見之. 尾鬣支體
皆具, 雙角已爲人截去, 云與吾家所藏董羽畫'出水龍'絶相似, 謂其背
上鬣不作魚鬣也.

야율아보기가 일찍이 상경의 서루⁶²에 있을 때, 하루는 밤에 모전⁶³
으로 만든 장막에서 잠을 잤다. 새벽에 일어나 보니 길이가 10여 장⁶⁴
이나 되는 검은 용이 장막 위에서 꿈틀거리며 뻗어 있었다. 야율아보
기가 활을 당겨 쏘자 하늘 높이 뛰어올라 사라지더니 황룡부⁶⁵ 서쪽
에 떨어졌다. 황룡부는 서루에서 1,500리나 떨어진 곳이다. 용은 떨
어져 죽으면서 몸길이가 몇 척 크기로 줄어들었다.

금조의 황실 창고에 보관되어 있는 그 용의 유해는 지금도 볼 수
있는데, 금조 재상인 진왕 오실의 큰아들 원도 그것을 본 일이 있다

62　西樓:『契丹國志』卷23「宮室制度」에 "거란에는 4개의 누각이 있는데 上京의 西
　　樓, 木葉山의 南樓, 龍化州의 東樓, 唐州의 北樓가 그것이다. 해마다 수렵을 할 때
　　면 늘 이 4개의 누각 사이에서 했다"는 기록이 있다. 통상 西樓는 본 건물 서쪽에
　　있는 누각으로서 달을 보기 쉽고, 특히 깊은 밤에 달을 구경하기 좋아 문학에서는
　　달과 관련된 정서를 표현하는 소재로 쓰인다.

63　毛氈: 양모를 압축하여 고정시킨 천을 뜻한다.

64　丈: 1丈은 약 3m로서 10尺에 해당하나 지역과 시대에 따라 일정한 편차가 있다.

65　黃龍府: 거란 東京道 黃龍府(현 길림성 長春市 農安縣).

고 한다. 용의 꼬리지느러미와 지체가 모두 완전하나 두 뿔은 이미
어떤 사람이 잘라가 버렸다. 혹자는 우리 집에서 소장하고 있는 동
우[66]가 그린 수룡의 모습과 아주 유사하지만 등에 난 지느러미가 여
느 물고기 지느러미와는 다르다고 하였다.

---

66 董羽: 字는 仲翔이며 兩浙路 常州(현 강소성 常州市) 사람이다. 南唐의 화가로서
畫院 待詔였다. 후에 宋 圖畫院에서 藝學이 되었는데, 魚龍海水를 잘 그렸다. 남
경 淸凉寺에 그린 海水圖가 유명하며 騰雲出波龍圖·踊霧戱水龍圖·戰沙龍
圖·穿山龍圖·當叟吹簫圖 등의 작품이 있고, 저서로는 『畫龍輯議』가 있다.

冷山去燕山幾三千里，去金國所都五百里，皆不毛之地．紹興乙卯歲，有二龍，不辨名色，身高丈餘，相去數步而死．冷氣腥焰襲人，不可近．一已無角，如被截去，一額有竅，大如當三錢，類斧鑿痕．陳王悟室欲遣人截其角，或以爲不祥，乃止．先君所居，亦曰冷山，又去此四百里．

냉산은 연산부로에서 3,000리가량, 금국의 도읍에서 500리가량 떨어진 곳에 위치한 아주 황량한 곳인데, 소홍 5년(1135) 종류를 확실하게 알 수는 없지만 1장을 조금 넘는 크기를 지닌 두 마리 용이 서로 몇 발짝 정도 떨어진 채 죽어 있었다. 차가운 기운과 비린내가 엄습하여 접근할 수 없었다. 그 가운데 한 마리는 이미 뿔이 없어졌는데 누군가에 의하여 잘려 나간 듯하였고, 또 한 마리는 이마에 동전 세 개 크기의 구멍이 나 있었는데 마치 도끼로 파낸 것 같은 흔적이 있었다. 금조 재상인 진왕 오실은 사람을 보내 용의 뿔을 잘라 오라고 시키려 하였지만 주변에서 불길하다며 말려서 그만두었다. 필자의 부친께서 머무시던 곳 역시 냉산이라는 곳이었는데 거기로부터 다시 400리 떨어진 곳이다.

戊午夏, 熙州野外濼水有龍見三日. 初於水面見蒼龍一條, 良久卽沒. 次日, 見金龍以爪托一嬰兒, 兒雖爲龍所戲弄, 略無懼色. 三日, 金龍如故. 見一帝者, 乘白馬, 紅衫玉帶, 如少年中官狀. 馬前有六蟾蜍, 凡三時方沒. 郡人競往觀之, 相去甚近, 而無風濤之害. 熙州嘗以圖示劉齊, 劉不悅. 趙伯璘曾見之.

소흥 8년(1138) 여름, 희주[67]의 교외에 있는 낙수에 사흘 동안 용이 나타났다. 처음에는 수면 위에 창룡 한 마리가 나타나더니 한참 뒤에 사라졌고, 다음 날에는 금룡이 나타났는데 발톱으로 한 아기를 받치고 있었다. 아기는 용이 장난을 치는데도 놀라는 기색이 별로 없었다. 금룡은 사흘 동안 그렇게 하고 있었다.

또 제왕 모습을 한 사람 하나가 백마를 탄 채 붉은 옷과 옥대를 두른 모습을 하고 나타났는데, 마치 궁 안에서 일하는 젊은 관원[68] 같은 모습이었다. 그리고 말 앞에는 여섯 마리의 두꺼비가 있었는데 6시간이 지나서야 비로소 사라졌다. 희주 주민들이 앞다투어 가 보았는데 아주 가까이 다가가도 바람이나 물결이 일어 해를 입는 일이 없었다.

---

67 熙州: 秦鳳路 熙州(현 감숙성 定西市 臨洮縣).
68 中官: 궁중에서 일하는 관원을 뜻하기도 하나 주로 내시를 지칭한다.

희주에서 이를 그림으로 그려 유예에게 보냈는데, 유예가 그것을 보고 불쾌하게 여겼다. 조백린[69]도 그것을 본 일이 있다.

69　趙伯璘: 靖康의 難 때 종실이어서 포로가 되어 冷山(현 길림성 동북)까지 끌려와 열악한 환경과 빈곤에 시달렸다. 그때 금조에 사신으로 갔다가 억류당한 洪皓 일행이 冷山에 와서 서로 만나게 되었다. 홍호는 조백린을 비롯한 많은 宋人들의 어려움을 해소해 주기 위해서 백방으로 노력하였다. 본문에 실린 「석씨네 딸」과 「왕천상」은 당시 홍호가 조백린에게 들은 뒤 후에 아들 홍매에게 전해 준 것으로 보인다.

　낙타 술병과 거북 향로^{酒駝香龜}

徽廟有飲酒玉駱駝, 大四寸計, 貯酒可容數升. 香龜小如拳, 類紫石
而瑩, 每焚香, 以龜口承之, 煙盡入其中. 二器固以黃蠟, 遇游幸必懷
以往. 去窒蠟, 卽駝出酒, 龜吐香. 禁中舊無之, 或傳林靈素所獻也.

휘종[70]은 옥으로 만든 낙타 모양의 술통을 갖고 있었는데, 크기는
4촌쯤이고 술 몇 승[71]을 담을 수 있는 정도였다. 또 주먹만한 크기를
지닌 반짝이는 자주색 돌로 만든 거북이도 있었다. 매번 향을 태우면
거북이 입으로 이어져 모든 연기가 그 가운데로 다 들어간다. 이 두
가지는 황랍으로 봉해진 채 휘종이 밖으로 나갈 때면 반드시 품에 안
고 다녔다. 막힌 황랍을 제거하면 옥 낙타에서 술이 나오고, 거북이
에서는 향기가 뿜어져 나온다. 궁중에는 원래 이 두 가지가 없었는데
혹자가 전하기로는 임영소[72]가 헌상한 것이라고 한다.

---

70 徽宗(1082~1135): 神宗의 11번째 아들로 형인 哲宗이 후사 없이 사망하자 즉위
　하였다(1100). 휘종은 서예와 회화의 대가였으나 정치적인 면에는 능력도 관심도
　없어 간신배에 국정을 맡긴 채 방탕하게 생활하였다. 연운 16주를 차지하려는 무
　리한 업적 욕심에 금조와 연합, 거란을 협공하였지만 결국 멸망을 자초하고 아들
　欽宗과 함께 포로가 되어 '靖康의 難'을 겪었다. 묘호는 徽宗이며 徽廟라고도 한
　다. 능호는 永祐다.
71 升: 현재의 1승은 1리터에 해당하나 송대의 1승은 0.66리터에 해당한다.
72 林靈素: 휘종은 도교를 신봉하여 자신을 '教主道君皇帝'로 자칭하고 道觀을 대대
　적으로 건립하였으며, 도사를 대상으로 26개 품계를 주고 봉록을 지급하기도 하
　였다. 임영소는 자신이 玉帝를 모셨고 신선술을 익혔다는 등 사기행각을 일삼으
　며 휘종의 총애를 독점하여 북송의 부패와 멸망에 일조하였다.

偽齊受冊之初, 告天祝板, 吏誤書年號爲靖康, 又純用趙野家廟器, 識者以爲不祥, 卒爲金人所廢. 又作紙交子, 自一貫至百貫, 右語云'過八年不在行用', 至其年被廢, 其數已兆矣!

위제의 유예가 금조로부터 책봉을 받을 때, 하늘에 고하는 축판[73]을 작성하면서 서리가 실수로 '정강'이라는 북송의 마지막 연호를 썼다. 또 제기는 모두 문하시랑 조야[74]의 가묘 것을 사용하였다. 식자들은 이를 매우 불길하다고 여겼는데, 결국 유예는 금조에 의해 폐출되고 말았다. 또 교자[75]를 발행할 때에도 1관부터 100관까지 모두 우측에 '8년이 지나면 사용할 수 없다'[76]고 썼는데, 바로 8년 되는 해에 폐위되고 말았으니 그의 운명을 예고하는 조짐이 이미 있었던 것이다.

73　祝版: 제사 지낼 때 축문을 적는 판으로서 종이나 나무로 만든다.
74　趙野: 開封府(현 하남성 開封市) 사람으로 中書舍人·大司成·刑部尙書·翰林學士·尙書右丞·尙書左丞 등을 역임하였고, 蔡京·王黼 등과 함께 권력을 좌지우지하였다. 欽宗 즉위 직후 門下侍郎이 되었으나 북송 멸망으로 파직되었다. 建炎 1년(1127)에 密州지사가 되었으나 도적의 공격을 피해 성을 버리고 도망가다가 살해되었다.
75　交子: 四川의 16개 富商이 鐵錢 사용에 따른 불편을 해소하기 위해 '交子鋪戶'를 설치하여 발행한 신용증서였다. 天聖 1년(1023)부터 관에서 법정화폐인 官交子로 바꿔 유통시킴으로써 세계 최초의 지폐가 되었다.
76　兌界: 교자는 통상 2~3년이란 일정한 사용 기간, 즉 兌界가 정해져 있어 강제 교환하도록 하였다. 大齊에서는 이 兌界를 8년으로 연장하였고, 금조에서 兌界를 폐지하여 현재와 같이 지속적인 소장과 유통이 가능하게 하였다.

金國天會十四年四月, 中京小雨, 大雷震, 羣犬數十爭赴土河而死,
所可救者才一二耳.

　금 천회 14년(1136) 4월, 중경⁷⁷에 비가 조금 내렸지만 뇌성벽력이
크게 쳤다. 수십 마리의 개가 앞을 다투어 토하⁷⁸로 뛰어들어 빠져 죽
었다. 구할 수 있는 개는 한두 마리에 불과하였다.

---

77 中京: 금 中京道 大定府(현 하북성 承德市 平泉縣). 금은 거란이 統和 25년(1007)
에 설치한 중경을 그대로 유지하다가 貞元 1년(1153)에 北京으로 개칭하였다.
78 土河: 현 내몽고 老哈河로서 中京 경내를 흐른다. 거란의 시조인 奇首可汗이 潢河
(시라무렌)와 土河가 합류하는 곳에 살았다고 한다.

　　京師民石氏開茶肆, 令幼女行茶. 嘗有丐者, 病癲, 垢汙藍縷, 直詣肆索飮. 女敬而與之, 不取錢, 如是月餘, 每旦, 擇佳茗以待. 其父見之, 怒不逐去, 笞女. 女略不介意, 供伺益謹. 又數日, 丐者復來, 謂女曰: "汝能啜我殘茶否?" 女頗嫌不潔, 少覆于地, 卽聞異香, 亟飮之, 便覺神淸體健. 丐者曰: "我呂翁也. 汝雖無緣盡飮吾茶, 亦可隨汝所願. 或富貴或壽皆可."

　　女小家子, 不識貴, 止求長壽, 財物不乏. 旣去, 具白父母. 驚而尋之, 已無見矣. 女旣笄, 嫁一管營指揮使, 後爲吳燕王孫女乳母, 受邑號. 所乳女嫁高遵約, 封康國太夫人, 石氏壽百二十歲.

　　도성의 주민 석씨가 다관[79]을 열어 어린 딸에게 차를 팔도록 하였다. 하루는 미친 데다 옷차림마저 남루하고 때가 덕지덕지 낀 한 거지가 다관에 불쑥 들어오더니 차를 달라고 하였다. 딸아이는 이런 거지에게 깍듯이 대하면서 공짜로 차를 주었다. 그러기를 한 달여, 딸아이는 매일 아침마다 좋은 차를 고른 뒤 그 거지가 오기를 기다리곤 하였다. 그것을 본 석씨는 거지를 내쫓지 않았다고 화를 내며

---

[79] 茶肆: 다관을 뜻한다. 당시 개봉에는 차를 마시는 것이 일상화되어 음식을 茶飯이라고 하였고, 술집에서 안주를 파는 사람을 가리켜 茶飯博士, 量酒博士라고 칭하였다. 당시 博士는 특정 직업에 종사하는 사람에 대한 존칭어로서 현대 중국에서 師傅와 같은 의미였다. 『東京夢華錄』에 수록된 유명한 다관으로는 '李四分茶', '薛家分茶' 등이 있다.

딸에게 매질하였으나 딸아이는 그다지 개의치 않고 오히려 더욱 공손하게 대하였다. 그 뒤로 며칠이 지나서 거지가 다시 찾아와 딸아이에게 묻길,

"내가 마시다가 남은 차가 있는데 마시겠니?"

딸아이는 차가 더러운 것이 마음에 걸려 땅에 조금 따라 버린 뒤 마시려 하자 금방 기이한 향기를 맡을 수 있었다. 이에 서둘러 차를 마시니 당장에 정신이 맑아지고 몸이 가뿐해짐을 느낄 수 있었다. 거지는 말하길,

"나는 여동빈[80]이다. 네가 비록 내 차를 모두 마실 인연은 없지만 그래도 소원을 이룰 수는 있을 것이다. 마음만 먹으면 부귀하게 될 수도 있고, 장수할 수도 있다."

석씨 딸은 평범한 집안 아이[81]여서 출세한다는 것이 무엇인지 잘 모르고, 그저 오래 살고 재물이 부족하지 않기만을 바랐다. 여동빈이 가고 난 뒤 이 일을 부모에게 상세히 말하니 비로소 부모들은 깜짝 놀라며 거지를 찾았으나 이미 보이지 않았다. 석씨 딸은 장성한 뒤 한 관영[82]의 지휘사[83]에게 시집갔고, 후에 오연왕 손녀의 유모가 되어 읍

---

80 呂洞賓: 이름은 嵒 혹은 巖이고, 자는 동빈, 호는 純陽子이며, 唐 河東道 芮州 芮城縣(현 산서성 運城市 芮城縣) 사람이다. 終南山에서 수도한 八仙의 한 사람으로 전해지며 많은 신비한 고사의 주인공이 되었다. 華陽巾을 즐겨 쓰고 황백색의 襴衫을 입고 검을 들고 큰 비단 끈을 매고 다닌다고 알려졌으며, 잡극의 주인공으로 송대 민간에서 가장 환영받는 신선 가운데 하나였다.

81 小家子: 출신이 미천한 사람 또는 행동거지나 일 처리가 소심한 사람을 가리킨다.

82 管營: 변경지역에 유배되어 兵役에 종사함으로써 수형생활을 대체하는 범죄자를 관리하는 군인을 가리킨다.

83 指揮: 後梁 때부터 사용한 禁軍의 편제 단위로서 통상 500명의 병력을 말하나 실제로는 300명 정도로 운영되기도 하였다. 송대에는 병력을 계산할 때 지휘를 기본

호[84]를 하사 받았다. 젖을 먹여 키운 오연왕의 손녀는 커서 고준약[85]에게 시집가서 강국태부인에 봉해졌다. 석씨 딸은 후에 120세까지 장수하였다.

단위로 사용하는 것이 보편화되었다. 지휘의 하부 단위는 100명으로 이루어진 都다. 指揮使는 500명의 병력을 지휘하는 지휘관이다.

84 邑號: 6품관 이상의 부인에게 주는 封號이다.

85 高遵約: 淮南東路 亳州(현 안휘성 亳州市) 사람으로 供備庫副使와 乾寧軍지사를 지냈다. 『歐陽脩集』卷85 「賜知乾寧軍高遵約獎諭救書」에는 乾寧軍에 홍수가 나서 제방이 무너지고 성벽이 무너질 위기에 처했는데, 고준약이 솔선하여 그 위기를 극복하는 공을 세웠다는 기록이 있다.

元豊中, 京師有富人王天常, 高魯王家壻也. 一夕, 夢二急足追至一處, 令閉目露坐, 無得竊窺人物. "吾檢會文字畢, 當復來." 既行, 天常回顧, 見門闕甚偉, 牓曰'三坤城'. 庭下桎梏者頗衆, 皆僧・道・尼, 亦有獄吏衛守, 復坐移時, 急足至, 令同行. 趨入公府, 主者朝服坐, 衆吏侍立, 問: "何處來?"答曰: "京師." 一吏稟曰: "誤矣. 所追王天常, 非京師人. 當速令此人歸."

天常見他吏乃故友, 死已十餘□, 抱一大冊, 降堦相揖道舊曰: "公可亟去, 此非世人所處之地." 問: "冊中何事?"曰: "記世間生死者." 天常再三欲視己事, 吏辭不獲, 遂開一葉. 但見"某年月日以一刀死." 急掩卷, 令人送出. 既寤, 爲親戚言之. 恐懼非命, 積憂成勞疾而終. 後人思之, 一刀, 蓋勞字也.(右二事趙伯璘言.)

원풍연간(1078~1093)에 고노왕가의 사위이기도 한 왕천상이라는 부자가 도성에 살고 있었다. 어느 날 밤 꿈에 두 명의 급사[86]를 따라 한 곳에 갔는데, 눈을 감은 채 노천에 앉으라고 하였다. 그들은 다른 사람을 몰래 엿보면 안 된다고 말하더니,

"공문을 확인한 뒤에 다시 오겠다."

고 하고는 어디론가 갔다. 그들이 간 뒤 왕천상은 주변을 살펴보니 아주 웅대한 대문과 대궐이 있었고, 현판에는 '삼곤성'[87]이라고 쓰여

---

86 急足: 서신을 전달하는 발 빠른 사람을 지칭하는 속어이다.

　　　　　　　　　　　　　　　　　　　　　이견갑지【一】

있었다. 대궐 뜰에는 형구를 찬 사람이 제법 많았는데, 그들 모두 승려와 도사, 그리고 비구니였고 옥리들이 그들을 감시하고 있었다. 다시 앉았다가 자리를 옮기려는데, 급사들이 와서 다시 동행해야 한다고 하였다. 서둘러 관아에 들어가니 주관하는 관리는 관복을 입은 채 앉아있었고, 많은 서리들은 그를 모시고 옆에 서 있었다.

담당 관리가 묻길,

"어디서 왔느냐?"

왕천상이 대답하길,

"개봉부에서 왔습니다."

그러자 한 서리가 보고하길,

"착오가 생겼습니다. 데려와야 할 왕천상은 개봉부 사람이 아닙니다. 이 사람을 빨리 돌려보내도록 명하셔야 합니다."

왕천상이 다른 서리를 보니 이미 죽은 지 10년이 넘는 옛 친구였다. 그는 큰 장부를 안은 채 계단을 내려와 왕천상과 인사를 나눈 뒤 옛날 일에 대해 이야기를 나누고 말하길,

"가급적이면 빨리 이곳을 떠나십시오. 여기는 이승 사람이 머물 곳이 아닙니다."

왕천상이 묻길,

"장부 안에 무엇이 쓰여 있소?"

서리가 대답하길,

"세상 사람들의 수명에 관한 기록입니다."

---

87 三坤城: 사망한 사람을 소환하고 심판하는 명계와 관련된 관아이다.

그 말을 듣고 왕천상은 몇 차례나 자신에 관한 일을 보여 달라고 간청하였다. 서리는 거듭 거절하였으나 결국 부탁을 거절하지 못하고 그 가운데 한 쪽만 펴보였는데, "모년 모월 모일에 한칼에 죽는다"는 기록만 겨우 보였다. 서리는 서둘러 장부를 덮은 뒤 사람을 시켜 왕천상을 내보내게 하였다. 왕천상은 꿈에서 깨어난 뒤 친척들에게 자신이 본 것을 모두 이야기하고는 비명에 죽을 것을 두려워하다 근심이 쌓여 병이 나더니 결국 죽고 말았다. 후에 사람들이 생각해 보니 '한칼'이라는 것은 아마도 '수고할 로'자가 아닌가 싶었다.(이 두 가지 일화는 조백린이 한 이야기다.)

汾陰后土祠, 在汾水之南四十里, 前臨洪河, 連山爲廟, 蓋漢唐以來故址, 宮闕壯麗, 紹興間陷虜. 女眞統軍黑風大王者, 領兵數萬, 將窺梁·益, 館于祠下, 腥羶汙穢, 盈積如阜, 不加掃除. 一夕, 乘醉欲入寢閣, 觀后眞容, 且有媟瀆之意. 左右固諫, 弗聽, 率十餘奴僕徑往. 未及擧目, 火光勃鬱, 雜煙霧而興. 冷逼於人, 立不能定.

統軍懼, 急趨出, 殿門自閉. 有數輩在後, 足踵爲關闑翦斷. 統軍百拜禱謝, 乞以翼旦移屯. 至期, 天宇淸廓, 杲日正中, 片雲忽從祠上起, 震電注雨, 頃刻水深數尺. 向之糞汙, 蕩滌無纖埃. 統軍齋潔致祭, 捐錢五萬緡以贖過. 士卒死者什二三.

해주 영하현[88]에 있는 후토사[89]는 분하[90]에서 남쪽으로 40리 떨어

---

[88] 汾陰縣: 永興軍路 解州 榮河縣(현 산서성 運城市 萬榮縣). 汾陰縣은 西漢 때의 행정명으로 榮河縣의 별칭이다.

[89] 后土: 천신에 대응하는 토지신으로서 수확과 출산의 신이기도 하다. 천신이 남성으로 인격화된 것처럼 후토는 여성으로 인격화되어 민간에서는 통상 后土娘娘이라고 칭하였다. 漢代부터 송대까지 황제가 후토사를 찾아 제사 지낸 회수가 총 24회에 이를 정도로 국가 祠廟로 중시되었다. 漢代 郊祠에 황후가 한 차례 참여한 전례를 들어 則天武后가 郊祠에 참여하면서 황후가 후토 제사를 주관하기 시작하였다. 眞宗이 태산에서 封祭를 지낼 때 황후는 후토사에서 禪祭를 지내면서 각국 사신을 불러 모으는 등 천신과 대등하게 대하였다. 그러나 황후의 정치적 발언권이 축소되면서 후토의 위상도 점차 약화되어 명·청대에는 蠶業의 신으로 격하되었고, 토지신에 대한 제사는 북경의 天壇에 합사되었다.

[90] 汾河: 산서성 중부에서 서남향으로 흐르는 길이 716km, 유역면적 39,000㎢의 큰 강으로서 황하의 두 번째 큰 지류다. 분수를 따라 형성된 평야와 계곡이 태원 이남의 경제적 중심지이자 최대 교통로다. 예전에는 汾水와 汾河를 함께 사용하였으

진 곳에 있는데, 바로 앞에는 홍하가 흐르고 뒤로는 산이 둘러싸고 있다. 한·당대부터 내려온 유서 깊은 곳으로서 전각이 크고 아름다웠는데, 소흥연간(1131~1162)에 여진에게 함락되었다.[91] 여진군 통군인 흑풍대왕[92]이 수만 명의 병력을 이끌고 와서 섬서 남부와 사천지방을 공략하고자 하였다.

여진 군대가 후토사 부근에 주둔하면서 비린내와 누린내를 풍기고, 오물과 쓰레기를 산더미처럼 쌓아 둔 채 청소하지 않았다. 하루는 밤에 술에 취한 흑풍대왕이 전각 안으로 들어가 후토신상을 보고 멋대로 깔보고 모독하려고 생각하였다. 좌우에서 그러면 안 된다고 간곡하게 말렸지만 들은 채도 않고 10여 명의 노복을 거느리고 곧장 들어갔다. 그러나 후토상을 쳐다보기도 전에 불빛이 솟구쳐 오르고 연기가 뒤섞여서 방안에 가득한 채 차가운 기운이 엄습하여 가만히 서 있기도 힘들었다.

겁이 난 흑풍대왕은 서둘러 밖으로 뛰어나갔지만 전각의 문이 저절로 닫히면서 뒤에 따라오던 노복들의 발목이 문지방에 끼어 부러

나 최근에는 汾河를 공식 지명으로 하고 있다.
91 금군이 산서를 처음 점령한 것은 靖康연간(1126~1127)의 일이다.
92 粘罕(1080~1137): 黑風大王이 누구인지 명확하지 않지만 금조의 개국공신인 점한을 가리키는 것으로 보인다. 점한의 원명은 粘沒喝이며, 完顔宗翰이라고도 한다. 金 太祖의 조카로서 거란에 항거하여 거병할 것을 촉구하였으며, 건국과정에서 거듭 거란군을 격파하는 군공을 세웠다. 뛰어난 정치력과 지휘력을 겸비하여 金朝 건국의 원훈이 되었다. 거란을 멸망시킨 뒤 북송을 공략하기 위한 전면전에서 河東 방면의 총사령관을 맡아 河北 방면의 총사령관 斡離不과 함께 연전연승하여 마침내 개봉을 함락시키고 북송을 멸망시켰다. 1132년 都元帥가 되어 점령지에 대한 일체의 통제권을 장악하였으며, 劉豫를 내세워 위성국인 齊를 운영하기도 했다. 금 태종 사후 황위 계승에도 영향력을 행사하는 등 최고의 실권자가 되었지만 지나치게 커진 권력 때문에 말년에는 많은 견제를 받았다.

지고 말았다. 흑풍대왕은 계속 절하고 기도하며 신에게 사죄하면서 내일 새벽에 당장 군대를 이동시키겠다며 용서를 빌었다. 다음 날 하늘이 맑아지고 해가 높이 떴으나 정오가 되자 조각구름이 갑자기 후토사 위로 솟아오르고 천둥 벼락이 치면서 비가 쏟아붓듯이 내렸다. 순식간에 몇 척이나 쌓인 물이 똥과 오물이 쌓여 있는 곳으로 몰려가더니 깨끗이 쓸어버리고 말았다. 흑풍대왕은 목욕재계하고 정성껏 제사를 지낸 뒤 돈 5만 관을 속전으로 바치고 죄를 사하여 달라고 하였다. 병사 열 명 가운데 죽은 자가 두세 명에 달하였다.

紹興中, 韓郡王旣解樞柄, 逍遙家居, 常頂一字巾, 跨駿騾, 周游湖
山之間, 纔以私童史四五人自隨. 時李如晦晦叔自楚州幕官來改秩, 而
失一擧將, 憂撓無計. 當春日, 同邸諸人相率往天竺, 李辭以意緒無聊
賴, 皆曰: "正宜適野, 散悶可也!" 强挽之行, 各假儌鞍馬. 過九里松,
值暴雨, 衆悉迸避. 李奔至冷泉亭, 衣袽沾濕, 愁坐良歎.

遇韓王亦來, 相顧揖, 矜其憔悴可憐之狀, 作秦音發問曰: "官人有何
事縈心, 而悒怏若此?" 李雖不識韓, 但見姿貌魁異, 頗起敬, 乃告以實.
韓曰: "所欠文字, 不是職司否?" 答曰: "常員也." "韓世忠却有得一紙,
明日當相贈." 命小史詳問姓名‧階位, 仍詢居止處. 李巽謝感泣. 明
日, 一吏持擧牘授之曰: "郡王送來, 仍助以錢三百千." 李遂陞京秩, 修
牋詣韓府, 欲展門生之禮, 不復見.

소흥연간(1131～1162), 통의군왕 한세충⁹³은 추밀사⁹⁴직에서 물러난

---

93 韓世忠(1090～1151): 자는 良臣이며 永興軍路 綏德軍(현 섬서성 楡林市 綏德縣)
사람이다. 빈한한 가정에서 태어났으나 기골이 장대하고 용맹하여 서하‧금과의
전투에서 혁혁한 무공을 세웠다. 특히 남송 초, 8천 병력으로 금의 10만 대군을 黃
天蕩에 몰아넣고 48일 동안 고립시켜 전세를 역전시켰으며, 반란 진압에도 큰 공
을 세웠다. 주화파인 秦檜와 대립하다가 밀리자 紹興 11년(1141)에 추밀사직 해제
를 자청하고 은거하였다. 사후에 太師 및 通義郡王으로 추증되었고, 孝宗 때 다시
蘄王으로 추증되었다. 岳飛‧張俊‧劉光世와 함께 남북송 교체기의 '中興四將' 가
운데 하나로 꼽힌다.

94 樞密使: 국방 관련 업무를 총괄하는 樞密院은 행정 관련 업무를 총괄하는 中書省
과 함께 '二府'라고 불리는 국정 최고 기관이다. 장관은 樞密使‧知樞密院事이며,
문인을 임명하였고, 재상 겸직을 원칙적으로 금하였다. 단 송대에는 황제의 군권

뒤 이곳저곳을 돌아다니며 집에 은거하고 있었다. 한세충은 늘 일자건[95]을 쓰고 노새를 타고 산과 호수를 주유하였는데, 동복[96] 4~5명만 수행하였다. 이때 자가 회숙인 이여회라는 초주[97]의 막직관[98]이 경관으로 승진[99]하려고 임안부로 왔지만 장수의 추천장[100] 하나가 모자랐다.[101] 하지만 달리 방법이 없어 근심만 하고 있었다.

장악을 위해 추밀원은 兵籍 관리와 군대 이동·배치권만 갖고, 군대의 훈련과 관리는 三衙에서, 군 지휘권은 각 부대 지휘관이 나눠 가졌다. 별칭으로는 '右府·西府' 등이 있다. '樞柄'은 樞密使로서의 권한을 뜻한다.

95 一字巾: 본문에 소개된 한세충의 일화가 일자건에 관한 최초의 문헌기록이기 때문에 그 구체적인 모양은 알 수 없다. 다만 종전의 幅巾 형태에 비추어 볼 때 일자건은 아마도 좁은 띠 형태로 간단하게 머리를 묶는 것이 아니었을까 추정한다.

96 童史: 童은 본래 어린 남자 종, 史는 여종을 뜻한다. 따라서 童史는 남녀종을 뜻하는 것처럼 보이지만 동복이 꼭 어린 머슴을 지칭하는 것이 아닌 것처럼 奴僕을 뜻하는 말로 폭넓게 쓰인 것으로 보인다.

97 楚州: 淮南東路 楚州(현 강소성 淮安市).

98 幕職官: 幕은 본래 장수의 장막을 뜻하므로 幕官·幕職官은 장수의 참모를 가리키는 말이다. 송대의 막직관이라는 명칭은 이렇게 唐代 절도사·관찰사 등을 개인적으로 보좌하던 참모직에서 유래하였으나 실제로는 8~9품의 하급관리를 총괄하는 말이다. 정원은 관할구역의 크기, 업무의 다과에 따라 신축성 있게 운영되었다.

99 改秩: 송대 관원은 중앙정부에서 근무할 수 있는 자격을 갖춘 7품 이상의 京官과 그렇지 못한 8~9품의 選人으로 크게 나눌 수 있다. 7등급으로 나누어진 선인 내에서 승진을 가리켜 循資라고 칭하고, 선인에서 경관으로 승진하는 것을 가리켜 改官·改秩이라고 칭한다.

100 保任: 송대 역시 당대와 마찬가지로 중·하급 관리의 승진과 전보에 추천이 필수적이었다. 추천에 의한 임용이라는 점에서 保任이라고도 하였는데, 추천자를 가리켜 保主·擧主·擧將이라고 하고 京官 이상만 가능하였다. 송대에는 적임자 추천이 고관의 의무이자 권리로 인식되어 추천을 장려하는 조령이 모두 231회나 공포되었을 정도다. 추천으로 인한 청탁의 만연과 파벌 형성 등의 후유증이 있었지만 한편 피추천자의 사후 처신에 대해 추천자에게 연좌 처분을 요구하였기에 견제가 가능하였다.

101 주현 막직관에서 경관으로 승진하려면 문관의 경우 6년 이상 위법행위가 없어야하고 추천 자격을 구비한 5명의 추천서가 필요하였다. 무관의 경우 더욱 추천 규정이 엄격해 大中祥符 5년(1012) 이후 7명의 추천서가 필요하였다.

마침 봄날이어서 저점[102]에 함께 머물던 사람들은 이여회에게 천축사[103]에 가서 함께 바람 쐬자고 권하였다. 이여회는 놀러 갈 심정이 아니라며 사양하였지만 '그럴수록 밖에 나가서 마음을 푸는 것이 좋다'며 모두 강권하였다. 각자 말과 안장을 빌려 타고 가다가 구리송[104]을 지날 무렵, 갑자기 폭우를 만났다. 모두 다 흩어져 비를 피하였고, 이여회도 냉천정[105]으로 달려갔다. 이여회는 옷이 비에 흠뻑 젖은 채 근심스레 앉아서 한숨만 쉬고 있었다.

마침 그때 한세충도 비를 피해서 냉천정으로 왔다. 두 사람은 서로 돌아보고 인사하였는데, 한세충은 이여회의 초췌하고 가련한 모습에 동정심이 생겨 일부러 섬서지방 말투로 묻길,

"댁은 무슨 일이 마음이 걸려 그처럼 우울해 하시오?"

이여회는 비록 상대방이 누구인지 몰랐지만 생긴 것이 범상치 않

---

102 邸店: 客商을 위해 상품 보관과 교역, 숙소의 기능을 행하던 곳이다. 邸는 원래 화물 창고를, 店은 상품 판매하는 곳을 뜻한다. 각기 분리되어 있던 두 기능이 唐代에 하나로 합쳐지고 여기에 여관 기능이 더해져 송대로 이어졌다. 임안의 저점은 상업의 발달에 힘입어 유례없는 번영을 누렸다. 邸閣·邸舍·邸肆·邸鋪·塌坊·塌房이라고도 한다.

103 天竺寺: 절강성 杭州市 西湖區에 있는 사찰로서 인근의 靈隱寺와 함께 항주를 대표하는 사찰이다. 상천축사·중천축사·하천축사가 함께 있어 天竺三寺라고도 한다. 하천축사가 가장 먼저 창건되었고 상천축사가 가장 늦게 창건되었지만 모두 천년고찰을 자랑한다. 乾隆황제에 의해 각각 法喜寺·法淨寺·法鏡寺로 개칭되었다.

104 九里松: 唐代 杭州刺史였던 袁仁敬이 현 蘇州 石湖에 있는 行春橋부터 杭州 靈隱寺까지 돌아보던 중 영은사에서 천축사 사이의 길 양옆에 소나무가 좌우로 세 줄씩 모두 9리에 걸쳐 서 있는 것을 보고 9里松이라고 칭하였는데, 후에 지명으로 정착되었다.

105 冷泉亭: 靈隱寺 앞에 있는 냉천이라는 우물 위에 세워진 정자다. 현 냉천정은 8각형 정자 형태이다.

이견갑지 【一】

아서 절로 공경하는 마음이 들었다. 이에 자신의 처지를 숨김없이 말하였다. 한세충이 묻길,

"당신에게 필요한 것이 현직 관원[106]의 추천서요?"

이여회가 답하길,

"꼭 현직 관원의 것이 아니라 전 · 현직 관원[107] 모두 무방합니다."

그러자 한세충은 말하길,

"한세충이라면 추천서를 한 장 써 줄 수 있을 터인데, 내일 인편에 보내 드리겠소이다."

그리고는 수행하던 시종[108]에게 이여회의 이름과 직위, 거주지 등을 상세히 묻도록 하였다. 이여회는 공손히 사례한 뒤 감격하여 눈물을 흘렸다. 다음 날 한 사람이 추천서를 가지고 와서 이여회에게 주면서 전하길,

"이 추천서는 통의군왕 한세충이 보내신 것이고, 별도로 300관을 주시며 보태 쓰라고 하셨습니다."

이여회는 곧 경관으로 순조롭게 승진하였으며, 감사의 편지를 들고 한세충의 집을 찾아가 제자로서의 예를 다하고자 했으나 한세충은 끝내 만나주지 않았다.

---

106 職司: 본래 직무나 직책을 뜻하지만 현직 관원 혹은 유관부서 직속 관원을 가리키기도 한다.

107 常員: 본래 규정에 의해 정해진 인원, 또는 현직 관원을 뜻하지만 송대에는 대부분 관리들을 임시 파견 형식으로 임용하였기 때문에 현임과 퇴임의 구분이 어려웠다. 따라서 常員에는 면직 후 향리에 기거하는 관리들도 모두 포함되었기에 寄居官이라고도 한다.

108 小史: 본래 『周禮』에서는 禮官의 명칭이었으나 漢代 이후 서리에 대한 통칭으로 바뀌었고, 다시 관아에서 잡역을 하는 심부름꾼이나 侍從을 가리키는 용어로 쓰였다.

이견갑지

夷堅甲志
卷 2

장방창의 아내 정씨 부인張夫人

張子能夫人鄭氏, 美而豔. 張爲太常博士, 鄭以疾殂, 臨終與張訣曰:
"君必別娶, 不復念我矣." 張泣曰: "何忍爲此!" 鄭曰: "人言那可憑, 盍
指天爲誓?"曰: "吾苟負約, 當化爲閹, 仍不得善終."鄭曰: "我死, 當有
變相, 可怖畏, 宜置尸空室中, 勿令一人守視, 經日然後殮也."言之至
再三, 少焉氣絶.

張不忍從, 猶遣一老嫗設榻其旁. 至夜半, 尸忽長歎, 自揭面帛, 蹶
然而坐, 俄起立. 嫗懼, 以被蒙頭, 覺其尸行步踉蹡, 密窺之, 呀然一夜
叉也. 嫗旣不可出, 震栗喪膽, 大聲叫號. 家人穴壁觀之, 盡呼直宿數
卒, 持杖環立於戶外. 夜叉行百匝乃止, 復至寢所, 擧被自覆而臥. 久
之, 家人乃敢發戶入視, 見依然故形矣.

後三年, 張爲大司成, 鄧洵仁右丞欲嫁以女, 張力辭. 鄧公方有寵,
取中旨令合昏. 成禮之夕, 賜眞珠複帳, 其直五十萬緡. 然自是多鬱鬱
不樂. 嘗晝寢, 見鄭氏自窗而下, 罵曰: "舊約如何, 而忍負之, 我幸有
二女, 縱無子, 胡不買妾? 必欲娶, 何也? 禍將作矣."遽登榻, 以手捫其
陰. 張覺痛, 疾呼家人, 至無所睹. 自是若閹然, 卒踣奇變.

장방창[1]의 부인 정씨는 매우 아름답고 요염하였다. 장방창이 태상

1　張邦昌(1081~1127): 字는 子能이며 河北東路 永靜軍 東光縣(현 하북성 衡水市
　阜城縣) 사람이다. 장방창은 徽宗·欽宗 때 尙書右丞·左丞·中書侍郎·少宰·
　太宰兼門下侍郎 등을 역임하였다. 금의 1차 개봉 포위 때 康王 趙構와 함께 금의
　군영에 가서 영토 할양과 배상문제를 논의하였다. 靖康 2년(1127) 2월, 금은 북송
　을 멸망시키고 太宰 장방창을 大楚 황제로 책봉하고 도성을 江寧府(현 남경)로 정
　하였다. 그러나 장방창이 명령에 따르지 않자 즉위를 거부할 경우 대신들을 살해

박사²가 되었을 때 부인이 갑자기 병으로 사망하였다. 정씨는 임종을 앞두고 남편과 마지막 인사를 나누며 말하길,

"내가 죽고 나면 당신은 반드시 재혼할 것이고, 나를 다시는 기억도 못하겠지요?"

이에 장방창은 울면서 말하길,

"차마 어떻게 그럴 수 있겠소."

정씨는 말하길,

"사람의 말을 어떻게 믿을 수 있겠어요? 왜 당신은 하늘에 대고 맹세하지 않으세요?"

이에 장방창은 맹세하길,

"내가 만약에 약속을 저버린다면 고자가 될 것이며, 또 선종하지 못해도 좋소."

정씨는 거듭 당부하길,

"내가 죽으면 시신이 아주 무섭게 변할 것입니다. 내 시신을 빈방에 두고 아무도 보지 못하게 하신 다음 며칠이 지난 뒤에 염해 주세요."

하고 개봉 주민을 몰살시키겠다고 위협하였다. 이에 장방창은 억지로 32일 동안 황제 노릇을 하였으나 금군이 철군하자마자 곤룡포를 벗고 짐이라 자칭하지 않았으며, 정전에서 일하지 않는 등 극도로 조심하였다. 그리고 元祐황후를 延福宮으로 맞아들이고 歸德軍(현 하남성 商邱市)으로 가서 康王을 만나 부득이했던 상황을 설명하고 請罪하며, 고종이 순탄하게 즉위할 수 있도록 하여 송조 부활을 위해 기반을 닦았다. 고종은 즉위 직후 장방창을 太保로 임명하였으나 6월에 유배에 처했고, 9월에는 살해하였다.

2   太常博士: 조회와 예악, 제사와 능묘 관리를 담당하는 太常寺의 정8품 관원으로서 오례 의식, 관원에 대한 시호 심사 등을 맡았다.

말을 마치고 곧 숨을 거두었다. 하지만 장방창은 차마 그렇게 할 수가 없어서 노파 한 명을 시켜 시신 옆에 침상을 두고 지키게 하였다. 그날 밤늦은 시간에 갑자기 시신이 장탄식을 하면서 스스로 얼굴에 덮어놓은 비단을 걷어 내고 일어나 앉더니 잠시 뒤에는 벌떡 일어섰다. 노파는 겁이 나서 이불로 얼굴을 뒤집어썼는데, 귀신이 절뚝거리며 돌아다니는 것을 느낄 수 있었다.

이에 이불을 걷고 살짝 내다보니 놀랍게도 야차[3]였다. 노파는 밖으로 도망가지도 못하고 겁에 질려서 마구 소리 질렀다. 집안 사람들이 벽 틈 사이로 보고 힘껏 소리 질러 숙직 중인 병사 몇 명을 불러 모은 뒤 몽둥이를 들고 문밖에서 둘러앉게 하였다. 야차는 100번 정도 제자리에서 맴돌더니 다시 침대로 돌아가 이불을 들어 얼굴을 가린 뒤 자리에 누웠다. 한참 뒤에 집안 사람들이 용기를 내어 방문을 열고 들어가 보니 여전히 옛 모습 그대로였다.

그로부터 3년 뒤 장방창이 대사성이 되자 상서성 우승[4]인 등순인[5]이 자기 딸과 결혼시키려고 하였다. 장방창이 극력 사양하였지만 등

---

3 夜叉: 산스크리트어 'Yakṣa'를 음역한 것으로 藥叉 · 閱叉 · 夜乙叉라고도 한다. 불법을 수호하는 여덟 신장 가운데 하나지만 민간에서는 사람을 잡아먹고 상해를 입히는 잔인한 귀신으로 알려져 있다.
4 尙書省 右丞: 송 초에는 직사관이 아니었고 품계를 나타내는 寄祿官이었으며 직급도 6부 상서보다 낮았으나 원풍개혁으로 부재상인 參知政事를 없애면서 문하시랑 · 중서시랑과 함께 상서좌승 · 상서우승 모두 執政반열에 속하게 되었다. 품계는 정2품이며 좌승이 우승보다 선임이다. 建炎 3년(1129)에 다시 參知政事직을 회복시키면서 없어졌다.
5 鄧洵仁: 成都府路 成都府 雙流縣(현 사천성 成都市 雙流區) 사람으로 신법당이면서 권력만 추구했던 鄧綰의 큰아들이었다. 채경을 재상으로 강력하게 추천했고, 樞密院 知事를 지낸 동생 鄧洵武 덕에 大觀 4년(1110)에 尙書右丞이 되었으나 3년 뒤 諫官에게 비판을 받고 파면되었다.

순인이 한참 황제의 총애를 받고 있었고, 황제로부터 두 집안의 혼인을 명하는 성지를 받아 와서 거절할 수 없었다. 혼례가 있던 날 저녁, 황제가 진주로 장식한 복장[6]을 하사하였는데, 그 값이 자그마치 50만 관이나 되었다. 하지만 이때부터 장방창은 늘 우울하게 지냈다. 하루는 낮잠을 자는데 정씨가 창을 타고 들어와 욕하길,

"옛날의 약속을 어쩌면 그렇게 몰인정하게 어길 수 있으세요? 내가 다행히도 두 딸을 낳았으니 만약 아들이 없어서 그렇다면 첩을 사면 될 것이지 그런 것은 생각도 안 하고 꼭 재혼을 해야만 하셨나요? 곧 화가 닥칠 것입니다."

그리고는 침상에 급히 올라와 장방창의 성기를 손으로 쳤다. 장방창은 아파서 비명을 질렀고, 집안 사람들이 달려왔지만 아무것도 보이지 않았다. 이때부터 장방창은 성불구자처럼 되더니 갑작스레 변을 당해 죽고 말았다.

---

6 複帳: 침실을 가리는 커튼인 캐노피를 뜻한다.

이견갑지 【一】

宗立本, 登州黃縣人. 世世爲行商, 年長未有子. 紹興戊寅盛夏, 與
妻販縑帛抵濰州, 將往昌樂, 遇夜, 駕車於外, 就宿一古廟, 數僕擊柝
持仗守衛. 明旦, 蓐食訖, 登塗, 値小兒可六七歲, 遮拜于前, 語言猥利
可喜. 問其誰家人, 自那處來, 對曰: "我昌邑縣公吏之子也. 亡父姓名
是王忠彦, 與母氏俱化去. 鞠養於它人, 將帶到此, 潛舍我而去, 茲無
所歸, 必死於狼虎魍魅矣!"

立本拊之曰: "肯從我乎?" 又再拜感泣, 遂收而育之, 命名曰'神授'.
兒性質警敏, 每覽讀文書, 一過輒憶. 又能把巨筆作一丈闊字, 篆·
隸·草不學而成, 見名賢古帖墨蹟, 稍加摹臨, 必曲盡其妙. 立本蓋市
井小民耳, 遽棄舊業, 而攜此兒行游, 使習路岐賤態, 藉以自給.

後二年之春, 至濟南章丘, 逢一胡僧, 神貌瓌傑, 指兒謂立本曰: "爾
在何處拾得來?" 立本瞠曰: "吾妻實生之, 奚乃輕妄發問?" 僧笑曰: "是
吾五臺山五百小龍之一也, 失之三歲矣, 方尋訪見之, 爾久留定揆大
禍. 吾已密施法禁, 彼亦無所復肆其虐." 於是索水噴噀, 立化爲小朱
蛇, 盤旋于地. 僧執淨瓶, 呼神授名, 蛇卽躍入其中. 僧頂笠不告而去.
立本夫婦思念, 久而不忘. 淮東鈐轄王易之親睹厥異.

등주 황현[7] 사람 종립본은 대대로 행상[8]을 하였는데 나이가 들도록

7　黃縣: 京東東路 登州 黃縣(현 산동성 烟台市 龍口市).
8　行商: 송대에는 상업의 발달로 전통적인 좌상과 행상의 구분이 많이 약해졌지만
　　『이견지』에서는 행상의 경우 대부분 구분하여 기술하고 있고 사건의 맥락을 이해
　　하는 데도 도움이 된다. 이에 行商·客商·估客 등 행상을 가급적 좌상과 구분하

아들이 없었다. 소흥 28년(1158) 한여름에 아내와 함께 유주[9]에 와서 비단을 팔고 창락현[10]으로 가던 중 밤이 되자 수레를 밖에 세워두고 낡은 사묘에서 숙박하였다. 노복 몇 명은 무기를 들고 딱딱이를 치면서 지켰다. 다음 날 아침 일찍 식사[11]를 하고 출발 준비를 마쳤는데, 6~7세가량 되는 아이와 우연히 마주쳤다. 아이는 길을 막고 인사를 하였는데, 재치 있게 말하는 것이 아주 귀여웠다. 뉘 집 아이이며 어디서 왔느냐고 물어보자 대답하길,

"저는 유주 창읍현[12] 서리의 아들로서 돌아가신 아버님의 성함은 왕충언입니다. 부모님께서 모두 돌아가신 뒤 다른 사람 손에서 컸는데, 저를 이곳에 데리고 온 뒤 버리고 몰래 가 버렸습니다. 이제 돌아갈 집이 없으니 산짐승이나 도깨비 손에 죽는 것밖에 다른 길이 없는 것 같습니다."

종립본이 어린이를 쓰다듬으며 묻길,

"나를 따라가겠느냐?"

그러자 어린 아이는 거듭 절하며 감격의 눈물을 흘렸다. 이에 어린이를 거두어 기르고 '신수'라고 이름 지어 주었다. 신수는 천성이 민첩하고 책을 읽을 때마다 한 번만 보아도 대부분 잘 기억하였다. 또 큰 붓으로 1장이나 되는 큰 글씨를 쓰곤 했는데, 전서·예서·초서

여 번역하였다.

9 濰州: 京東東路 濰州(현 산동성 濰坊市).
10 昌樂縣: 京東東路 濰州 昌樂縣(현 산동성 濰坊市 昌樂縣).
11 蓐食: 잠에서 깨자마자 이부자리에서 아침을 먹는다는 뜻으로 매우 이른 아침 식사를 가리킨다.
12 昌邑縣: 京東東路 濰州 昌邑縣(현 산동성 濰坊市 昌邑縣).

를 배우지 않고도 모두 익혔다. 옛 명현이 남긴 글씨를 보고 조금 따라 쓰면 반드시 그 정묘함을 그대로 재현하였다.

종립본은 본래 시정의 서민이었으나 신수를 위하여 곧 장사를 그만둔 뒤 신수를 데리고 도처를 돌아다니면서 유랑예인[13]의 험한 일도 익혀 후에 자립할 수 있도록 만들어 주었다. 그런 지 2년이 되던 해 봄에 제주 장구현[14]에 이르러 풍모가 비범한 한 호승을 만났다. 호승은 신수를 가리키며 종립본에게 묻길,

"당신은 어디서 이 아이를 주워 왔소?"

종립본이 눈을 부릅뜨고 대답하길,

"내 아내가 직접 낳은 아이인데, 어찌 그렇게 경망스럽게 묻는단 말이요?"

그러나 호승은 웃으며 말하길,

"이 아이는 우리 오대산 500소룡 가운데 하나요. 잃어버린 지 3년이 되었는데, 그동안 찾아다니다가 이제야 찾았소이다. 당신이 이 아이를 오래 데리고 있었으니 반드시 큰 화를 입을 것이외다. 하지만 내가 은밀히 술법을 행하여 저 아이가 더는 험한 짓을 못하게 하겠소."

그리고는 물을 가져다가 입에 머금었다가 신수의 몸에 뿜자, 신수는 즉시 작고 붉은 뱀으로 변하여 땅에서 맴돌았다. 호승은 깨끗한 병을 들고 신수의 이름을 부르자 뱀은 즉시 그 병 안으로 뛰어 들어갔다. 호승은 삿갓을 쓰고 아무 말도 하지 않은 채 가버렸다. 그 뒤로 종

---

13 路岐: 송대에 사방을 떠돌아다니며 공연하던 藝人을 뜻한다.
14 章丘縣: 京東東路 齊州 章丘縣(현 산동성 濟南市 章丘區).

립본 부부는 신수를 오랫동안 잊을 수 없었다. 회남동로[15] 도검할[16] 왕역지가 이 기이한 일을 친히 목도하였다.

15 淮南東路: 至道 3년(997)에 전국에 15개 路를 설치하면서 신설된 淮南路는 熙寧 5년(1072)에 동로와 서로로 분리되었다. 회남동로는 현 강소성 중부와 안휘성 중동부에 상당하는 지역이며 치소는 揚州(현 강소성 揚州市)였고, 8個州 · 4個軍으로 이루어졌다. 치소가 揚州여서 민간에서는 揚州路라고도 하였다. 남송 때에는 이 일대가 국경이 되면서 남북으로 나누어졌다.

16 鈐轄: 관할구역을 통제한다는 뜻으로서 兵馬鈐轄이라고도 칭한다. 북송 초에는 임시 파견직이었으나 후에 상근 파견직으로 바뀌었다. 관직고하에 따라 都鈐轄 · 副都鈐轄 · 鈐轄 · 副鈐轄로 나뉘며, 관할지역도 1州 · 1路, 혹은 2~3개 路 등 다양하였다. 兵鈐이라고도 한다.

江陰齊三妻歐氏, 産乳多艱, 幾於死, 乃得免. 一子宜哥年六歲, 警悟解事, 不忍母困苦. 咨於老人, 問何術可脫此厄. 老人云:"唯道家『九天生神章』, 釋敎『佛頂心陀羅尼』爲上." 卽求二經, 從一史道者學持誦, 三日, 悉能暗憶. 於是每以淸旦各誦十過, 焚香仰天, 輸寫誠懇, 凡越兩歲. 紹熙元年, 歐有孕, 更無疾惱. 至十月, 將就蓐, 宜哥焚誦之次, 見神人十輩立侍于旁, 異光照室, 少焉生.

상주 강음현¹⁷에 사는 제삼의 아내 구씨는 아이를 낳을 때마다 난산으로 거의 죽을 지경에 이르렀다가 겨우 살아나곤 하였다. 제삼의 아들 가운데 의가는 나이가 여섯 살에 불과했지만 총명한데다 일찍 철이 들어서 어머니가 해산할 때마다 겪는 고통에 대해 몹시 안타까워하였다. 이에 노인들에게 어떤 방법을 쓰면 난산의 고통에서 벗어날 수 있는지를 물었다. 한 노인이 알려 주길,

"그거야 도교의 『구천생신장』과 불교의 『불정심다라니』가 최고지."

제의가는 즉시 이 두 경전을 구한 뒤 사씨 성의 한 도사를 따라 배웠는데, 사흘 동안 소리 내어 읽으며 익히더니 경전을 모두 외우게 되었다. 그리고는 매일 아침 이른 시간에 두 경전을 각기 10번씩 외

---

17 江陰縣: 兩浙路 常州 江陰縣(현 강소성 無錫市 江陰市).

우고, 하늘을 우러러 분향하며 정성을 다해 간구하였다. 그러기를 2년 동안 계속하여 소희 1년(1190)에 어머니 구씨가 임신하였는데, 아파서 고생하는 일이 더는 없었다. 열 달이 지나 출산할 때가 되자 제의가 분향하며 경전을 암송하는데, 10명의 신령이 한쪽에 시립하고 있었고, 기이한 빛이 방을 비추더니 잠시 후 아기가 태어났다.

燕邸萊州洋川公家, 裝褙古今畫為十冊, 東坡過之, 因為書籤, 仍題
其後云: "高堂素壁, 無舒卷之勞; 明窗净几, 有坐臥之安." 又題王靄畫
'如來出山相'云: "頭髼鬐, 耳卓朔, 適從何處來? 碧色眼有角, 明星未
出萬象閑, 外道天魔猶奏樂. 錯不錯, 安得無上菩提成等正覺." 山谷詩
云: "蕭寺吟雙竹, 秋醪薦二螯. 破塵歸騎速, 橫日鴈行高." 又 "擁膝度
殘臘, 攀條驚淺春."

皆洋川公養浩堂故事, 而集中不載. 家君在北方, 宗室子伯璘言如
此. 予家有大年畫小景二幅, 山谷親書兩絶句其上曰: "水色烟光上下
寒, 忘機鷗鳥恣飛還. 年來頻作江湖夢, 對此身疑在故山. 輕鷗白鷺定
吾友, 翠栢幽篁是可人. 海角逢春知幾度, 臥游到處總傷神." 今集中亦
無.

내주[18]의 양천공 저택[19]에서 고금의 명화를 표구하여 모두 10책으
로 만들었다. 호가 동파인 소식[20]이 그곳에 가서 보고 책에 꽂는 갈피

18　萊州: 京東東路 萊州(현 산동성 烟台市 萊州市).

19　燕邸: 黃庭堅의 시 「題燕邸洋川公養浩堂畫二首」에서 유래한 것이다. 따라서 燕邸
　　가 양천공이라는 인물의 號나 字일 가능성이 있지만 洋川公이 누구인지 확인하기
　　힘든 상태다.

20　蘇軾(1037~1101): 자는 子瞻이고 호는 東坡며 成都府路 眉州 眉山縣(현 사천성
　　眉山市 東坡區) 사람이다. 부친 蘇洵, 동생 蘇轍과 함께 당송팔대가에 속하는 탁
　　월한 문인으로 문학과 서예 등에서 절찬을 받았다. 22세에 과거에 급제하였으나,
　　왕안석과 정견이 달랐고, 자유분방한 성격에 필화사건까지 있어 정치적으로 자신
　　의 뜻을 펴지는 못하였다. 杭州 · 密州 · 徐州 · 湖州지사와 翰林學士 · 禮部尚書를

가 있기에 그 뒤에 제발[21]하기를,

> 흰 벽으로 된 높은 집안에는 책을 펴는 수고가 필요 없고,
> 밝은 창, 깨끗한 책상에는 안고 누울 수 있는 편안함이 있도다.

또 왕애[22]의 그림 '여래출산상'에 제발하기를,

> 흐트러진 머리에 커다란 귀, 이 어디서 왔는가?
> 푸른색의 눈에는 각이 잡혀 있고,
> 금성이 떠오르기 전 만물은 한가로운데,
> 외계의 천신이 오히려 음악을 연주하도다.
> 틀리건 틀리지 않건 무슨 상관이랴?
> 어찌 최고의 지혜를 얻어야만 정각을 이루리오?"

그리고 황정견[23]의 시에 제발하기를,

> 쓸쓸한 사찰에 쌍죽이 소리 내어 울고,

역임하였으나 말년에는 신법당의 공격을 받아 광동성 惠州와 해남성 儋州 등지에
유배되었다. 유배에서 풀려 돌아오던 중 常州에서 병사하였다.

21 題跋: 서적·碑帖·서화에 적은 감상이나 기록을 뜻한다. 본래 앞쪽에 쓰는 것을
題辭, 뒤에 쓰는 것을 跋文이라고 구분하지만 題跋이라고 통칭한다. 송대부터 서
화의 여백에 글을 더하여 회화·서예·문학이 하나로 결합하기 시작하였다. 蘇軾
과 黃庭堅의 제발을 모은 『東坡題跋』과 『山谷題跋』이 유명하다.

22 王藹: 북송의 화가로서 불교나 도교 관련 인물화를 잘 그렸다.

23 黃庭堅(1045~1105): 자는 魯直이고 호는 山谷이며 江南西路 洪州 分寧縣(현 강서
성 九江市 修水縣) 사람이다. 시와 서예의 대가이며 유명한 江西詩派의 창시자이
다. 소식과 더불어 '蘇黃'이라 부를 만큼 뛰어난 시인이었고, 蘇軾·米芾·蔡襄과
함께 '4대가'로 꼽히는 명필이었다. 起居舍人, 宣州·鄂州지사를 지냈다. 『神宗實
錄』 편찬에 관여한 일로 정치적 공격을 받고 유배되어 불우하게 생을 마감하였다.

가을철의 막걸리는 두 조개를 생각나게 하는구나.
돌아가는 말은 먼지를 흩날리며 달리고,
황혼의 기러기는 높이 날아만 간다.

또

무릎을 감싸며 추운 연말을 나고,
나뭇가지를 당겨보고 봄이 왔음에 놀란다.

라고 하였다. 모두 양천공의 양호당에서 소장한 고금 서화에 관한 일
로서 현존 문집에는 실려 있지 않다. 필자의 부친이 북방에 사신으로
갔을 때 종실인 조백린이 말해 준 것이다. 우리 집안에 자가 대년인
조영양[24]이 그린 작은 풍경화 두 점이 있는데, 황정견이 그 위에 친히
두 개의 절구를 쓰길,

물빛과 안개, 위아래로 모두 차가운데,
무심한 갈매기만 마음대로 날아다니는구나.
근래에 강호의 꿈을 자주 꾸니,
이 몸이 고향 땅에 있는 듯.
날렵한 기러기와 흰 백로가 내 친구요,
푸른 잣나무와 그윽한 대나무는 좋은 사람이로다.

24 趙令穰: 자는 大年이며 開封府(현 하남성 開封市) 사람이다. 송 태조의 5세손으로
    崇信軍節度觀察留後직을 받았다. 蘇軾·米芾과 교류하면서 산수화·화조화를 많
    이 남겼지만 종실이어서 거동에 제한을 받아 개봉과 낙양 사이의 500리 밖으로 벗
    어날 수 없었다. 그래서 고산준령을 그린 큰 그림은 없다. 북송의 유명한 화가 趙
    伯駒의 부친이기도 하다.

바닷가에서 몇 차례나 봄을 맞아야 하리오?
눕는 곳, 다니는 곳, 어느 곳에서나 모두 마음만 아프다.

현 문집에는 이 또한 없다.

　　陳珦, 字中玉, 鄭州人, 陳文惠公諸孫也. 政和中, 爲蔡州守. 始視
事, 謁裴晉公廟, 讀'平淮西碑', 乃段文昌所製者. 怪而問. 邦人曰: "自
韓文公碑刻石後, 爲李愬卒所訴, 以爲不述愬功, 而專美晉公, 憲宗詔
文昌別撰. 事已久矣." 珦忿然不平, 卽日磨去舊碑, 別諉能書者, 寫韓
文刻之.

　　苗仲先者, 字子野, 通州人, 爲徐州守. 徐舊有東坡黃樓碑, 方崇寧
黨禁時, 當毀, 徐人惜之, 置諸泗淺水中. 政和末, 禁稍弛, 乃鈎出, 復
立之舊處. 打碑者紛然, 敲杵之聲不絶. 樓與郡治相連, 仲先惡其煩聒.
令拽之深淵, 遂不可復出. 二事相反如此.(朱新仲說.)

　　자가 중옥인 정주²⁵ 사람 진향²⁶은 문혜공 진원광²⁷의 후손 가운데
한 사람으로서 정화연간(1111~1117)에 채주²⁸지사가 되었다. 처음 업

25 鄭州: 京西北路 鄭州(현 하남성 鄭州市).
26 陳珦(680~742): 자는 朝佩·中玉이며 唐의 嶺南道 漳州(현 복건성 漳州市) 사람
　　이다. 翰林承旨直學士에 제수되었으나 측천무후가 즉위하자 관직에서 물러났다.
　　景龍 2년(708)에 당시 복건 武榮州 龍溪縣(현 복건성 漳州市)에 松洲書院을 세워
　　복건의 민풍을 일신하였다. 景雲 2년(711)에 부친 陳元光이 반란군 토벌에 나섰다
　　가 전사하자 이듬해 漳州刺史가 되었고, 2년 뒤에 반군을 공략하여 복수하였다.
27 陳元光(657~711): 자는 廷炬이며 唐의 淮南道 光州 固始縣(현 하남성 信陽市 固
　　始縣) 사람이다. 당 건국공신의 후손으로 어려서부터 문무를 겸비하여 광동 일대
　　의 반란을 평정하고 嶺南行軍總管을 지냈으며, 40년 동안 복건을 다스리면서 주
　　현을 설치하고 발전시켰다. 사후에도 아들 陳珦을 비롯해 손자 陳酆, 증손 陳謨까
　　지 4대 100년 동안 漳州자사를 역임하며 복건 발전의 초석을 다졌다.
28 蔡州: 京西北路 蔡州(현 하남성 駐馬店市 汝南縣).

무를 보다가 진국공 배도[29]를 모신 사묘를 참배하고 '회서평정비'[30]를 읽어 보았는데, 단문창[31]이 쓴 글이었다. 이에 이상하게 여겨서 주민들에게 물어보았더니 대답하길,

"문공 한유[32]가 쓴 글을 비석에 새겼는데, 후에 이소의 부하가 '이소의 공은 기록하지 않고 오직 진공 배도만 찬미하였다'고 조정에 고소하였다. 헌종이 조칙[33]을 내려 단문창에게 새로 글을 쓰도록 하였

29 裵度(765~839): 자는 中立이며, 唐의 河東道 解州(현 산서성 運城市) 사람이다. 貞元 5년(789)에 진사가 되었다. 元和연간(806~820)에 中書舍人·御史中丞을 지냈으며 憲宗에게 藩鎭과 환관을 제압할 것을 강력하게 주장했다. 元和 10년(815)에 재상이 되어 吳元濟를 생포함으로써 안사의 난 이래 혼란에 빠진 당조의 권위를 되살리는 데 성공하였다. 그 공으로 晉國公에 봉해졌으며 穆宗 때에도 여러 차례 出鎭入相하면서 공을 세웠다.

30 平淮西碑: 唐 憲宗 元和 12년(817)에 淮西(현 하남성 동남부) 藩鎭 吳元濟를 격파한 사건을 기록한 것이다. 安史의 난 이후 당조가 혼란에 빠진 틈을 타서 783년 淮西節度使 李希烈이 자립한 뒤 4명의 절도사가 그 뒤를 이었다. 오원제는 아버지에 이어 회서 절도사가 된 뒤 하북 번진과 손을 잡고 당조에 저항하였다. 헌종은 오원제를 진압하고자 하였지만 5년 동안 별다른 성과를 거두지 못하였다. 이에 철군 논의도 있었지만 강경책을 주장한 裵度가 감군으로 파견되었다. 그러자 부장 가운데 李愬가 817년 10월, 눈 내리는 밤에 3천 명을 거느리고 오원제의 본진을 기습해 오원제를 체포하는 데 성공하였다. 이 전투는 '李愬雪夜入蔡州'라는 고사의 기원이 될 정도로 유명한 전투였다. 은밀히 오원제를 지원함으로써 분열 국면을 이어 가려던 각지 번진은 당조에 투항하였고, 헌종은 당조 중흥의 계기를 만들 수 있었다.

31 段文昌(773~835): 자는 墨卿·景初이며, 汾州(현 산서성 呂梁市 汾陽市) 사람으로 唐 건국공신의 후손이다. 西川節度使·同中書門下平章事·御史大夫 등의 고위관직을 지냈으며 절의를 중시하였고 관대한 정치를 하였다.

32 韓愈(768~824): 자는 退之이며 선조가 昌黎(현 하북성 秦皇島市 昌黎縣) 출신이어서 한창려라고도 하고, 사후에 文이라는 시호를 추증받아 韓文公으로 불리기도 했다. 3세에 고아가 되는 등 어려운 환경에서도 학문에 정진하여 25세에 진사가 되었고, 京兆尹·吏部侍郎 등을 역임하였다. 柳宗元과 함께 고문운동을 주도하였고, 도가와 불가를 배척하고 유가의 정통성을 적극 옹호·선양하여 송대 성리학의 단초를 제공하였다. 당송팔대가의 하나이다.

다.[34] 이렇게 된 지 이미 오래되었다."

진향은 공평치 못한 일에 분개하여 당일로 그 비석을 갈아 버리고 말았다. 그리고 글씨를 잘 쓰는 사람에게 맡겨 문공 한유가 쓴 글을 새겨 넣도록 하였다.

자가 자야인 통주[35] 사람 묘중선이 서주[36]지사[37]가 되었다. 서주에는 예로부터 호가 동파인 소식의 '황루비'[38]가 있었는데, 숭녕(1102~

---

33 詔: 크게 詔勅과 詔書로 나눌 수 있다. 詔勅은 황제의 명령을 뜻하는 용어로 詔는 秦에서, 勅은 漢에서 처음 사용하였다. 漢代 이후 하달 문서를 폭넓게 勅이라고 하였는데, 唐 顯慶연간(656~661)에 鳳閣·鸞臺를 거친 것만 勅이란 용어를 쓰도록 규정하였지만 실제로는 여전히 폭넓게 사용되었다. 후대 황제의 사면령을 가리켜 '勅詔'라고도 하였다. 詔書는 皇帝가 신민에게 공포하는 문서를 뜻한다.

34 오원제의 난을 진압한 뒤 헌종은 한유에게 이를 기리는 비문을 작성하여 汝南城 북문에 세우도록 하였다. 그런데 배도의 수행관이었던 한유는 배도의 공만 지나치게 강조하고 이소의 공을 축소시킴으로써 논란이 야기되었다. 이소 자신은 매우 겸손하였지만 부하 石孝忠이 비석을 파괴해 버렸다. 황명으로 세운 비석을 파괴한 죄로 석효충에게 체포령이 내려졌고, 석효충은 자신을 체포하러 온 관리를 살해함으로써 문제를 더욱 크게 만들었다. 헌종의 사촌이었던 이소의 아내는 황제에게 한유의 부당한 처사를 고발했고, 결국 헌종은 한유의 글을 갈아 없애고 한림학사 단문창의 글을 새기게 하였다.

35 通州: 淮南東路 通州(현 강소성 南通市) 동명인 현 북경시 通州와 혼동하기 쉽다. 현 북경시 通州는 명 초에 처음 설치하였다.

36 徐州: 京東西路 徐州(현 강소성 徐州市).

37 守臣: 송대 지방행정구역은 州와 縣으로 구분하고, 州 가운데 특별히 큰 경우에는 府라고 하였다. 州 장관의 정식 명칭은 '知某州軍州事'로서 약칭은 '知府'와 '知州'이며, 州의 별칭이 郡이므로 '知郡'이라고도 하고, 漢代의 관직명을 살려서 '郡守·太守'라고도 하였고, 한 지역을 鎭守하는 지방관이라는 뜻에서 '守臣'이라고도 한다. 본래 관직명을 기준으로 守臣을 해당 지역 知事로 번역하였다.

38 黃樓碑: 熙寧 10년(1077) 4월, 蘇軾이 徐州지사로 부임하였는데, 7월 17일 澶州의 黃河 제방이 터져서 서주까지 홍수가 밀려왔다. 성을 둘러싼 황하의 수심은 2丈 8尺이나 되었다. 소식은 45일간의 사투 끝에 홍수를 막고, 그것을 기념하기 위해 동문 위에 黃樓를 세웠다. 황루라는 이름은 '흙으로 물을 제압한다(以土克水)'는 뜻을 담고 있다. 元豊 1년(1078) 9월 9일 重陽節에 준공식을 하고 '黃樓賦'를 새긴

1106) 당금[39] 때 마땅히 부셔야 했지만 서주 주민들이 아껴서 사수[40]의 얕은 물속에 숨겨 두었다. 그러다가 정화연간(1111~1118) 말에 금령이 조금 느슨해지자 곧 꺼내어 이전 장소에 다시 세워 놓았다. 그러자 탁본하려는 사람들이 잔뜩 몰려와 비석을 두드리는 소리가 그치지 않았다. 황루와 관아는 서로 붙어 있었는데, 지사 묘중선은 사람들이 모여들어 번잡하고 떠들썩한 것을 아주 싫어하였다. 이에 황루비를 끌어다 깊은 물속에 던져 버려 다시는 꺼낼 수 없게 되었다.[41] 이 두 사례는 이처럼 정반대였다.(주신중[42]이 한 이야기다.)

비석을 황루 안에 세웠지만 소식은 곧 당쟁에 휘말렸고, '烏臺詩案'으로 구속되었다.

39 崇寧 黨禁: 휘종 즉위 이후 권력을 장악하게 된 蔡京은 崇寧연간(1102~1106)에 蘇軾·蘇轍·范純禮·劉奉世 등 元祐당인을 대상으로 정치적 보복에 나섰다. 채경은 이들을 7등급으로 분류하여 도성에서의 임관 금지를 시작으로 정치적 재기가 불가능할 정도로 지속적으로 보복하였다.

40 泗水: 韓愈의 시 가운데 "汴泗交流郡城角"이라는 구절이 있는 것처럼 당시에는 汴河와 泗水가 서주성 모퉁이에서 합류하여 동남쪽으로 흘러 현 강소성 沂河로 흘러갔다.

41 서주 사람들은 비석을 숨기고 황루를 觀風樓로 바꿔 보존하였다. 1100년 휘종의 즉위로 蘇軾에게 사면령이 내려졌고, 黨禁도 완화되자 '黃樓賦'를 탁본하려는 사람이 줄을 이었다. 하지만 元符 3년(1102) 蔡京이 집권하면서 소식의 글을 판각한 판본을 모두 태우고 비문을 없애도록 하였다. 宣和연간(1119~1125) 말에 다시 금령이 해이해지자 소동파의 글을 수집하려는 열풍이 불었다. 이에 서주지사 묘중선은 큰돈을 벌기 위해 수천 장을 탁본한 뒤 '당금'을 구실 삼아 비석을 다시 파손시켜 버렸다. 하지만 후에 이 탁본을 근거로 다시 비석을 세워 '황루부비'는 여전히 후세에 전해질 수 있었다. 본문의 내용은 사실과 약간 차이가 있다.

42 朱新仲: 蘇州지사와 中書舍人을 지냈다. 저자 홍매와 절친하였던 것으로 보이며『容齋五筆』卷3에 수록된 '生計·身計·家計·老計·死計'란 주신중의 人生五計가 유명하다.

承節郎懷景元, 錢塘人. 宣和初, 於秀州多寶寺爲蔡攸置局應奉, 性
嗜鼈. 一卒善庖, 將烹時, 先以刀斷頸瀝血, 云味全而美. 後患瘰癧, 首
大不可擧, 行必引首. 旣久, 蔓延不已, 膚肉腐爛, 首墜而死, 宛若受刃
之狀. 景元自是不敢食鼈.

항주 전당현⁴³ 사람인 승절랑⁴⁴ 회경원은 선화연간(1119~1125) 초
에 수주⁴⁵ 다보사에 채유⁴⁶가 설치한 응봉국⁴⁷에서 일하였는데, 원래

---

43 錢塘縣: 兩浙路 杭州 錢塘縣(현 절강성 杭州市).

44 承節郎: 禁軍의 三班院에 속한 하급무인으로서 三班奉職이라고 칭하였고, 政和 2
년(1112)에 承節郎으로 개칭하였다. 원풍개혁 이후 종9품에 속하였다.

45 秀州: 兩浙路 秀州(현 절강성 嘉興市).

46 蔡攸(1077~1126): 자는 居安이며 福建路 興化軍 仙遊縣(현 복건성 莆田市 仙遊
縣) 사람이다. 徽宗朝 최고의 권신이었던 蔡京의 큰아들이기도 했지만 휘종이 즉
위하기 전부터 각별한 관계를 맺고 있어 총애를 받아 樞密直學士·龍圖閣學士兼
侍讀·宣和殿大學士·節度使 등의 요직을 역임하였다. 아부에 능하였고 권력을
유지하기 위해서 재상인데도 무대에 올라 어릿광대짓을 마다하지 않을 정도로 수
단과 방법을 가리지 않았다. 宣和 5년(1123)부터 靖康 1년(1126), 북송 최대의 위
기 국면에서 領樞密院事의 중차대한 직무를 맡아 북송의 멸망을 앞당겼다. 후에
폄적되었다가 주살되었다.

47 應奉局: 徽宗이 야심차게 추진한 인공 원림인 艮岳 공사에 필요한 자재를 공급하
기 위해 崇寧 1년(1102)과 4년(1105)에 항주와 소주에 각각 설치한 특별 부서다.
蔡京 부자는 응봉국을 통해 강남지방의 괴석과 나무, 꽃과 조류 등을 모아 개봉으
로 운송한다는 명목으로 수탈을 일삼았다. 과도한 수탈은 강남지방의 민심을 크
게 동요시켰고, 결국 宣和 3년(1121)에 方臘의 반란을 초래하고 말았다. 응봉국은
일시 폐지되었다가 다시 회복되었지만 宣和 7년(1125)에 북송 멸망의 위기에 직

부터 자라고기를 아주 좋아했다. 웅봉국에 있던 한 사졸이 요리를 잘했는데, 자라를 삶기 전에 먼저 칼로 목을 잘라 피를 빼야 더욱 맛이 좋고 감칠맛이 있다고 했다. 후에 그 사졸이 연주창[48]에 걸려 목에 혹이 생겼는데, 머리를 들 수 없을 정도로 혹이 커져서 걸어 다닐 때 머리를 손으로 받쳐야 할 정도였다. 시간이 지나면서 병이 온몸으로 퍼지더니 피부와 살이 썩고 고름이 흐르다가 머리통이 뚝 떨어져 죽고 말았다. 그 모습이 마치 칼로 자른 것과 흡사하였다. 회경원은 그때부터 자라를 먹는 일은 생각지도 못하게 되었다.

면해서야 비로소 폐지되었다.
48 癧癧: 경부 림프선에 생기는 결핵을 말한다. 결핵균이 림프선이나 혈액을 타고 경부 림프선을 침범해 결핵을 일으키는 것인데, 다른 결핵과 증상은 같지만 목 주위가 붓고 통증이 생기며, 결절이 생기는 특징을 지니고 있다.

옥진원에서 만난 세 도사 玉津三道士

　　大觀中, 宿州士人錢君兄弟游上庠. 方春月, 待試, 因休暇出游玉津
園, 遇道士三輩來揖談, 眉宇修聳, 語論淸婉可聽. 頃之, 辭去曰:"某
有少名醞, 欲飮二公, 日雲莫矣, 明日正午, 復會于玆, 尙可款, 稍緩恐
相失."錢許諾. 獨小道士笑曰:"公若愆期, 可掘地覓我."皆以爲戲, 大
笑而別.

　　翌日, 錢以他故滯留, 至晚, 方抵所會處, 則殽核狼藉, 不復見人, 悵
然久之. 弟曰:"得非仙乎?"試假畚鍤鑿地, 纔尺許, 得石函, 啓之, 乃
三道士象, 冠巾儼然, 如昨所見者. 外有方書, 言鍛煉水銀爲白金事.
弟曰:"兄取其書, 弟願得道象, 歸奉香火."兄欣然許之.

　　旣試, 弟中選. 兄復歸宿, 驗其方, 無一不酬. 不數年, 買田數萬畝,
爲富人. 居一日坐廡下, 外報三道士來謁. 旣見, 一人起致詞曰:"昔年
玉津之會, 君憶之否? 君得吾仙方, 不以賑䘏貧乏, 而貪冒無厭. 祿過
其分, 天命折君算. 今日卽自改, 尙延三歲, 如其不然, 旦暮死矣. 吾以
泄天機謫爲人, 當來主之矣."旣去, 錢君始大悔. 卽焚方毁竈, 闔質戶
不復啓. 明日, 小道士復至, 未及坐, 聞侍妾免乳. 亟入視之, 生一男.
出陪客, 無所見, 問諸僕隷, 皆莫知. 錢不三年而殂.

숙주[49]의 사인[50] 전군 형제는 대관연간(1107～1110)에 태학에 머물

---

49 宿州: 淮南東路 宿州(현 안휘성 宿州市).

50 士人: 송대 사대부는 그 전후시대와는 구분되는 고유한 정체성을 지니고 있어 선
비, 또는 독서인이라는 일반적 용어로 번역하기에는 적절하지 않은 측면이 있다.
또 독서인·지식인의 의미를 지닌 사인과 과거 응시와 합격을 전제로 한 사대부

렀다. 바야흐로 과거를 앞둔 봄이어서 한참 시험 준비를 하던 중 잠시 틈을 내서 옥진원[51]을 구경하러 나갔다. 마침 도사 세 사람이 전씨 형제들에게 다가와 읍을 하며 인사한 뒤 이야기를 건네었다. 도사들은 이마[52]가 높이 솟아 있으며, 말하는 것이 청아하여 참으로 듣기에 좋았다. 잠시 후, 그들은 떠나면서 말하길,

"내게 좋은 술이 좀 있는데, 두 분에게 맛보이고 싶소이다. 오늘은 날이 저물었으니 내일 정오에 다시 이곳에서 만나면 내가 꼭 대접하리다. 약속 시간보다 조금이라도 늦게 오면 우리를 못 만날지도 모릅니다."

전씨 형제가 동의하였다. 작은 도사가 혼자 웃으며 말하길,

"만약 그대들이 늦게 올 경우, 땅을 파면 나를 찾을 수 있을 겁니다."

모두 농담이라고 여기고 크게 웃으며 헤어졌다. 다음 날 전씨 형제는 다른 일 때문에 지체하여 저녁이 돼서야 비로소 약속 장소에 도착할 수 있었다. 그런데 그곳에는 안주와 과일씨만 지저분하게 널려 있을 뿐 사람들은 보이지 않았다. 전씨 형제는 한참을 탄식하였다. 동

역시 구분할 필요가 있다는 견해가 있다. 이에 '사인'이란 용어를 별도로 번역하지 않고 그대로 수용하였다.

51 玉津園: 개봉성 남쪽에 위치한 苑林으로서 艮岳·金明池·瓊林苑과 함께 4대 원림으로 손꼽혔다. 惠民河의 물을 끌어들여 조성하였는데, 기화요초 외에도 활쏘기 및 農桑 관련 시설도 있었다. 태조가 총 33회나 방문할 정도로 중시되었지만 후에 간악이 만들어지면서 황제보다는 일반 서민들이 주로 찾는 장소가 되었다.

52 眉宇: 본래 눈썹과 이마 사이를 뜻한다. 얼굴에 눈썹과 이마가 있는 것이 건물에 처마와 지붕이 있는 것과 마찬가지라는 데서 나온 말이다. 통상 높이 솟은 이마는 신선의 외형적 특색 가운데 하나로 꼽는다.

생은 말하길,

"혹 그분들이 신선이 아닐까?"

형제는 삼태기와 가래를 빌려서 시험 삼아 땅을 파보았다. 한 척가
량 파자 돌로 만든 함을 발견하였다. 열어 보니 세 도사의 상이 들어
있었다. 의관이 단정한 것이 어제 본 모습과 똑같았다. 함 바깥에는
방서가 있었는데, 수은을 단련하여 은을 만드는 방법이 적혀 있었다.
동생이 말하길,

"형은 저 책을 가져가고, 나는 이 도사상을 가졌으면 좋겠어. 돌아
가서 향을 피우고 모셨으면 해."

형은 기꺼이 허락하였다.

과거가 끝난 뒤 동생은 급제하였으나, 형은 낙방하여 다시 숙주로
돌아왔다. 형은 방서에 적힌 대로 실험해 보니, 맞지 않는 것이 하나
도 없었다. 몇 해 지나지 않아 토지 수만 묘[53]를 사들인 부자가 되었
다. 하루는 평소처럼 행랑채에 앉아 있는데, 밖에서 세 명의 도사가
와서 만나기[54]를 청한다고 말해 왔다. 그들을 만나자 그 가운데 한 도
사가 일어나 직설적으로 말하길,

"예전에 옥진원에서의 만남을 그대는 기억하는지? 그대는 우리가
준 신선의 방술을 얻고도 그것으로 가난하고 없는 사람들을 구휼하

---

53 畝: 중국의 현 도량형으로는 1畝=667㎡지만 송대에는 592㎡였다. 『한국민족문화
대백과사전』과 『두산백과사전』에는 畝를 '묘'로만 표기하였고, 교학사의 『교학대
한한사전』과 민중서림 『한한대자전』도 '묘'로 표기하였으나 '무'를 本音이라고 설
명하였다. '무'로 읽는 것은 일본인에 의한 관습, 또는 속음이라는 지적도 있어 사
전의 용례를 따라 '묘'로 번역하였다.

54 來謁: 지위나 항렬이 높은 사람을 찾아뵙는다는 뜻이다. 拜見과 같다.

지 않고 돈 욕심만 끝이 없구려. 복이 분수에 넘치니 하늘이 그대의 수명을 줄일 것이요. 지금 당장 자진해서 고친다면 그런대로 3년은 더 살 수 있겠지만 만약 그렇지 않으면 하루아침에 죽을 것입니다. 우리는 하늘의 기밀을 누설한 죄로 사람으로 폄적[55]되었으니 이 집에 와서 그 일을 주관할 것이오."

도사들이 떠난 뒤 전씨는 비로소 크게 후회하여 즉시 방서를 태우고, 수은을 단련하는 화로를 부수고, 전당포[56] 문을 닫아걸고 다시는 열지 않았다. 다음 날, 작은 도사가 다시 왔는데, 도사가 자리에 앉기도 전에 시첩이 아이를 낳았다고 알려 왔다. 즉시 들어가 보니 아들 하나를 낳았다. 다시 나와서 도사를 모시려는데, 어디로 갔는지 보이지 않았다. 집안의 노복들에게 물어봐도 아는 이가 없었다. 전군은 3년이 안 되어 죽고 말았다.

---

55 謫: 본래 범죄 행위에 대한 판결문을 뜻하나 본래의 호적이 상실되고 유배지 호적에 편입되어 거주이전의 자유를 박탈당하고 해당 지방관의 통제와 감시를 받는 유배형으로 더 널리 쓰인다.
56 質肆: 전당포를 뜻한다. 當鋪·典鋪·解鋪·解庫·質庫·長生庫·抵當 등 다양한 별칭이 있다.

衢州人鄭某, 幼曠達能文. 娶會稽陸氏女, 亦姿媚俊爽, 伉儷綢繆. 鄭嘗於枕席間語陸氏曰: "吾二人相歡至矣! 如我不幸死, 汝無復嫁; 汝死, 我亦如之." 對曰: "要當百年偕老, 何不祥如是!" 凡十年, 生二男女, 而鄭生疾病, 對父母復申言之. 陸氏但俛首悲泣, 鄭竟死. 未數月而媒妁來, 陸氏與相周旋, 舅姑責之, 不聽. 纔釋服, 盡攜其資, 適蘇州曾工曹.

成婚才七日, 曾生奉漕檄考試它郡, 行信宿. 陸氏晚步廳屏間, 有急足拜於廳, 稱鄭官人有書. 命婢取之, 外題 '示陸氏'三字, 筆札宛然前夫手澤也, 急足已不見. 啟緘讀之, 其辭云: "十年結髮夫婦, 一生祭祀之主. 朝連暮以同歡, 俸有餘而共聚. 忽大幻以長往, 慕他人而輟許. 遺棄我之田疇, 移資財而別戶. 不恤我之有子, 不念我之有父. 義不足以爲人之婦, 慈不足以爲人之母. 吾已訴諸上蒼, 行理對于幽府." 陸氏歎恨不意, 三日而亡. 其書爲鄭從弟茍所得, 嘗出示胡儵然.

구주[57] 사람 정 아무개는 어려서부터 활달하고 글을 잘 지었다. 월주[58]의 육씨 집안 딸을 부인으로 맞아들였는데, 미모가 뛰어나고 애교가 많았으며, 성격이 시원시원하였다. 부부 금슬도 아주 좋았다. 정씨는 일찍이 침상에서 육씨에게 말하길,

---

57 衢州: 兩浙路 衢州(현 절강성 衢州市).
58 會稽: 兩浙路 越州(현 절강성 紹興市). 인근 회계산에서 유래한 지명이다. 禹가 제후를 모아 회의하던 곳이라는 전설이 있을 정도로 오래된 지명이어서 행정명의 변화와 무관하게 소흥의 별칭으로 지금까지 사용되고 있다.

"우리 두 사람 서로 사랑하는 마음이 이처럼 지극하니, 만약 내가 불행히 먼저 죽더라도 당신은 재혼하지 않았으면 하오. 당신이 먼저 죽는다면 나 또한 그렇게 하리다."

그러자 육씨가 대답하길,

"우리는 분명히 백년해로할거예요. 왜 이처럼 불길한 말을 하세요!"

정씨 부부는 10년 동안 함께 살면서 아들딸 각각 한 명을 낳았다. 그런데 정씨가 병을 앓게 되자 부모에게도 거듭해서 자신의 생각을 분명히 전하였다. 하지만 육씨는 고개를 숙이고 슬피 울 뿐이었다. 정씨가 끝내 죽자 몇 달 지나지 않아 중매쟁이가 드나들었고, 육씨는 그들과 서로 어울렸다. 시부모가 육씨를 나무랐지만 말을 듣지 않았다. 상복을 벗자마자 돈 될 것을 모두 가지고 소주[59]의 건설 토목을 관장하는 공조[60]의 관리 증씨와 재혼하고 말았다.

육씨가 재혼한 뒤 7일이 되던 날, 증씨는 전운사사[61]의 공문을 받고 다른 주를 감사하러 갔다. 증씨가 그곳에서 머문 지 이틀째 되던 날 저녁, 육씨가 대청의 병풍에 이르렀을 때 한 급사가 대청 아래에

---

59 蘇州: 兩浙路 蘇州(현 강소성 蘇州市). 政和 3년(1113)에 平江府로 승격되었다.
60 工曹: 崇寧 3년(1104)에 開封府에도 6曹를 설치하여 도성의 건설과 토목을 관장하게 하였고, 大觀 2년(1108)에 다시 전국 각 州에 개봉부 사례에 준하여 설치하게 하였다. 책임자는 參軍이다.
61 轉運使司: 각 路의 재정을 총괄하며 조세의 징수와 중앙정부로의 上供을 책임진 부서다. 眞宗 때부터 관할구역 관리에 대한 감찰과 추천 기능이 추가되었으며, 다시 형사사건에 대한 감독과 심리, 민정 업무까지 담당하였다. 통상 轉運司라고 칭하였으며 속칭은 漕・漕司・漕臺이다. 책임자는 轉運使이며 부책임자는 轉運副使・轉運判官이며, 각각의 약칭은 運使・運副・運判이다.

서 인사하며 '남편⁶² 정씨가 편지를 보냈다'고 말하였다. 육씨는 여종에게 편지를 받아 오게 하였는데, 편지 겉에 '육씨 보거라(시육씨)'라는 세 글자가 쓰여 있었다. 필체를 보니 분명 전 남편의 유묵⁶³이었다. 급사는 어느 사이에 사라지고 없었다. 편지 봉투를 뜯고 읽어 보니 적혀 있길,

"10년 동안 부부로 지냈고, 일생 동안 제사를 주관하였소. 아침부터 저녁까지 서로 사랑하였으며, 살림에 여유가 있으면 함께 저축하였소. 갑자기 내가 죽게 되어 먼 길을 떠나자 다른 사람을 사모하고 몸 맡기는 일을 허락하였소. 우리 집을 돌보지 않고 돈을 다 긁어모아서 다른 집으로 옮겼소. 내게 자식이 있음을 고려하지 않고, 내게 부모가 있음을 생각지 않았소. 의리는 한 사람의 아내가 되기에 부족하고, 자애로움은 어머니가 되기에 부족하오. 내가 이미 하늘에 고소하였으니 명계의 관부에 가서 당신이 한 행동의 도리를 설명해 보시오."

육씨는 편지를 읽고 생각지도 못한 일에 탄식을 하며 한스러워 하더니 사흘 만에 사망하고 말았다. 그 편지는 정씨의 종제인 정전이 보존하고 있다가 전에 호소연에게 보여 준 일이 있다.

62　官人: 본래 官吏를 뜻하나 송대 평민층에서 남편을 지칭하는 용어로도 널리 쓰였다.
63　手澤: 사망한 사람이 남긴 유물이나 遺墨을 뜻한다. 手汗이라고도 한다.

紹興四年, 李參政少愚回爲江西帥, 遣總管楊惟忠討賊, 以四月壬申日寅時出師鄱陽. 胡脩然送之渡江, 回謁道友陳生. 有道士張彦澤者, 洛陽人, 頃事徐神翁, 多居西山好道之家, 偶來會語, 問何人選日時. 脩然曰: "穆茂才也." 彦澤曰: "何其繆邪! 幸而非寅時則可, 若然, 賊雖自擒, 主將將不利. 以正午卜之, 苟無大雨則善."

時天色清霽, 已有微暑, 三人食已, 散步僧舍. 俄陰雲四合, 雨下如注, 溝壑皆盈. 彦澤拊掌曰: "必寅時也, 楊公其危哉!" 時賊衆萬二千, 官軍纔三之二. 先鋒將傅選悉五軍旗幟行, 以壯軍聲. 賊諜知之曰: "先鋒尙如此, 若全師而來, 何可當也!" 遂遣使迎降. 次日, 楊公所乘靑驄馬忽斃, 楊亦得疾, 卽反豫章, 翌日而卒.

소흥 4년(1134), 자가 소우인 참지정사⁶⁵ 이회가 강남서로⁶⁶ 선무사⁶⁷

---

64 遁甲: 원래 甲乙丙 등의 十干을 이용해 길흉을 예측하고, 흉한 것을 피한다는 뜻인데, 후에 자신을 감추거나 피하는 도술의 의미로 바뀌었다. 우리나라에서는 본래의 의미 대신 파생된 의미인 술법을 써서 자기 몸을 감추거나 다른 것으로 바꾼다는 뜻으로만 쓰고 있다. 따라서 오해를 피하기 위해 본문의 둔갑을 점술로 번역하였다.

65 參知政事: 唐代에 中書令·侍中·尙書僕射 이외의 관리가 재상직을 맡게 될 경우 임시 파견직임을 밝히기 위해 생긴 관명이다. 송대에는 상설 부재상직으로서 同平章事·樞密使·樞密副使와 함께 宰執의 일원이었다. 元豐 3년(1080) 관제개혁으로 폐지되었다가 남송 때 다시 회복되었다. 송 태조는 재상 曹普의 보좌역으로 참지정사직을 설치하였지만 후에는 조보의 전횡을 막기 위해 권한을 강화시켜 주었다. 참지정사는 통상 2~3명이었고, 남송 때에는 3명을 유지하였지만 1~4명인 경우도 있었다. 약칭은 參政이다.

직을 맡자 도적들을 토벌하기 위해 총관[68] 양유충[69]을 파견하였다. 양
유충은 4월 임신일 인시에 요주 파양현[70]에서 출병하였다. 호소연은
양유충이 강을 건널 때까지 배웅하고 돌아오면서 함께 수도하던 진생
을 찾아갔다. 그때 신선 서수신[71]을 모시는 낙양 사람 장언택이라는
도사가 있었는데, 서산에 있는 도술을 좋아하는 사람 집에 머물곤 하
였다. 그런데 이번에 우연히 왔기에 호소연은 그와 이야기를 나누었
다. 장언택은 이야기 도중에 어떤 사람이 출병 일시를 골랐느냐고 물

---

66 江南西路: 至道 3년(997)에 전국에 15개 路를 설치하면서 신설된 江南路는 天禧 4
년(1020)에 동로와 서로로 분리되었다. 강남서로는 현 강서성에 상당하는 지역이
며, 치소는 洪州(현 강서성 南昌市)였고 모두 9個州·4個軍으로 이루어졌다. 建炎
4년(1130)에 일시 江西路로 개칭하였으나 이듬해 다시 강남서로로 바꾸었다. 약
칭은 江西이다.

67 帥: 宋代에 각 路마다 安撫司나 經略安撫司를 두고 각 路의 軍政을 담당하게 했는
데, 이 기관을 가리켜 帥司라고 칭하였다. 安撫司의 장관인 安撫司使을 가리켜 帥
또는 帥臣이라고도 하였는데, 經略使도 帥臣이라고 약칭하였고 宣撫使와 宣撫副
使의 약칭도 각각 大帥와 帥였다. 하지만 紹興 3년(1133)에 설치한 制置使·制置
大使의 경우에도 帥라고 칭하는 등 군대를 통솔하는 지휘관을 통칭하는 말로 폭넓
게 쓰였다. 따라서 이회의 관직이 무엇이었는지 정확하게 알 수는 없다. 다만 당
시 이회가 참지정사였고, 1~3품의 고관이 담당하였던 전선사령관직이 선무사였
으므로 선무사일 가능성이 높다.

68 總管: '총괄 관리하다'는 어의로 인해 매우 포괄적이고 다양한 관직명으로 사용되
었다. 송대에는 주지사가 路·府·州 군대의 훈련과 검열, 치안 유지 등을 관장하
는 馬步軍都總管이나 兵馬總管직을 겸직한 것을 말한다. 欽宗 때 사방의 근왕병
을 관할하는 東道·西道·南道·北道 都總管을 둔 일도 있다.

69 楊惟忠(?~1134): 永興軍路 環州(현 감숙성 慶陽市 環縣) 사람으로 党項人일 가능
성이 높다. 政和·宣和연간(1111~1125)에 서하와의 전투에서 세운 전공으로 유
명하였고, 方臘의 반란을 비롯해 북송 말의 압정에 반발해 일어난 각종 반란 진압
에도 공을 세웠다.

70 鄱陽縣: 江南東路 饒州 鄱陽縣(현 강서성 上饒市 鄱陽縣).

71 徐神翁: 본명은 徐守信이며 남북송 교체기의 유명한 도사로서 본래는 8仙 가운데
하나였으나 후에 何仙姑가 서신옹을 대체하였다.

었다. 호소연이 답하길,

"목무재요."

장언택은 말하길,

"어쩌면 그렇게도 잘못 골랐단 말인가! 인시가 아니라면 그나마 다행이지요. 만약 인시에 출병했다면 도적들이 스스로 투항한다고 해도 앞으로 지휘관에게 좋지 않은 일이 있을 것이요. 정오의 운세로 점을 쳐 보니 큰비만 없으면 그런대로 다행이외다."

그때 하늘이 맑게 개었고, 조금 무덥기까지 했다. 그런데 세 사람이 식사를 막 마치고 절에서 산보를 하던 중 갑자기 검은 구름이 사방에서 몰려들더니 물을 붓듯이 비가 쏟아져 계곡에 물이 가득 찼다. 장언택은 손바닥을 어루만지면서 말하길,

"분명히 인시에 출병했을 것입니다. 양유충 공이 위험할 것 같습니다."

그때 도적은 12,000명이었지만 관군은 도적의 3분의 2밖에 안 되었다. 선봉장인 부선[72]이 오군[73]의 기치를 모두 가지고 나가 군세를 위풍당당하게 보이도록 하였다. 도적 정찰대가 그것을 보고 말하길,

"선봉대만 해도 이 정도이니 만약 본대가 온다면 어떻게 감당하겠느냐?"

---

[72] 傅選: 원래 江西制置大使司 統制官이었다. 紹興 3년(1133)에 岳飛에게 발탁되어 岳家軍의 統制로 徐慶과 함께 筠州에 가서 반군 李宗亮 · 張式部의 군대를 섬멸하였다. 紹興 5년(1135)에는 악비를 따라 楊么의 반란을 진압하였다. 紹興 6년(1136), 금과 大齊 연합군이 대거 침공할 때 王貴 · 董先 등과 함께 2만 병력을 이끌고 唐州에서 전투를 벌여 3천 명을 포로로 잡고, 전마 5천 필을 획득하는 공을 세웠다. 후에 王俊 등과 결탁하여 악비를 무고함으로써 악비 피살에 동조하였다.

[73] 五軍: '전군 · 후군 · 좌군 · 우군 · 중군'을 뜻한다.

곧 사자를 보내 영접하고 항복하였다. 다음 날 양유충이 타던 청총마가 갑자기 죽었고, 양유충 역시 병이 나서 즉시 홍주[74]로 돌아왔지만 바로 그다음 날 사망하였다.

---

74 豫章: 江南西路 洪州(현 강서성 南昌市). 서한 초에 현 남창시를 치소로 하는 豫章郡을 설치한 뒤 唐 代宗 李豫의 이름을 피휘하여 豫章縣을 鍾陵縣으로 바꿨지만 '豫章'은 남창을 뜻하는 별칭으로 계속 사용되었다. 단 정식 지명으로 회복된 일은 없다.

楊惟忠病時, 面發赤如火, 羣醫不能療. 子壻陳檝憂之, 以問胡像
然. 有蘄人謝與權, 世爲儒醫, 像然引之視疾. 旣入, 不診脈, 曰: "證候
已可見." 楊公夫人滕氏, 令與衆議藥餌. 朱·張二醫曰: "已下正陽
丹·白澤圓, 加鐘乳·附子矣." 謝曰: "此伏暑證也, 宜用大黃·黃蘗
等物." 因疏一方, 議不合.

時楊公年六十餘, 新納妾嬖甚, 夫人意其以是得疾, 不用謝言. 謝退,
謂像然曰: "公往聽諸人所議." 纔及門, 衆極口詆謝曰: "此乃『千金』中
一治暑方, 用藥七品, 渠只記其五, 乃欲療貴人疾邪!" 像然以告謝, 謝
曰: "五藥本以治暑, 慮其太過, 故加二物制之. 今楊公病深矣. 當專聽
五物之爲, 不容復制. 若果服前兩藥, 明日午當躁渴, 未時必死, 吾來
助諸公哭弔也." 像然語陳檝, 檝不敢泄. 明日, 楊卒, 皆如謝言.(四事
皆胡像然說.)

양유충이 병들었을 때 얼굴이 불난 것처럼 붉었는데, 많은 의사들
이 고치지 못하였다. 사위 진유가 걱정스러워 호소연에게 어떻게 하
면 좋겠냐고 물어보았다. 기주[75] 사람 사여권은 집안 대대로 유생 출
신 의사였다.[76] 호소연이 그를 추천하여 병세를 살펴보게 하였다. 사

75　蘄州: 淮南西路 蘄州(현 호북성 黃岡市 蘄春縣).

76　儒醫: 儒商과 마찬가지로 유학을 공부했으나 출사하지 못하고 의사로 전업한 경우
　　를 말한다. '世爲儒醫'란 대대로 의사를 해서 전문적인 지식을 갖추었다는 의미도
　　있지만 단순한 기술적 측면을 넘어서 德과 道를 갖추었다는 뜻이기도 하며, 한편
　　으로는 당시 의사의 사회적 신분을 고려해 자신이 유생 출신임을 강조한 것이기도

여권은 방에 들어가더니 진맥도 하지 않고 말하길,

"병세가 어떤지 알 것 같습니다."

양유충 부인 등씨는 사여권에게 다른 의사들과 논의하여 약을 쓰라고 하였다. 의사 가운데 주씨와 장씨 두 사람이 말하길,

"이미 정양단과 백택원을 썼고, 종유석과 부자를 추가하였습니다."

그러자 사여권이 말하길,

"양유충의 병은 더위를 먹어서 생긴 증상이니 대황과 황벽 등의 약재를 써야 맞습니다."

그리고 처방 하나를 썼는데, 두 의사들은 동의하지 않았다.

양유충은 나이가 이미 60여 세였는데, 새로 맞아들인 첩을 매우 총애하였다. 양유충 부인은 그 때문에 병이 난 것이라고 생각하여 사여권의 의견을 받아들이지 않았다. 사여권은 물러나면서 호소연에게 말하길,

"직접 들어가서 다른 사람들이 뭐라 하는지 들어 보시지요."

호소연이 막 방문을 열기도 전에 여러 사람이 사여권을 심하게 비방하길,

"이는 『천금방』[77] 가운데 더위를 치료하는 처방입니다. 여기에는

하다.

[77] 『千金方』: 唐代 孫思邈(581~682)이 쓴 의서다. 손사막은 '인명은 지극히 소중하여 천금처럼 귀한 것이다(人命至重, 有貴千金)'라는 뜻에서 자신이 지은 두 의학서의 명칭을 『千金要方』과 『千金翼方』이라고 하였다. 30권 분량의 『천금요방』은 의학 개론부터 시작해 현대의 임상의학 분류와 유사하게 질병을 232개 분야로 상세히 나누고 5,300개 증상의 원인과 증세 및 처방을 수록하였다. 처방은 약물요법 · 식이요법 · 침구 등으로 이루어졌다. 그의 후기 저서인 30권 분량의 『천금익방』은 『천금요방』에 대한 보완본이다. 189개 분야, 2,900개 처방을 기록하였으

일곱 가지 약재를 써야 하는데, 사여권의 처방에는 단지 다섯 가지만 적혀 있습니다. 그러고도 양공의 병을 고칠 수 있다고 하는 모양입니다."

호소연이 사여권에게 이 말을 전해 주자, 사여권이 말하길,

"다섯 가지 약재는 본래 더위를 치료하는 것입니다만 『천금방』의 저자는 약효가 너무 강할까 우려하여 이 두 가지를 더하여 조절하게 한 것입니다. 지금 양공의 병세가 위중합니다. 의당 다섯 가지 약재의 약효를 발휘하도록 해야지 억제해서는 안 됩니다. 만약 앞의 두 사람이 처방한 약을 복용한다면 내일 오전에 조갈이 심해지고, 미시(오후 1~3시)에는 분명 돌아가실 것입니다. 나는 그때 와서 여러분들이 곡하는 것을 돕는 일밖에 없을 것입니다."

호소연은 진유에게 이 말을 전했지만 진유는 감히 말을 꺼내지 못하였다. 다음 날 양유충이 사망하였는데, 모든 것이 사여권의 말과 똑같았다.(이 네 가지 일화 모두 호소연이 한 이야기다.)

며, 그 가운데 傷寒 · 中風 · 종기 등에 대한 처방이 뛰어나다. 수록된 약물은 800여 종에 달한다.

趙令衿, 字表之. 宣和五年, 赴南康司錄, 過蘄州, 遊五祖山, 冒風雨
獨履絶頂. 至白蓮池亭, 憩磐石上, 若夢寐間, 見一老僧倚杖而言曰:
"公此去廬阜無苦, 但至晉州當有哭子之戚, 以昔守晉州, 因事繫民母,
遂失所生子, 今報也." 言訖不見.

表之審非夢所, 又思慮未嘗及, 而晉在河東, 意他時當官于彼. 歸爲
家人說, 嗟異之. 自祖山至黃梅縣. 翌日, 以雨不行, 幼子善郎忽感疾.
縣令吳宇至, 偶言邑之因革, 曰: "唐時嘗爲南晉州, 鮮有知者." 表之驚
歎, 知僧言有證, 疑其子必不久, 乃許祝髮爲浮屠. 越四日, 竟死於白
湖驛, 去邑纔三十餘里. 表之親記其事.

선화 5년(1123), 조영금[78]은 남강군[79] 녹사참군사[80]로 부임하기 위

---

78 趙令衿: 종실로서 자는 表之이고 令은 돌림자다. 유명한 시인 陸游의 스승이기도
하다. 북송 초 종실은 도성을 벗어나 거주하거나 관직에 부임하는 것이 금지되었
으나 후에 규제가 많이 풀려서 지방관으로 부임할 수 있었다.

79 南康軍: 江南東路 南康軍(현 강서성 九江市 星子縣). 송대 행정단위 가운데 州와
동급이면서 약간의 차이를 갖고 있는 것이 府·軍·監이다. 이 가운데 軍은 대개
변경지역에 위치한 행정단위로서 군사적 중요성 때문에 설치한 것이며, 州와 縣
의 성격을 동시에 지니기도 한다. 軍의 지사에게는 통상 군에 관한 전권을 부여
하였다.

80 司錄參軍事: 개봉부 司錄司에 속한 7품 관원으로서 호적과 혼인에 관한 소송을 주
관하였으며, 통상 司錄參軍이라고 불렸고 약칭은 司錄이다. 錄事參軍事는 각 州
軍에서 감옥 관리와 속관에 대한 규찰 업무를 주관하였던 7~8품관으로 약칭은
錄事參軍·錄事다. 따라서 조영금이 남강군 사록참군사로 부임하기 위해 길을 떠
났다는 본문의 내용은 착오이다. 이에 녹사참군사로 번역하였다.

해 길을 가다가 기주를 지날 때 오조산을 유람하였다. 비바람을 맞으면서 혼자서 산꼭대기에 올라가 백련지의 정자에 이르러 한 너럭바위에서 쉬고 있었다. 그러다가 비몽사몽 간에 지팡이를 쥐고 있는 한 노승을 만났는데, 그가 말하길,

"그대가 이번에 여산[81]에 가는 데 큰 어려움은 없겠지만 진주에 이르러서는 자식을 잃는 슬픔이 있을 것이다. 그것은 전생에 진주지사로 있으면서 어떤 일로 인해 한 부녀자를 구금하여 그 자식을 잃게 한 일이 있었다. 이번 일은 그에 대한 업보다."

노승은 말을 마치고 사라졌다. 조영금은 아무리 생각해도 이곳은 꿈에서 말한 곳이 아니고, 또 부녀자를 가둔 일도 생각나지 않았다. 게다가 진주는 멀리 산서에 있으니[82] 아마 훗날 그곳에서 근무하게 될지도 모른다고 생각하였다. 돌아와서 가족들에게 들은 바를 말해주니 모두 탄식하며 기이하게 여겼다.

오조산에서 내려와 기주 황매현[83]에 이르렀다. 이튿날 비가 와서 길을 나서지 못하고 있는데, 어린 아들 선랑이 갑자기 아프기 시작하였다. 황매현지사 오우가 와서 우연히 현의 연혁에 대하여 말하길,

"당조 때 일시 이곳을 남진주[84]라고 하였는데 그것을 아는 사람이

---

81 廬山: 廬阜는 강서성 九江市에 위치한 廬山을 뜻한다. 여산은 높이가 1,474m에 불과하고 기암괴석은 없지만 鄱陽湖와 붙어 있어 상대적으로 더 높게 보이고 1,300~1,500m에 이르는 능선이 25km에 달하여 웅장한 크기를 자랑한다. 현재 국립공원으로 지정된 면적만 500km²에 달한다.

82 晉州: 河東路 晉州(현 산서성 臨汾市). 政和 6년(1116)에 平陽府로 바뀌었다.

83 黃梅縣: 淮南西路 蕲州 黃梅縣(현 호북성 黃岡市 黃梅縣).

84 南晉州: 唐 武德 4년(621)에 蕲州 黃梅縣을 義豐縣·長吉縣·塘陽縣·新蔡縣으로 나눈 뒤 이 4개 현을 합하여 南晉州로 승격시켰으나 武德 8년(625), 4년 만에 주를 폐지하고, 다시 黃梅縣으로 통합하였다.

매우 드뭅니다."

　조영금은 깜짝 놀라 탄식하며 그 노승의 말이 근거가 있음을 알게 되었다. 이에 자식이 오래가지 못할 것이라 여기고 머리를 깎은 뒤 출가하도록 하였다. 나흘 뒤 조선랑은 결국 백호역에서 사망하고 말았다. 황매현에서 겨우 30여 리 떨어진 곳이었다. 조영금이 직접 기록한 일이다.

건창⁸⁵ 사람 황습이 말하길, 같은 마을 사람 중에 상인이 된 자가 강주⁸⁶에서 배를 정박하였는데, 달빛 아래에서 어렴풋이 두 사람이 대화하는 것을 들었다. 그들이 말하길,

"어제 저녁에 금산사⁸⁷의 제사 음식이 아주 푸짐하다고 해서 그곳

建昌人黃襲云, 有鄉人爲賈, 泊舟潯陽, 月下髣髴見二人對語曰: "昨夕金山修供甚盛, 吾往赴之, 飲食皆血腥不可近. 吾怒庖者不謹, 漬其手鼎中, 今已潰爛矣." 其一曰: "彼固有罪, 責之亦太過." 曰: "吾比悔之, 顧無所及." 其一曰: "何難之有! 旦有藥可治, 但搗生大黃, 調以美醋, 傅瘡上, 非唯愈痛, 亦且滅瘢. 玆方甚良, 第無由使聞之耳."

賈人適欲之金山, 聞其語, 意冥冥之中, 假手以告. 後詣寺詢之, 乃是夜設水陸, 庖人揮刀誤傷指, 血落食中. 恍惚之際, 手若爲人所掣, 入鑊內, 痛楚徹骨, 號呼欲死. 賈人依神言療之, 兩日而愈.

85　建昌: 현 강서성 南昌市 남쪽에 위치한 撫州市 南城·南豐·廣昌·資溪·黎川縣은 江南西路 建昌軍이었고, 南昌市 북쪽에 위치한 九江市 永修縣은 江南東路 南康軍 建昌縣이었다. 인접한 두 곳에 建昌軍과 建昌縣이 있어 단순히 '建昌'이라고 표기될 경우 구분이 쉽지 않다. 본문의 경우 '潯陽에 배를 정박하였다'는 것으로 볼 때 建昌縣일 가능성이 조금 더 크다. 建昌軍은 太平興國 7년(978)에, 建昌縣은 南朝 宋 元嘉 2년(425)에 설치되었다. 그리고 建昌軍은 紹興 1~3년(1131~1133) 동안만 江南東路에 속하였고 그 외는 모두 江南西路에 속하였기에 江南西路로 표기하였다.

86　潯陽: 江南東路 江州(현 강서성 九江市). 九江 일대를 흐르는 장강을 가리켜 尋陽江이라고 한 데서 유래한 별칭이다.

에 갔는데, 음식마다 모두 피비린내가 나서 가까이 갈 수도 없었다.
나는 요리사가 제대로 다듬지 않은 것에 화가 나서 그의 손을 뜨거운
솥 안에 넣었는데 아마 지금쯤 다 짓물러졌을 거야."

다른 한 사람이 말하길,

"그 요리사가 분명 잘못하기는 했지만 아무래도 벌이 너무 과한 것
아냐?"

그 역시 말하길,

"나도 지금은 그것을 후회하지만 아무리 생각해 보아도 방법이 없
다."

다른 사람이 말하길,

"뭐 힘들 것 있는가? 나에게 치료할 수 있는 약이 있어. 대황[88]을
찧은 다음 좋은 식초를 가미하여 상처 위에 붙이면 통증이 점점 줄어
들 뿐 아니라 흉터도 없앨 수 있지. 이 처방이 아주 좋기는 한데 문제
는 이것을 알려 줄 방법이 없다는 것이지."

상인은 마침 금산사에 가려고 생각하고 있어서 그 말을 듣자마자
신이 은밀하게 누군가를 통해 알려주려는 것이라고 마음속으로 생각
하였다. 후에 금산사에 가서 물어보니 그날 밤 수륙재를[89] 준비하는

---

87 金山寺: 金山은 강소성 鎭江市에 있는 높이 44m의 구릉인데, 장강 남안에 자리하
    고 있어 실제 높이보다 훨씬 높아 보인다. 금산의 지형에 맞춰 건설된 金山寺는 東
    晉 때 창건된 고찰로 강변의 드넓은 蓮池부터 산 위의 높은 탑까지 다양한 경관을
    구비하고 있어 진강시의 상징으로 널리 알려졌다.
88 大黃: 한약재로 일찍부터 소염성 下劑로 쓰고 있으며, 여러 처방에 배합하여 사용
    한다.
89 水陸齋: 본래 명칭은 '法界聖凡水陸普度大齋勝會'지만 水陸會·水陸道場·水陸法
    會라고 약칭하며 통상 水陸齋라고 한다. 수륙재는 十方諸佛과 聖賢을 모두 모시

데, 요리사가 칼을 다루다가 실수하여 손가락에 상처를 입어 피가 음식으로 떨어졌다. 그러자마자 순식간에 누군가가 그 손을 잡아끄는 것 같더니 그만 손이 큰솥 안으로 들어가고 말았다. 뼈를 뚫는 것 같은 통증 때문에 죽는 게 낫겠다고 소리를 질러 대었다. 상인은 신의 말씀에 따라 요리사를 치료해 주었는데 이틀 만에 좋아졌다.

고 六道 중생이 인연과 근기에 따라 설법을 듣고 공양을 받아 救度하는 것이어서 그 규모가 대단히 크다. 南朝 梁武帝 때 시작되어 지금까지 내려오는데, 송대에도 매우 성행하였다.

이견갑지 【一】

元祐間, 士大夫好事者取達官姓名爲詩謎. 如"雪天晴色見虹蜺, 千
里江山遇帝畿. 天子手中朝白玉, 秀才不肯著麻衣."謂韓公絳・馮公
京・王公珪・曾公布也. 又取古人名而傅以今事, 如"人人皆戴子瞻
帽. 君實新來轉一官, 門狀送還王介甫, 潞公身上不曾寒."謂仲長統・
司馬遷・謝安石・溫彦博也.

　　원우연간(1086～1093)에 사대부 가운데 호사가들은 고관의 이름 알
아맞히기 수수께끼를 하곤 하였다.[90] 예를 들면,

눈 내리던 하늘이 맑아지면서 무지개가 뜨고,
천 리 강산에서 멀다 않고 와서 도성에서 만나네.
천자는 손에 백옥을 쥐고 조회를 보며,
수재는 마로 만든 옷을 입으려 하지 않네.[91]

90　詩謎: 시를 이용한 글자 알아맞히기는 송대 유행한 사대부의 지적 유희 가운데 하
　　　나다. 王安石이 친구인 王吉甫에게 "그러면 둥글고, 글자로 쓰면 네모나며, 겨울
　　　에는 짧고, 여름에는 긴 것이 무엇이냐?(畫時圓, 寫時方, 冬時短, 夏時長)"고 물었
　　　다. 답은 해(日)였다.

91　눈 내리는 하늘(雪天)은 추위를 뜻하는 寒天으로 바꿀 수 있고, 寒과 韓은 같은 음
　　　이다. 무지개(虹蜺)의 첫 색깔은 붉기 때문에 紅으로 바꿀 수 있고, 紅과 絳은 같
　　　은 뜻이다. 따라서 이는 韓絳를 가리킨다. 만나다(遇)는 逢과 같은 뜻이고, 逢은
　　　馮과 같은 음이다. 帝畿와 京은 같은 뜻이다. 따라서 이는 馮京을 가리킨다. 천자
　　　는 王과 같은 뜻이고, 珪는 白玉으로 만든다. 따라서 이는 王珪를 가리킨다. 수재
　　　가 되었으니 마로 된 옷(麻衣)을 입으려 하지 않는 것은 당연하다. 비단으로 만든

이는 바로 한강,[92] 풍경,[93] 왕규,[94] 증포[95]를 뜻한다. 또 옛사람의 이름을 가지고 요즘 일에 갖다 붙이기도 했는데, 예를 들면,

옷(繒布)을 입어야 마땅한데, 繒布는 曾布와 같은 음이다. 따라서 이는 曾布를 가리킨다.

92 韓絳(1012~1088): 자는 子華이며, 개봉부 雍丘縣(현 하남성 開封市 杞縣) 사람이다. 慶曆 2년(1042)에 진사가 된 뒤 成都府·開封府지사, 三司使를 역임하는 등 관운이 상당히 좋은 편이었다. 神宗 즉위 후 樞密副使가 되어 군권을 장악하였고, 參知政事가 되어 三司條例司에서 변법을 추진하였으나 王安石과 이견이 많았다. 熙寧 3년(1070)에 陝西宣撫使가 되어 서하를 제압하려다 실패하고 좌천되었다. 왕안석이 사임한 뒤 재상이 되었으나 呂惠卿과 불화했고, 왕안석 복직 후에는 왕안석과 격렬하게 충돌하여 결국 사임하였다. 元祐 2년(1087)에 司空·檢校太尉 명의로 사임하고 이듬해에 77세로 사망하였다. 직설적인 언행으로 정적이 많았다.

93 馮京(1021~1094): 자는 當世이며 荊湖北路 鄂州 江夏縣(현 호북성 武漢市 武昌區) 사람이다. 鄕試·省試·殿試의 3단계를 모두 수석으로 합격한 수재로 유명하다. 이를 '三元及第'라고 하는데, '삼원급제'는 1,300년의 과거 역사상 15명에 불과하였다. 神宗 즉위 후 翰林學士·御史中丞직을 맡았으며 王安石의 신법에 대해 반대하고 대립하였으나 신종은 樞密副使·參知政事로 여전히 신뢰하였다. 哲宗 때 樞密使로 추천받았으나 사양하였다. 철종이 직접 장례에 참여하여 애도할 정도로 비중 있던 인물이었다.

94 王珪(1019~1085): 자는 禹玉이고 淮南西路 舒州 懷寧縣(현 안휘성 安慶市 潛山縣) 사람이다. 인종 때 과거에 차석으로 합격한 뒤 起居注·知制誥·翰林院學士·開封府지사 등을 역임하였다. 신종 즉위 후 參知政事·同中書門下平章事·集賢殿大學士가 되었다. 신종의 각별한 신임을 받아 재상으로 16년을 보좌하였고, 18년 동안 조서 작성을 전담하여 '取旨·領旨·得旨'의 '三旨相公'이라고 불렸다. 관후하고 침착한 성격, 겸손한 태도 등으로 이름이 높았다. 『宋兩朝國史』와 『宋六朝會要』 등을 편찬하였다.

95 曾布(1036~1107): 자는 子宣이고 江南西路 建昌軍 南豐縣(현 강서성 撫州市 南豐縣) 사람이다. 呂惠卿과 함께 靑苗法·免役法·保甲法 등을 제정하는 등 왕안석을 도와 신법을 적극 추진하였고, 그 공으로 三司使로 승진하였다. 그러나 후에 市易法 추진을 둘러싸고 강경파와 이견이 발생, 10년 동안 지방관으로 전전하였다. 사마광 집권 때 또 대립하여 좌천되었다가 哲宗 친정 이후 재상 章惇의 추천으로 同知樞密院事가 되었으나 다시 장돈의 강경책을 반대하여 밀려났다. 후에 휘종을 추대한 공으로 右相과 재상을 역임하면서 권력을 독점하였다. 말년에는 채경에게 밀려 몰락하였다.

이견갑지 【一】

사람마다 모두 동파 소식의 자첨모[96]를 쓰고,
군실 사마광[97]이 새로 와서 벼슬을 옮겼네.
문장을 개보 왕안석[98]에게 돌려보냈으며,
노국공 문언박[99]은 신상이 궁한 적이 없네.[100]

96 子瞻帽: 소식이 창안한 모자이다. 가볍고 햇빛을 막기 좋은데다 소동파가 만든 것이라는 유명세를 타고 급속히 유행하였다. '子瞻'은 소식의 字다.

97 司馬光(1019~1086): 자는 君實이며 河東路 陜州 夏縣(현 산서성 運城市 夏縣) 사람이다. 인종 때 진사가 되었고, 英宗 때 龍圖閣直學士가 되었다. 왕안석 신법에 대해 본래 적극 반대하지 않았지만 靑苗法 시행을 계기로 반대 입장을 분명히 하였다. 신종이 추밀부사로 임명하였지만 사양하고 정계를 떠나 15년간『資治通鑑』편찬에 주력하였다. 철종 즉위 후 재상이 되어 모든 신법을 철저히 폐지하는 등 극단적 보수파의 면모를 보였다. 하지만 8개월 만에 사망하여 정치적 불안정성을 키웠고, 지나친 반동으로 당쟁의 화근을 심었다.

98 王安石(1021~1086): 자는 介甫이며 江南西路 撫州(현 강서성 撫州市) 사람이다. 어려운 가정 형편상 지방관을 자임하였는데, 탁월한 실력과 실적으로 평판이 높았다. 熙寧 2년(1069)에 參知政事가 되어 신법을 주도하였고, 전후 두 차례 재상이 되어 신법을 추진하였다. 철종 즉위 직후 사마광을 비롯한 보수파가 집권하고 모든 신법이 폐지되는 와중에 사망하였다. 왕안석은 당송팔대가 가운데서도 으뜸일 정도로 뛰어난 문학적 역량을 구비하였으며, 경학에도 뛰어났다. 채경 등 신법당 계열이 북송 멸망을 초래하자 왕안석 역시 남송 이래 간신으로 폄하되기도 하였다.

99 文彦博(1006~1097): 자는 寬夫이며 河東路 汾州 介休縣(현 산서성 晉中市 介休市) 사람이다. 潞國公에 봉해져 潞公이라고도 칭한다. 92세까지 장수하였고, 추밀사와 재상은 물론 太師 등 고위직을 맡아 出將入相하기를 50년, 극심한 당쟁의 와중에도 관직을 유지하여 관운이 좋기로 유명하였다. 왕안석의 신법에 반대하였으며, 서하의 공세를 성공적으로 막았고, 조세부담을 줄여 주기 위한 병력 감축과 군정예화를 주장하였다. 서예가로도 유명하다.

100 子瞻帽는 蘇軾이 만든 모자이므로 자연히 소식을 가리킨다. 당시 큰아들을 長公, 둘째를 仲長이라고 하였는데, 소식은 큰아들이다. 하지만 蘇洵·蘇軾·蘇轍 3부자로 말하면 소식은 두 번째에 해당하므로 仲長이라고 해도 무방하다. 따라서 이는 仲長統을 가리킨다. 君實은 사마광의 字다. 따라서 군실은 司馬를, 옮긴다는 遷을 뜻한다. 따라서 이는 司馬遷을 가리킨다. 돌려보낸다는 것은 '사양한다(謝)'는 말이고, 介甫는 왕안석의 자이지만 安石은 謝安의 자다. 따라서 이는 謝安을 가리킨다. 문언박의 신상에 궁색한(寒) 일이 없다는 말은 따뜻하였음(溫)을 뜻한다. 따라서 이는 溫彦博을 가리킨다.

바로 중장통,[101] 사마천,[102] 사안,[103] 온언박[104]을 뜻한다.[105]

101 仲長統(179~220): 자는 公理며 山陽郡 高平縣(현 산동성 濟寧市 鄒城市) 사람이다. 동한 말의 뛰어난 인재로서 예교를 무시하는 직언직설로 유명하였다. 당시의 극심한 정치적 부패와 전란의 소용돌이 속에서 10만 자에 달하는『昌言』을 통해서 자신의 비분강개를 표출하고 천명에 대해 비판하였다. 조조 휘하에서 일하였으나 중용되지 못하였다.

102 司馬遷(전145?~전86?): 자는 子長이며 夏陽(현 섬서성 韓城市) 사람이다. 부친 司馬談을 이어 무제 때 역사 기록관인 太史令이 되었는데, 흉노에 투항한 李陵을 변호하다 치욕스러운 궁형에 처해졌다. 하지만 뛰어난 학식 등으로 환관의 최고 직인 中書令이 되는 등 권력자의 호불호에 따라 운명이 극단을 오가는 남다른 경험을 했다. 이에 사마천은『사기』를 통해 天道가 과연 존재하는지 묻는 등 비판적 시각을 통해 삶과 문명의 본질을 규명하고자 했다.『사기』는 후대 정사의 기본 체제인 紀傳體의 효시이다.

103 謝安(320~385): 자는 安石이며 陳郡 陽夏(현 하남성 周口市 太康縣) 사람이다. 東晉의 저명한 정치가로서 淝水전투에서 8만 병력으로 前秦의 80만여 대군을 격파하였다. 서예와 음악에 조예가 깊었고, 온화·겸손하면서도 공명하여 명재상으로 이름이 높았다. 말년에는 사안의 높은 명망을 시기하는 황제 때문에 어려움을 겪기도 하였다.

104 溫彦博(573~637): 당조 건국에 기여하여 발탁되어 中書侍郎이 되었으나 武德 8년(625) 돌궐과의 전투에서 패하고 포로가 되어 고생하였다. 태종 즉위 후 귀국하여 御史大夫를 거쳐 中書令이 되어 王珪·房玄齡·李靖·戴胄·魏徵과 함께 貞觀 치세를 주도하였다. 貞觀 4년(630), 항복한 돌궐에 대한 조치를 놓고 논쟁이 벌어졌을 때 온언박은 돌궐의 풍속과 문화를 존중하는 온화한 정책을 주장하여 관철시켰다.

105 이 두 편의 짧은 글은 周密의『濟東夜話』와 馮夢龍의『古今譚槪』에도 실려 있다.

武承規, 字子正, 長安人. 政和七年, 監台州寧海縣縣渚鎭酒稅, 好
延道流, 日食于門者常數輩. 家君時爲主簿, 戒之曰: "吾官卑俸薄, 而
冗食若此, 何以給邪?"曰: "吾無美酒大肉與之, 但隨緣而已. 遇有酒則
醉, 有海魚則一飽, 他無所費. 其無能者, 旬日自去, 安知吾不遇至人
哉!"他日, 復勸之, 不聽.

一曰, 氣貌洋洋, 若有得色, 曰: "公笑有接道人, 近有授我內交法者,
每日子午時, 運虎龍氣, 相摩移時, 美暢不減房室之樂, 而無所損. 雖
未可度世, 亦安樂奇術也."家君曰: "公妻甚少, 又未有子, 奈何?"曰:
"亦得一術倣此者授之. 渠亦自得其樂. 舍弟多男, 兄弟之子猶子也, 夫
人有後足矣."家君欲聞其略, 曰: "公方効官, 又有父母妻子, 與承規
異. 六十歲以後, 儻再相遇, 是時方可."

旬日復來, 曰: "承規欲往閩中訪先生, 旦夕遣妻孥歸侍下, 纔有可配
卽嫁之."其父掞時爲越州將領. 家君曰: "旣托身於公, 何忍如此? 已
絶欲事, 異室而居可也, 何必遣?"曰: "畢竟爲累, 無此人則吾身輕, 要
行則行矣."曰: "胡不一歸與親別?"曰: "骨肉之情, 見面必留, 卒未可
脫."及再見, 曰: "妻已行矣. 承規替期已及, 官課皆不虧, 而代者未至,
願爲白州郡. 遣牙校交界."如其言, 郡吏方至, 其室虛矣.

정화 7년(1117), 자가 자정인 장안[106] 사람 무승규는 태주 영해현 현
저진[107]에서 주세 징수 감독관으로 있었다. 도사를 초대하기 좋아해

---

106 長安: 永興軍路 京兆府(현 섬서성 西安市). 後唐 때 長安을 경조부로 개칭하였지
만 천년 고도여서 송대에도 여전히 장안이라고 불렸다.

날마다 집에 와서 식사하는 사람이 여럿 있었다. 필자 부친이 그때 태주 영해현 주부로 계셨는데, 무승규에게 권고하길,

"우리는 관직도 낮고 봉록도 적은데 이처럼 식객이 많으면 어떻게 감당할 수 있겠나?"

하지만 무승규는 말하길,

"내가 맛있는 술과 고기가 있어 주는 것이 아니라 그저 인연에 따를 뿐입니다. 술이 있으면 마시고 취하고, 생선이 있으면 배불리 한 번 먹을 뿐 다른 비용이 들어갈 일이 없습니다. 능력이 없는 도사는 열흘이면 알아서 가는데, 내가 큰 도인을 만날 수 없을 것이라고 어떻게 단정하십니까?"

그 뒤로 다시 권면했지만 말을 듣지 않았다.

하루는 마치 대단한 일이라도 한 것처럼 의기양양하여 말하길,

"공께서는 내가 도인을 접대한다고 비웃었지만 근래 내게 몸 안에서 기운을 돌리는 비법을 가르쳐 준 사람이 있습니다. 매일 밤 12시와 낮 12시경에 한 식경씩 용호의 기를 움직이면, 서로 맞물려 움직일 때 멋지고 시원한 것이 성적 쾌락에 못지않고, 몸에 손상도 없습니다. 아직 속세를 초월할 정도는 아니지만 그런대로 기묘한 비법을 즐길 만합니다."

부친께서 말씀하시길,

"공의 부인은 아직 젊고 아들도 두지 않았는데, 그 일을 어찌하시려오?"

---

107 寧海縣: 兩浙路 台州 寧海縣(현 절강성 寧波市 寧海縣). 縣渚鎮은 행정구역 변화가 심하여 그 정확한 위치는 확인하기 어렵다.

이견갑지 【一】

무승규가 말하길,

"이 비법을 모방한 또 다른 비법을 제 아내에게 알려 주었더니, 제 아내도 그 즐거움을 느끼고 있습니다. 아우에게 아들이 많고, 조카는 자식과 마찬가지입니다. 그런대로 후손이 있으면 족합니다."

필자의 부친께서 그 비법을 듣고자 하자, 무승규가 말하길,

"공은 벼슬하는 데 진력하셔야 하고, 또 부모처자가 있어 저와는 입장이 다르십니다. 60세 이후 만약 다시 만나게 된다면 그때나 말씀 드리지요."

열흘 뒤 다시 오더니 말하길,

"저는 복건으로 가서 스승님을 찾아뵐 생각입니다. 그리고 조만간 처자식을 부모님을 모시고 있는 이에게 보내고, 적당한 사람이 있으면 재혼하라고 할 생각입니다."

무승규의 아버지 무섬은 당시 월주[108]의 장령[109]이었다. 필자의 부친께서 말씀하시길,

"부인은 이미 공에게 자신의 일생을 의탁했는데, 어찌 이렇게 모질게 대하시오. 부부간의 성생활을 그만두었다면 각방을 쓰면서 살면 되지 꼭 돌려보내야 할 필요가 있소이까?"

무승규가 말하길,

"아내는 결국 내게 짐이 될 뿐입니다. 만약 아내만 없다면 나는 얼

---

108 越州: 兩浙路 越州(현 절강성 紹興市).
109 將領: 통상 장군이란 뜻으로 쓰지만, 송 신종 때 처음으로 '將'을 군 편제의 명칭이 자 지휘관 명으로 사용하여 남송으로 이어졌다. 남송에서는 都統制司 휘하의 2급 편제단위로서 ○○路 제1將, 제2將 등으로 불렀다. 將은 정8품관으로서 금군의 훈련과 지휘를 담당하였다. 별칭은 將領과 正將이다.

마나 홀가분한지 모릅니다. 가고 싶을 때 그냥 가면 되니 말입니다."

부친께서 말씀하시길,

"왜 집에 돌아가 부모님께 이별의 인사도 안 하시오?"

무승규가 말하길,

"부모 자식 사이의 정 때문에 얼굴을 보면 절대 떠나지 못하게 말릴 것이고, 결국은 벗어나기 힘들기 때문입니다."

다시 만났을 때 무승규가 말하길,

"아내는 이미 떠났습니다. 제 임기도 이미 다 되었고, 관아의 주세 징수액도 다 채웠습니다. 다만 후임자가 아직 오지 않았으니 저를 대신해 태주지사께 말씀드려 후임 관리를 파견해 달라고 해 주십시오."

부친께서는 부탁한 대로 상신하여 태주에서 서리가 막 도착할 무렵 그 집은 이미 텅 비어 있었다.

　　崔祖武, 河東威勝軍人. 政和癸巳, 與家君同處太學通類齋, 自言少好色, 無日不猥遊. 年二十六歲, 成瘵疾將死. 有牛道人來, 曰: "苟能絶慾, 吾救汝." 父母曰: "是兒將死, 儻能生之, 有何不可!" 遂授以藥, 及敎以練氣術, 令與妻異處, 其病良已. 三年方同房, 而欲心不復萌. 在學時年三十五六, 肌幹豐碩, 儀狀秀偉, 亦與人和. 率之游狹邪, 不固拒, 但不作色想耳. 飮食不肯醉飽, 曰: "大醉大飽, 最爲傷氣, 須六十日修持, 始復初." 後歸鄕里, 不知其所終.

　　하동로 위승군[110] 사람 최조무는 정화 3년(1113)에 필자의 부친과 함께 태학의 같은 학년 숙사에서 지냈다. 최조무는 자신이 어려서부터 여색을 좋아하여 하루도 유곽에 들리지 않은 날이 없었다고 말하였다. 26세에 폐결핵으로 죽을 지경에 이르렀는데, 우씨 성을 지닌 도인이 와서 말하길,

　　"진정 색욕을 끊을 수만 있다면 내가 너를 구해 주겠다."

　　최조무의 부모가 말하길,

　　"아들이 다 죽게 생겼는데, 정말 살릴 수만 있다면 무슨 일이건 못하겠습니까!"

　　이에 우 도인이 곧 약을 주고 기를 수련하는 방법을 가르쳐 준 뒤

110　威勝軍: 河東路 威勝軍(현 산서성 長治市 沁縣).

처와도 각방을 쓰게 하자 병세가 나아졌다. 3년이 지난 뒤 비로소 동침했지만 다시는 성욕이 생기지 않았다. 태학에서 지낼 때의 나이가 35~36세였는데, 체격이 크고 살집이 좋았으며, 외모가 빼어나고 사람들과도 잘 어울렸다. 그를 기방[111]으로 끌고 가면 완강하게 거절하지는 않았지만 여자와 놀 생각은 없다고 하였다. 술과 음식도 취하거나 배부를 정도로 마시거나 먹지는 않았다. 그리고 말하길,

"폭음과 폭식처럼 기를 상하게 하는 것이 없다. 폭음과 폭식 후에는 반드시 60일 동안 몸과 마음을 다스려야[112] 비로소 원상회복이 가능하다."

후에 고향으로 돌아갔는데, 그 뒤로 어떻게 되었는지는 모른다.

---

111 狹邪: 기방이나 기녀, 또는 작은 거리나 뒷골목을 뜻한다.
112 修持: 자신의 妄念으로 생긴 잘못을 바로잡고 戒를 지켜 악을 억제하고 선을 발양함을 뜻한다.

이견갑지 【一】

이견갑지

夷堅甲志

卷 3

만세단萬歲丹

徽州婺源縣懷金鄉民程彬, 邀險牟利, 儲藥害人. 多殺蛇埋地中, 覆之以苫, 以水沃灌, 久則蒸出菌蕈, 采而曝乾, 復入它藥. 始生者, 以食, 人卽死. 恐爲累, 不敢用, 多取其次者. 先以飼蛙, 視其躍多寡以爲度, 美其名爲'萬歲丹'. 愚民有欲死其仇者, 以數千金密市之.

嘗有客至, 欲置毒, 誤中婦翁. 翁歸而悟, 已不可救. 彬有弟曰正道, 雅以爲非, 不敢諫, 至徙家避諸數十里外. 彬旣老始悔, 不復作, 稍用僞物代之. 藥旣不驗, 遂無售者. 旣死, 貧甚, 唯一子, 丐食道亡, 其後遂絶.

嘗有里胥督租, 以語侵彬, 彬怒, 毒而飲之. 胥行未幾, 腦痛嘔血, 亟反臥其門, 大呼乞命. 彬汲水飲之卽愈, 蓋有物以解其毒也.(縣人董猷說.)

휘주 무원현^[1] 회금향의 주민 정빈은 이익을 탐하여 위험을 무릅쓰고 독약을 만들어 여러 사람을 해쳤다. 많은 뱀을 죽여 땅 속에 묻어둔 뒤 그 위에 거적을 덮고 물을 충분히 주었다. 한참을 지나 버섯이 자라나면, 그것을 따서 말린 뒤 다른 약물을 첨가하였다. 처음 나온 독버섯을 사람에게 먹이면 즉사하였다. 정빈은 사망 사건에 연루될까 겁이 나서 감히 쓰지 못하고, 주로 그 다음에 자라난 버섯을 이용

1　婺源縣: 江南東路 徽州 婺源縣(현 강서성 景德鎭市 婺源縣). 宣和 3년(1121)에 歙州(현 안휘성 黃山市)를 徽州로 개칭하였다. 따라서 宣和 3년 이전임을 명기한 것은 섭주로, 그 외에는 휘주로 표기한다.

하였다. 독약을 만든 뒤 먼저 개구리에게 먹여 개구리가 죽기 전까지 뛰어오르는 횟수를 보고 독성의 정도를 판단하였다. 정빈은 그 독약을 '만세단'이라고 그럴듯하게 이름 붙였다. 어리석은 사람 가운데 원수를 죽여 복수하려는 자들이 많은 돈을 주고 남몰래 '만세단'을 샀다.

한번은 어떤 과객이 오자 정빈은 그를 살해하려고 독을 넣었는데, 잘못하여 자신의 장인이 독약을 먹고 말았다. 장인이 되돌아간 뒤 비로소 알게 되었지만 이미 늦어서 손쓸 수가 없었다. 정빈에게 정정도라는 동생이 있었는데, 형이 하는 일이 크게 잘못되었다고 여겼으나 감히 바른말 하기 어려워 수십 리 밖으로 이사해 정빈을 피하였다. 정빈은 늙어서야 비로소 후회하고 다시는 독버섯을 키우지 않고 조금씩 가짜를 써서 독버섯을 대신하였다. 하지만 약효가 없자 곧 사는 사람이 없어졌다. 죽을 무렵에는 아주 가난했고, 하나뿐인 아들은 걸식하다가 길에서 죽어 그 후사가 끊어지고 말았다.

일찍이 마을의 호장[2]이 조세를 독촉하다가 정빈에게 심한 말을 하였는데, 정빈이 화가 나서 그에게 독약을 마시게 하였다. 호장이 조금 가다가 갑자기 두통과 함께 피를 토하게 되자 급히 돌아와 정빈의 집 문 앞에 쓰러져 큰소리로 살려 달라고 애걸하였다. 정빈이 물을 길어다 그에게 마시게 하자 곧 나아졌으니, 아마도 해독하는 무엇인가가 있었던 것 같다.(무원현 사람 동유가 한 이야기다.)

---

2 里胥: 마을의 조세 징수를 담당하였으며 里長 또는 戶長이라고도 하였다.

02 이신이 당한 보복李辛償冤

宣和末, 饒州庾人李辛, 爲吏凶横, 郡人仄目. 因大雪入府治, 一人遇諸塗, 辛被酒恃力, 奮拳擊死之. 觀者如堵, 恐累己, 絶不言. 辛捨去, 街卒以爲暴亡, 呼其家人葬之. 辛益自肆, 所居在城外, 夜多踰垣歸. 經三歲, 忽遇死者曰: "吾尋汝久, 乃在此邪!" 辛歸, 語其妻, 甚懼, 明日死.

辛家養數鹿, 每以竹擊柱, 則應聲而至. 戶曹白生以七月勒令市鹿, 不可得. 爲之呼所養者, 纔擊竹, 一最大鹿至, 乃殺之. 取肉以應命, 召所知洪端共食其餘, 經日辛死. 咸以爲中毒, 不知爲冤鬼所殺也.(洪端說.)

선화연간(1119~1124) 말에 요주[3] 관아의 창고지기[4]였던 이신은 서리가 되자 포악하게 굴며 횡포를 부려 요주 사람들이 꺼려 하였다. 하루는 눈이 많이 내려 요주 관아에 들어가다가 길에서 한 사람을 만났는데, 이신은 술에 취해 자기 힘만 믿고 주먹을 휘둘러 그 사람을 때려 죽였다. 보는 사람들이 담장처럼 에워싸고 있었지만, 모두 자신이 연루될까 두려워하여 결코 말하지 않았다. 이신이 죽은 이를 돌아보지 않고 가 버리자 도로를 순찰하는 사졸은 급사했다고 꾸며 그 집

3 饒州: 江南東路 饒州(현 강서성 上饒市 鄱陽縣).

4 庾人: 관가의 곡식 창고를 관리하던 창고지기로서 斗子 · 揀子 · 庫子 · 庫人이라고도 한다. 孝宗 때 정식으로 서리가 되었다.

안사람을 불러 장사 지내게 하였다. 이 일로 이신은 더욱 방자해졌다. 이신은 성 밖에 살고 있었는데, 밤에 성벽을 넘어 귀가하는 일도 자주 있었다.

3년이 지난 뒤 죽은 사람의 혼령을 갑자기 만났는데, 그가 말하길,
"내가 너를 오래 찾아다녔는데, 여기에 있었구나!"

이신이 돌아와 그 일을 아내에게 말하였고, 몹시 두려워하더니 다음날 죽고 말았다.

이신은 집에서 사슴을 몇 마리 길렀는데, 매번 대나무로 기둥을 두드리면 그 소리를 듣고 다가왔다. 7월, 요주 호조의 서리인 백씨가 사슴고기를 꼭 사오라고 이신에게 명하였는데, 사슴고기를 살 수 없었다. 그래서 기르는 사슴을 잡으려고 불렀는데, 대나무를 두드리자마자 가장 큰 사슴이 다가왔다. 이에 사슴을 잡아 고기를 갖다 바쳤다. 그리고 평소 알고 지내던 홍단을 불러 남은 고기를 함께 먹었는데, 그다음 날 이신이 죽었다. 모두 독이 들은 것 아니냐고 여길 뿐 원귀에게 죽임을 당한 것은 알지 못하였다.(홍단이 한 이야기다.)

陳德應槖侍郎之女, 爲會稽石氏婦, 生一男而石生病. 將終, 執妻手
與訣曰:"我與若相歡, 非尋常夫婦比, 汝善視吾子, 必不嫁以報我." 陳
氏遲疑未應. 石怒曰: "好事新夫, 無思故主." 遂卒. 陳氏哭泣悲哀, 思
慕瘠甚. 本幾, 其父帥廣東, 挈以俱往. 憐其盛年, 爲擇壻, 得莆田吳
瑧. 陳氏辭不免, 遂受幣. 既嫁歲餘, 忽見其前夫至, 罵曰:"汝待我若
是, 豈可以事它人? 先取我子, 次及汝." 至暮而子夭, 踰旬陳氏病亡.
(陳爟世明說, 陳與吳瑧善.)

형부시랑[5] 진탁[6]의 딸은 월주[7]의 석씨 집안에 시집을 가서 아들 하
나를 낳았다. 그런데 그만 남편 석씨가 병이 들었다. 석씨는 죽기 직
전에 아내의 손을 잡고 이별하며 말하길,

"우리 부부의 금슬은 대부분의 다른 부부와 비할 바 없이 좋았으니

5　侍郎: 본래 황제 측근에서 경호와 시중을 드는 관리를 뜻하지만 東漢 이후 尙書省
　소속 6부(이부 · 호부 · 예부 · 병부 · 형부 · 공부) 책임자의 명칭이 되었고, 다시
　門下侍郎 · 中書侍郎 등의 명칭에서 알 수 있듯이 재상급 반열의 관명이 되었다.
　송 전기에는 품계를 나타내는 寄祿官이었으나 元豊 3년(1080) 관제개혁 이후에는
　尙書를 보좌하는 차관급 職事官 명칭으로 바뀌었다. 종3품이다.
6　陳槖: 자는 德應이며 兩浙路 越州 餘姚縣(현 절강성 寧波市 餘姚市) 사람이다. 매
　우 강직하고 청렴한 인물로서 秦檜의 주화론에 반대하였다. 監察御史 · 刑部侍
　郎 · 台州지사 등을 역임하였다. 지방관 재임 시 선정을 베풀어 민심을 크게 얻었
　으며, 치안이 불안한 지역 근무를 자처하여 廣東에서 3년 동안 있으면서 안정시키
　는 데 큰 공을 세웠다.
7　會稽: 兩浙路 越州(현 절강성 紹興市).

당신은 아들을 잘 돌봐주고 나를 위해 절대로 재혼하지 마시오."

하지만 진씨는 주저하며 응낙하지 않았다. 석씨는 화를 내며 말하길,

"새 남편하고 맺어질 생각에 옛 남편은 생각도 않는구나."

그러더니 곧 세상을 떴다. 진씨는 슬피 울며 애통해 하였고, 남편을 그리워하며 몹시 수척해졌다. 오래지 않아 친정아버지인 진탁이 광남동로[8] 안무사[9]가 되어 딸 진씨를 데리고 함께 부임하였다. 진탁은 딸이 한참 나이인 것을 안쓰럽게 여겨 사윗감을 골라 홍화군 포전현[10] 사람 오수를 사위로 얻었다. 진씨는 사양했지만 소용이 없어 결국 예물을 받았다. 재혼한 지 1년여가 되었을 때 갑자기 전남편 석씨가 오는 것을 보았는데, 석씨가 욕하길,

"네가 나를 그렇게 대해 놓고도 어떻게 다른 사람을 섬긴단 말이냐? 먼저 내 아들을 데려가고, 다음에는 네 차례가 될 것이다."

저녁이 되자 아들이 죽었고, 열흘이 지나자 진씨도 병으로 죽고 말았다.(자가 세명인 진관이 한 이야기다. 진관과 오수는 가깝게 지냈다.)

---

8 廣南東路: 至道 3년(997)에 전국에 15개 路를 설치하면서 신설된 廣南東路는 현 광동성에 상당하는 지역이며 치소는 廣州(현 광동성 廣州市)였고, 15個州로 이루어졌다. 약칭은 廣東이다.

9 安撫使: 唐代 전란이나 재난 발생 지역을 안정시키기 위해 대신을 임시 파견하면서 나온 관직이다. 송조 역시 임시직으로 운영하였지만 국경지역에서는 상설직으로 운영했고, 각 路에서 가장 중요한 府·州의 長官이 安撫使를 겸임하는 것이 상례였다. 2品 이상의 고관이 맡을 경우 安撫大使, 그 이하는 主管某路安撫司公事나 管勾安撫司事라고 칭하여 엄격하게 구분하였다.

10 莆田縣: 福建路 興化軍 莆田縣(현 복건성 莆田市).

王承可鈇, 紹興辛酉歲提舉浙東茶鹽, 公廨在會稽子城東, 蓋古龍興寺. 承可第三子洧, 嘗夢一丈夫, 衣紫袍, 來言曰: "我朽骨埋桃樹下, 幽魂無所歸. 君幸哀我, 使得徙葬." 洧覺, 白其父. 視舍旁有巨桃一本, 因下穿求骨, 弗獲.

明年八月晦, 又夢有通謁者曰: "朝請大夫李尙仁." 旣進, 乃向所夢者, 頼首慘慼, 以舊懇申言, 袖詩一紙以贈洧曰: "桃林隱伏厭淸芬, 去歲幽魂得見君. 八十壽齡人未有, 一堂風朶世無聞. 濟時革弊忠爲主, 救物哀亡德作恩. 白骨可憐埋近地, 願公擧手報無垠." 洧覺, 急燭火筆于簡.

會承可將代還, 以李君精爽不可負, 亟集吏卒盡西廡之桃下, 大索數日, 無所見. 承可躬督畚鍤, 復穿尺許, 乃得之. 有小象梳二, 已朽, 烏巾財餘方寸, 骨旁存大釘四, 乃遷葬于禹廟後三喬松下, 具酒食祭之. 吳興莫壽朋儔 · 洛陽朱希眞敦儒皆記其事, 意以夢中詩爲吉祥. 後十四年, 洧以事謫廣東, 而廣東自有寓客曰 '李尙仁'云.

자가 승가인 왕부는 소흥 11년(1141)에 제거[11]양절동로[12]다염공사[13]

11　提擧: '선발하여 추천한다(提拔薦擧)'는 뜻으로 본래 각 지방관을 관리 감독하는 직책에서 출발하였으나 송대에는 특정 업무를 주관하는 전문 관리직으로 바뀌어 常平司 · 市舶司 등에 提擧常平 · 提擧市舶 등을 임명하였다. 단 提擧宮觀은 실제 업무는 보지 않지만 사당 · 도관 등의 관리 업무를 맡는다는 명목으로 퇴직한 고위 관료의 봉록을 지급하기 위해 명목상 부여한 관직이다.

12　兩浙東路: 至道 3년(997)에 전국에 15개 路를 설치하면서 신설된 兩浙路는 현 절강성과 강소성의 장강 이남에 상당하는 지역이며, 치소는 杭州(현 절강성 杭州市)

가 되었는데, 관아는 소흥부 성곽 옹성[14] 동쪽에 있었다. 관아는 본래 용흥사[15]라는 절이었다. 왕부의 셋째 아들 왕유가 꿈을 꿨는데, 꿈속에서 자주색 도포를 입은 한 성인 남자가 와서 말하길,

"내 백골이 복숭아나무[16] 아래에 묻혀서 혼령이 돌아갈 곳이 없으니 공께서 나를 불쌍히 여겨 다른 곳으로 옮겨 묻어 주시길 간곡히 바랍니다."

왕유가 꿈에서 깬 뒤 아버지 왕부에게 꿈속에서 본 것을 이야기 하고 보니 관아의 건물 옆에 커다란 복숭아나무 한 그루가 있었다. 이에 나무 밑을 파서 유골을 찾아보았지만 찾지 못하였다.

였고 14個州·2個軍으로 이루어졌다. 양절로는 熙寧 7년(1074)부터 錢塘江을 기준으로 분리와 통합을 거듭하다가 建炎 3년(1129)부터 兩浙東路와 兩浙西路로 공식 분리되었다. 각각의 약칭은 浙東과 浙西이다.

13 提擧茶鹽公事: 상평창·차·소금을 관장하는 관직으로 북송 말에서 남송 초까지 짧은 기간만 유지되었다. 崇寧 1년(1102), 蔡京은 차 전매제를 회복시켰고, 政和 2년~宣和 7년(1112~1125)에 鈔引茶鹽法을 실시하면서 각 路마다 '提擧鹽香茶礬事司'를 설치하고 提擧鹽香茶礬事를 주관 관리로 임명하였는데, 提擧·提鹽·鹽香·鹽香茶·茶鹽 등 약칭이 매우 많았다. 宣和 7년(1125)에 提擧鹽香茶礬事를 提擧茶鹽公事로 개칭하라는 조칙이 있었고, 紹興 5년(1135)에 常平司를 茶鹽司에 편입시켰고, 紹興 15년(1145)에는 주관 관리를 提擧常平茶鹽公事로 개칭하였다.

14 子城: 인구가 늘어나면 기존의 성곽 밖에 다시 성곽을 쌓는데, 이를 가리켜 外城 혹은 羅城이라고 하고 본래 성곽을 內城 혹은 子城이라고 칭한다. 또 성곽에 부속된 甕城·月城 등을 子城이라고 칭하기도 한다. 본문에서는 후자의 경우를 가리키는 것으로 보인다.

15 龍興寺: 東晉의 고승 支遁이 447년에 회계산에 개창한 고찰로서 오대의 화가 貫休가 그린 18나한상이 보존되어 있다. 문화대혁명 때 크게 훼손되었다가 최근 다시 대규모로 재건되었다. 남송 초 전란기에는 사찰을 관아로 많이 활용하였다.

16 桃樹: 예로부터 복숭아나무는 사악한 기운이나 귀신을 물리친다고 알려졌지만 그 유래는 명확하지 않다. 유래를 알 수 없음은 그만큼 오래되었음을 반영하는 것이라고도 할 수 있다. 한 해의 길상함을 기원하기 위해 쓰는 春聯도 복숭아나무판에 쓰는 것이 관례였다.

이듬해 8월 그믐날, 또다시 꿈에 '조청대부[17] 이상인'이라며 뵙기를 청한 사람이 있었다. 그 사람이 들어오기에 보니 바로 지난번 꿈에 봤던 사람이었다. 비통한 마음에 얼굴을 찡그린 채 머리를 숙이고 전번에 간청했던 일을 말하더니 소매에서 시 한 수를 적은 종이를 꺼내 왕유에게 주었는데, 그 내용은 다음과 같다.

복숭아나무 밑에 숨어 웅크린 채 풀 향기에 질렸는데,
지난해 비로소 혼령이 공을 만날 수 있었네.
80년간 묻혀 있었지만 아는 이 없고,
한 시절 당당했던 풍채 세간에 알려진 바 없네.
시대를 구하고, 폐단을 혁파하며, 충성을 다하였고,
만물을 구하며 망자를 가련하게 여겨 덕으로 은혜를 베풀었네.
백골이 가엾게도 가까운 곳에 묻혔으니,
원컨대 공께서 손수 노고를 베풀어 주신다면 보답은 끝이 없으리라.

왕유가 잠에서 깨어 급히 촛불을 밝히고 그 시를 기록하였다.
공교롭게도 왕부가 임기를 마치고 조정으로 복귀할 때[18]였지만 이상인의 혼령이 당부한 바를 저버릴 수 없어 급히 서리와 아역[19]들을 소집하여 서쪽 행랑채에 있는 복숭아나무 아래를 며칠 동안 대대적으로 찾아보았으나 역시 아무것도 발견하지 못하였다. 왕부가 직접

---

17 朝請大夫: 문관 寄祿官 29개 품계 중 12위이며 종5품상이었으나 元豊개혁 후 30개 품계 중 17위, 종6품으로 바뀌었다. 承務郎(종9품)부터 朝請大夫까지는 4년에 1단 계 승급할 수 있으나 朝議大夫부터는 결원이 있어야 가능하였다.
18 代還: 중앙관이 지방관으로 부임하였다가 다시 중앙으로 돌아가 직무를 맡는다는 말이며, 군대가 본래 근무지로 돌아가는 것을 뜻하기도 한다.
19 吏卒: 통상 胥吏와 衙役을 가리키는 말이지만 때로는 官兵을 뜻하기도 한다.

흙을 파고 나르는 일을 독려하며 다시 1척가량 파낸 끝에 비로소 시신을 찾아낼 수 있었다. 작은 상아 빗 두 개가 있었는데, 이미 다 삭아 버렸고 검은색 건은 겨우 한 마디 정도만 남았으며, 뼈 옆에는 큰 못 네 개가 남아 있었다. 이에 우임금 사당[20] 뒤의 큰 소나무 세 그루가 있는 곳 아래로 옮겨 묻고, 술과 음식을 갖추어 제사 지내 주었다.

자가 수붕인 상주 오흥현[21] 사람 막주, 자가 희진인 낙양[22] 사람 주돈유가 이 일을 모두 기록하였고, 꿈속의 시가 길상하다고 여겼다. 그 뒤로 14년이 지나 왕유가 어떤 일에 연루되어 광동으로 폄적되었고, 그때 타지에서 광동으로 온 사람이 있었는데, 그 이름이 '이상인'이었다.

---

20 禹廟: 절강성 紹興市 동남쪽에 있는 禹陵은 우임금의 무덤이라고 전해지며, 그 옆에 있는 禹廟는 545년 처음 만들어졌다. 도교에서는 치수에 큰 공을 세운 우임금을 水官大帝로 삼았고, 휘종이 도교를 숭상해서 북송 말에 한때 告成觀으로 개칭한 적도 있으나 후에 다시 우묘로 바꿨다.

21 吳興縣: 兩浙路 湖州 吳興縣(현 절강성 湖州市 吳興區).

22 洛陽: 京西北路 西京 河南府(현 河南省 洛陽市).

이견갑지【一】

段宰者, 居婺州浦江縣僧舍. 其妻嘗觀于門, 有婦人行丐, 年甚壯. 詢其姓氏始末. 自云無夫, 亦無姻戚. 段妻云: "旣如是, 胡不爲人妾而乞食? 肯從我乎?" 曰: "非不欲也, 但人以其貧賤, 不肯納耳. 若得供執爨之役, 實爲大幸." 遂呼入, 令沐浴, 與更衣, 遣庖者敎以飮膳, 旬日而能. 繼以樂府訓之, 不踰月皆盡善. 調習旣久, 容色殊可觀. 段名之曰 '鶯鶯', 以爲側室. 凡五·六年, 唯恐其去.

一夕, 已夜分, 段氏皆就寢, 有自門外呼闔者曰: "我鶯鶯夫也." 僕曰: "鶯鶯不聞有夫, 縱如爾言, 俟天明來未晩, 何必中夜爲?" 其人頗怒曰: "若不啓門, 我當從隙中入." 僕大恐, 卽叩堂門, 以其事語段. 鶯鶯聞之, 若有喜色, 曰: "他來也." 亟走出. 段疑其竄, 自篝火追至廳廡, 但聞有聲極響, 燈卽滅. 妻遣婢出視, 段已死, 七竅皆血流. 外戶扃鐍如故, 竟不知何怪. 浦江人何叔達說, 予得之程資忠.

단재라는 사람이 무주 포강현²³의 요사채에 살고 있었다. 하루는 단재의 아내가 문 밖을 내다보니 한 부인이 걸식하고 있었는데, 한참 젊은 나이였다. 단재의 아내가 그녀에게 성과 내력을 물어보자 자신은 남편도, 친척도 없다고 대답하였다. 단재의 아내가 권하길,

"기왕 이럴 바에야 다른 사람의 첩이라도 하지 왜 걸식을 해? 나를 따라오지 않겠어?"

23　浦江縣: 兩浙路 婺州 浦江縣(현 절강성 金華市 浦江縣).

그녀가 말하길,

"제가 왜 원치 않겠어요. 단지 사람들은 저를 빈천하다고 생각해 원치 않았습니다. 만약 부엌일이라도 할 수 있다면 실로 천만다행입니다."

단재의 아내는 그녀를 집에 들여 목욕을 시키고 새 옷으로 갈아입게 하였다. 또 요리사를 붙여 음식 만드는 것을 가르치자 열흘 만에 요리에 능숙하게 되었다. 이어서 음악도 가르쳤는데 한 달도 채 안 돼 모두 잘하였다. 오랫동안 익히고 다듬자 용모도 눈에 띄게 예뻐졌다. 단재는 그녀의 이름을 '앵앵'이라 짓고 첩으로 삼았다. 그렇게 5~6년이 지났는데, 단재는 혹 그녀가 떠나갈까 봐 걱정할 정도였다.

어느 날 저녁, 이미 한밤중이 되어 단씨 집안 사람이 모두 잠들었는데, 어떤 자가 문밖에서 문지기를 부르면서 말하길,

"나는 앵앵의 남편이다."

노복이 말하길,

"앵앵에게 남편이 있었다는 말을 들은 일이 없다. 만약 네 말이 맞다 해도 내일 날이 밝을 때까지 기다렸다가 와도 늦지 않거늘 하필이면 이 밤에 야단이란 말이냐?"

그 자는 몹시 화가 나서 말하길,

"만약 문을 열지 않는다면 나는 바로 문틈으로 들어갈 것이다."

노복은 몹시 두려워져 즉시 사랑채 문을 두드려 이 일을 단재에게 보고했다. 그런데 앵앵은 그 말을 듣더니 은근히 기뻐하며,

"그이가 왔네!"

라며 밖으로 뛰쳐나갔다. 단재는 앵앵이 달아나서 숨을까 의심스러워 직접 등롱불을 들고 대청 옆의 방까지 갔는데, 갑자기 아주 큰

소리가 울리더니 곧 등롱불이 꺼졌다. 단재의 아내가 여종을 내보내 살펴보도록 했는데, 단재는 이미 죽어 있었고, 눈·코 등 일곱 구멍에서 모두 피가 흐르고 있었다. 바깥문의 빗장은 잠갔을 당시 그대로였는데, 어떤 요괴가 한 일인지 끝내 알 수 없었다. 이 일은 포강현 사람 하숙달이 이야기한 것인데, 필자는 정자충으로부터 들었다.

桂縝, 字彦栗, 信州貴溪人. 所居至龍虎山纔三十里, 道流日過門,
桂氏必與錢. 縝素病疝, 每作皆濱死. 醫者敎以從方士受服氣訣, 故尤
屬意. 紹興庚申六月二十有三日晩, 浴畢散步小徑. 有老道人來, 年八
九十矣, 鬖鬖皤然, 曲僂豐下. 縝揖與語曰: "請至弊廬, 取湯茗之資."
曰: "日已暮, 不可至君家, 君苟有意, 能延我旬日否?" 縝不應, 遂行.

復回首呼縝使前, 入林間, 坐古松根上. 自云姓竇氏, 聲音如山東人,
劇談良久, 語頗侵縝. 縝見其老, 雖貌敬而心不平. 細視其目, 淸聳入
鬢, 著靑幅巾, 暑行不汗, 未忍遽去. 復詢以氣術, 道人曰: "吾行氣二
百年, 治病差易耳." 爲誦所習書千餘言, 天文地理·兵法道要錯綜其
間, 略不可曉. 縝曰: "先生幸敎我, 此非我所能, 盡言其粗者?" 道人曰:
"汝似可敎. 吾有一編書, 藏衡山中, 今往取之. 又三十三年, 當以授
汝." 縝曰: "得非般運導引訣邪?" 曰: "未也. 姑以方書濟衆, 稍儲陰
功." 縝曰: "萬一及期, 尋先生何所?" 曰: "非汝所知, 吾當來訪汝."

遂邀縝欲偕逝, 縝以親年高及孥累爲解. 道人不懌, 間忽不見. 縝且
駭且懼, 急歸, 不敢語人. 後數日, 一道者及門問曰: "八十三承事何
在?"(縝之父) 家人辭以出. 呼者怒曰: "吾非有所求, 先生使來援公書
耳. 胡爲不出?" 擲卷於塌而去. 取視之, 乃『呂洞賓傳』也, 縝始悔之.

至壬戌年擢第, 調鄱陽尉. 歸至嚴·衢間, 疾大作, 不可□, 輿行數
里必下, 投逆旅中, 傍外戶而臥. 有商人過, 倚擔問曰: "官人有疾邪?"
曰: "然." 曰: "始發時行坐立臥皆不可, 某處最痛, 祈死不能. 證候若是
否?" 曰: "然, 爾何以知之?" 客曰: "某豫章人也, 少亦病此, 今日負百斤
而不害, 蓋有藥以療之耳." 遂解囊, 如有所索, 得一裹如細剉桑葉者,
敎以酒三升浸服之. 縝素不飮, 未敢服, 以千金謝客而行.

及家, 疾益甚, 遍服它藥, 皆弗驗. 姑如客言, 以藥投酒中, 甫酌一
杯, 其甘若飴蜜, 隨渴隨飮, 至曉而酒盡, 病瘳什八, 信宿脫然, 後不復

作. 細思商人乃昔所遇寶君也.

　자가 언률인 신주 귀계현[24] 사람 계진은 용호산[25]에서 30리밖에 안 떨어진 곳에서 살았는데, 거의 매일 집 앞을 지나가는 도인에게 빠짐 없이 적선을 베풀었다. 계진은 본디 배앓이[26]를 했는데 매번 발작할 때마다 빈사상태에 빠지곤 하였다. 의원은 그에게 방사[27]로부터 기공 의 비결을 받아야 한다고 했기에 더욱 각별히 유의하였다.

　소흥 10년(1140) 6월 23일 저녁, 계진은 목욕을 마치고 오솔길을 산 책할 때, 한 늙은 도인이 다가왔는데 나이는 대략 80~90세 정도였 다. 귀밑머리와 수염이 모두 백발이고, 허리는 굽었으며 턱은 각지고 얼굴이 네모난 귀한 상이었다.[28] 계진은 읍을 하고 깍듯이 말하길,

　"누추하지만 저희 집에 오셔서 차 마실 돈이라도 조금 가져가시지 요."

24　貴溪縣: 江南東路 信州 貴溪縣(현 강서성 鷹潭市 貴溪市).
25　龍虎山: 강서성 鷹潭市 貴溪市에 위치한 높이 1,300m의 산으로 東漢 때 五斗米道 의 창시자 張道陵이 연단술을 완성하자 용과 호랑이가 나타났다고 하여 붙여진 이 름이다. 그 4대손 張盛이 삼국·서진시대부터 이곳에 머물러 1900년 동안 天師道 의 성지로 간주되어 왔다. 강과 절벽이 절묘하게 조화를 이룬 경승지로서 세계지 질공원 겸 세계자연유산이기도 하다.
26　疝: 소장 질환으로 배꼽 아래가 차고 아프며 대소변을 잘 보지 못하는 질병이다. 한의학에서는 냉한 것이 뭉친 결과로 파악한다.
27　方士: 신선의 연단술을 익혀 장생불사를 추구하는 사람들로서 氣의 운행, 仙丹의 복용, 연금술, 신을 부르고 귀신을 내쫓는 등 여러 유파가 있다. 神仙思想과 그에 따른 方術은 道敎의 핵심적 내용이자 정신적 지주이다.
28　豐下: 얼굴 외곽선이 네모나고 하관이 풍만한 얼굴을 가리킨다. 예로부터 지금까 지 이런 얼굴을 귀한 상으로 간주한다.

도인이 말하길,

"날이 이미 저물어서 자네 집에 갈 수 없지만 자네가 진정 생각이 있다면 내가 한 열흘 머물도록 청할 수 있겠는가?"

계진이 허락하지 않자 노인은 곧 가려 했다.

하지만 다시 뒤돌아보며 계진을 불러 세웠고 숲속으로 들어가 오래된 소나무 뿌리 위에 앉았다. 도인은 자신이 두씨라고 말하였는데, 그 말투가 산동[29] 사람 같았다. 거리낌 없이 한참 이야기하였는데, 말투가 계진을 자못 언짢게 만들었다. 계진은 그 노인을 보면서 비록 겉으로는 정중하게 대하였지만 속으로는 마음이 편치 않았다.

계진이 도인의 눈을 세심히 살펴보니 맑은 눈동자가 귀밑까지 길게 솟았고, 푸른 두건을 썼으며, 무더위 속에 걸었는데도 땀 한 방울 나지 않았기에 그냥 가도록 둘 수가 없었다. 다시 기공의 방법을 묻자 도인이 말하길,

"내가 200년이나 기공을 연마했으므로 병을 치료하여 낫게 하는 것은 그다지 어렵지 않다."

계진을 위해 학습할 책의 천여 자를 암송하였는데, 그 안에 천문과 지리, 병법과 도술이 뒤섞여 있어 개략적인 것도 이해할 수 없었다. 계진이 말하길,

"선생께서 저에게 가르침을 주시니 다행이긴 하나 이것은 제가 이해할 수 있는 것이 아닙니다. 차라리 그 대략이라도 말씀해 주시는

---

29 山東: 太行산맥의 동쪽에 위치하여 취해진 지명이다. 唐代에는 대부분 河南道에 속하였고, 宋代에는 京東路에 속하였고, 후에 京東東路와 京東西路로 나뉘었다. 金代에 山東東路와 山東西路를 설치하면서 山東이라는 지명이 정식 행정지명으로 자리 잡았다.

이견갑지【一】

것이 낮지 않은가요?"

도인이 말하길,

"너는 내가 가르칠 만한 것 같다. 내게 책 하나가 있는데 형산[30]에 숨겨 두었다. 지금 그것을 가지러 가고 있다. 다시 33년이 지나면 의당 너에게 줄 것이다."

계진이 말하길,

"혹시 지금 그 도인의 비결[31]을 가져올 방법은 없습니까?"

도인이 말하길,

"아직 없다. 우선 방서로 민중을 구하면서 조금씩 음덕을 쌓아 가야만 한다."

계진이 말하길,

"만일 그때가 되면 어디서 선생님을 찾아야 합니까?"

도인이 말하길,

"그것은 네가 몰라도 된다. 내가 당연히 너를 찾아갈 것이다."

그리고 계진에게 함께 형산으로 가자고 요구했는데, 계진은 부모가 연로하시고 처자식이 있다는 것을 핑계 삼아 양해를 구하였다. 도인은 기분 나빠 하더니 갑자기 사라졌다. 계진은 놀랍기도 하고 무섭기도 하여 급히 집으로 돌아왔으나 감히 다른 사람들에게 말하지 못하였다. 며칠 지난 뒤 한 도인이 문 앞에 이르러 묻길,

---

30 衡山: 호남성 남부의 衡陽市 南嶽區에 위치한 높이 1,300m의 산이다. 5嶽 가운데 南嶽에 해당하는 명산으로 일찍이 중시되어 왔으며, 도교 全眞派의 성지이기도 하다. 5嶽 가운데 가장 남쪽에 자리 잡고 있어 수목이 울창하다.

31 導引: 수련하는 사람이 자기 스스로의 힘으로 기를 운행하는 양생술의 일종을 뜻한다.

"83[32]승사랑[33]은 어디 계신가?"

집안 식구는 계진이 출타 중이라고 거짓으로 말하자 도인은 호통을 치며 말하길,

"내가 뭘 바라는 것이 아니다. 선생께서 시켜서 그대에게 책을 전해 주려고 왔는데 왜 나오지 않는가?"

도인은 책을 섬돌에 던지고 가 버렸다. 이를 가져다 보니 『여동빈전』이었다. 계진은 비로소 후회했다. 소흥 12년(1142)에 이르러 계진은 과거에 급제하여 요주 파양현[34]의 현위[35]에 임명되었다. 집으로 돌아오던 중 엄주[36]와 구주[37] 사이에서 고질병이 심하게 도졌는데 어찌할 방법이 없었다. 수레를 타고 갔지만 몇 리도 못 가고 내려야만 해서 여관에 투숙한 뒤 바깥 문 옆에 드러누웠다. 한 상인이 지나가다가 짐에 기댄 채 물어보길,

---

32 八十三: 민간에서는 출생 순서에 따라 1, 2, 3 등의 숫자를 붙여 이름으로 삼는 것이 상례다. 조카가 먼저 출생하면 숙부보다 숫자가 빠르기도 하다. 따라서 계83과 계84의 항렬이나 관계가 어떤지 집안 내에서는 구분이 가능하지만 외부 사람은 알 수 없다. 단 5대가 지나면 다시 1, 2, 3으로 환원하여 동명이인이 발생하지 않게 한다. 아마 계진의 집안에서의 이름이 계83이었던 것 같다. 原注에는 계진의 부친이라고 하였으나 문맥상 계진이 맞는 것으로 보여 수용하지 않았다.

33 承事郎: 문관 寄祿官 29개 품계 중 23위이며 정8품이었으나 元豊개혁 후 30개 품계 중 28위 정9품으로 바뀌었다. 장원급제자 · 재상 자제의 蔭官 보임 때 부여하였다.

34 鄱陽縣: 江南東路 饒州 鄱陽縣(현 강서성 上饒市 鄱陽縣).

35 縣尉: 縣의 치안을 담당한 縣尉는 弓手라고 칭한 縣尉司의 병력을 이끌고 주로 縣城을 관리하였다. 직급은 현의 크기에 따라 북송 전기에는 8품하~9품하였고, 元祐연간(1086~1094) 이후에는 정9품~종9품 사이였다.

36 嚴州: 兩浙路 嚴州(현 절강성 杭州市 建德市). 宣和 3년(1121), 方臘의 난을 진압하고 난 뒤 睦州를 嚴州로 개칭하였다.

37 衢州: 兩浙路 衢州(현 절강성 衢州市).

"관인께서 편치 않은가 봅니다."

계진이 답하길

"그렇소."

그러자 상인이 다시 묻길,

"처음 아프기 시작할 때는 걷지도 앉지도 서지도 눕지도 못하겠지요? 그리고 어느 한 곳이 가장 아팠을 것이고, 차라리 죽고 싶을 지경이었을 것입니다. 병의 증상이 내 말대로지요?"

계진이 답하길,

"그렇습니다만 당신은 어떻게 그것을 아시오?"

상인이 말하길,

"저는 홍주[38] 사람입니다. 저도 어려서 이 병을 앓았는데, 지금은 100근의 짐을 짊어지고 다녀도 거뜬합니다. 그런대로 약이 있어 이 병을 치료할 수 있습니다."

곧 자루를 풀어헤쳐 무엇인가를 찾는 것 같더니 꺼낸 것은 곱게 간 뽕잎처럼 생긴 약 한 포였다. 그는 술 3리터에 뽕잎 가루를 타서 복용하라고 가르쳐 주었다. 계진은 원래 술을 마실 줄 몰라 먹을 엄두가 나지 않았지만 그 상인에게 천금을 사례한 후 길을 떠났다.

겨우 집에 도착했지만 병세가 더욱 심해져서 여러 가지 약들을 두루 복용했으나 효험이 전혀 없었다. 할 수 없이 그 상인이 가르쳐 준 대로 약을 술에 넣고 큰 잔으로 한 잔 마셨는데 그 맛이 엿과 꿀처럼 달았다. 계속 갈증이 날 때마다 마셨는데, 새벽에 이르러 술을 다 마

---

38 豫章: 江南西路 洪州(현 강서성 南昌市).

셔 버리자 병이 8할 정도 나았다. 이틀 밤이 지나자 병이 다 나아 몸
이 가뿐했고, 그 뒤로는 다시 재발하지 않았다. 곰곰이 생각해 보니
그 상인이 전에 만났던 도인 두씨였던 것 같다.

桂繽祖安時, 自少慕道. 年二十有四, 卽委妻子, 挈金帛之名山, 十載而歸. 遇方士過門, 必延入, 日飯堂上者數十輩, 家貲枵然, 盡室尤之, 而安時執意愈篤.

野僕祝大伯, 服薪水之勞, 愚鈍而謹粒. 一日自外至, 舉措異常, 曰: "適遇道人, 與我藥服之, 能不食矣." 驗之信然. 詰其方, 無有也. 或盛夏暴烈日中, 冬覆冰上, 皆不寒暑, 而隷役如故. 桂氏之人皆敬事之, 呼爲祝仙人. 欲延以客禮, 辭曰: "吾合在人間爲僕使, 歲滿自當去."

如是三年, 告安時曰: "白花巖有人見招, 願主翁同往." 乃俱行. 未至巖下, 絲竹之聲泠泠盈耳, 綵雲郁然, 蔽覆山谷. 安時歎異未已, 祝君遽聲嗒辭, 遂不見. 安時自是不意, 以至捐館, 時大觀二年也. 白花巖去桂氏所居十里.

계진의 조부 계안시는 어려서부터 도술을 좋아했다. 24세에 처자식을 버리고 돈을 챙겨서 명산으로 갔다가 10년 만에 돌아왔다. 계안시는 방사가 문 앞을 지나가기만 하면 반드시 들어오기를 청하였고, 매일 집으로 밥 먹으러 오는 사람이 수십 명이나 되었다. 결국 가산이 탕진되자 모든 가족들이 원망하였지만 계안시는 여전히 고집을 부리며 그들을 더욱 돈독하게 대접하였다.

들일하는 노복 축대백은 땔감을 베고 물을 긷는 일을 맡았는데, 우둔하지만 행동거지가 신중하였다. 하루는 밖에 나갔다 돌아왔는데, 행동거지가 평소와 달랐고 또 말하길,

"밖에 나갔다가 도인을 만났고, 나에게 약을 주기에 먹었는데, 더

이상 음식을 먹지 않아도 괜찮습니다."

살펴보았더니 정말 그러하였다. 그 비방을 캐물었지만 아무것도 없었다. 한여름 뜨거운 햇살이 내려쪼여도, 한겨울 얼음 위에서 엎어져도 더위와 추위를 전혀 타지 않았다. 그리고 노복으로서의 일도 예전처럼 꾸준히 하였다. 계씨 집 사람 모두 축대백을 공경하여 '축 선인'이라고 부르고, 손님으로 예우하고자 했지만 사양하며 말하길,

"나는 인간세에서는 노복으로 지내는 것이 맞습니다. 세월이 차면 자연히 떠날 것입니다."

이렇게 3년이 지났는데, 하루는 계안시에게 말하길,

"어떤 사람이 백화암에서 보자고 하는데, 주인어른께서도 함께 가셨으면 합니다."

이에 함께 갔는데, 백화암 아래에 이르기도 전에 현악기와 죽관악기의 청아한 소리가 가득 들려왔고 오색구름이 크게 일어 골짜기를 뒤덮고 있었다. 계안시가 감탄을 금치 못하고 있는데, 축대백이 서둘러 공손히 인사하더니[39] 곧 사라졌다. 계안시는 그때부터 죽을 때까지[40] 몹시 허탈해 하며 지냈다. 그때가 대관 2년(1108)이었다. 백화암은 계씨 집에서 10리 떨어진 곳에 있다.

---

39 唶辭: 唶은 敬意를 표하는 揖을 하거나 혹은 경례하면서 내는 큰 소리이며 辭는 고별을 뜻한다.

40 捐館: '관저를 포기한다'는 말로서 본래 관원의 사망을 뜻하는데, 후에 사망의 완곡한 표현으로 사용하였다. 捐舍라고도 한다.

　　李處仁者, 亦貴溪人. 妻鄭氏嘗夢至高山下, 有綠衣小兒戲于顚, 急抱取得之, 遂寤. 已而有娠, 生男, 命之曰 '嵩老'. 稍長, 極雋敏. 父命習進士業, 卽名嵩, 宇夢符. 年十八歲, 紹興十五年, 一擧擢第. 後五年爲建州建陽尉, 盜入其邑, 重親皆死焉, 鄭夢亦非吉也.(三事桂績說.)

이처인도 신주 귀계현 사람이다. 그의 아내 정씨가 일찍이 높은 산 아래로 가는 꿈을 꾸었는데, 한 녹색 옷을 입은 아이가 산꼭대기에서 놀고 있기에 서둘러 품에 안았는데, 그만 꿈에서 깨어났다. 그 뒤로 얼마 지나지 않아 임신을 했고, 아들을 낳자 이름을 '숭로'라고 지었다. 조금 자라자 아주 준수하고 민첩했다. 이처인의 부친은 손자에게 공부하여 과거에 응시하라고 명하고 이름을 '숭', 자를 '몽부'라고 지어 주었다. 18세가 되던 해인 소흥 15년(1145) 단번에 과거에 급제하였다.[41] 5년 뒤에 건령군 건양현[42] 현위가 되었는데, 도적들이 현성을 침입하여 이숭의 조부모와 부모가 모두 사망하고 말았다. 정씨의 꿈은 아무래도 길몽은 아니었다.(이 세 가지 일화는 계진이 한 이야기다.)

41　一擧擢第: 주에서 주관하는 解試, 상서성에서 주관하는 省試, 황제가 주관하는 殿試를 한 번에 모두 합격한다는 말이다.

42　建陽縣: 福建路 建寧軍 建陽縣(현 복건성 南平市 建陽市). 建州는 唐代와 五代의 지명으로 송대에는 開寶 8년(975)부터 13년만 쓰였고, 端拱 1년(988)부터 建寧軍으로 개칭하여 174년간 유지하다가 紹興 32년(1162)에 孝宗의 潛邸였기에 관례에 따라 建寧府로 승격되었다. 따라서 본문의 紹興 20년 당시 지명은 건령군 건양현이었다.

邵南者, 嚴州人, 頗涉書記, 好讀「天文」·「五行志」. 邃於遁甲, 占
筮如神. 然使酒尙氣, 好面折人, 人皆謂之狂. 宣和四年, 遊臨安, 胡尙
書少汲直孺以祕閣修撰爲兩浙轉運使, 聞其名, 召使筮之. 曰: "六十日
內仍舊職作大漕, 替姓陳人."

時郭太尉仲荀爲路鈐轄, 欲倣三路式與部使者序官, 蔡尙書文饒嶷
帥杭, 常抑之, 須日日揖階下, 乃得坐. 不勝忿, 奏乞致仕, 亦召南決
之. 南曰: "候胡修撰除發運更四十日, 太尉亦得郡北方, 銜內帶按撫
字, 但非帥耳." 郭曰: "某已丐休致矣, 豈有是事!" 才五十七日, 發運使
陳亨伯被召, 少汲代焉.

郭具飯延南, 復扣之. 對曰: "兆與前卦同, 無閑退象, 前言必不妄."
旣勅下, 郭守本官致仕, 復問南, 南對如初. 郭怒, 取勅牒示之, 南意不
自得, 曰: "若爾, 則某亦不能曉." 會譚積與郭善, 薦之, 未旬日, 以舊
官起知代州兼沿邊安撫司公事.

翁中丞端朝彥國守金陵, 過杭訪少汲, 南適在坐, 少汲因言其奇中
事. 翁問錢塘如何, 南大書卓上曰: "火." 翁曰: "近己燕矣." 曰: "禍未
息也, 不出三日當驗. 中丞須見之, 它日却來鎭此." 翁不敢泄, 時十二
月五日也.

明日, 蔡帥生朝, 大張樂置酒. 會京畿戍卒代歸, 當得犒絹, 蔡榜于
市, 不許買, 官以賤直取之, 皆大怒. 至夜, 數處舉火, 欲蔡出救而殺
之. 蔡已醉, 知事勢洶洶, 踰垣入巡檢寨, 家人皆趨中和堂避之, 於是
州治皆煨燼. 端朝未行, 見蔡曰: "兩日前見邵先生言此事, 未敢信, 果
然." 蔡素不喜卜筮, 試呼詢之, 對曰: "十五日內, 當移官別京." 蔡曰:
"得非分司乎? 何遽也!" 居二日, 適爲言者論擊, 罷爲提擧南京鴻慶宮.
未幾, 又落龍圖閣直學士, 如期拜命而徙.

端朝鎭杭, 提擧常平許子大之姪調官上部, 久不歸. 姪婦白子大, 令

詣南卜, 南批曰:"令姪已出京, 遇親舅邀往西洛差遣, 見託兩火人受得官之州, 當從水邊, 必濱州也. 非縣官·曹官而又兼獄, 必士曹掾也." 子大曰:"邵生言多中, 然此亦太誕." 月餘, 姪書來曰:"已出水門, 逢舅氏力邀往洛差遣, 只託書鋪家耳." 已驚其驗. 俄得報, 果擬濱州士曹掾, 兼左推院, 乃其叔炎所受也.

南與衢人鄭旬爲酒侶, 旬好博, 然勝敗不過數千. 南曰:"子小勝, 無所濟. 可辦進十萬, 召博徒能相敵者, 吾爲子擇一日與之戰." 旬曰:"吾囊中空空, 豈能辦?" 曰:"我當以物假子." 及期, 聚博於靈隱山前冷泉亭上. 南入僧寮假臥, 忽出門呼旬曰:"子有可止, 已溢數矣!" 急視之, 正百千餘八百也.

南昔至通州, 郎官范之才以言巢湖有鼎非是被責, 來問休咎. 南曰:"更十年當於婺女相見." 范曰:"量移邪?" 曰:"作郡守也." 後范罪拭拭, 果得婺. 聞南在杭, 使召之, 時相去九年矣. 南不肯往, 復書曰:"昔年雖有約, 然吾自筮, 二人入城而不出, 若往必死." 范連遣使齎酒醴, 請意益勤. 旣度歲, 遂行.

過嚴州, 嚴守周格非問:"吾此去官何地?" 曰:"旦夕爲假龍, 再任仍與范婺州同命." 曰:"復當如何?" 曰:"更一官而死." 周大怒, 速湯遣去.

至婺, 范喜甚. 南曰:"公當與周嚴州皆爲假龍." 一日, 又至曰:"某昨通夕不寐, 細推之, 公來日當拜命. 然某適當死, 使已時至, 猶及旅賀公, 遷延可至午, 緩則無及矣." 范曰:"先生何遽至此?" 來日復謁范, 屏人語曰:"告命且至, 偶使人未到城二十里, 爲石跪足, 願選一健步者往取之." 范曰:"某備位郡守, 無故爲此擧, 豈不爲邦人所笑! 兼邸報尙未聞, 不應如是之速."

曰:"某忍死相待, 何惜此!" 范卽命一卒曰:"去城二十里外, 遇持文字者, 急攜來." 遂解帶款語, 令具食. 移時, 所遣卒流汗而至, 拜庭下, 大呼曰:"賀龍圖!" 取而觀之, 乃除直龍圖閣告也. 時王黼爲相, 促告命付婺州回兵, 仍令兼程而進, 故外不及知. 少頃, 南促饌, 遂食. 食已,

范入謝親. 南趨至客次, 使下簾, 戒曰: "諸人敢至此者, 當白龍圖撻
治." 范家人喜抃, 爭捧觴爲壽. 良久方出, 急召南, 已坐逝矣. 南在杭,
與家君善, 嘗欲以其書傳授, 家君不領. 南無子, 旣死, 其學遂絶云.

엄주 사람 소남은 제법 서적을 섭렵하였고, 「천문지」와 「오행지」
를 즐겨 읽었다. 길흉을 예측하는 데 정통했고, 점을 치면 귀신처럼
잘 알아맞혔다. 그러나 술을 마시고 술기운이 오르면 면전에서 사람
에게 면박을 주곤 하여 모두 거만하다고 여겼다.

선화 4년(1122), 항주[43]에서 머물고 있었는데, 상서 호직유[44]가 비
각[45] 수찬[46] 직급으로 양절전운사[47]에 임용되었는데, 소남의 명성을

---

43 臨安府: 兩浙西路 臨安府(현 절강성 杭州市). 항주는 建炎 3년(1129)에 臨安府로
승격하였다. 본문에서 남송 때의 지명과 관직으로 북송 말의 상황을 설명하고 있
어 오해의 여지가 있는 부분은 북송 당시의 상황에 맞춰 일부 조정하였다.

44 胡直孺(?~?): 자는 少汲이며 江南西路 洪州 奉新縣(현 강서성 宜春市 奉新縣) 사
람이다. 감찰어사와 平江府지사, 江·湖·淮·浙發運使를 거쳐 戶部侍郎에 임용
되었는데, 金軍의 공세에 맞서 군공을 세워 南京지사 및 東京道總管으로 승진하였
다. 금군의 재침에 맞서 항전하였으나 주화파의 음모로 고립되어 포로가 된 뒤 오
랫동안 금군에 억류되었다. 남송 건국 후 형부상서를 지냈고 주전론자를 옹호하
였다.

45 祕閣: 宋初에는 唐代 제도를 이어받아 史館·昭文館·集賢院 등 3館을 崇文院 안
에 설치하였다가 후에 다시 祕閣을 추가하고 모두 합하여 崇文院이라고 하였다.
이 기관의 주된 업무는 소장한 전적의 편수였고, 이 업무를 담당하는 관리를 直祕
閣 또는 直祕라고 하는데, 淳化 1년(990)에 처음 경조관 가운데 엄격한 선발제도
를 통해서 임용하였다. 元豐 3년(1080) 관제개혁 후 비각을 祕書省에 병합시키면
서 直館과 直院 등의 관직을 없앴고 직비각만 貼職으로 두었다.

46 修撰: 實錄院에서 實錄 편수를 담당하는 사관인 實錄院修撰의 약칭이다. 송대에
는 翰林學士·給事中·尙書·侍郎 등을 황제의 측근에서 근무하는 侍從官이라고
하여 매우 명예로운 관직으로 간주하였다. 明·淸代에도 통상 장원급제자에게만

들고 부른 뒤 자신의 앞날에 대해 점을 치도록 하였다. 소남이 말하길,

"60일 내에 기존의 직급을 유지한 채 발운사[48]가 될 것이며 교체해줄 사람의 성은 진씨일 것입니다."

후에 태위[49]가 된 곽중순[50]이 당시 양절로 병마도검할이었는데, 3

修撰직을 하사하였다. 侍從官으로서 修撰직을 맡더라도 직급이 약간 낮을 경우에는 實錄院同修撰이라고 하였고, 侍從官이 아니면서 修撰직을 맡을 경우에는 權實錄院同修撰이라고 구분하였다.

47 轉運使: 북송은 건국 직후 문관을 지방관으로 임명하여 기존 절도사의 권한을 대거 회수하고 觀察使 · 防禦使 · 團練使 · 刺史 등의 무관직을 명예직으로 전환시켰다. 한편 太宗은 군수품 조달을 위해 각지에 임시 파견한 轉運使의 관할구역으로 路를 설치하고 전운사에게 재정을 장악케 하여 절도사의 실권을 크게 제한하였다. 이로써 각 주지사가 지방행정 실권을 확실하게 장악할 수 있게 하였다. 이어 眞宗은 전운사에게 지방관에 대한 감찰기능까지 부여하였다. 후에 提點刑獄公事와 安撫使 등을 두어 전운사의 권한을 분산시켰지만 재정 및 감찰 기능은 계속 유지되었다. 전운사와 轉運副使 · 轉運判官은 상황에 따라 모두 또는 일부만 임명하기도 하는데 모두 監司라고 칭하였다.

48 發運使: 建隆 2년(961)에 京畿東西水陸發運使를 임명하여 도성으로 공급하는 6개 路, 76개 州의 곡식과 물류 유통을 관리하게 하였고, 이어서 차세와 염세도 관장하게 하였다. 직급은 전운사보다 상위직이었으나 폐지와 설치를 거듭하였다.

49 太尉: 秦漢代에 군권을 장악하는 최고위 장관으로서 秦代에는 '丞相 · 太尉 · 御史大夫'를 가리켜 '三公'이라고 하였다. 군권 장악에 따른 과도한 권력 집중을 우려해 일찍부터 명예직으로 변하여 隋代부터 府와 僚佐를 없애서 宰相 · 親王 · 使相에 대한 加官 · 贈官으로 활용하였다.

50 郭仲荀(?~1145): 자는 傳師이며 西京 河南府(현 하남성 洛陽市) 사람이다. 建炎 3년(1129)에 殿前副都指揮使로 兩浙宣撫副使가 되어 越州를 지켰다. 紹興 3년(1133)에 檢校少保로서 明州지사가 되었다. 紹興 5년(1135)에 檢校少傅가 되어 提擧太平觀이 되었고 紹興 9년에 太尉 신분으로 同東京留守가 되었다. 紹興 10년에 鎭江府지사가 되었으며, 紹興 15년 台州에서 사망하였다. 곽중순이 지낸 관직 가운데 가장 고위직이 태위였기에 통상 '곽 태위'라고 칭하나 이 사건이 있던 당시에는 轉運使보다 하위직인 兵馬都鈐轄이었다. 따라서 "후에 태위가 된 곽중순"으로 번역하였다.

로의 방식을 모방하여 각 로의 감사[51]들을 줄 세우려고[52] 하였다. 그런데 상서 채의[53]가 항주 선무사[54]로서 늘 곽중순을 윽박지르며 매일 계단 아래에서 읍례를 올리게 한 다음 비로소 자리에 앉도록 하였다. 이에 곽중순은 분을 이기지 못해 상주문을 올려 사임을 청하는 한편 소남을 불러 점을 쳐서 알아보게 하였다. 소남이 말하길,

"비각 수찬 호직유가 발운사로 제수되고, 다시 40일이 지나면 도검할께서도 북방의 주지사직을 받으실 것입니다. 직함에 안무사가 딸려 있지만 그렇다고 수신은 아닙니다."

곽중순은 말하길,

"내가 이미 사직을 청하였는데, 어떻게 그런 일이 있을 수 있겠나?"

그런데 딱 57일째가 되자 발운사 진형백[55]이 소환되고 호직유가 후

---

51 監司: 路에 대한 監査 기능을 갖고 있는 安撫使·轉運使·提刑按察使·提擧常平官를 가리키나 이들 외에도 提擧茶馬·提擧茶鹽를 비롯해 走馬承受(원래 勾當公事였으나 高宗을 피휘하여 개칭)까지 광범위하게 포함되었다. 北宋의 轉運使路와 南宋의 安撫使路 모두 유사하지만 차이는 북송의 전운사는 로의 관련 업무만 전담하는 데 비해 남송의 안무사는 府의 지사를 겸임함으로써 군정과 민정을 통괄해 권력이 더 커졌다는 점이다. 部使·部使者·監司使者라고도 한다.

52 序官: 본래『周禮』의 각 篇 머리말에 서술한 6官 소속 관속의 업무와 인원을 뜻하지만 직급에 따른 줄 세우기나 직급에 따른 대접을 뜻하기도 한다.

53 蔡嶷: 자는 文饒이며, 崇寧 5년(1106)에 장원급제한 뒤 권신 채경의 비호를 받고자 스스로 조카를 자처하며 연줄을 맺으려 하였던 인물로서 권력에 아부한 비루한 지식인의 전형으로 유명하다. 채경 역시 채의를 자기 세력으로 끌어들이기 위해 그를 인정하였다.

54 宣撫使: 국경 부근의 군사적 요충지에 설치한 고위 군지휘 기구인 宣撫使司의 장관으로서 종3품 이상의 고관이 맡았으며, 制置使·招討使·安撫使·轉運使·鎭撫使 등 모든 使職을 통제하는 고위직이다.

55 陳亨伯: 宣和 3년(1121)에 발운사로서 經制使를 겸하여 동남지방 7개 路의 조세를 관장하였는데, 이때 印紙·술·식초 등에 대한 7종의 잡세를 經制錢으로 징수하였으며, 타 지역까지 확대하여 민심의 이반을 초래하였다. 북송 멸망 때 天下兵馬

임이 되었다.

곽중순은 주연을 준비하고 소남을 초청한 뒤 다시 가르침을 구했다. 소남이 대답하길,

"조짐이 전의 점괘와 같습니다. 은퇴할 상은 아닙니다. 전에 말씀드린 것이 절대 틀리지 않을 것입니다."

그런데 곧 곽중순에게 본래의 직급은 유지하되 도검할직은 사임하라는 조서가 내려왔다. 이에 다시 소남에게 물어보니 소남은 전과 같이 대답하였다. 곽중순이 화를 내며 조서를 소남에게 보여 주자 소남은 다소 언짢아하며 말하길,

"만약 그렇다면 저도 어찌된 것인지 모르겠습니다."

마침 당시 곽중순은 담진[56]과 사이가 좋았는데, 담진이 곽중순을 추천하여 열흘도 되지 않아 본래 직급으로 대주 주지사 겸 연변 안무사공사로 임명되었다.

어사중승[57] 옹언국[58]이 강령부[59]지사로 부임하던 중 항주에 들려

大元帥였던 高宗은 元帥府에서 陳亨伯을 都統制 겸 中軍統制로 임명하였다.

56 譚稹: 휘종 때의 환관으로서 군사적 지식과 지휘 경험이 없음에도 불구하고 童貫과 함께 중용되었다. 방랍의 난 때는 兩浙制置使로 활동하였으며, 송금동맹 체결 후에도 燕山府路 宣撫使의 중책을 맡았으나, 결국 군량 문제 등으로 금군과 갈등을 초래하여 북송의 멸망을 초래하는 데 일조하였다.

57 御史中丞: 관리를 감찰하는 기구인 御史臺의 실질적인 장관이다. 원래 어사대의 장관은 御史大夫지만 권한이 막강하므로 황제는 견제하기 위해 실제로는 장관을 임명하지 않고 부장관인 御史中丞만 임명하였으며 품계도 다소 낮게 하는 것이 역대 왕조의 오랜 관례로 내려왔다. 따라서 통상 中丞이라고 칭하는 御史中丞이 어사대의 실질적인 장관이었으며, 정3품에서 정4품관으로 임명하되 반드시 황제가 직접 임명하였다. 中丞·中司·執法·司憲 등의 별칭이 있다.

58 翁彦國: 자는 端朝이다. 개봉이 함락되고 북송이 멸망하던 靖康연간(1126~1127)에 옹언국은 江·淮·荊·浙制置轉運使였으며, 紹興 5년(1135)에는 總制使로서

호직유를 방문하였다. 마침 소남이 옆에 앉아 있었기에 호직유는 그가 신기하게 맞춘 일들에 대하여 말하였다. 항주[60]에 무슨 일이 일어나겠냐고 옹언국이 묻자 소남은 탁자 위에 큰 글자로 '불'이라고 썼다.

옹언국이 말하길,

"근래에 이미 불이 났었는데!"

소남이 말하길,

"재앙이 아직 가라앉지 않았습니다. 사흘 안에 과연 제 말이 맞는지 안 맞는지 확인하실 수 있고, 중승께서 반드시 직접 목격하실 것입니다. 그리고 훗날 다시 이곳에 오셔서 지사를 하실 것입니다."

옹언국은 감히 발설하지 못하였는데, 그때가 12월 5일이었다.

다음 날이 항주 선무사 채의의 생일이어서 크게 악기를 연주하며 연회를 베풀었다. 그때 도성 일대를 지키던 수비군들이 교대 기간이 되어 항주로 귀환했고, 포상으로 받은 비단을 갖고 있었다. 그런데 채의가 시장에 방을 붙여서 그 비단을 구매하지 못하도록 하고 관에서 싼값으로 구매하고자 하였다.

군인들이 모두 분노하여 밤이 되자 여러 곳에 불을 지른 뒤 채의가 나와서 불을 끄려 할 때 살해하려고 하였다. 채의는 이미 취했지만 사태가 흉흉함을 알아차리고 담을 뛰어넘어 순검채[61]로 숨어들었다.

宣和연간(1119~1125)에 실시한 經制錢 제도를 모방한 總制錢을 만들어 징수하였다.

59 金陵: 江南東路 江寧府(현 강소성 南京市). 전333년, 楚 威王이 金陵邑을 설치한 이래 '金陵'은 남경의 별칭으로 오랫동안 사용되었다.

60 錢塘: 錢塘縣은 秦이 중국을 통일한 뒤 현 항주에 설치한 지명이고, 항주는 隋 開皇 9년(589)에 처음 설치한 지명이어서 錢塘은 항주의 오랜 별칭이기도 하다. 본문에서는 전당현이 아니라 항주를 가리킨다.

이견갑지 【一】

가족들도 모두 중화당으로 달려가 피신하였다. 이 사건으로 항주 관아가 모두 잿더미가 되었다. 그때 옹언국은 강령부로 출발하기 전이었는데, 채의를 보고 말하길,

"이틀 전 소남 선생을 만났을 때 이 일에 대해서 말했지만 감히 믿을 수 없었습니다. 그런데 정말 이런 일이 일어났습니다."

채의는 본래 점치는 것을 좋아하지 않았지만 소남을 불러서 시험 삼아 앞날에 대하여 문자 대답하길,

"15일 이내에 이직하여 다른 부도읍지[62]로 가실 것입니다."

채의가 묻길,

"그렇다면 분사[63]를 뜻하는가? 무슨 일을 그렇게 급하게 할까?"

이틀 뒤 채의는 언관의 비판을 받고 항주지사에서 파면당하고 남경[64] 홍경궁[65]의 관리 책임자로 좌천되었다. 얼마 후 다시 용도각 직

---

61 巡檢寨: 주요 향리에 巡檢司라는 경찰 조직을 두었는데, 巡檢司의 소재지를 巡檢寨, 책임자를 巡檢使, 혹은 知寨라고 하였다. 巡檢司는 路의 提點刑獄司에 속하였고, 巡檢使의 실질적 권한이 縣尉와 다를 바 없었지만 정식 관원은 아니었다. 현지인으로 구성된 병력도 土兵이라고 칭하였지만 정식 군인이라기보다 民兵에 가까웠다. 정원도 수십～200명 등 다양하였으며 최대 500～600명인 경우도 있다.

62 別京: 북송은 도성인 東京 開封府와 함께 西京 河南府(현 하남성 洛陽市), 南京 應天府(현 하남성 商邱市), 北京 大名府(현 하북성 邯鄲市 大名縣)를 두어 4京체제를 유지하였다. 남송은 도성인 臨安府(현 절강성 항주시)와 함께 建康府(현 강소성 남경시)를 부도읍지(陪都)로 운영하였다.

63 分司: 중앙정부의 행정조직을 부도읍지(陪都)에 설치하는 것을 말한다. 실질적인 운영이라기보다는 퇴임 관원을 위한 우대 조치의 일환이었다.

64 南京: 南京 應天府(현 하남성 商邱市). 唐代에는 宋州라고 하였는데 송 태조 조광윤이 宋州刺史 겸 歸德軍節度使직을 맡은 바 있어 龍興之地, 즉 宋의 발상지로 간주되어 국호도 송으로 정하였다. 이에 景德 3년(1006)에 宋州를 應天府로 승격시킨 뒤 京東西路의 행정 중심지(路治)로 삼았고, 大中祥符 7년(1014)에 다시 부도읍인 陪都로 승격하여 南京이라고 칭하였다. 歸德府라고도 하였다.

65 鴻慶宮: 宋의 발상지에 세운 原廟로서 聖祖殿이라고 칭하였는데, 송주 성 북쪽에

학사직도 날아가고 인사 명령[66]을 기다리며 유배되는 신세가 되었다.

옹언국이 항주지사로 있을 때, 제거상평관 허자대의 조카가 전보[67]를 위해 도성의 이부를 찾아갔는데 오랫동안 돌아오지 않았다. 조카 며느리가 그 일을 허자대에게 알리자 허자대는 소남을 찾아가 점을 쳐 보라고 시켰다. 점괘를 보고 소남이 말하길,

"조카 분은 이미 개봉부를 나왔는데, 도중에 외삼촌을 만났고, 외삼촌이 낙양으로 파견하였습니다. 지금은 이름에 '불 화' 두 글자가 들어간 사람에 의탁하여 어떤 주에서 관리를 하고 있습니다. 주의 이름에 '물 수'가 들어간 것을 보니 분명 '빈주'[68]일 것입니다. 현의 관리도 아니고 속관도 아니지만 감옥 관리를 겸하고 있으니 필시 사조연[69]일 것입니다."

그 말을 전해 듣고 허자대가 말하길,

"소남 선생께서 말씀하신 것이 그동안 대부분 적중했는데, 이번만은 너무 어이가 없구나."

자리하고 있어 北宮이라고도 불렀다. 大中祥符 7년(1014)에 응천부가 부도읍인 南京으로 승격되자 성조전을 鴻慶宮으로 개칭하였다. 조상(聖祖) 신위 옆에 太祖와 太宗의 상을 모신 神御殿 혹은 三聖殿을 중심으로 宮官職을 임명하여 관리하였다.

66 拜命: 관직을 받고 인사 명령에 대하여 절을 하며 감사한다는 말이다.
67 調官: 관리를 선발하고 직책을 조정한다는 말이다.
68 濱州: 河北東路 濱州(현 산동성 濱州市).
69 掾官: 송대 관료의 보좌관은 기존의 曹官 외에도 당 말 오대 幕職官 계통이 있어 상당한 혼선이 있었지만 점차 군사적 기능이 줄어들고 순수 행정 보좌직으로 변모하였다. 송대 州의 보좌관 정원은 6개 기준에 따라 차등하였다. 大觀 2년(1108), 曹官과 幕職官을 조관 위주로 통일시켜 六曹參軍을 두고 별도로 士·戸·儀·兵·刑曹掾 등 5掾官을 두어 주현 서리가 대폭 증가하였다.

한 달여가 지난 뒤 조카가 서신을 보내 왔는데, 적혀 있길,

"개봉성의 수문[70]을 나온 뒤 우연히 외삼촌을 만났는데, 낙양으로 파견할 터이니 꼭 가라고 당부하셔서 상인에게 서신만 맡겨 놓았습니다."

모두 소남의 말이 맞아떨어진 것에 놀랐는데, 잠시 후 관보를 얻어 읽어 보니 과연 빈주 사조연에 내정되었고, 좌추원을 겸임하도록 되어 있었다. 또 그의 숙부인 염도 관직을 받았다.

소남의 술친구인 구주 사람 정전은 도박을 아주 좋아했지만, 돈을 따거나 잃거나 수천 전에 불과하였다. 소남이 말하길,

"자네는 돈을 조금 딴다고 해도 크게 보탬이 안 돼. 도박자금 10만 전을 준비하고, 자네와 겨룰 만한 도박꾼을 모아 보게. 내가 자네를 위해 택일을 해줄 테니 그날 붙어 보게."

정전이 말하길,

"내 주머니가 텅 비었으니 무슨 재주로 판돈을 마련한단 말인가?

소남이 말하길,

"내가 돈을 자네에게 빌려주어야겠지."

택일한 날이 되자 영은사[71]가 있는 산 앞의 냉천정에 도박꾼이 모였다. 소남은 영은사의 요사채에 들어가 팔을 벌리고 누운 채[72] 쉬고

---

70 水門: 개봉 내성의 水門은 金水門·蔡河水門·汴河北岸角門子·汴河南岸角門子 등 4개, 외성의 수문은 東水門·西水門·西北(利澤門)水門·東北水門·陳州水門 등이 있었다.

71 靈隱寺: 항주의 서쪽에 위치한 고찰로서 326년에 창건된 이래 항주를 대표하는 명찰로 유명하다. 고종과 효종이 여러 차례 방문하였으며 嘉定연간(1208~1224)에 禪宗의 五山 가운데 하나가 되었다.

72 偃臥: 팔을 벌리고 반듯이 누운 자세를 가리키며, 仰臥·睡臥라고도 한다.

있다가 갑자기 밖으로 나와 정전에게 큰소리로 말하길,

"자네 이제 그만하지. 딴 돈이 이미 예상치를 넘었네."

서둘러 살펴보니 꼭 10만하고도 8백 전이었다.

소남이 이전에 통주[73]를 지나간 일이 있었는데, 낭관[74]인 범지재가 소호에 정淨이 있다고 상주하였다가 사실이 아닌 것으로 밝혀져 문책을 받았다. 범지재가 찾아와 길흉을 물었다.

소남이 말하길,

"10년 뒤에 무주[75]에서 서로 만날 것입니다.

범지재가 묻길,

"관직을 바꿔서 말입니까?"[76]

소남이 답하길,

"무주지사가 되실 것입니다."

후에 범지재가 처벌받은 기록을 은폐[77]하여 정말로 무주지사가 되

---

73 通州: 淮南東路 通州(현 강소성 南通市).
74 郎官: 원래 秦漢대에 황제의 경호원이자 심부름꾼으로 시작해 점차 행정 관료로 변하였다. 唐代에는 朝議郎·通直郎·將仕郎 등을 통칭하는 용어로 사용되었고, 송대에는 議郎·中郎·侍郎·郎中 4등급을 통칭하는 용어였다. 원풍 관제개혁 (1080)과 政和연간(1111~1118)의 무관 관제개혁 이후 문신은 朝請郎(정7품상)~承務郎(종9품), 무관은 正侍郎(종7품)~承節郎(종9품)까지를 통칭하는 기록관명이 되었다. 職事官인 상서성 6부 24司의 郎官과는 구분된다.
75 婺女: 兩浙路 婺州(현 절강성 金華市). 婺州의 위치가 金星과 婺女 두 별이 꽃을 놓고 다투는 형세라고 하여 남조 陳 天嘉 3년(562)에 金華郡을 설치하였고, 隋 開皇 13년(593)에 婺州로 이름을 바꾸었다. 그 뒤로도 여러 차례 행정 편제와 지명 변경이 있었지만 대체로 金華와 婺州 두 지명을 사용하였다. 별칭인 婺女도 자주 쓰인다.
76 量移: 원래 멀리 유배된 관원을 정상 참작하여 가까운 곳으로 移配하는 것을 말하는데, 후에 관직을 바꾼다는 뜻으로도 쓰였다.
77 扶拭: 본래 닦고 문지른다는 말이지만 '결점·실수를 덮고 속인다'는 뜻이기도

었다. 범지재는 소남이 항주에 있다는 말을 듣고 사람을 시켜 소남을 불렀다. 그때 서로 만나지 못한 지 9년째였는데, 소남은 가고 싶어 하지 않았기에 답신하길,

"한 번 만나기로 전에 약속하긴 했지만 제 운수를 점쳐 보니 '두 사람이 성문을 들어갔지만 나오지 않는 괘'입니다. 그러니 제가 만약 무주에 간다면 반드시 죽을 것입니다."

범지재가 계속 사람을 보내 각종 술을 전하며 더욱 간곡하게 청하였다. 해가 바뀌었기에 소남은 길을 떠났다.

엄주를 지날 때 엄주지사 주격비[78]가 묻길,

"내가 이번 관직을 마치면 어디로 갈 것 같소?"

소남이 답하길,

"조만간 용도각 직학사에 제수되고 다시 전임될 때는 무주지사 범지재와 같은 인사 명령을 받을 것입니다."

주격비가 다시 묻길,

"그 다음에는 어떻게 되오?"

소남이 답하길,

"다시 한번 관직을 옮기시면 돌아가십니다."

주격비가 크게 화를 내더니 서둘러 탕을 내어 오라고 하여 빨리 가라고 재촉하였다.[79]

하다.

78 周格非: 주격비가 엄주지사로 재임한 시기는 『嚴州圖經』 권1, 『淳熙嚴州圖經』, 『宋會要輯稿』 「選擧」33之36의 기록에 약간 차이가 있으나 대략 宣和 3~4년 (1121~1122)부터 宣和 7년 1월까지이다. 또 재임 당시 관품에 대해서도 『엄주도경』에서는 奉直大夫라고 한 데 비해 『송회요집고』에서는 朝請大夫라고 하였다.

무주에 이르자 범지재가 대단히 반가워하였다. 소남이 말하길,

"공은 분명히 엄주 주지사와 함께 용도각 직학사가 되실 것입니다."

하루는 또다시 와서 말하길,

"제가 어제 밤새 잠을 이루지 못하였는데, 가만히 따져 보니 공께서는 내일 용도각 직학사에 임명되실 것입니다만 저는 죽을 때가 된 것 같습니다. 만약 사자가 사시(9~11시)에 도착한다면 다른 사람들과 함께 공께 축하드릴 수 있고, 오시(11~13시)까지 지연된다면 그런대로 버틸 수 있지만 더 늦어지면 방법이 없습니다."

범지재가 말하길,

"선생께서는 왜 이렇게 급하십니까?"

소남은 다음 날 다시 범지재를 찾아와 아랫사람들을 내보내고 말하길,

"사령장[80]이 곧 도착할 것입니다만 사자가 성 밖 20리 지점에서 우연히 돌에 발목을 접질렀습니다. 발 빠른 사람에게 가서 사령장을 받아 오도록 했으면 합니다."

범지재가 말하길,

"제가 주의 지사직에 있으면서[81] 아무런 연유도 없이 그렇게 한다

---

79 湯遣: 송대에는 손님이 오면 차를 대접하고, 손님이 떠날 때면 탕을 대접하는 것이 관례였다. 탕은 감초 등의 약재를 넣어 만든 뒤 계절에 따라 따뜻하게 또는 차게 대접하였다. 후에 손님의 의사와 무관하게 탕을 내오는 것은 그만 떠나달라는 의사의 표현이 되었다.

80 告命: 인사 명령을 적어 교부하는 문서를 뜻하며 告身 · 敕告 · 官告라고도 한다.

81 備位: 관리의 정원 내에 속해 있다는 뜻으로서 현직에 있음을 뜻하는 自謙辭다.

이견갑지【一】

면 엄주 주민에게 웃음거리가 되지 않겠습니까? 게다가 관보[82]에 그런 인사 명령이 있다는 말도 듣지 못하였으니 말씀하신 것처럼 서둘러서는 좋지 않을 것 같습니다.”

소남은 말하길,

“저는 죽음을 참아가며 함께 소식을 기다리고 있는데, 어찌 그까짓 작은 일에 망설이십니까?”

범지재가 즉시 한 사졸에게 명하길,

“성 밖 20리 지점에 가서 공문을 소지한 자를 만나거든 서둘러 데리고 오거라.”

두 사람은 곧 허리띠를 풀고 환담을 나누며 음식을 가져오라고 시켰다. 잠시 후 파견했던 사졸이 땀을 뻘뻘 흘리며 돌아와 관아의 뜰에 엎드려 절하며 큰소리로 아뢰길,

“용도각 직학사에 제수된 것을 축하드립니다.”

공문을 받아 보니 바로 용도각 직학사에 제수하는 공문이었다. 당시 왕보가 재상이었는데, 무주에 있는 병사들을 서둘러 회군시키라는 명령을 내리면서 밤낮을 가리지 말고 서둘러 가서 통보하라고 명하였기에 외부에서는 아무도 알지 못하였던 것이다. 잠시 후 소남이 음식을 가지고 오라고 재촉하더니 서둘러 먹었다. 식사를 마치고 범

---

82 邸報: 西漢 건국 초 전국 군현마다 도성에 연락사무소인 邸를 설치하고 詔令과 疏章을 초록하여 보내도록 하던 것에서 발전하여 후대에 이어졌다. 저보의 가장 중요한 내용은 정부의 중요 정책과 관료들의 인사이동에 관한 것이었는데, 進奏院의 서리로부터 정보를 빼낸 사영업자가 발행하였는데, 내용은 엄격하게 통제하였지만 발행과 판매에 대해서는 규제하지 않았다. 邸抄・邸鈔・朝報라고도 하는데 邸報라는 용어가 가장 널리 사용되었다.

지재는 부모에게 인사를 드리러 안채로 들어갔다. 소남도 서둘러 객사로 가더니 발을 내리라고 한 뒤 엄하게 지시하길,

"누구든 감히 이곳에 들어오는 자는 용도각 직학사께 알려 매로 다스릴 것이다."

범지재 집안 식구들이 기뻐서 손뼉을 치며 앞다투어 술잔을 올리며 축하하였다. 범지재는 한참 뒤 내실에서 나와 급히 소남을 찾았지만 소남은 이미 앉은 채로 세상을 뜬 뒤였다. 소남이 항주에 있었을 때 필자의 부친과 가까웠기에 한번은 자신의 책을 전수해 주려고 하였지만 부친께서 받지 않으셨다. 소남에게 아들이 없어 그가 세상을 뜬 뒤로 그의 비법도 곧 사라지고 말았다.

이견갑지

夷堅甲志
卷 4

紹興十四年三月四日, 江東憲司騶卒鄭鄰久疾, 夢二使追之, 曰: "大王召." 行數十里, 樓觀巍然. 使引之登階, 入朱門, 庭下列男女僧道, 鷄犬牛羊, 殿前掛大鏡, 照人心腑, 歷歷可見.

頃之, 王出, 二使擁鄰聲喏, 稱追到鄭鄰. 王問: "甚處人, 何事到此?" 鄰俯首答曰: "本貫信州, 被追來, 不知何故." 王命將到頭事祖來, 以筆點一字, 顧吏曰: "又卻是此鄰字, 莫誤否?" 判官攜簿前白云: "合追處州松陽鄭林." 王曰: "若爾, 則不干此人事, 教回."

復命檢勾生死簿, 稱鄰壽尙有一紀半, 遂呼鄰前曰: "看汝是一善人, 在生曾誦經否?" 鄰曰: "黙念『高王經』, 看本念『觀世音經』." 王曰: "汝視此間囚不作善事." 鄰擧首觀殿下鐵柱, 繫者甚衆, 五木被體, 羸瘠裸立, 絶無人狀. 柱上立粉牌誌其罪, 某人呪詛, 某人殺生, 某人鬪殺. 獄戶施金釘, 圖大海獸張口銜之. 兩廡皆鞠獄官, 內有戴牛耳蟆頭者, 周覽而旋.

王曰: "汝已見了, 還生時依舊積善. 若見戮人, 只念阿彌陀觀世音佛名, 令渠受生, 汝得消災介福." 鄰曰: "領聖旨." 遂退. 行數步, 回首已無所睹, 唯一隻白衣拄杖. 鄰問去饒州路, 叟以杖指云: "由此而左, 得路宜亟行, 稍緩有犲虎蟲虺之毒." 鄰憂撓奔廻, 遂寤, 遍體流汗. 乃初六夜矣.

소흥 14년(1144) 3월 4일의 일이다. 강남동로[1] 제점형옥사[2]의 추졸[3]

---

1 江南東路: 至道 3년(997)에 전국에 15개 路를 설치하면서 신설된 江南路는 天禧 4년(1020)에 동로와 서로로 분리되었다. 강남동로는 현 강소성과 안휘성의 장강 이

인 정린이 오랫동안 병을 앓았다. 하루는 꿈속에서 두 명의 사자가 그를 붙잡으며 말하길,

"대왕께서 부르신다."

이에 그들과 함께 수십 리를 가자 웅대한 누각이 보였다. 사자가 정린을 끌고 계단을 올라가 붉은 문으로 들어서니 뜰 아래에는 남녀 승려와 도사, 닭·개·소·양이 줄지어 있었다. 전각 앞에는 큰 거울이 걸려 있어서 사람의 몸속을 비추어 낱낱이 볼 수 있었다.

잠시 후 왕이 나오자 두 사자는 정린을 에워싸고 읍을 하면서 왕에게 인사하고[4] 정린을 잡아 왔다고 보고하였다. 왕이 묻길,

"어디 사람이냐? 무슨 일로 여기에 왔느냐?"

정린이 머리를 조아리며 답하길,

"본관은 신주[5]인데 잡혀 오긴 했으나 어떤 연유인지는 알지 못합니다."

왕은 정린에게 그동안의 사연을 자세히 진술하라고 한 뒤 붓대로 한 글자를 가리키더니 서리를 돌아보며 말하길,

남에 상당하는 지역이며 치소는 江寧府(현 강소성 南京市)였고, 7個州·2個軍으로 이루어졌다. 민간에서는 통상 江東 또는 江南이라고 불렀다.

2 提點刑獄司: 각 路의 법률·사건 수사·형사 업무·권농·관리 고과 등을 맡은 부서로서 景德 4년(1007)에 처음 설치하였으며 약칭은 提刑司·刑獄司·憲司·外臺 등이다. 장관은 提點刑獄公事이며 그 지위는 京畿路를 제외하고는 轉運使 바로 아래 직급이기 때문에 주지사를 역임한 고위직 관리로 보임하였다. 약칭은 提刑이다.

3 驕卒: 수레나 말 따위를 관장하던 차역 또는 말을 타고 수행하는 시종을 뜻한다.

4 聲喏: 하급자가 상급자를 접견할 때 읍을 하며 '예'라고 소리 내어 경의를 표하는 것을 뜻한다.

5 信州: 江南東路 信州(현 강서성 上饒市).

"혹시 또 여기 '린'자를 잘못 처리한 것 아니냐?"

판관이 명부를 들고 앞에서 아뢰길,

"처주 송양현[6]의 정림을 잡아 와야 맞습니다."

왕이 말하길,

"그렇다면 이 사람은 무관하니 돌려보내도록 하라."

그리고 다시 생사부[7]를 조사하도록 명하자, 정린의 수명이 아직 18년[8]이나 남았다고 보고하였다. 왕은 정린을 다시 불러 세우고 말하길,

"보아하니 너는 선량한 사람 같구나. 생전에 불경을 외운 일이 있느냐?"

정린이 대답하길,

"『고왕경』[9]을 암송할 수 있고, 책을 보면 『관세음경』[10]도 읽을 수

---

6   松陽縣: 兩浙路 處州 松陽縣(현 절강성 麗水市 松陽縣).
7   生死簿: 고대 중국에서는 사후세계에 대한 일관된 개념이 없다가 불교의 전래와 도교의 성립을 계기로 저승에 대한 개념이 점차 형성되었다. 그렇기에 불교와 도교의 개념이 뒤섞여 있어 저승을 관장하는 신은 염라왕이지만 행정 책임자는 判官이고, 그 아래 서리와 사졸들이 소환을 담당하며, 사람의 수명을 기록한 생사부를 통해 삶과 죽음을 관리한다는 인식이 주를 이루고 있다. 또 갈수록 인과응보의 개념이 두드러진다.
8   一紀: 목성이 태양을 한 바퀴 도는 데 대략 12년이 걸리기 때문에 12년을 1紀, 목성을 歲星이라고도 칭한다.
9   『高王經』: 원제는 『高王觀世音經』이다. 東魏 天平연간(534~537)에 孫敬德이 필사하여 유포하였다고 한다. 淨光祕密佛에서 아미타불에 이르는 31부처와 南無大明觀世音에서 普光如來化勝菩薩에 이르는 12보살에게 고액에서 벗어날 수 있도록 도와줄 것을 간구하는 내용인데 민간에서 상당히 유행하였다.
10 『觀世音經』: 『法華經』의 「觀世音菩薩普門品」을 독립된 경으로 만든 것이다. 西晉의 曇摩羅讖이 병으로 고생하는 河西王을 보고 이 나라가 관세음보살과 인연이 깊으니 「보문품」을 외우라고 권하였고, 경을 읽고 건강을 회복한 왕이 「보문품」을 널리 유통시키면서 『관음경』이라 이름지었다고 한다.

있습니다."

왕이 말하길,

"너는 여기서 착한 일을 하지 않은 죄수들을 보아라."

정린이 고개를 들어 전각 아래 쇠기둥을 보니 묶여 있는 자가 대단히 많았다. 형구[11]를 쓰고 삐쩍 마른 채로 알몸으로 서 있는데 차마 사람의 모습이라고 하기 힘들 정도였다. 기둥 위에는 팻말을 세워 그 죄를 적어 놓았는데, 어떤 이는 남을 저주했고, 어떤 이는 살생을 하였으며, 어떤 이는 싸우다 사람을 죽였다. 옥문은 금정[12]으로 장식되어 있고, 큰 바다짐승이 입을 벌린 채 금정을 물고 있는 그림이 그려져 있었다. 양편 복도에는 죄를 심문하는 관리들이 많이 있었고, 안에는 소의 귀가 달린 복두[13]를 쓴 자들이 있었다. 두루 살피고 돌아오자 왕이 말하길,

"너는 죄수들의 상황을 다 보았으니 환생하면 이전처럼 착하게 살아라. 만약 사람이 살해되는 것을 본다면 그저 아미타관세음불만 외우면 너를 환생시켜 줄 수 있을 것이며, 재앙을 없애고 복에 가까이 갈 수 있을 것이다."

정린이 말하길,

"성지를 따르겠습니다."

---

11 五木: 몸을 묶는 형구를 뜻한다.
12 金釘: 궁궐·관아·사묘 등의 붉은 대문에 설치한 금색의 둥근 못을 뜻한다. 본래 성문 목판 이음매를 튼튼하게 하려고 시작했는데 수·당대부터 대문의 장식품으로 변하기 시작하였다. 황궁의 경우 가로세로 각 9개씩 총 81개를 달아서 지존의 권위를 과시하였다. 門釘이라고도 한다.
13 幞頭: 머리에 쓰는 건의 일종이다.

그리고 정린은 드디어 물러날 수 있었다. 몇 걸음 움직인 뒤 고개를 돌려보니 그저 흰옷을 입은 한 노인이 지팡이를 들고 있을 뿐 아무것도 보이는 것이 없었다. 정린이 요주[14]로 가는 길을 묻자, 노인은 지팡이를 들어 길을 가리키며 말하길,

"여기서 좌측으로 가다가 큰길을 만나면 서둘러 가야만 한다. 만약 조금이라도 늦장을 부리면 승냥이나 호랑이, 독사 등의 해를 입을 것이다."

정린은 곤혹스러운 일이 있을까 걱정되어 마구 달려서 집으로 돌아가다가 정신을 차려 보니 온몸이 땀으로 흠뻑 젖었다. 그때가 3월 6일 밤이었다.

---

14 饒州: 江南東路 饒州(현 강서성 上饒市 鄱陽縣).

　　趙應之, 南京宗室也. 偕弟茂之在京師, 與富人吳家小員外日日縱游. 春時至金明池上, 行小徑, 得酒肆, 花竹扶疏, 器用羅陳, 極蕭灑可愛, 寂無人聲. 當壚女年甚艾. 三人駐留買酒, 應之指女謂吳生曰: "呼此侑觴如何?" 吳大喜, 以言挑之, 欣然而應, 遂就坐. 方舉杯, 女望父母自外歸, 亟起. 三人興既闌, 皆捨去. 時春已盡, 不復再游, 但思慕之心, 形於夢寐.

　　明年, 相率尋舊游, 至其處, 則門戶蕭然, 當壚人已不見. 復少憩索酒, 詢其家曰: "去年過此, 見一女子, 今何在?" 翁媼顰蹙曰: "正吾女也. 去歲擧家上冢, 是女獨留. 吾未歸時, 有輕薄三少年從之飲, 吾薄責以未嫁而爲此態, 何以適人, 遂悒怏不數日而死, 今屋之側有小丘, 卽其冢也." 三人不敢復問, 促飲畢, 言旋, 沿道傷惋.

　　日已暮, 將及門, 遇婦人羃首搖搖而前, 呼曰: "我卽去歲池上相見人也, 員外得非往吾家訪我乎? 我父母欲君絶望, 詐言我死, 設虛冢相紿. 我亦一春尋君, 幸而相値. 今徙居城中委巷, 一樓極寬潔, 可同往否?" 三人喜, 下馬偕行. 既至, 則共飲, 吳生留宿, 往來逾三月, 顏色益憔悴.

　　其父責二趙曰: "汝向誘吾子何往? 今病如是, 萬一不起, 當訴于有司!" 兄弟相顧悚汗, 心亦疑之. 聞皇甫法師善治鬼, 走謁之, 邀同視吳生. 皇甫纔望見, 大驚曰: "鬼氣甚盛, 祟深矣! 宜急避諸西方三百里外, 儻滿百二十日, 必爲所死, 不可治矣!"

　　三人卽命駕往西洛. 每當食處, 女必在房內, 夜則據榻. 到洛未幾, 適滿十二旬, 會訣酒樓, 且愁且懼. 會皇甫跨驢過其下, 拜揖祈哀. 皇甫爲結壇行法, 以劍授吳曰: "子當死, 今歸, 試緊閉戶, 黃昏時有擊者, 無問何人, 卽刃之. 幸而中鬼, 庶幾可活; 不幸誤殺人, 卽償命. 均爲一死, 猶有脫理耳." 如其言.

> 及昏, 果有擊戶者. 投之以劍, 應手仆地. 命燭視之, 乃女也. 流血滂
> 沱, 爲街卒所錄, 幷二趙・皇甫師, 皆繋囹圄. 鞫不成, 府遣使審池上
> 之家, 父母告云: "已死." 發冢驗視, 但衣服如蛻, 無復形體. 遂得脱.
> (江績之說.)

조응지는 남경[15]에 사는 종실[16]로서 동생 조무지와 함께 개봉부에 와서 부잣집[17] 오씨네 아들과 매일 제멋대로 놀러 다녔다. 봄날에 금명지[18]에 이르렀는데 샛길을 다니다가 한 주점과 마주쳤다. 주점에는 꽃과 대나무가 적절히 무성하여 정취가 있었고, 그릇이 잘 갖춰져 있는 등 대단히 운치 있고 마음에 들었다. 다만 적막하고 사람의 기척이 없었다. 술을 파는 아가씨는 어리고 매우 예뻤다. 세 사람이 주점에 앉아 술을 시켰고 조응지가 그녀를 가리키면서 오씨에게 말하길,

"여기로 불러서 술을 권함이 어떠한가?"

오씨가 크게 기뻐하며 그녀에게 가서 유혹하자 흔쾌히 응하며 자리를 함께했다. 막 술을 들려던 차에 여자는 부모가 밖에서 돌아오는

---

15 南京: 南京 應天府(현 하남성 商邱市).
16 宗室: 송조는 당의 종실 관리 제도를 계승하여 명예직에 불과하지만 작위를 주었고, 郊祀나 국가적 경사가 있으면 祿秩을 주었다. 州縣에 거주할 경우 매월 곡식을 지급하였다. 하지만 후대로 갈수록 종실 수가 늘어나서 일반 서민과 별 차이가 없는 경우가 많았다. 이에 초기와 달리 종실의 거주지 제한과 관직 진출에 대한 규제도 완화되었다.
17 員外: 본래는 일정한 규정에 의하여 정한 인원, 즉 定員 이외로 선발한 관원을 뜻하였으나 후에 돈을 주고 관직을 살 수 있게 되자 부자를 뜻하는 말로도 쓰였다.
18 金明池: 개봉성 밖에 위치한 황실 정원인데, 수군의 훈련장소로도 쓸 수 있는 대규모 호수다. 정원 안의 모든 건물은 수상건축물로 이루어졌다.

것을 보고 급히 자리에서 일어났다. 세 사람도 흥이 깨져서 술상을 그냥 두고 집으로 돌아갔다. 봄이 끝날 무렵이어서 다시 놀러가지는 못했지만 사모하는 마음으로 인해 꿈에서도 그녀를 보곤 하였다.

이듬해, 세 사람이 함께 이전에 놀던 곳을 찾다가 그 주점에 이르렀는데 문 앞이 적막하고 술을 팔던 여자도 보이지 않았다. 다시 잠깐 숨을 돌리고 술을 시키면서 그 집 식구들에게 묻길,

"작년에 여기를 지날 때 한 여자를 보았는데 지금 어디에 있습니까?"

노부부가 못마땅한 얼굴을 하며 말하길,

"그 애가 바로 우리 딸이었소. 작년에 가족들 모두 성묘하려 가면서 딸만 혼자 남아 있었지요. 내가 돌아오기 전에 경박해 보이는 소년 셋을 따라 함께 술을 마셨더군요. 그래서 시집도 안 갔는데 이렇게 굴면 어떻게 다른 사람에게 시집보낼 수 있겠냐며 약간 나무랐지요. 그랬더니 울적해 하다가 며칠 되지 않아 그만 죽고 말았답니다. 지금 집 옆에 있는 작은 흙더미가 바로 그 애 무덤입니다."

세 사람은 감히 더 묻지 못하고 급하게 술을 비운 후 화제를 돌렸다. 길을 따라 집에 돌아가면서 슬퍼하며 한탄해 마지않았다.

해가 저물 무렵 집 앞에 이르렀는데, 천으로 얼굴을 덮고 몸을 가볍게 흔들며 걸어오는 한 여자와 마주쳤다. 여자가 세 사람을 부르며 말하길,

"저는 작년에 금명지에서 만났던 사람입니다. 도련님께서는 우리 집까지 오셨으면 저를 좀 찾지 왜 그러셨어요? 도련님이 저를 포기하게 하려고 부모님께서는 제가 죽었다고 거짓말하시고 가짜 무덤을 만들어 속이신 거예요. 저 역시 봄날 내내 도련님을 찾았는데 운 좋

게도 서로 만나게 되었네요. 지금은 거처를 옮겨 성 안의 좁은 골목에서 살고 있지만 집은 아주 넓고 깨끗하니 함께 가실까요?”

세 사람은 기뻐하며 말에서 내려 함께 갔다. 여자 집에 가서 함께 술을 마셨고 오씨는 그곳에서 유숙하였다. 3개월이 넘게 왕래하자 오씨의 안색이 점점 초췌해져 갔다.

오씨의 아버지가 조씨 형제를 불러 책망하길,

“너희가 전에 내 아들을 꾀어서 어디를 갔었느냐? 지금 병세가 이렇게 심각하니 만일 회복하지 못하게 되면 담당 관아에 고소할 수밖에 없다.”

조씨 형제는 서로를 돌아보며 식은땀을 흘렸는데, 자기들 역시 마음속으로 여러 가지 일들이 의심스러웠기 때문이다. 조씨 형제는 황보법사가 귀신을 잘 쫓는다는 말을 듣고 달려가 그를 만났다. 그리고 함께 오씨를 만나 달라고 부탁하였다. 황보법사는 오씨를 멀리서 보자마자 크게 놀라서 말하길,

“귀신의 기운이 아주 왕성하니 앙화가 심하구나. 서쪽 300리 밖으로 빨리 피신하여야 한다. 만약 120일을 채웠다면 반드시 죽게 되고 달리 방법이 없다.”

세 사람은 곧 가마를 불러 낙양으로 갔다. 매번 밥 먹는 곳마다 그 여자가 꼭 방 안에 들어와 있었고, 밤에는 침상에 자리 잡고 있었다. 낙양 도착 일정을 맞출 수 없는 상황에서 그만 120일이 되고 말았다. 이에 주루에 모여 그만 흩어지기로 논의하였지만 한편 근심스럽기도 하고 두렵기도 하였다. 때마침 황보법사가 나귀를 타고 주루 아래를 지나고 있는 것을 보고 세 사람은 절을 하면서 살려 달라고 애원하였다. 황보법사가 제단을 쌓고 주술을 행한 뒤 오씨에게 칼을 주며 말

하길,

"자네는 죽음을 피할 길이 없네. 지금 숙소에 돌아가서 문을 굳게 닫게나. 해 질 녘에 문을 두드리는 자가 있을 터인데, 그 자가 누구인지 물어볼 것도 없이 즉시 찔러 죽이게. 다행히 귀신을 죽인다면 혹시 살아날 수 있을 것이야. 운이 없어 사람을 죽인다면 목숨으로 대가를 치러야 할 걸세. 이러든 저러든 죽기를 면하기 힘들지만 이렇게 하면 오히려 벗어날 수 있을지도 몰라."

오씨는 그 말에 따르기로 하였다.

해 질 녘이 되자 정말로 문을 두드리는 사람이 있기에 오씨는 그에게 칼을 던졌는데, 금방 땅에 쓰러졌다. 촛불을 가져오게 하여 비춰 보자 바로 그 여자였고 유혈이 낭자하였다. 오씨는 순라 병사[19]에게 체포되었고, 조응지, 조무지, 황보법사도 함께 감옥에 갇혔다. 하지만 귀신과 관련된 일이어서 심문을 진행할 수 없자 개봉부에서 서리를 파견하여 금명지에 있는 여자의 집을 찾아가니 부모가 말하길,

"딸은 이미 죽었습니다."

무덤을 파서 검시해 보니 다만 의복만 허물처럼 남아 있고 시신은 찾을 길이 없었다. 그래서 결국 풀려날 수 있었다.(강속이 한 이야기다.)

---

19 街卒: 거리의 치안과 청소 등을 담당했던 차역을 뜻한다.

紹興丙寅夏秋間, 嶺南州縣多不雨, 廣之淸遠, 韶之翁源, 英之貞陽,
三邑苦鼠害. 雖魚鳥蛇, 皆化爲鼠, 數十成羣, 禾稼爲之一空. 貞陽報
恩寺耕夫獲一鼠, 臆猶蛇紋. 漁父有夜設網, 旦得數百鱗者, 取而視之,
悉成鼠矣. 踰數月始息, 以是米價翔貴. 次年秋始平.(僧希賜說.)

소흥 16년(1146년) 여름에서 가을 사이에 광남동·서로[20]의 여러
주현에 가뭄이 들었다. 그 가운데서도 광주의 청원현,[21] 소주의 옹원
현,[22] 영주의 정양현[23] 등 세 현은 쥐떼의 창궐로 고통받았다. 물고기
와 새, 뱀까지도 모두 쥐로 변하여 수십 개의 무리를 지어 곡식을 모
두 깨끗이 쓸어버렸다.

정양현 보은사의 소작농이 쥐 한 마리를 잡았는데 가슴이 뱀의 비
늘 문양 같았다. 어부가 밤에 그물을 놓아서 아침에 수백 마리의 물
고기를 잡았는데 가져다가 보니 모두 쥐로 변하여 버렸다. 몇 달이

---

20 嶺南: 영남은 江西·湖南과 廣東·廣西 사이를 가르는 大庾嶺·騎田嶺·都龐
嶺·萌渚嶺·越城嶺 등 5개 산맥, 즉 五嶺산맥 이남 지방으로 현 광동성, 광서장
족자치구, 해남성을 뜻한다. 북송의 廣南東路와 廣南西路가 이에 해당한다. 별칭
은 嶺外이다.

21 淸遠縣: 廣南東路 廣州 淸遠縣(현 광동성 淸遠市).

22 翁源縣: 廣南東路 韶州 翁源縣(현 광동성 韶關市 翁源縣).

23 貞陽縣: 廣南東路 英州 貞陽縣(현 광동성 淸遠市 永德市). 정양현은 漢代 이래 湞
陽과 貞陽으로 몇 차례 지명이 바뀌었는데, 송 건국 직후에는 湞陽縣이었다. 그러
나 乾興 1년(1022)에 眞陽縣으로 개칭되었고, 원대에 폐지되었다.

지나자 비로소 이런 일들이 잦아들기 시작했지만 이 일로 인해 쌀값이 폭등하였고 다음 해 가을이 되어서야 겨우 평소의 곡가를 회복하였다.(승려 희사가 한 이야기다.)

李乙, 字申叔, 京師人, 元名象先. 政和中, 通判池州, 爲梅山寺主僧
可久言: "前二年因病亟, 夢人 [此下宋本闕一葉.] 二十六日也. (余因說.)

자가 신숙인 개봉부 사람 이을의 원래 이름은 상선이었다. 정화연
간(1111~1118)에 지주[24] 통판이 되었는데, 매산사 주지인 가구에게
말하길,

"2년 전에 병세가 위중하였는데, 꿈에 사람이 [송대 판본은 이 뒤의 1엽
이 결락되어 있다.] 26일이었다. (필자가 소문을 듣고 한 이야기다.)

---

[24] 池州: 江南東路 池州(현 안휘성 池州市).

鄉人馬叔靜之僕蔣保, 嘗夜歸, 逢一白衣人, 偕行至水濱, 邀同浴.
保已解衣, 將入水, 忽聞有呼其姓名者, 聲甚遠. 稍近聽之, 乃亡母也.
大聲疾言曰: "同行者非好人, 切不可與浴." 已而母至, 卽負保急涉水
至岸. 值一民居, 乃擲於竹間. 居人聞外有響, 出視之, 獨見保在, 其母
及白衣皆去矣.(叔靜弟登說.)

　　동향 사람 마숙정의 노복인 장보는 어느 날 밤 집으로 돌아가다가
길에서 우연히 흰옷을 입은 사람을 만났다. 함께 길을 가다 물가에
이르자 흰옷 입은 사람은 장보에게 함께 목욕하자고 제안하였다. 장
보가 옷을 다 벗고 물에 막 들어가려는데, 갑자기 자기 이름을 부르
는 소리가 아주 멀리서 들려왔다. 소리가 조금씩 가까워져 다시 들어
보니 바로 돌아가신 어머니의 목소리였다. 어머니는 큰소리로 다급
하게 외치길,

　　"동행한 그자는 좋은 사람이 아니니 절대 같이 목욕하지 말거라."

　　잠시 후 어머니가 다가오더니 장보를 업고 급하게 물을 건너 기슭
에 다다랐다. 그리고는 한 민가에 이르자 대나무 숲 사이에 장보를
내려 주었다. 그 집 사람들이 밖에서 소리가 들리기에 나와 보니, 장
보만 홀로 있었다. 장보의 어머니와 흰옷을 입은 자 모두 가 버렸다.
(마숙정의 동생 마등이 한 이야기다.)

愈一公, 字彦輔, 徽州婺源人. 使氣陵鑠鄉里, 小民畏法不敢與之競者, 必以術吞其資, 年益老, 不改悔. 紹興壬戌歲, 大病, 時作馬嘶. 一日, 家人皆不在側, 彦輔忽起闔戶, 外人聞咆擲聲, 亟入視, 則彦輔手足皆成馬蹄, 身首未及化, 腰脊已軟, 數起數仆, 不能言. 其家畏惡聲彰露, 舁入棺而瘞之.

　자가 언보이며 휘주 무원현[25] 사람인 유일공은 종종 제멋대로 향리 사람들을 짓눌렀고 힘없는 사람들 가운데 법을 무서워하며 감히 그와 따지지 못하는 사람이 있으면, 갖가지 권모술수를 다 써서 재산을 빼앗았다. 나이가 들어 늙어 감에도 고치거나 회개하지 않았다.

　소흥 10년(1140)에 큰 병이 들었는데, 때때로 말 우는 소리를 냈다. 하루는 가족들이 자리를 비운 사이에 유일공이 갑자기 일어나 문을 닫아걸었다. 사람들은 문밖에서 유일공이 포효하며 날뛰는 소리를 들었다. 급히 들어가 보니 유일공의 팔다리가 모두 말발굽으로 변해 있었고, 몸과 머리는 미처 변하지 않았지만 허리와 척추가 이미 무기력해져서 여러 차례 일어나고 엎어지기를 반복할 뿐이었고, 말도 하지 못하게 되었다. 유일공 가족들은 나쁜 소문이 돌까 두려워 그를 들어다 관에 넣고 묻어 버렸다.

25　婺源縣: 江南東路 徽州 婺源縣(현 강서성 景德鎮市 婺源縣).

　　方客者, 婺源人, 爲鹽商, 至蕪湖遇盜. 先縛其僕, 以刃剚腹投江中.
次至方, 方拜泣乞命. 盜曰:"旣殺君僕, 不可相捨." 方曰:"願一言而
死." 問其故, 曰:"某自幼好焚香, 今篋中猶有水沉數兩, 容發篋取之,
焚謝天地神祇, 就死未晚." 許之. 移時, 香盡. 盜曰:"以爾可愍, 奉免
一刀." 只縛手足, 縋以大石, 投諸水.
　　時方出行已數月, 其家訝不聞耗. 一日, 忽歸. 妻責之曰:"爾旣歸,
何不先遣信?"曰:"汝勿恐. 我某日至蕪湖, 爲賊所殺, 尸見在某處. 賊
乃某人, 今在某處, 可急以告官."妻失聲號泣, 遂不見. 具以事訴于太
平州, 如其言擒盜.(二事皆縣人李鏞說.)

　　휘주 무원현 사람인 객상 방씨는 소금을 팔러 다녔는데, 태평주 무
호현²⁶에서 강도를 만났다. 강도는 먼저 방씨의 노복을 묶고, 칼로 배
를 찔러 죽인 뒤 강에 던졌다. 그리고 방씨에게 다가오자, 방씨는 땅
에 엎드려 절하면서 살려 달라고 애걸하였다. 강도가 말하길,

　　"너의 노복을 이미 죽여 버렸으니 너만 내버려 둘 수는 없다!"

　　방씨가 말하길,

　　"죽기 전에 한 가지 소원이 있습니다."

　　소원이 무엇이냐고 묻자 대답하기를,

26　蕪湖縣: 江南東路 太平州 蕪湖縣(현 안휘성 蕪湖市). "태평주의 치소인 當塗縣이
　　관할 무호현만 못하다"는 말이 나올 정도로 상업이 번성하였다.

"저는 어렸을 때부터 분향하기를 좋아하였습니다. 지금 상자 안에 아직도 침향[27]이 몇 냥 남아 있습니다. 상자를 열어 그것을 꺼내게 해 주십시오. 분향하며 천지신명께 감사를 드린 후 죽여도 늦지 않을 것입니다"

강도가 그것을 허락하였다. 시간이 흘러 향이 다 타자 강도가 말하길,

"네가 불쌍해서 칼로 찌르는 것만은 면해 주겠다."

강도는 방씨의 손발만 묶은 후 큰 돌을 매달아 강에 던졌다.

방씨가 집을 나선 지 몇 달이 지났지만 아무런 소식도 없어 가족들이 의아해 하였다. 그런데 하루는 방씨가 홀연히 집으로 돌아왔다. 방씨 아내가 책망하길,

"이렇게 올 거면 편지라도 먼저 보내지 그랬어요?"

방씨가 말하기를,

"당신은 겁내지 마오. 내가 어느 날 무호현에 이르렀을 때 강도에게 죽임을 당해 내 시체가 지금 모처에 있다오. 강도는 모인이고, 지금 모처에 있으니 서두르면 관에 고발할 수 있을 것이요."

아내는 대성통곡하였고 방씨는 곧 자취를 감추었다. 방씨 아내는 태평주에 가서 자초지종을 말한 뒤 고발하였고, 남편 말대로 그 강도를 잡았다.(이 두 가지 일화는 무원현 사람 이용이 한 이야기다.)

---

27 沉香: 주로 해남도에서 생산되는 白木香 가운데 검은색 수지가 함유된 것을 말하며 海南沉 · 南沉香 · 白木香 · 莞香 · 女兒香 · 土沉香 등 다양한 별칭이 있다.

齊琚, 字仲玉, 饒州德興人. 溫厚好學, 家苦貧, 敎生徒以自給. 紹興
丁卯, 就館于同邑董時敏家. 約已定, 過期不至, 董遣書促之. 纔及門,
聞哭聲, 則琚死兩日矣. 琚所善汪堯臣言: "琚以去年季冬得疾, 夢人持
文書至, 曰: '某王請秀才爲水府判官.' 發書視之, 中云: '不得顧父母,
不得戀妻子.' 琚與約正月十三日當去.

旣覺, 語家人曰: '明年正月十三日死.' 自是謝醫卻藥, 食飮盡廢, 時
時自言曰: '彼中大有好處, 那能久住此!' 家人初竊憂之, 至期雖無它,
然自此遂困殆, 不復語. 又八日, 乃不起."(堯臣說.)

　　자가 중옥인 요주 덕흥현[28] 사람 제거는 성격이 온후하고 공부하기
를 좋아했다. 하지만 집안이 몹시 가난하여 학생들을 가르쳐서 겨우
생계를 꾸렸다. 소흥 17년(1147)에 덕흥현의 동시민 집에서 아이들을
가르치기로 약속하였다. 약속한 기일이 지났는데도 제거가 오지 않
자 동시민은 편지를 보내 재촉하였다. 편지를 전하는 사람이 막 제거
의 집 대문을 들어서려는데 곡성이 들렸다. 알고 보니 제거가 죽은
지 이틀이 지났던 것이다. 제거와 평소 가깝게 지냈던 왕요신이 다음
과 같이 말하였다.

　　제거가 작년 12월에 병을 얻었는데, 꿈에 어떤 사람이 문서를 들고

28　德興縣: 江南東路 饒州 德興縣(현 강서성 饒州市 德興市).

와 말하기를,

"왕께서는 수재[29]를 청해 수부 판관[30]으로 삼고자 하십니다."

문서를 열어 보니, 그 가운데 이르기를,

"부모를 모실 수 없고, 처자식을 돌볼 수 없다."

제거는 정월 13일에 꼭 가겠다고 약속하였다.

제거는 꿈에서 깨어 일어나 가족들에게 말하길,

"나는 내년 정월 13일에 죽을 것이다."

그때부터 의원을 사양하고 약을 먹지 않았으며 식음을 전폐했다. 가끔씩 혼자 중얼거리기를,

"그곳에 가면 좋은 일이 많을 텐데 여기서 오래 머물 필요가 있겠는가!"

가족들은 처음에는 속으로 무슨 일이라도 있을까 걱정하였다. 하지만 정작 1월 13일이 되어도 아무런 일도 없었다. 그러나 제거는 그날부터 위독하게 되어 다시는 말도 할 수 없게 되었다. 다시 8일이 지나 결국 일어나지 못했다.(왕요신이 한 이야기다.)

---

29 秀才: 본래 재주가 있는 사람 가운데 빼어난 자를 가리키는 말이지만 西漢에서 孝廉을 통해 관리를 선발하는 것을 뜻하기도 한다. 동한 때 광무제 劉秀를 피휘하여 茂才로 고쳐 부르기도 하였다.

30 水府判官: 수부는 水神이나 용왕이 있는 곳을 뜻하며 判官은 죽은 사람의 윤회나 징벌을 담당하는 명계의 관리로서 酆都天子의 전각 안에서 근무한다고 알려졌다.

秀州人好以鰍爲乾, 謂於水族中性最暖, 雖孕婦病者皆可食. 陳五
者, 所貨最佳, 人競往市, 其徒多端伺其術, 不肯言. 後得疾, 蹢躅牀
上, 纔著席, 卽呼譽, 掖之使起, 痛愈甚. 旬日死, 遍體潰爛, 其妻方言:
夫存時, 每得鰍, 置器內, 如常法用灰鹽外, 復多拾陶器屑, 滿其中, 鰍
爲鹽所蜇, 不勝痛, 宛轉奔突. 皮爲屑所傷, 鹽味徐徐入之, 故特美. 今
其疾宛然如鰍死時云.

수주³¹ 사람들은 미꾸라지를 말려서 먹는 것을 좋아했다. 그들은
물고기 가운데 미꾸라지의 성질이 가장 따뜻하다고 말하며 임산부나
환자도 모두 먹을 만하다고 하였다. 진오라는 사람이 파는 말린 미꾸
라지는 가장 맛있어서 사람들은 앞다투어 사곤 했다. 동업자들이 여
러 가지로 제조법을 알아내려고 했지만 그는 말해 주려고 하지 않았
다. 후에 진오가 병을 얻었는데, 침상에서 뱅뱅 돌기에 겨우 앉혀 놓
았더니 곧장 아프다고 비명을 질러댔고, 부축해 일으키면 더 아프다
고 하였다. 그만 열흘 만에 죽고 말았는데 온몸이 심하게 문드러져
있었다.

　진오의 아내가 그제야 고백하길,

　"남편이 생전에 매번 미꾸라지를 잡으면 그릇에 담은 뒤 늘 하던

---

31 ·秀州: 兩浙路 秀州(현 절강성 嘉興市).

대로 구운 소금을 뿌려 두고 다시 도기 편을 많이 모아 그 안에 잔뜩 넣어 두었다. 그러면 미꾸라지가 소금에 절여져 고통을 겪다가 통증을 이기지 못해 몸부림치게 된다. 그러다 도기 편에 찔려 상처가 나면 소금 맛이 점점 안으로 배어들어 특별히 맛있게 되었다. 그러더니 지금 남편의 병세가 미꾸라지가 죽을 때와 똑같다."

> 侯中書元功蒙, 密州人. 自少游場屋, 年三十有一, 始得鄉貢. 人以
> 其年長貌儇, 不加敬. 有輕薄子畫其形於紙鳶上, 引線放之. 蒙見而大
> 笑, 作「臨江仙」詞題其上曰: "未遇行藏誰肯信, 如今方表名蹤. 無端
> 良匠畫形容, 當風輕借力, 一擧入高空. 纔得吹噓身漸穩, 只疑遠赴蟾
> 宮. 雨餘時候夕陽紅, 幾人平地上, 看我碧霄中." 蒙一擧登第, 年五十
> 餘, 遂爲執政.

밀주[32] 사람 중서시랑 후몽[33]은 어릴 때부터 과거[34]에 응시하였지
만 31살에 겨우 해시에 합격하여 비로소 거인[35]이 되었다. 다른 사람
들은 그가 나이도 많고 외모도 볼품없어서 함부로 대했다. 한 경박한

---

32 密州: 京東東路 密州(현 산동성 濰坊市 諸城市).

33 侯蒙(1054~1121): 자는 元功이며 京東東路 密州 高密縣(현 산동성 濰坊市 高密
市) 사람이다. 휘종 崇寧연간(1102~1106)에 侍御史·戶部尙書를, 大觀 4년
(1110)에 同知樞密院事·尙書左丞을 역임했다. 政和 6년(1116)에 中書侍郎同尙
書에 임명되었다. 이듬해 亳州지사로 강등되었고, 이후 同平府지사로 부임하던
도중 사망하였다.

34 場屋: 본래 탈곡장이나 마당에 휴식이나 농기구 보관을 위해 만든 작은 집을 뜻한
다. 과거 응시생에게 각각 좁은 방을 하나씩 마련해 준 데서 과거시험장 또는 과거
에 응시한다는 말로도 쓰였다.

35 鄉貢: 본래 禮部의 貢院에서 주관하는 진사과에 응시할 수 있는 지방 수험생이란
뜻의 唐代 용어다. 唐代에는 과거 응시생을 관학 출신의 生徒, 鄉試와 府試를 거친
지방 출신의 鄉貢으로 나누었다. 鄉貢에 해당하는 송대의 용어는 府州에서 주관
하는 解試에 합격한 擧人이다. 본문에서 鄉貢이라고 한 것은 唐代의 관습에 따른
것이어서 擧人으로 번역하였다.

자가 종이 연에 후몽을 그린 뒤 연줄에 매어 띄었다. 후몽이 이를 보고 크게 웃더니 「강가의 신선」이라는 사를 한 수를 지어 그 연 위에 적었다.

출사하지 못하고 묻혀 지내니 누가 알아주리오!
오늘에야 비로소 이름과 종적을 드러내네.
훌륭한 화공이 실없이 내 모습을 연에 그리니,
부는 바람에 가벼이 날아,
단숨에 하늘 높이 날아오르네.
알맞게 바람 불어 몸이 점점 안정되니,
어쩌면 저 멀리 달까지 다다를까.
비 내린 후 석양은 붉은데,
사람들은 평지에서
푸른 하늘을 날아오르는 나를 바라보네.

후몽은 일거에 과거에 급제하더니 50여 세가 되서는 집정[36]이 되었다.

---

36 執政: 국가 정사를 장악하고 관리한다는 말이지만 송대에는 부재상을 뜻하였다. 門下侍郎・中書侍郎・參知政事・尙書左右丞・樞密使・知樞密院事・同知樞密院事・樞密副使가 집정에 해당하며 執政官이라고 하였다.

> 侯元功自密州與三鄕人偕赴元豐八年省試, 止道旁驛舍室中. 四隅
> 各有榻, 四人行路甚疲, 分憩其上, 皆熟寢. 二僕附火坐, 聞西北角悉
> 窣有聲, 燈忽暗. 一物毛而四足, 如豬狀, 直登榻嗅士人之面至足, 其
> 人驚魘. 頃之, 方定. 物旣下, 別登一榻, 如前, 其人亦驚呼. 最後至元
> 功臥榻, 未暇嗅, 如有逐之者, 蒼黃而下, 急竄去, 復由西北角而滅. 元
> 功亦覺, 呼三人者起食, 皆言夢中有怪獸壓吾體, 不知何物也. 僕始道
> 所見, 元功心獨喜自負. 旣入京, 元功擢第, 而三人者遭黜, 俱客死京
> 師雲.(高思道說.)

　　원풍 8년(1085), 후몽은 고향 사람 셋과 함께 성시에 응시하기 위해
밀주를 출발하여 개봉부로 가는 중 길가의 역사[37]에 투숙하였다. 방
의 네 모서리마다 각각 침상이 있었다. 네 사람은 길을 가느라 몹시
피곤하여 각자 침상에서 쉬다가 모두 깊이 잠들었다. 두 명의 노복은
불 가까이에 앉아 있었는데, 서북쪽 모서리에서 '솨솨'하는 소리가 들
리더니, 갑자기 등불이 꺼졌다. 그리고 온몸에 털이 난, 네 개의 다리
를 가진 무엇인가가 나타났는데, 마치 돼지 같았다. 괴수는 곧바로
침상으로 올라가 잠든 사인의 얼굴부터 발까지 냄새를 맡으니 그 사
인은 잠결에 기겁을 하며 가위눌린 듯했다. 잠시 후 다시 잠이 드는

37　驛舍: 원래 공무로 오가는 관리의 숙박과 식사, 驛馬 제공을 위해 운영하는 시설로
　　驛長과 驛夫가 근무하였다. 郵舍 · 傳舍 · 旅店 등 다양한 별칭이 있다.

듯하자 괴수가 침상에서 내려와 또 다른 침상으로 올라가 조금 전과 똑같은 행동을 하였다. 그 사람 역시 놀라 소리쳤다.

 마지막으로 후몽이 누워 있는 침상에 이르자 냄새를 채 맡으려 하기도 전에 누군가 쫓아내는 사람이라도 있는 것처럼 서둘러 내려와 급하게 도망치더니 원래 나왔던 서북쪽 모퉁이로 사라져 버렸다. 후몽은 그제야 잠에서 깨어 세 사람을 불러 식사하자고 하니, 모두들 꿈에서 괴수가 자기 몸을 눌렀는데 어떤 동물인지 모르겠다고 말하였다. 그때 비로소 노복들이 보았던 것을 말하니, 후몽은 마음속으로 혼자 기뻐하며 좋은 징조라 자부하였다. 개봉부에 도착한 뒤 후몽은 과거에 급제하였고, 나머지 세 사람은 떨어졌는데, 모두 개봉부에서 객사하였다고 한다.(고사도가 한 이야기다.)

孫洙, 字巨源, 年十四, 隨父錫官京東. 嘗至登州謁東海神廟, 密禱
于神, 欲知它日科第及爵位所至. 夜夢有告之者曰: "汝當一擧成名, 位
在雜學士上." 旣覺, 頗喜. 然年尙幼, 未識雜學士何等官, 問諸人, 人
曰: "吉夢也. 子必且爲龍圖閣學士." 後擢第入朝, 歷淸近, 眷注隆異,
數以夢語人.

元豐二年, 拜翰林學士, 賓客皆賀. 孫愀然曰: "曩固相告矣, 翰苑班
冠雜學士, 吾其止是乎? 今日之命, 宜弔不宜慶也." 纔閱月, 省故人城
外, 於坐上得疾. 神宗連遣太醫診視, 幸其愈, 且以爲執政. 後果愈. 上
喜, 使謂曰: "何日可入朝? 卽大用矣." 省吏聞之, 絡繹展謁, 冠蓋塡門
不絶. 孫私語家人曰: "我指日至二府, 神言何欺我哉!" 臨當朝, 顧左右
曰: "我病久, 恐不堪跪起, 爲我設茵褥, 且肄習之." 方再拜, 疾復作,
不能興, 遂扶視之, 已絶矣.

孫公在時, 嘗一日鎖院, 宣召者至其家, 則已出. 數十輩蹤跡之, 得
於李端愿大尉家. 時李新納妾, 能琵琶. 孫飮不肯去, 而迫於宣命, 不
敢留. 遂入院, 草三制罷, 復作長短句, 寄恨恨之意. 遲明, 遣示李. 其
詞曰: "樓頭尙有三通鼓, 何須抵死催人去. 上馬苦恩恩, 琵琶曲未終.
回頭凝望處, 那更廉纖雨. 漫道玉爲堂, 玉堂今夜長." 或以爲孫將亡時
所作, 非也.(李益謙相之說. 相之, 孫公曾外孫也.)

자가 거원인 손수[38]는 14세에 경동로[39]에 부임하는 아버지 손석을

38　孫洙(1031~1079): 자는 巨源이며 淮南東路 揚州 江都縣(현 강소성 揚州市 廣陵
區) 사람이다. 19살의 나이로 進士가 된 수재로서 박학다식하고 뛰어난 문장력을

따라 등주[40]에 갔다가 동해신묘[41]를 참배한 일이 있었다. 손수는 동해신에게 조용히 기도를 올리면서 언제 과거에 급제하고 관작이 어디까지 이를지 알려 달라고 했다. 밤에 꿈을 꾸었는데 한 사람이 나타나 알려 주길,

"너는 반드시 일거에 과거에 급제할 것이고, 관위는 잡학사 위에 이를 것이다."

잠에서 깨어난 뒤 몹시 기뻐하였다. 하지만 아직 어려서 잡학사가 어느 정도의 관직인지는 알지 못하였다. 그래서 여러 사람들에게 물었더니 다들 말해 주길,

"참 좋은 꿈이다. 너는 앞으로 반드시 용도각 학사가 될 것 같구나."

후에 과거에 급제하여 조정에 들어가 황제를 지근에서 보필하는

지녀 일찍부터 출셋길을 달렸다. 왕안석의 신법에 대해 부정적 태도를 갖고 지방관을 자임하였다. 한림학사로 승진했으나 한 달 만에 병이 들었다. 당시 參知政事가 공석으로 있어서 神宗은 거듭 어의를 보내 문병하는 등 각별한 관심을 보였으나 입조하는 날 49세의 나이로 사망하고 말았다. 신종은 손수의 급사에 안타까움을 표하며 부의로 50만 전을 보냈다. 蘇軾이 密州지사로 부임하던 중 潤州의 多景樓에서 손수와 만나 정회를 나누며 쓴 '다정하고 다감하여 다병한 사람이 다경루에 오른다'는 「采桑子·潤州多景樓與孫巨源相遇」의 주인공으로도 유명하다.

39 京東路: 至道 3년(997)에 전국에 15개 路를 설치하면서 신설된 京東路는 치소가 宋州(현 하남성 商邱市)였고, 17個州 2個軍으로 이루어졌다. 17개주 가운데 府가 5개나 된다. 현 산동성과 하남성 동부, 강소성 북부에 상당하는 지역이며, 熙寧 5년(1072)에 동로와 서로로 분리되었다.

40 登州: 京東東路 登州(현 산동성 烟台市).

41 東海神廟: 송대 국가제사는 신격에 따라 大祀·中祀·小祀로 나누었는데, 嶽·鎭·海·瀆의 신은 中祀에 속한다. 동서남북의 해신묘 가운데 동해신묘는 북송 때는 登州에 있었으나 남송 때는 明州로 옮겼다. 국가제사 대상이지만 일반인의 소원을 비는 제사 공간으로도 활용되었다.

요직[42]을 두루 역임하니 성총이 각별하였다. 손수도 여러 차례 꿈에 대하여 사람들에게 이야기하였다.

원풍 2년(1079)에 한림학사가 되자 손님들이 와서 모두 축하하였지만 손수는 오히려 근심스레 말하길,

"전에 신께서 분명히 알려주신 것처럼 한림학사[43]는 잡학사 가운데 반열이 가장 높으니 내 관운은 여기에서 끝나는 것 아니겠는가? 오늘 한림학사로 임명된 것은 의당 슬퍼할 일이지 경축할 일은 아니네."

한림학사에 제수된 뒤 겨우 한 달이 지났을 때 오랜 친구를 만나러 성 밖으로 갔다가 그곳에서 그만 병이 나고 말았다. 신종은 연이어 어의를 보내서 진료하게 하였고, 병이 낫기를 기원하면서 참지정사로 삼고자 하였다. 후에 치료 결과가 좋자 황상이 아주 기뻐하며 사람을 보내 말하길,

"며칠에 입조할 수 있겠는가? 입조 즉시 크게 중용할 것이다."

중서성의 관리들이 그 말을 듣고 문안인사를 위해 줄지어 찾아와 관모와 수레가 문을 가득 채우며 끊이지 않았다. 손수는 가족들에게 은밀하게 말하길,

"내가 며칠 내로 이부[44]로 가게 되었으니 신께서 어찌 나를 속이셨단 말인가!"

입조하면서 손수는 좌우를 둘러보며 말하길,

"내가 오랫동안 병을 앓았으니 무릇 꿇고 절을 하다가 일어나기 힘

---

42 淸近: 淸은 직위가 높고 직무가 중요하지만 업무가 번거롭지 않다는 말이며, 近은 황제의 측근에서 근무한다는 뜻이다. 淸要職이라고도 한다.

43 翰苑: 文翰이 모여 있는 곳이라는 뜻으로 한림원의 별칭이다.

44 二府: 송대 권력의 중추인 中書省과 樞密院을 뜻한다.

들까 걱정되니 내게 방석을 좀 깔아 주게나. 내 미리 연습 좀 해야겠어."

겨우 두 번 절하였는데 그만 병이 다시 도져서 일어나지 못하였다. 서둘러 부축하며 살펴보았더니 이미 절명한 뒤였다.

손수가 살아 있을 때 하루는 한림원이 급한 일로 쇄원[45]을 하게 되어 전령[46]이 손수의 집을 찾아갔다가 이미 출타 중인 것을 알게 되었다. 수십 명의 전령이 흩어져 손수를 찾다가 마침내 태위 이단원[47]의 집에서 찾아냈다. 당시 이단원은 비파를 잘 타는 첩을 새로 맞아들였는데, 손수는 술을 마시며 연주를 즐기고 있어 자리를 뜨고 싶어 하지 않았다. 하지만 황제의 조령을 전달받은지라[48] 감히 더 머물 수 없었다. 한림원에 들어간 뒤 세 건의 제서[49]를 작성하고는 다시 사[50]를 한 수 지어 아쉬운 마음을 달랬다.

아침이 되기 전에 사람을 시켜 사를 이단원에게 보여 주었는데, 사

---

45 鎖院: 송대 한림원에서 詔書 작성 등 중요한 일을 할 때 문을 잠그던 일, 또는 과거 시험장에 수험생이 입장을 다 마치고 문 닫는 일을 뜻한다.

46 宣召者: 宣召는 황제가 신하를 불러 보는 일을, 宣召者는 신하를 부르기 위해 파견하는 전령을 뜻한다.

47 李端愿(?~1091): 자는 公謹이며 河東路 隆德府 上黨縣(현 산서성 長治市) 사람이다. 부친 李遵勖이 중서령을 추증받은 고관인데다 평판이 좋았고, 모친도 진종의 누이인 萬壽公主였던 관계로 관운이 순탄하였다. 인종・영종・신종・철종 네 황제 밑에서 벼슬하면서 바르게 처신하였다. 襄州・郢州지사를 지냈으며 開府儀同三司를 추증받았다.

48 宣命: 황제의 조령 또는 황제의 조령을 전달한다는 뜻이다.

49 制: 제는 본래 황제의 구두 명령을 뜻하므로 制書는 구두 명령을 기록한 것이다. 제서는 제도에 관한 制書와 관료 포상에 관한 慰勞制書 두 종류로 나누지만 실제 대부분의 제서는 고위관료에 대한 임명장의 성격을 지녔다.

50 長短句: 구절의 길이가 일정하지 않은 시가를 뜻한다. 자구의 형식이 일정한 시와 달리 자구의 수가 일정하지 않은 詞曲의 별칭으로 쓰였다.

에 쓰길,

누각 머리에는 아직도 세 절의 북 연주[51]가 남아 있건만,
어쩌면 그렇게도 가자며 굳세게 사람을 재촉하는가?
말에 올라타 서둘러 가기 싫음은,
비파 연주가 아직도 끝나지 않았기 때문이라네.
고개를 돌려 저 멀리 누각을 바라보니
저 곳에는 고운 비만 살짝 내리네.
옥으로 집을 지었다[52]고 자랑마시라.
한림원의 오늘 밤은 길기만 해라.

혹자는 손수가 임종을 앞두고 지은 사라고 하지만 그렇지 않다.
(자가 익겸인 이상지의 이야기다. 이상지는 손수의 외증손자다.)

---

51 三通鼓: 세 번 북을 두드려야 할 만큼의 연주가 남았음을 말한다. 通은 북을 치는
횟수를 뜻한다.
52 玉堂: 옥으로 장식한 전당이란 말로서 궁전에 대한 美稱, 혹은 신선의 거처나 호화
주택을 뜻한다. 송대에는 한림원의 별칭이었다.

胡克己, 字叔平, 溫州人. 紹興庚申應鄕擧, 語其妻曰: "吾夢棘闈晨啓, 它人未暇進, 獨先入坐堂上, 今玆必首選." 妻曰: "不然. 君不憶『論語』乎?「先進」者, 第十一也." 曁揭榜, 果如妻言.

자가 숙평인 온주[53] 사람 호극기는 소흥 10년(1140)에 해시에 응시하였는데, 아내에게 말하길,

"새벽에 과거시험장[54] 문이 열리자마자 다른 사람이 미처 들어올 틈도 없이 나 혼자 들어가 당상에 앉는 꿈을 꾸었소. 이번에 반드시 장원[55]을 할 것 같아."

하지만 아내가 말하길,

"그렇지 않아요. 당신은 『논어』가 생각나지 않으세요?「선진」편은 11번째랍니다."

후에 방이 걸렸는데, 호극기의 등수는 정말로 아내의 말과 같았다.

---

53 溫州: 兩浙路 溫州(현 절강성 溫州市).

54 棘闈: 과거시험장을 뜻한다. 당·오대에 과거시험장 주위를 가시나무로 둘러친 데서 유래하였다. 棘闈·棘院라고도 한다.

55 首選: 과거에서 1등으로 합격하다는 뜻이지만 공식 용어는 아니다. 鄕試 수석을 解元, 省試 수석을 省元, 殿試 수석을 狀元이라고 칭하였고, 특별히 전시의 1등을 狀元及第, 2등을 榜眼, 3등을 探花라고 칭하였다. 鄕試·省試·殿試 모두 수석 합격할 경우 三元及第라고 하였지만 이 말이 공식화된 것은 다소 뒤의 일이다. 명·청대에는 省試·省元을 가리켜 會試·會元이라고 하였다.

項宋英, 溫州人. 宣和中, 浪游婺女, 鄕人蕭德起振爲儀曹, 館之書室, 與語至夜, 留酒一壺曰: "我且歸, 不妨獨酌." 項方弛擔疲甚, 卽就枕. 俄有婦人至, 與之言, 酌巨觥以勸. 意其蕭公侍兒, 不敢狎, 不得已少飮, 婦人强之使盡.

項疑且恐, 乃大呼. 蕭公之弟擴聞之, 亟至, 扣戶問所以, 婦人始去. 擴入見衾席間皆爲酒沾漬, 驗之, 則向所留酒也. 明日問諸人, 乃某官昔年嘗殯亡女于此. 項卽徙室, 自是不復遇. 紹興八年試南京, 館于臨安逆旅. 一夕, 在室中終夜如與人對語, 同邸者詢之, 項曰: "婺女所見之人, 今復來矣." 然亦亡它. 又十年方卒.

온주 사람 항송영은 선화연간(1119~1125)에 무주[56]를 유랑하였는데, 자가 덕기인 고향 사람 소진이 무주에서 의조[57]를 맡고 있었다. 소진은 항송영을 서실에서 머물게 하고 밤늦도록 이야기하다가 술 한 병을 남겨 두고 말하길,

"내 곧 돌아가리니 편하게 혼자 마시게나."

항송영은 막 짐을 풀었기 때문에 아주 피곤하여 곧 잠들었다. 그런데 잠시 후 한 여자가 와서 항송영에게 말을 걸며 커다란 잔에 술을 따르며 마시라고 권하였다. 항송영은 그 여자가 소진의 시녀일 것이

---

56 婺女: 兩浙路 婺州(현 절강성 金華市).
57 儀曹: 禮部에 해당하는 업무를 관장하는 부서 또는 그에 속한 관리를 뜻한다.

라고 생각해 감히 희롱할 수 없었고 부득이 조금씩 마셨지만 그 여자는 다 마시라고 다그쳤다.

항송영은 한편으로는 의아하기도 하고 한편으로는 두려운 생각도 들어서 큰 소리로 사람을 불렀다. 소진의 동생 소광이 그 소리를 듣고 얼른 달려와 문을 두드리며 무슨 일이냐고 묻자 그 여자가 비로소 물러갔다. 소광이 들어와 보니 이부자리가 온통 술로 흥건히 젖어 있어서 자세히 살펴보니 바로 조금 전에 두고 간 술이었다.

이튿날 사람들에게 물어보니 예전에 한 관원이 죽은 딸의 관을 장례 치를 때까지 이 방에 둔 일이 있었다고 알려 주었다. 항송영은 즉시 방을 옮겼는데, 그 뒤로 다시 그 여자를 만난 일이 없었다. 소흥 8년(1138) 과거에 응시하기 위해 남경 임안부[58]에 가서 여관에 머물렀다. 하루는 밤새 방안에서 누군가와 대화를 나누었다. 함께 묵던 사람들이 누가 찾아왔냐고 물어보자 항송연이 대답하길,

"무주에서 봤던 여자가 어젯밤에 또 찾아왔네."

하지만 이번에도 별다른 일은 없었다. 항송연은 그 뒤로 10년이 지나서 비로소 사망하였다.

---

[58] 南京: 紹興 8년(1136) 당시, 북송의 남경 應天府(현 하남성 商邱市)는 금조가 차지하고 있었다. 남송은 建炎 3년(1129)에 江寧府를 建康府로 개칭하고 부도읍지(陪都)로 운영하였으나 '남경 건강부'로 공식화하지는 않았으며, 원대에도 建康·集慶이라고 부르다가 明代에 들어와 비로소 남경이라고 부르기 시작하였다. 따라서 본문의 남경은 항주이며, 아마 민간에서 그렇게 불렀던 것으로 보인다. 바로 뒤에 '임안에서 머물렀다'고 하는 내용도 이런 추론을 뒷받침해 준다.

> 紹興丙寅歲, 溫州小民數十, 詣江心寺, 赴誦佛會. 或自外入, 言江水極淸, 非復常色, 競出門觀之. 衆僧方坐禪, 顧廊廡間有煙燄, 懼不敢起. 頃之, 黑霧內合, 對面不能辨, 雷電震耀, 兩刻而止. 觀者五人死泥中, 餘皆不覺. 有行者方在廚滌器, 一神身絶長大可畏, 引其手以出. 將及門, 復有一神至, 曰:"莫錯, 莫錯." 卽捨之. 復入廚, 引一人出, 亦隕於外. 凡死者六人.(三事皆林熙載宏照說.)

소흥 16년(1146)에 온주 주민 수십 명이 강심사⁵⁹를 참배하고 염불 모임에 참석하였다. 그런데 어떤 사람이 뛰어 들어와 강물이 얼마나 맑은지 평소에 볼 수 없는 다른 색깔이라고 하였다. 이에 절 문밖으로 앞다투어 달려가 보았다. 그때 많은 승려들이 막 참선을 하고 있었는데, 사랑채와 복도 사이에서 연기와 불꽃이 치솟는 것을 보고 무서워서 감히 일어서지도 못하였다. 잠시 후 검은 안개가 안에서 합해지더니 얼굴을 마주 보고도 식별할 수 없을 정도로 어두워졌다.

천둥과 번개가 요란하게 치더니 삼십 분 정도 지나서 비로소 그쳤다. 그 사이에 강물을 구경하고 있던 사람 가운데 다섯 명이 죽어서

---

59 江心寺: 온주 시내를 가로지르는 甌江 가운데 형성된 모래톱 위에 세워진 절이다. 본래 둘로 나누어진 모래톱을 紹興 7년(1137)에 하나로 연결하고 그 자리에 세웠다. 唐末에서 북송 초에 축조된 28·32m 높이의 동서 두 탑을 비롯해 수려한 풍광과 오랜 고적을 자랑하는 온주의 상징이다. 建炎 4년(1130), 金軍의 공세를 피해 온주로 피난 온 高宗이 일시 머물던 곳이기도 하다.

시신이 진흙 속에 쓰러져 있었지만 다른 누구도 알아차리지 못하였다. 마침 행자승이 주방에서 그릇을 닦고 있었는데, 엄청나게 크고 무섭게 생긴 신이 그의 손을 이끌고 밖으로 나와 막 문에 이르렀을 때 또 다른 신이 와서 말하길,

"잘못을 범하지 마라! 잘못을 범하지 마라!"

그러자 즉시 행자승을 놓아 주었다. 대신 다시 주방에 들어가 다른 사람 한 명을 데리고 나왔는데, 그 역시 절 밖에서 죽고 말았다. 죽은 사람이 모두 여섯 명이었다.(이 세 가지 일화 모두 자가 희재인 임굉조가 한 이야기다.)

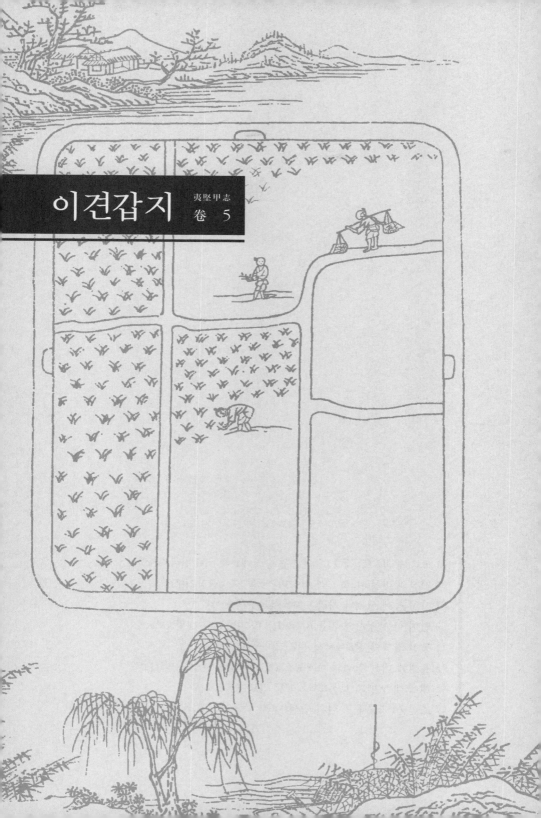

이견갑지

夷堅甲志
卷 5

僧宗回者, 累建法席, 最後住南劍之西巖, 道行素高. 寺多種茶, 回
令人芟除繁枝, 欲異時益茂盛, 實無它心. 有僧不得志於寺, 詣劍浦縣
訴云: "回慮經界法行, 茶稅或增故爾." 縣知其妄, 撻逐之. 僧復告于
郡, 郡守亦素聞回名, 不然其言, 復撻之. 僧不勝忿, 詣漕臺言所訴皆
實, 而爲郡縣抑屈如此, 乞移考它郡.

漕使下其事于建州, 州遣吏逮回. 吏至, 促其行, 回曰: "幸寬我一夕,
必厚報." 吏許爲留. 回謂其徒曰: "是僧已再受杖, 吾若往自直, 則彼復
得罪, 豈忍爲此! 吾不自言, 則罪及吾, 吾亦不能甘, 不如去此." 僧徒
意其欲遁, 或有束裝擬俱去者. 明旦, 回命擊鼓升座, 慰謝大衆畢, 卽
唱偈曰: "使命來追不暫停, 不如長往事分明. 從來一個無生曲, 且喜今
朝調得成." 瞑目而化. 時紹興十九年.

승려 종회는 여러 사찰[2]의 주지를 지냈으며, 마지막에는 남검주[3]의
서암사[4]에 머물렀는데 품성이 소탈하고 고상하였다. 절에는 차나무
가 많이 있었는데, 종회는 사람들에게 잔가지를 잘라내게 하였다. 그

---

1 長老: 본래 연로한 어른에 대한 존칭이었으나 불교에서는 석가모니의 수제자, 주
　지승 및 승려에 대한 존칭으로 폭넓게 쓰인다.
2 法席: 승려가 불법을 강설하는 자리 또는 불법 강설이 이루어지는 사찰을 뜻하기
　도 한다.
3 南劍州: 福建路 南劍州(현 복건성 南平市 · 三明市). 사천의 劍州와 구분하기 위해
　太平興國 4년(979)에 南劍州로 개칭하였다.
4 西巖寺: 현 복건성 南平市 浦城縣 蓮塘鎭에 소재한 절로 추정된다.

것은 다음에 더욱 무성하게 자랄 수 있게 하려고 그런 것일 뿐 다른 생각은 없었다. 그런데 절에서 인정받지 못한 승려 한 명이 남검주 검포현5 관아에 찾아가서 고소하길,

"종회는 경계법6이 시행되면 차세가 증액되지 않을까 우려해서 그렇게 한 것이다."

현지사는 무고임을 알고 오히려 매를 쳐서 쫓아 버렸다. 승려는 남검주에 다시 고발했는데 주지사 역시 종회의 명성을 일찍부터 알고 있어서 승려가 말도 안 되는 것을 가지고 고소하였다며 다시 매질하였다. 승려는 분을 참지 못하고 복건로 전운사사에 가서 자신이 고소한 것이 모두 사실인데도 주현에서 이렇게 억울하게 강압하였다며 다른 주로 이관하여 조사해 달라고 청하였다.

전운사는 이 일의 처리를 건령군7에 하달하였고, 건령군에서는 종회를 체포하라며 서리를 파견하였다. 서리가 서암사에 와서 속히 출발하자고 재촉하자 종회가 말하길,

"바라옵건대 제게 하룻밤의 말미만 주시면 반드시 후하게 보답하

---

5 劍浦縣: 福建路 南劍州 劍浦縣(현 복건성 南平市).

6 經界法: 紹興 12년(1142), 兩浙轉運副使 李椿年이 전란으로 인한 토지 관리의 부실을 지적하면서 정확한 측량과 토지대장 작성의 필요성을 주장하였다. 전권을 부여받은 이춘년은 經界所를 설치하고 平江府(현 蘇州市)부터 시작해서 양절로, 다시 전국을 대상으로 그 범위를 확대하려고 하였지만 추진 역량을 갖추지 못한데다 각종 저항에 부딪쳐 실패하고 말았다. 복건의 경우 漳州·汀州·泉州에서 추진되었고, 江南東路 饒州에서도 紹興 15년(1145)에 추진된 것으로 보인다.

7 建州: 福建路 建州(현 복건성 南平市). 東漢 建安 1년(196)에 연호를 따서 설치한 建安縣은 복건에 최초로 설치한 4개 현 가운데 하나이다. 唐 武德 4년(621)에 建州가 설치되면서 福州와 함께 福建省의 유래가 되었다. 建州는 紹興 32년(1162)에 建寧府로 승격했지만 워낙 오래된 지명이어서 별칭으로 계속 쓰였다.

이견갑지 【一】

겠습니다."

이에 서리가 머무를 수 있도록 허락하였다. 종회는 제자들에게 이르길,

"그 스님이 이미 두 차례나 곤장을 맞았는데, 만약 내가 관아에 가서 내 정직함을 증명하면 그 스님은 다시 죄를 짓게 된다. 내가 차마 어떻게 그렇게 할 수 있겠느냐! 그렇다고 내가 제대로 말하지 않으면 죄가 내게 미칠 것인데 그 또한 나로서는 달가운 것이 아니다. 그러니 차라리 여기를 떠나는 것만 못하다."

승려와 제자들은 종회가 어디론가 피하고 싶어 한다고 여겼고, 몇몇은 짐을 싸며 종회와 함께 가려고 준비하였다. 다음 날 동틀 무렵 종회는 북을 치도록 명하고 법좌에 올라 절의 모든 사람에게 위로와 감사의 인사를 마친 뒤 즉시 게송을 읊었는데,

전운사의 명을 받고 와서 잠시도 쉬지 않고 나를 잡아가려 하니,
내 차라리 죽어 사리를 분명히 밝힘만 같지 못하네.
본래 출생의 노래 한 곡이 없었는데,
기쁘게도 불생불멸의 곡조를 오늘 아침에 이루도다.

눈을 감고 앉은 채[8] 왕생하였다. 때는 소흥 19년(1149)이었다.

---

8 化: 坐化의 줄임말로서 고승이 참선하는 자세로 앉아서 죽음을 맞이한다는 뜻이다.

紹興十六年, 林熙載自溫州赴福州侯官簿, 道過平陽智覺寺, 見殿一角無鴟吻, 問諸僧. 僧曰:"昔日雙鶻巢其上, 近爲雷所震, 有蛇蛻甚大, 怪之未敢葺." 僧因言:"寺素多鶻, 殿之前大松上三鶻共一巢, 數年前, 巨蛇登木食其雛, 鶻不能禦, 皆捨去. 俄頃, 引同類盤旋空中, 悲鳴徘徊, 至暮始散. 明日復集. 次一健鶻自天末徑至, 直入其巢, 蛇猶未去, 鶻以爪擊之, 其聲革革然. 少選飛起, 已復下, 如是數反. 蛇裂爲三四, 鶻亦不食而去." 林誦老杜「義鶻行」示之, 始驗詩史之言, 信而有證. (二事熙載說.)

又台州黃巖縣定光觀嶽殿前有塔, 鶻巢于上. 一蛇甚大而短, 食其子, 其母鳴號辛酸, 瞥入海際. 少時, 引二鶻至, 徑趨塔表, 銜蛇去.(陳爟說.)

소흥 16년(1146), 복주 후관현[9]의 주부가 된 임희재는 온주[10]에서 부임지로 가는 중 온주 평양현[11]의 지각사[12]에 들렀다. 불전의 용마루 한쪽에만 치미[13]가 없는 것이 이상해서 승려에게 그 까닭을 물어

9　候官縣: 福建路 福州 候官縣(현 복건성 福州市 閩侯縣). 候官縣은 淸代부터 侯官縣으로 표기하기 시작하였다.
10　溫州: 兩浙路 溫州(현 절강성 溫州市).
11　平陽縣: 兩浙路 溫州 平陽縣(현 절강성 溫州市 平陽縣).
12　智覺寺: 현 절강성 溫州市 平陽縣 水頭鎭에 있었다.
13　鴟尾: 전각 등의 큰 건물 용마루 양쪽 끝에 얹는 장식 기와를 뜻한다. 매의 날렵한 모습을 형상화하였기에 鴟吻 또는 망새라고도 한다.

보았다. 승려가 말하길,

"예전에 황새 두 마리가 그 위에 둥지를 틀었는데 근래 벼락을 맞아 부서졌지만 아주 큰 뱀의 허물이 있는 것이 괴이해서 감히 수리하지 못하고 있습니다."

승려가 이어서 말하길,

"원래 우리 절에 황새가 많았습니다. 불전 앞 큰 소나무 위에 황새세 마리가 함께 둥지를 틀었는데, 몇 년 전 커다란 뱀이 나무를 타고올라가 그 새끼를 잡아먹었습니다. 황새들은 뱀을 막을 수 없어 모두포기하고 가 버렸습니다. 그런데 조금 뒤 황새가 무리를 이끌고 와서슬피 울며 맴돌다가 날이 저물자 비로소 흩어졌습니다. 이튿날 다시모여들었는데, 곧 이어 용맹한 송골매 한 마리가 하늘 멀리에서 빠르게 날아와 곧바로 둥지로 내려갔습니다. 뱀은 아직 가지 않은 상태였고 송골매는 발톱으로 뱀을 공격하였는데 그 소리가 매우 요란했습니다. 송골매는 순간 날아올랐다가 다시 내려가 공격하기를 몇 차례나 반복하였습니다. 뱀은 서너 조각으로 찢겨졌지만 송골매는 먹지않고 그냥 가 버렸습니다."

임희재는 승려에게 두보[14]의 「의골행」[15]을 들려 주었다. 그는 옛

---

14 杜甫(712~770): 자는 子美이며 唐의 洛州 鞏縣(현 하남성 鄭州市 鞏義市)에서 태어났으나 祖籍에 따라 襄州(현 호북성 襄陽市) 사람으로 알려졌다. 할아버지는 유명한 시인 杜審言이었고, 유복한 환경에서 자랐으며 어려서부터 재능이 뛰어났다. 하지만 과거에 실패한데다 관운이 좋지 않아 고생하였으며, 특히 안사의 난으로 도처가 피폐해지자 더욱 빈곤에 시달리며 지냈다. 후에 사천 成都에서 檢校工部員外郎으로 임명되어 안정된 생활을 영위하기도 했지만 오래가지 못하였다. 다시 배를 타고 장강과 湘江 일대를 유랑하다 생을 마감하였다. 난세의 고통 속에서 현실적 경험과 분노를 바탕으로 시를 썼기에 더 큰 호소력을 지녀 후대에 '詩聖'으

시에 담겨 있는 내용이 실로 허황하지 않음을 비로소 알게 되었다. (이 두 가지 일화는 임희재가 한 이야기다.)

또 태주 황암현¹⁶ 정광관¹⁷의 산신각 앞에 있는 탑 위에 황새가 둥지를 틀었다. 하루는 길이가 짧지만 몹시 굵은 뱀 한 마리가 새끼를 잡아먹자, 어미 새가 애절하게 울다가 홀연히 바다 멀리 날아갔다. 그리고 잠시 후 송골매 두 마리를 이끌고 왔다. 송골매는 곧바로 탑 위로 가서 뱀을 물고 갔다.(진관이 한 이야기다.)

로 추앙받았다.
15 義鶻行: 杜甫의 시 「의골행」은 수컷 매가 먹이를 구하러 나간 사이 백사가 둥지에 있는 새끼들을 잡아먹는데도 암컷 매가 힘에 부쳐 속수무책으로 당하고 있을 때 송골매가 와서 복수를 해 주었다며, 송골매의 용맹함과 의협심을 기리는 내용이다.
16 黃巖縣: 兩浙路 台州 黃巖縣(현 절강성 台州市 黃岩區).
17 定光觀: 台州 黃巖縣의 정광관은 석가모니의 과거불인 定光佛을 모신 사찰로서 元의 통치에 저항해 거병한 황암 출신 方國珍이 한때 근거지로 삼은 곳이기도 하다.

이견갑지 【一】

陳公輔國佐, 台州人. 父正, 爲郡大吏, 歸老, 居于城中慧日巷. 時國佐在上庠, 有僧謁正, 指對門普濟院曰: "俟此寺爲池, 貢元當上第." 正曰: "一刹壯麗如此, 使其不幸爲火焚則可, 何由爲池? 君知吾兒終無成, 以是相戲耳." 僧曰: "不過一年, 吾言必驗." 普濟地卑下, 每春雨及梅潦所至, 水流不可行, 寺中積苦之. 偶得曠土于郡倉後, 卽徙焉, 而故基卒爲池, 與僧言合. 政和癸巳, 國佐遂魁辟雍, 釋褐第一, 後至禮部侍郎.

　　자가 공보인 태주[18] 사람 진국좌의 아버지 진정은 주지사[19]를 지내고 은퇴하여 성 안의 혜일항에 살고 있었다. 당시 진국좌는 태학에 재학 중이었는데, 한 승려가 진정을 찾아왔다가 대문 맞은편에 있는 보제원을 가리키며 말하길,

　　"저 절이 연못으로 바뀔 때 아드님[20]이 우수한 성적으로 급제할 것입니다."

　　진정이 대답하길,

　　"사찰이 저렇게 웅장한데 난데없이 불타 버린다면 모르거니와 어

18　台州: 兩浙路 台州(현 절강성 台州市).
19　大吏: 독자적으로 한 지역을 관장하는 지방관을 가리키는 말이며, 大臣·大官이라고도 한다.
20　貢元: 貢生에 대한 尊稱이다. 貢生은 해시에서 좋은 성적을 거두어 도성의 태학에서 공부하던 학생을 뜻한다.

찌 연못으로 변할 수 있겠소? 그대는 내 아들이 끝내 성공하지 못할 것을 알기에 그렇게 조롱하는 것이 틀림없소."

승려가 말하길,

"채 1년이 지나지 않아 제 말이 맞는지 틀리는지 아실 것입니다."

보제원이 자리 잡은 곳은 지대가 낮아서, 매해 봄에 비가 오거나 장마철[21]이 되면 물이 빠져나가지 않아 늘 어려움을 겪었다. 그러다 운 좋게 주 관아의 창고 뒤편에 있는 공터를 얻게 되자 곧바로 이사가 버렸고, 절터는 마침내 연못이 되었으니 정말 승려의 말처럼 되었다. 정화 3년(1113), 진국좌는 태학에서 제1등의 성적을 얻어 관직으로 나아가게 되었으며[22] 후에 예부시랑까지 승진하였다.

---

21 梅潦: 梅月은 음력 4월을 가리키는 별칭이다. 이 무렵 동남부 연안에서는 장마가 시작되기 때문에 장마를 가리켜 梅雨 · 梅潦이라고 칭한다.

22 釋褐: 평민의 옷인 베옷을 벗는다는 말로서 처음 관직에 임명됨을 뜻한다. 본문과 관련된 政和 3년(1113)은 과거제를 폐지하고 太學에서의 성적으로 관리를 선발하던 기간이다.

台州資聖寺僧覺升, 築菴巾山上. 嘗早出戶, 有大蟒橫道, 命僕舁去之. 是日, 偶行松徑中, 見數菌鮮澤可愛, 卽摘以歸. 烹飪猶未熟, 蛇以百數, 遶釜蟠踞. 升大懼, 急入室, 坐榻上. 方欲就枕, 則滿榻皆蛇, 不可復避, 而同室僧皆無所覩, 升卽死.

　　태주 자성사의 승려 각승은 건산[23]에 암자를 지었다. 하루는 아침 일찍 문을 나서는데 큰 이무기가 길을 가로막고 있기에 노복을 시켜 잡아서 다른 데 갖다 버리게 하였다. 그날 우연히 소나무 숲길을 가다가 버섯 몇 송이를 발견했다. 매우 색깔이 고우면서도 보기 좋아 즉시 따 가지고 왔다. 삶으려 하는데 채 다 익기도 전에 버섯이 수백 마리의 뱀으로 변하여 솥 안에서 웅크린 채 꿈틀댔다. 각승은 깜짝 놀라 급히 방으로 들어가 침상 위에 앉았다. 그리고 막 잠을 자려는데 침상 주변이 온통 뱀 천지여서 피할 도리가 없었지만 같은 방 안의 다른 승려들 눈에는 아무것도 보이지 않았다. 각승은 즉사하고 말았다.

---

23 巾山: 신선이 승천하면서 떨어트린 巾幘이 산이 되었다는 전설에서 취한 이름이다. 태주 臨海縣에 있으며 높이는 100여 m에 불과하나 靈江 강변에 있어 경치가 수려하고 현성에 붙어 있어 唐代에 축조한 쌍탑을 비롯해 유적이 많다. 巾子山이라고도 한다.

　　許叔微, 字知可, 眞州人. 家素貧, 夢人告之曰:"汝欲登科, 須積陰德." 許度力不足, 惟從事於醫乃可, 遂留意方書. 久之, 所活不可勝計. 復夢前人來, 持一詩贈之, 其詞曰:"藥有陰功, 陳樓閒處. 堂上呼盧, 唱六作五." 旣覺, 姑記之於牘. 紹興壬子, 第六人登科, 用升甲恩如第五, 得職官, 其上陳祖言, 其下樓材也, 夢已先定矣. 呼盧者, 臚傳之義云.

　　자가 지가인 진주²⁴ 사람 허숙미는 집이 가난하였는데 꿈에 한 사람이 나타나 말하길,

　　"너는 과거에 급제하고 싶거든 음덕을 쌓아야만 한다."

　　허숙미는 자신이 음덕을 쌓을 능력이 부족하다고 판단하고 의업에 종사하는 것이 그래도 괜찮지 않겠나 싶어 곧 의서²⁵를 공부하였다. 세월이 한참 지나자 병을 고쳐 살려 준 사람이 셀 수 없이 많게 되었다. 그러자 전에 꿈속에서 나타났던 사람이 다시 와서 다음과 같은 시 한 수를 주었다.

　　약으로 음덕을 쌓았으니,
　　진과 누 사이에 있게 되리라.

24　眞州: 淮南東路 眞州(현 강소성 揚州市).
25　方書: 병을 치료하기 위한 처방인 方劑를 적어 놓은 의학서적을 뜻한다.

대궐에서 급제자를 호명할 때[26]

6이라 외치지만 5가 되리라.

허숙미는 잠에서 깨어나자마자 곧 그 내용을 적어 두었다. 소흥 2
년(1132)에 허숙미는 제6등의 성적으로 급제하였는데, '승갑'[27]의 은
혜를 받아 제5등과 같아져서 관직을 얻었다. 바로 앞의 4등이 진조언
이었고, 뒤의 6등이 누재였으니 꿈에서 이미 들은 바와 같았다. '호
로'는 급제자의 성적순으로 호명한다는 뜻이다.

---

26 臚唱: 진사급제자를 성적순으로 호명하여 전각 안으로 들어오게 한 뒤 황제가 일
   일이 접견한다는 뜻이다. 雍熙 2년(985)부터 실시된 것으로서 傳臚·臚傳·臚唱
   이라고도 하며 급제자의 이름을 부른다는 뜻에서 唱名, 등수에 따라 부른다는 뜻
   에서 唱第라고도 한다.
27 升甲: 송대에는 과거 합격자를 등수에 따라 1甲~5甲으로 구분하고 1~2甲에는
   진사급제, 3~4甲에는 진사출신, 5甲에는 同진사출신이라는 칭호를 하사하였다.
   그 가운데 1甲은 총 3명이어서 三鼎甲이라고도 하고, 2甲과 3甲의 정원은 별도로
   정해지지 않았지만 3甲까지 모두 臚唱의 특전을 누리므로 통상 3甲까지도 진사급
   제라고 칭한다. 升甲은 황제 재량에 의해 위의 甲에 포함시켜 준다는 뜻이다. 후
   대에 甲의 구분이 3단계로 간략해졌다.

陳良器, 好施食. 紹興十一年, 子爟爲婺州武義尉, 迎之官, 嘗同至郡, 忘攜食盤. 行次, 夜夢舊友夏·呂二人者來曰: "連日門下奉候不見, 不知乃在此." 覺而言之, 方審其故, 亟就邸中施焉.(右四事皆陳爟說.)

진양기는 음식을 바치며 신을 섬기길 좋아하였다. 소흥 11년(1141)에 아들 진관이 무주 무의현[28]의 현위가 되자 관에서 마중 나왔다. 아들과 함께 무주 관아로 가는데, 음식 담는 접시를 그만 깜빡 잊고 갖고 가지 않았다. 가는 도중 꿈속에서 죽은 옛 친구 하씨와 여씨 두 사람이 나타나 말하길,

"며칠 동안 계속해서 집에 찾아가 인사하려 했지만 보이지 않더니 여기에 계신지 몰랐소이다."

진양기는 잠에서 깨어 꿈 얘기를 하다가 왜 그런 꿈을 꾸게 되었는지 곰곰이 생각하고는 급히 집으로 돌아가 음식을 바쳤다.(이 네 가지 일화는 모두 진관이 한 이야기다.)

28　武義縣: 兩浙路 婺州 武義縣(현 절강성 金華市 武義縣).

予宗人, 性喜獵, 遇其興發, 雖盛寒暑不廢. 末年得疾, 背生三物, 隱
隱皮肉間. 數日, 頭足皆具, 儼然三鼈也. 己而能動, 或以魚誘之, 則其
頭闖然, 如欲食狀. 稍久, 左右齧食, 痛不可忍, 凡月餘而死. 死五日,
其靈憑子岳之婦語曰: "我坐好獵, 生受苦報, 今日猶未已. 冥間方遣使
追我獵具爲證, 及其未至, 可取罔罟之屬急焚之, 無重吾罪." 岳如其
言, 遂去. 時紹興七年也.

필자의 집안사람 가운데 사냥을 좋아하는 사람이 있어 흥이 나면 한겨울이나 한여름이나 계절을 가리지 않고 사냥에 나섰다. 말년에는 병이 들어 등에 세 개의 돌기가 생겼다.

처음에는 살갗과 살 사이에서 무엇인가 잡히는 것 같더니만 며칠 후에는 머리와 발이 생겨서 분명 세 마리의 자라 모양이 되었다. 다시 얼마 후에는 움직일 수 있게 되었고, 누군가 물고기로 꼬이면 갑작스레 머리를 내미는 것이 마치 받아먹으려는 모습 같았다.

조금 시간이 지나자 좌우의 살을 갉아 먹어 그 통증이 참을 수 없을 정도가 되었고, 그로부터 한 달여 만에 죽고 말았다.

죽은 지 닷새가 되자 그 혼령이 아들인 홍악의 아내에게 빙의하여 말하길,

"내가 사냥을 좋아한 탓에 살아서 고통스런 업보를 치렀지만 아직까지 고생이 끝나지 않았다. 명부에서는 곧 사자를 보내 내 사냥도구를 찾아 증거로 삼으려 한다. 사자가 오기 전에 그물 등을 모두 찾아

급히 불살라서 내 죄가 더 무거워지지 않도록 해라."

　홍악이 그 말대로 하자 혼령이 곧 떠났다. 때는 소흥 7년(1137)이
었다.

黃衡, 字平國. 建州浦城人. 紹興十年, 自祕書省正字出通判邵武
軍, 未赴任而卒. 卒之三年, 里人有爲商而死於宣城者, 其家未知, 魂
歸附語家人曰:"我某月某日以疾終於宣州, 從行某僕實殯我, 殮時倉
卒, 遂遺一履. 旣入幽府, 遇黃省元衡, 憐我跣足行, 以鞋一緉與我, 仍
令一介引我歸, 是以至此."家人曰:"黃公今何在?"曰:"見判陰間一
司, 極雄緊."家人方持泣, 遽捨去. 其子卽日往宣州取喪, 欲火之, 啓
棺驗視, 果跣一足.

자가 평국인 건령군 포성현²⁹ 사람 황형은 소흥 10년(1140)에 비서
성 정자³⁰에서 소무군³¹ 통판이 되었는데 부임하기도 전에 죽었다.
황형이 죽은 지 3년 후, 같은 마을의 상인 가운데 선주³²에서 죽은 사
람이 한 명 있었는데, 가족들은 그 사실을 미처 알지 못하였다. 상인
의 혼령이 집으로 돌아와 가족들에게 빙의³³하여 말하길,

---

29 浦城縣: 福建路 建寧軍 浦城縣(현 복건성 南平市 浦城縣).
30 祕書省正字: 校書郎과 함께 도서 출판의 편집과 교정 등의 업무를 맡았으며 북송
　말에는 종8품관이었다.
31 邵武軍: 福建路 邵武軍(현 복건성 南平市 邵武市, 三明市 建寧縣).
32 宣城: 江南東路 宣城(현 안휘성 宣城市). 宣城郡은 晉 太康 2년(281)에, 宣州는 隋
　가 각각 설치한 이래 두 지명을 여러 차례에 걸쳐 바꿔 썼다. 본문의 紹興 13년 당
　시 지명에 따라 선주로 번역하였다.
33 附語: 다른 사람의 영혼이 몸에 들어와 자신을 지배하는 현상을 말한다. 통상 憑依
　라고 한다.

"나는 몇 월 며칠 병으로 선주에서 죽었는데, 같이 따라 갔던 노복 하나가 나를 초빈34하여 주었다. 그런데 염할 때 경황이 없어 신발 한 짝을 빠트렸다. 명계의 관부에 왔다가 성시에 수석 합격하였던 황형을 만났는데. 내가 맨발로 다니는 것을 불쌍히 여겨 신발 한 켤레를 주셨다. 또 내가 귀가할 수 있도록 한 사람에게 인도하게 하여 이렇게 찾아온 것이다."

상인 가족들이 묻길,

"황공은 지금 무엇을 하고 계십니까?"

그러자 답하길,

"현재 명계에서 한 관아를 맡고 계시는데 매우 높으신 분이다."

가족들이 혼령을 붙들고 울려고 하는데, 그는 갑자기 가족 곁을 떠났다. 상인의 아들은 그날로 선주에 가서 장례를 치르고 화장을 하려고 관을 열어 살펴보니 정말로 한쪽이 맨발이었다.

---

34 草殯: 장례 치르기 전에 주검을 관에 넣어 임시로 안치하다는 뜻이다. 家殯·草葬 이라고도 한다.

민현 현승 청사의 기둥閩丞廳柱

紹興己巳二月二十五日, 福州大雷雨. 閩丞薛允功未明起, 聞霹靂
聲甚近. 及旦, 廳事一柱已斧爲三, 附棟椽泥皆墜, 碎土如爪跡, 印于
書几及狼藉西廡間. 時將迓新丞, 胡床雨蓋之屬皆倚柱側, 意必震動,
乃徒在壁下, 略無所損. 先是, 薛之子嘗見一靑蛇入柱下, 戲掣其尾,
不可出. 旣震, 皆疑其物蓋龍云.(薛丞說.)

소흥 19년(1149) 2월 25일, 복주[35]에 큰비와 함께 천둥이 쳤다. 복
주 민현[36]의 현승[37] 설윤공은 새벽에 일어났다가 아주 가까이서 벼락
이 떨어지는 소리를 들었다. 아침이 되어 살펴보니 현 관아의 기둥
하나가 세 조각으로 부러졌고 기둥에 이어진 서까래에 붙은 진흙이
모두 쏟아졌는데, 부서진 흙이 마치 손톱으로 긁은 것 같았다. 흙더
미는 책상 위를 덮었고 서쪽 마루에도 어지러이 나뒹굴었다. 당시 새
현승을 맞이할 채비를 하고 있어서 접이의자와 우산 등을 모두 기둥
옆에 둔 상태였다. 마음속으로 이들도 필시 엉망이 되었을 거라 생각

---

35 福州: 福建路 福州(현 복건성 福州市).
36 閩縣: 福建路 福州 閩縣(현 복건성 福州市 · 閩侯縣).
37 縣丞: 현에서 지사의 뒤를 잇는 2인자로서 현의 업무 전반에 대해 관할하였다. 天
聖 4년(1026)에 처음 임명하기 시작하여 崇寧연간(1102~1106)에는 전국의 모든
현에 다 임명하였다. 紹興 28년(1158)부터 1만 호 이상의 큰 현에만 임명하였고,
작은 현에서는 主簿가 겸직하였다. 품계는 현의 크기에 따라 정8품에서 정9품이
었다.

하며 벽 아래로 옮겨 놓고 보니 거의 아무런 손상도 없었다. 앞서 며칠 전에는 설윤공의 아들이 푸른 뱀 한 마리가 기둥 아래로 들어가는 것을 보고 장난삼아 그 꼬리를 붙들고 당겼지만 들어가 버렸다. 벼락 맞은 후 사람들 모두 그것이 아마 용이었을 것이라고 생각하였다.(현승 설윤공이 한 이야기다.)

席旦, 字晉仲, 河南人. 事徽廟爲御史中丞, 後兩鎭蜀, 政和六年, 終于長安. 其子大光益終喪後, 調官京師. 時皮場廟頗著靈響, 都人日夜捐施金帛. 大光嘗入廟, 識其父殞時一履, 大驚愴. 旣歸, 夢父曰: "我死卽爲神, 權勢甚重, 不減在生作帥時. 知汝苦窘用, 明日以五百千與汝."

大光悸而寤. 聞扣戶聲甚急, 出視之. 數卒挽一車, 上立小黃幟云: "皮場大王寄席相公錢三百貫." 置于地而去. 時正暗, 未辨色, 猶疑之. 旣明, 乃眞銅錢也. 大光由此自負, 以爲必大拜. 紹興初參知政事, 後以大學士制置四川, 蜀人皆稱爲席相公. 己而丁其母福國太夫人憂, 未除服而薨.(嚴康以子祁說.)

자가 진중인 하남[38] 사람 석단[39]은 어사중승으로 휘종을 모셨고, 후에 두 차례나 성도부로[40] 안무사를 역임한 뒤 정화 6년(1116) 장안[41]

---

38 河南: 하남에 해당하는 북송의 행정구역은 開封府를 중심으로 京東西路·京西南路·京西北路의 일부이다.

39 席旦: 자는 晉仲이며 현 하남성 사람이다. 元豊연간에 진사에 급제하였으며 휘종 때 太常少卿·中書舍人·給事中을 거쳐 御史中丞 겸 侍講, 吏部侍郎을 역임하였다. 두 차례 성도부로 안무사로 있으면서 사천의 안정에 공을 세웠고, 직언을 아끼지 않았다.

40 蜀: 사천은 현 成都市를 중심으로 한 촉과 중경시를 중심으로 한 巴로 나눌 수 있다. 송대에 蜀이라고 한 경우 통상 成都府路를 뜻한다. 사천은 송대 益州路·梓州路·利州路·夔州路 등 4개로를 합해 川峽四路라고 칭한 데서 유래하였다.

41 長安: 永興軍路 京兆府(현 섬서성 西安市).

에서 생을 마감하였다.[42] 자가 대광인 석단의 아들 석익[43]은 탈상한 뒤 개봉부 관리로 전보되었다. 당시 피장묘[44]가 자못 영험하다는 소문이 돌아 개봉부 사람들이 밤낮으로 찾아가 재물을 시주하였다. 하루는 석익이 피장묘에 들어가 보니 부친을 염할 때 썼던 신발 한 짝이 놓여 있어 깜짝 놀라면서도 몹시 슬펐다. 집에 돌아온 뒤 꿈에 석단이 나타나 말하길,

"나는 죽자마자 바로 신이 되었는데, 권세가 매우 커서 생전에 안무사로 있을 때보다 나쁘지 않다. 네가 궁핍해 고생하고 있으니 내일 500관을 보내 주겠다."

석익은 무섭고 가슴이 두근거려서 잠에서 깨었는데, 급하게 문 두드리는 소리가 들렸다. 나가 보니 군졸 몇 사람이 수레를 끌고 왔는데, 수레 위의 누런 깃발에 적혀 있길,

"피장대왕이 석 상공[45]에게 동전 300관을 보낸다."[46]

---

42 終: 죽음에 대한 용어로 가장 널리 알려진 것은 天子의 죽음을 崩, 諸侯의 죽음을 薨, 大夫의 죽음을 卒, 士의 죽음을 不祿, 庶人의 죽음을 死라고 한다는 『禮記』 「曲禮」의 기록이다. 후대에 가서 일부 변화가 있었지만 계층에 따른 용어의 구분은 시종 중시되었다. 終은 상당한 경어에 해당한다.

43 席益: 하남성 사람으로 平江府지사, 中書舍人 겸 直學士, 工部尙書 겸 權吏部尙書를 거쳐 紹興 3년(1133)에 參知政事로 승진하였다. 이어 이듬해에 湖南制置大使를 거쳐 紹興 5년에는 사천 제치대사가 되었다. 淳熙연간(1174~1189)에 潭州지사를 지냈다.

44 皮場廟: 피장왕은 河北西路 相州 湯陰縣(현 하남성 安陽市 湯陰縣) 사람 張森이다. 당시 상주는 가죽 공예의 중심지여서 가죽 가공의 후유증으로 종기를 잃는 사람이 많았다. 명의였던 장삼이 많은 환자를 치료해 주자 그의 사후 가죽공장의 토지신이란 뜻에서 皮場土地神으로 모셨다. 후에 점차 모시는 곳이 많아졌고, 남송 때에는 臨安府에도 피장묘가 세워졌다.

45 相公: 아내가 남편을 부르는 호칭으로 많이 쓰였지만 君子·生員·宰相 등의 별칭으로도 널리 쓰였다.

이견갑지 【一】

군졸들은 동전을 땅에 내려놓고 갔다. 아직 캄캄한 때라서 무언인지 알 수 없어 여전히 반신반의하였다. 하지만 날이 환해진 뒤 살펴보니 진짜 동전이었다. 석익은 이 일을 계기로 자신감을 갖고 후일 반드시 고위 관직에 오를 것이라 생각하였다.

석익은 소흥연간(1131~1162) 초년에 참지정사가 되었으며, 나중에는 대학사로서 사천의 제치사[47]가 되었다. 사천 사람들은 모두 그를 '석 상공'이라 불렀다. 그 얼마 후 모친인 복국태부인이 돌아가셔서 복상했는데, 복상 기간이 다 끝나기도 전에 작고하였다.(엄강이 아들 엄기에게서 듣고 한 이야기다.)

---

46 三百貫: 동전 1천 개가 1貫이지만 실거래에서는 동전의 질에 따른 차이, 계산과 묶음에 들어가는 인건비 등을 고려하여 970~950개를 1貫으로 계산하는 것이 일반적이다. 하지만 五代 이래 관에서 지급할 때는 770개를 1관으로 간주하는 편법을 사용하였는데, 이를 省陌이라고 한다. 寺廟에서는 공덕을 비는 효과를 극대화해 주기 위해 더욱 그러하였다. 본문의 경우 실제로는 300관을 주고 계산은 500관으로 하였음을 알 수 있다.

47 制置使: 임시직 총사령관으로서 太平興國 4년(979), 北漢을 공격할 때 潘美가 北路都招討制置使를 맡은 일이 있었고, 元豊연간(1078~1085)에는 송·하서전쟁으로 상설직인 經略安撫使가 있는데도 불구하고 經略安撫使兼制置使를 임명하여 여러 路를 총지휘하게 한 일이 있었다. 남송 때는 각처 都統制를 통제하기 위해 제치사의 역할이 더욱 중시되었다. 대부분 安撫大使를 겸임하였고, 고위관료가 맡을 경우 制置大使라고 하였다.

통판 장씨의 딸 蔣通判女

錢符, 字合夫, 紹興十三年爲台州簽判, 往寧海縣決獄. 七月二十六日, 憩于妙相寺, 方凭桉戲書, 有挈其筆者, 回顧無所見. 是夜睡醒, 覺床前彷彿似有物, 呼從卒起張燈, 作誓念詰問, 邃不見. 次夜復至, 立於故處. 符問之:"若果是鬼, 可擊屛風." 言未旣, 自上至下, 凡擊數十聲. 符大懼, 命燃兩炬于前, 便有大飛蛾撲燈滅. 物踞坐蹋床上, 背面不語. 審視, 蓋一婦人, 戴圓冠, 著淡碧衫, 繫明黃裙, 狀絶短小, 久之不動.

符黙誦天蓬呪數遍, 遽掀幕而出. 宿直者迭相驚呼, 問其故. 曰:"有婦人自內出, 行其亟, 踐諸人面以過." 說其衣服, 乃向所見者. 符謂已去, 且夜艾, 不暇徙, 復就枕. 夢前人徑登床, 枕其左肩, 體冷如冰石. 自言:"我是蔣通判女, 以産終於此." 强符與合. 符力拒之, 邃寤. 次日, 詢諸寺中寓居郭元章者, 言其詳, 與符所見無異. 設榻處正死所也.(符說.)

　　자가 합부인 전부는 소흥 13년(1143)에 태주 첨서판관청공사[48]가 되었다. 한 번은 소송 중인 안건을 판결[49]하기 위해 관할 영해현[50]으

48　簽書判官廳公事: 첨서는 공문서에 서명한다는 뜻이다. 太平興國 4년(979)에 절도사의 권한을 억제하기 위해 京官 15명을 파견하여 절도사와 공동으로 공문에 서명할 권한을 부여하였다. 판관은 본래 唐代에 採訪使·節度使·觀察使·經略使 등의 使職官에게 1~2명씩 배치한 고위보좌관에서 시작해 五代와 송대에는 막료직을 포괄하는 용어로 사용되었다. 경관은 첨판, 선인은 관관으로 구분한다. 英宗 즉위 후 僉署를 簽書로 개칭하였고, 政和연간(1111~1118)에 일시 司錄參軍으로 개칭한 일이 있다. 종8품관이며 약칭은 簽書判官 또는 簽判이다.

로 갔다. 7월 26일, 묘상사[51]에서 휴식하면서 막 책상에 기대어 글을 쓰며 소일하고 있는데, 무엇인가 붓을 잡아당기는 것이 있어 고개를 돌려 보았으나 아무것도 보이지 않았다. 그날 밤 잠을 자다 깨었는데, 침상 앞에 뭔가가 있는 것 같은 느낌이 들었다. 이에 수행하던 사졸을 불러 등불을 켜도록 한 뒤 마음을 다잡고 질책하자 곧 사라졌다.

다음 날 밤 그 무엇인가가 다시 오더니 어제의 그 장소에 섰다. 전부가 묻길,

"만약에 귀신이면 병풍을 한 번 쳐 보거라."

말이 채 그치기도 전에 위에서부터 아래까지 병풍을 치는 소리가 수십 번이나 났다. 전부는 너무 무서워서 사졸들에게 큰 촛불 두 개를 침상 앞에 켜 두도록 하였지만 큰 나방이 등불을 쳐서 꺼트리고 말았다. 그 무엇인가는 침상 앞에 웅크리고 앉아 등을 돌리고 말을 하지 않고 있었다. 자세히 살펴보니 한 여인이 앉아 있었다. 머리에는 둥근 관을 썼고 엷은 녹색 윗도리와 밝은 누런색 치마를 입고 있었으며 몸이 매우 작았다. 오랫동안 꼼짝도 하지 않고 있었다.

전부가 천봉주[52]를 여러 차례 암송하자 그 여인은 장막을 확 치켜

---

49 決獄: 判決獄訟의 약칭으로서 소송 안건에 대한 판결을 뜻한다.
50 寧海縣: 兩浙路 台州 寧海縣(현 절강성 寧波市 寧海縣).
51 妙相寺: 南朝 梁 天監 1년(502)에 寧波市 寧海縣에 세워진 고찰이다. 원래 이름은 赤山寺였는데, 大中祥符 1년(1008)에 묘상사로 개칭하였다. 최근까지 유지되었으나 점차 학교와 공공건물로 변하였고, 문화대혁명으로 다시 파괴되어 본래의 면모가 사라졌다.
52 天蓬呪: 道教 上清派의 대표 경전인 『上清大洞眞經』 卷2에 실린 154자의 주문이다. 陶弘景의 『眞誥』 卷10에도 실려 있는데 귀신을 斬하는 司名의 이름을 외워 귀신을 제압할 수 있다고 하였다.

들더니 급히 나가 버렸다. 숙직하던 사졸들이 차례로 놀라 소리 지르기에 무슨 일이냐고 물었다. 사졸들이 말하길

"한 여자가 안에서 나왔는데 얼마나 빨리 가던지 여러 사람의 얼굴을 밟고 가 버렸습니다."

그리고 그 여자가 입고 있던 옷에 대해 말했는데, 바로 조금 전에 전부가 봤던 그 옷이었다. 전부는 그녀가 이미 가 버렸다고 생각했고, 동틀 무렵도 다 되서 침소를 옮기는 대신 다시 그 침상에서 잠이 들었다. 그런데 꿈에 아까 그 여인이 나타나 곧장 침상에 올라와 전부의 왼쪽 어깨를 베고 누었는데 몸이 얼음과 돌처럼 차가왔다. 그리고 스스로 말하길,

"나는 통판 장씨의 딸인데, 난산으로 여기에서 세상을 떴다."

여자는 전부와 강제로 성행위를 하려고 하였다. 전부는 한사코 거부하다가 잠에서 깨었다. 다음 날 묘상사에 사는 곽원장이라는 사람에게 물어보니 그 상세한 사정을 말해 주었는데, 전부가 본 것과 다르지 않았다. 침상을 놓아둔 곳이 바로 그 여자가 사망한 곳이었다.

(전부가 한 이야기다.)

이견갑지【一】

承信郎葉若谷, 洪州人. 爲鑄錢司催綱官, 廨舍在虔州. 葉不挈家, 獨處泉司簽廳. 紹興甲子歲正月十六日, 未晡時, 有女子款扉而入, 意態閑麗, 前與葉語. 初意其因觀燈誤至, 未敢酬, 恍惚間不覺就睡. 女亦至, 則並寢, 以言挑之, 陽爲羞避之狀. 已而遂合, 凝然一處子耳.

良久, 歡甚. 一老嫗自外至, 手持錢篋, 據胡床箕踞而坐, 傍若無人, 徑趨床揭帳, 以兩手拊席曰: "你兩個好也." 葉疑女家人, 懼甚. 女搖手掩葉口, 令勿語, 嫗遂退. 女迨夜方分方去. 自是連日或隔日一至, 至必少留, 葉猶以爲旁舍女子, 往來幾兩月, 漸覺羸悴, 繼得疾惙甚, 徙居就醫, 乃絕不至. 方初見時, 著粉靑衫, 水紅袴襦. 旣久未嘗易衣, 然常如新, 亦其異也. (若谷說.)

홍주[53] 사람 엽약곡[54]은 승신랑[55] 품계로 제점갱야주전사[56] 최강

---

53 洪州: 江南西路 洪州(현 강서성 南昌市).
54 葉: 중국어에서는 葉을 yè, xié, Shè로 구분하고 있고, 우리는 잎사귀 엽, 땅이름 섭, 책 접으로 구분하고 있다. 하지만 xié에 해당하는 우리말 용례가 없고, '책 접'에 해당하는 중국어 용례도 찾아보기 힘들다. 특히 논란이 되고 있는 것은 '姓'을 '엽·섭' 가운데 어떻게 읽느냐는 것이다. 춘추시대 楚의 귀족 沈諸梁은 '葉'(현 河南 葉縣 남쪽)을 封地로 받았다. 封地 '葉'을 '섭(Shè)'으로 읽기 때문에 沈諸梁을 가리켜 '葉公(섭공)'이라고 불렀다. 하지만 지명이 아닌 성의 경우에는 '엽'으로 읽는 것이 타당해 보인다.
55 承信郎: 政和연간(1111~1118)에 신설되었고 무관 寄祿官 52개 품계 중 가장 낮은 52위이며 종9품에 해당한다. 승신랑에서 43위인 訓武郎까지는 근무고과에 따라 승진할 수 있는 기회가 5년에 1회 주어졌다.
56 提點坑冶鑄錢司: 광산의 채굴 및 동전 주조를 관장하는 기관이며 약칭은 鑄錢司이

관[57]이 되었는데 관서[58]는 건주[59]에 있었다. 엽약곡은 가족을 데리고 가지 않고 혼자 주전사[60]의 첨서판관청공사 관서[61]에 머물고 있었다. 소흥 14년(1144) 1월 16일 오후 3~5시[62]가 채 되지 않아 한 여자가 문을 두드리고 들어왔는데, 외모가 우아하고 아름다웠다. 여자가 앞으로 와서 엽약곡과 이야기를 나누었다. 처음에는 등을 구경하러 왔다가 길을 잃고 잘못 온 것이라 생각해 감히 수작을 걸지 못했지만 엽약곡은 자기도 모르는 사이에 깜빡 잠이 들고 말았다. 여자가 침상으로 와서 잠자리를 함께하며 말로 유혹했는데, 겉으로는 부끄러워

다. 提點이란 管理한다는 뜻의 提擧와 點檢한다는 뜻이 합해진 것으로 송대에 처음 등장한 관명이다. 주전사는 몇 차례 통폐합 과정을 거쳤는데, 神宗 元豊 2년(1079)에 饒州提點司와 虔州提點司 두 곳에서 淮河이남 전역을 분할 관리하였다. 紹興 5년(1135)에는 건주 제점사로 통합하고 都大鑄錢司로 승격시켰다. 그 뒤로도 관할권을 각 로의 轉運使나 發運使에게 넘겼다가 다시 주전사를 복구하는 등 여러 차례 제도적 변화가 있었다.

57 催綱官: 주전사 소속 관리로는 幹辦公事 2명, 檢踏官 6명, 稱銅官 1명, 催綱官 1명이 있다.

58 廨舍: 廨는 개방된 건물이란 뜻으로 관공서 건물을 일컫는 말이다. 漢代 관공서를 지칭하는 용어에서 유래하였으며 廨舍·廨署라고 한다. 관공서 전체는 廨院·郡廨·公廨 등으로 칭하였다.

59 虔州: 江南西路 虔州(현 강서성 贛州市). 紹興 22년(1152), 건주에서 齊述의 반란이 일어나자 송조는 대군을 동원하여 진압하였다. 그리고 虔州의 虔자에 호랑이 대가리(虍)가 있어 '虎殺氣'가 있다며 이듬해에 현 지명인 贛으로 개칭하였다. 贛은 章水와 貢水가 합류하는 곳이란 뜻에다 虔자의 文을 합한 글자다.

60 鑄錢司: 泉司는 별칭이다. 화폐가 샘물 솟듯 계속 유통되기를 바라는 마음에서 泉은 錢을 뜻하는 글자로 인식된 데다 王莽 집권 후 劉자를 금기시하여 金 대신 泉을 쓰도록 하였다. 그 뒤 泉과 錢이 같은 뜻으로 자리 잡아 당말 오대 화폐 가운데 乾封泉寶·永通泉貨 등이 있다.

61 簽廳: 첨서판관청공사의 관서인 簽書判官廳을 뜻한다.

62 晡時: 晡는 해가 낮은 물가의 높이에 있다는 뜻으로 申時(15~17시)에 해당한다. 옛날에는 해가 지기 전에 모든 일을 마쳐야 했기에 낮이라기보다는 초저녁에 해당하는 것으로 간주되었다.

하며 몸을 사리는 듯하였다. 잠시 후 동침하였는데 행동거지가 얌전한 것이 처녀였다.

얼마가 지나 한참 즐기고 있는데, 한 노파가 손에 돈 상자를 들고 밖에서 들어왔다. 그리고는 접이의자[63]에 두 다리를 벌리고 멋대로 걸터앉았는데 무례하기 그지없었다.[64] 잠시 후 곧장 침상으로 와서 장막을 들어 올리고 두 손으로 요를 움켜쥐고 말하길,

"너희 둘 아주 재미 보는구나!"

엽약곡은 여자네 집 사람인 것으로 생각하고 몹시 무서웠다. 여자가 손을 들어 엽약곡의 입을 막고 아무 말도 못하게 하자 노파는 곧 물러갔다. 여자는 한밤이 돼서야 갔다. 그때부터 매일 밤 혹은 이틀에 한 번씩 왔고, 오면 꼭 얼마 동안 머물다 갔다. 엽약곡은 이웃집 여자일 것이라고 생각했다. 그렇게 두 달 가까이 오가자 엽약곡은 점차 몸이 축나는 것을 느꼈고, 이어서 병까지 나서 걱정이 이만저만이 아니었다. 관사에서 나와 의사에게 가자 비로소 그 여자가 발을 끊고 오지 않았다. 엽약곡이 처음 그 여자를 봤을 때 분청색 윗도리와 진분홍색[65] 바지를 입고 있었다. 오랫동안 한 번도 옷을 갈아입지 않았지만 늘 새 옷 같았다. 그 또한 괴이한 일이었다.(엽약곡이 한 이야기다.)

---

63 胡床: 간략한 접이의자를 뜻한다. 胡牀 · 交床 · 交椅 · 繩床이라고도 한다.
64 箕踞: 두 다리를 벌리되 양 무릎을 약간 구부린 채 앉는 자세를 뜻한다. 그 모양이 키와 같다고 해서 箕踞라고 하는데 예법에 어긋난 오만방자한 태도를 뜻하기도 한다.
65 水紅: 분홍색보다 진하고 선염한 색깔로 옅은 紫色이 혼합된 듯한 색깔이다.

高君贄, 福州人, 登進士第, 爲檀氏贅婿, 生一子. 旣長, 納同郡劉氏
女爲婦. 生二男一女, 而子死. 君贄仕至朝散郎, 亦亡. 長孫不慧, 次孫
幼, 唯檀氏與劉共處. 劉年尙壯, 失婦道, 與一僧宣淫于家. 姑見而責
之, 劉恚且懼. 會姑病, 不待藥, 幸其死. 置蠱以毒姑之二婢, 未及絶,
強殮而焚之. 後數月, 劉得疾, 日日呼所殺婢名曰: "我頤極痛, 勿擖我
髮." 又曰: "箠我已多, 幸少寬我." 其家問之, 曰: "阿姑與二婢守笞我."
旬日而死. 其子以祖致仕恩得官, 亦不立. 今家道蕭然.(君贄從子介卿
說.)

복주 사람 고군지는 과거에 진사급제한 뒤 권문 집안인 단씨네 사
위[66]가 되어 아들 하나를 두었다. 아들은 장성한 뒤 복주의 유씨 집안
딸을 부인으로 맞아들여 2남 1녀를 낳고는 사망하였다. 고군지도 벼
슬이 조산랑[67]에 이르렀을 때 역시 사망하였다. 큰손자는 영특하지
못하고 작은손자도 어린 상태에서 부인 단씨와 며느리 유씨가 함께
살았다. 그런데 며느리 유씨가 아직 젊어 부인으로서의 도리를 지키
지 못하고 한 승려와 대놓고 집에서 정을 통하였다. 시어머니가 보고

---

66 贅婿: 贅은 본래 고기 한 토막이란 말로서 좋기는 하지만 양이 많지 않아 모두가
　　탐내는 것을 뜻하기도 한다. 진사급제자 중에서 뽑힌 사위, 혹은 권문세족의 압력
　　으로 사양할 수 없어 사위가 된 사람을 뜻하기도 한다.
67 朝散郎: 元豊 3년(1080) 관제개혁 후 문관 寄祿官 30개 품계 중 21위로 정7품이
　　다. 20위인 朝請郎, 22위인 朝奉郎과 함께 이른바 三朝郎의 하나이다.

질책하자 며느리 유씨는 도리어 화를 내면서도 한편으로는 두려워하였다.

그러다가 시어머니가 병이 나자 약 시중도 들지 않고 오히려 행여 시어머니가 죽지 않을까 기대하였다. 독충을 이용해 시어머니의 두 노비를 독살하고 숨도 끊어지지 않았는데, 강제로 염하여 시신을 불태워 버렸다. 그 뒤 몇 달이 지나 며느리 유씨가 병이 났는데, 매일 독살한 노비의 이름을 부르면서 말하길,

"나, 턱이 너무나 아파! 내 머리카락 좀 잡아당기지 마."

또

"그만 좀 때려, 나 좀 용서해 줘!"

집안 식구들이 물어보면 말하길,

"시어머니와 두 노비가 지키고 서서 나를 매질해서 그래."

열흘 후 며느리 유씨가 사망하였다. 그 아들은 조부가 고위관료로 사임[68]한 덕분에 관직을 얻기는 했지만 별로 두각을 드러내지 못하였다. 지금 고군지 집안은 몰락하고 말았다.(고군지의 조카 고개경이 한 이야기다.)

---

68 致仕: 자진하여 사직한다는 말이다. 고위관료가 사임하면 관직을 추증하고 자손에 대해 蔭敍를 허용하는 것은 唐代에 관례화되었고 송대에는 거의 제도화되어 관직 추증과 음서 허용은 물론 본래 받던 봉록의 절반을 지급함으로써 노후를 보장하였다.

林勣明甫言, 紹興六年, 寓居江陰時, 淮上桑葉價翔湧, 有村民居江
之洲中, 去泰州如皐縣絕近, 育蠶數十箔, 與妻子謀曰: "吾比歲事蠶,
費至多, 計所得不足取償, 且坐耗日力, 不若盡去之, 載見葉貨之如皐,
役不過三日, 而享厚利, 且無害." 妻子以爲然. 乃以湯沃蠶, 蠶盡死,
瘞諸桑下.

悉取葉, 棹舟以北. 行半道, 有鯉躍入, 民取之, 剖腹, 實以鹽. 俄達
岸, 津吏登舟視稅物, 發其葉, 見有死者. 民就視之, 乃厥子也, 驚且
哭. 吏以爲殺人, 拘係之. 鞫同舟者, 皆莫知. 問其所以來, 民具道本
末. 縣遣吏至江陰物色之, 至其家, 門已閉, 壞壁以入, 寂無一人. 試啟
蠶瘞驗之, 又其妻也, 體已腐敗矣. 益證爲殺妻子而逃. 無以自明, 吏
亦不敢斷, 竟斃於獄. 此事與『三水小牘』載「王公直事」相類.

　　자가 명보인 임이가 말하길 자신은 소흥 6년(1136)에 상주 강음현⁶⁹
에서 살고 있었는데, 당시 회하 일대의 뽕잎 가격이 폭등한 일이 있
었다고 한다. 그 무렵 한 촌민이 회하 안의 모래톱에서 살고 있었는
데, 그곳은 태주 여고현⁷⁰에서 아주 가까웠다. 그 촌민은 집에서 누에
를 수십 발이나 키우고 있었는데, 하루는 처자식과 상의하길,

69　江陰縣: 兩浙路 常州 江陰縣(현 강소성 無錫市 江陰市).
70　如皐縣: 淮南東路 泰州 如皐縣(현 강소성 南通 如皐市). 아름답지만 3년 동안 웃지
　　도 말하지도 않는 아내를 데리고 늪가에 가서 꿩을 잡으니 그때부터 웃고 말하였
　　다는『春秋左傳』의 賈大夫 고사에서 유래한 지명이다.

"내가 최근 몇 년 동안 누에를 키웠는데 비용이 너무 많이 들어 계산해 보니 소득이 원가에도 미치지 못했다. 게다가 매일 인건비도 안 나오는 일을 하고 있으니 차라리 누에를 몽땅 없애 버리고 뽕잎을 배에 싣고 여고현에 가서 파는 것이 낫겠다. 이 일은 사흘이면 족하고 이익이 커서 손해 볼 일이 없을 것 같다."

처자식들도 그것이 좋겠다고 생각하였다. 이에 펄펄 끓는 물을 누에에 부어서 다 죽여 버린 뒤 뽕나무 아래에 파묻었다.

그리고 뽕나무 잎을 모두 모아서 배를 저어 태주 여고현을 향해 북쪽으로 갔다. 절반쯤 갔을 때 잉어가 배안으로 뛰어 들어오자 촌민은 잡아서 배를 가른 뒤 소금을 뿌려 두었다.

잠시 후 강변에 이르자 나루터의 서리가 배에 올라 세금 물릴 물건이 없나 살펴보다가 뽕나무 잎을 뒤척여 보았는데, 그만 거기에서 시신이 발견되었다. 촌민이 살펴보니 바로 자신의 아들이었다. 촌민은 깜짝 놀라더니 곧 통곡하였다.

서리는 그가 살해한 것으로 생각해 그를 잡아 묶고는 함께 배에 있던 사람을 심문하였으나 모두 알지 못하였다. 서리는 촌민에게 왔던 길을 물었고 촌민은 전후 사정을 상세히 말하였다.

여고현에서는 강음현으로 서리를 보내 물색하다가 그 집에 도착해 보니 문은 이미 닫혀 있었다. 벽을 부수고 안에 들어가 보니 아무도 없고 조용하였다. 혹시나 해서 누에를 파묻은 곳을 파 보니 또 촌민의 아내가 묻혀 있었다. 시체는 이미 부패해 있었다. 이는 촌민이 처자를 살해하고 도주한 더욱 명백한 증거였다.

촌민은 자신을 해명할 방법이 없었지만 관리도 그가 살해했다고 감히 단정하기 어려웠다. 결국 촌민은 옥에서 쓰러져 죽고 말았다.

이 사건은 『삼수소독』[71]에 실린 「왕공직사」[72]와 유사하다.

71 『三水小牘』: 당말에 관리로 활동하였던 皇甫枚가 지은 3권의 傳奇小說로서 『이견
지』와 유사한 성격을 지닌 책이다. 『太平廣記』에 수록된 「玉匣記」는 그의 작품이
다.
72 「王公直事」: 왕공직이 누에를 죽인 업보가 법적으로는 문제가 없지만 인정상 용
납하기 힘들다는 내용의 이야기이다.

世傳犬能禁蛇, 每見, 必周旋鳴躍, 類巫覡禹步者. 人誤逐之, 則反
爲蛇所齧. 林明甫家犬夜吠, 燭火視之, 見一蛇屈蟠, 犬繞而吠. 凡十
數匝, 蛇死, 其體元無所傷, 蓋有術以禁之也. 林宏昭言:"溫州平陽縣
道源山資福寺有犬名花子, 善制蛇. 蛇無巨細, 遇之必死, 前後所殺以
百數. 一日, 大蟒見于香積廚, 見者奔避. 僧急呼花子, 令噬之. 未及有
所施, 蛇遽前迎齧其頷, 犬鳴號宛轉, 須臾, 死於階下. 蛇亦不見. 豈非
其鬼所爲乎? 物類報復蓋如此."

　　세상에 전해지는 얘기로는 개가 능히 뱀을 막아낼 수 있다고 한다.
개는 뱀을 보기만 하면 반드시 그 주위를 빙빙 돌며 으르렁대고 펄쩍
뛰며 좋아하는 것이 마치 무당들이 칠성의 기를 받기 위해 걷는 것과
비슷하다.[73] 사람들이 잘 몰라서 개를 쫓아내면 도리어 개가 뱀에게
물린다. 자가 명보인 임이의 집에서 개가 한밤에 짖어대기에 촛불을
켜고 살펴보니 뱀 한 마리가 꾸불꾸불 똬리를 틀고 있고, 개는 빙빙
돌면서 짖고 있었다. 개가 수십 바퀴를 돌자 뱀이 죽고 말았는데, 몸
에 전혀 상처가 없었으니 이는 나름대로의 방법으로 뱀을 막아낸 것

---

73 禹步: 도교의 齋醮의식 가운데 하나로 별에 대해 예를 올리고 신령을 부르는 동작
　　이다. 28宿과 9宮 8卦가 그려진 罡單이라는 천 위에서 별자리를 밟고 지그재그로
　　걷는다. 罡이란 북두성의 자루를 뜻한다. 이에 步罡踏斗 또는 步北斗라고도 하며
　　통상 禹步라고 칭한다. 禹步란 우임금이 창안하였다고 해서 붙여진 이름이다.

이다.

임굉소가 말하길,

"온주 평양현 도원산의 자복사에 '화자'라는 개 한 마리가 있는데, 뱀을 잘 잡았다. 뱀이 크든 작든 보기만 하면 다 죽였으니 죽인 뱀이 모두 수백 마리나 되었다. 하루는 큰 구렁이 한 마리가 주방[74]에 나타났는데, 보는 사람마다 다 도망쳐 피하였다. 스님이 급히 화자를 불러 구렁이를 물라고 시켰다. 그런데 화자가 채 어떻게 하기도 전에 구렁이가 갑자기 앞으로 나오더니 그 턱을 깨물었다. 화자는 너무 아파서 낑낑대며 몸을 뒤틀더니 금방 계단 아래서 죽고 말았다. 구렁이도 어디로 갔는지 보이지 않았다. 어찌 뱀의 원혼들이 행한 바가 아니겠는가? 미물이라도 모두 다 이렇게 보복을 한다."

---

[74] 香積廚: 비교적 규모가 크고 오랜 절의 주방을 뜻한다. 밥 향기만으로도 도를 깨우칠 수 있다는 데서 유래한 이름이다.

蔣寧祖者, 待制瑎之子, 年四十, 官至朝請郎. 當遷大夫, 不肯就. 父母强之, 不得已自列. 旣受命, 卽丐致仕. 自是不御朝衣, 常著練布道服, 請于.[此下宋本闕一葉又五行.]

장녕조는 휘유각 대제[75]를 지낸 장해[76]의 아들인데, 40세에 관직이 조청랑[77]에 이르렀다. 당연히 대부[78]로 승진해야 하는데 승진을 원치 않았다. 부모가 강권하자 어쩔 수 없이 승진 요청을 하였지만 대부로

75 待制: 待는 대기를, 制는 황제의 구두 명령을 뜻하므로 待制는 황제의 명령을 대기하는 시종관을 말한다. 唐 太宗 때 5품 이상의 京官에게 中書省과 門下省에서 숙직하며 황제의 방문에 대비하게 한 데서 출발하였다. 송대에도 龍圖閣·天章閣·寶文閣 등 궁중 주요 전각마다 待制를 두었다. 종4품관 이상의 고관에 해당되는 황제의 시종관이라는 점에서 중시되었고, 직급은 學士와 같고 直學士보다 낮았다. 역대 대제 가운데 송대의 위상이 가장 높았다.

76 蔣瑎(1063~1138): 자는 夢興이며 兩浙路 常州 宜興縣(현 江蘇省 無錫市 宜興市) 사람이다. 부친 蔣之奇가 參知政事를 지내는 등 명문가에서 출생하였다. 元祐 3년(1088)에 진사가 되어 徽猷閣 待制와 興仁府지사를 지냈으며 서예가로도 유명하다.

77 朝請郎: 문관 寄祿官 29개 품계 중 18위이며 정7품상이었으나 관제개혁 후 30개 품계 중 20위, 정7품으로 바뀌었다. 朝請郎부터 종9품 承務郎까지를 낭관이라고 칭하였고, 21위인 朝散郎, 22위인 朝奉郎과 함께 이른바 三朝郎의 하나이다.

78 大夫: 문관 寄祿官 29개 품계 중 3위인 光祿大夫부터 13위인 朝散大夫까지 관명에 大夫가 포함되어 있는 종2품~종5품하 관을 통칭한다. 14위 朝奉郎부터 29위 將仕郎까지 관명에 郎이 있는 정6품상~종9품하의 郎官과 구별된다. 元豊 3년(1080) 관제개혁 후에는 30개 품계 중 3위인 光祿大夫부터 19위인 朝奉大夫까지의 정2품~종6품관을 통칭하는 것으로 바뀌었다.

임명되자마다 곧 사임하였다. 그때부터 관복을 걸치지 않고 늘 거친 삼베로 만든 도복을 입었다.

[송대 판본은 이 뒤의 1엽 5행이 결락되어 있다.]

> 撫州金溪縣有神廟, 甚靈顯, 祈請者施金帛無虛日, 積錢至二千緡.
> 宗室善文過廟下, 心資其利, 焚香禱曰:“損有餘補不足, 人神一也. 善
> 文至貧, 願神以二十萬見假, 不然, 將白于官, 悉籍所有而焚廟. 神雖
> 怒, 若我何!”旣禱, 卽呼廟祝取錢. 祝無辭以卻, 但曰:“神許則可.”善
> 文取杯珓擲之, 連得吉卜, 再拜謝, 運鏹以出.
>
> 　如是十年, 夢神來謂曰:“曩日所貸, 今可償矣.”夢中窘甚, 約以紙錢
> 還之, 神不可. 曰:“此特虛名耳.”又欲倍其數, 亦不可. 善文計窮, 以
> 情告曰:“一時失計爲人, 今實無可償, 願神哀釋.”神沉思良久, 曰:“必
> 無錢見歸, 但誦『金剛經』, 每卷可折一十, 他無以爲也.”旣覺而懼, 遂
> 齋戒, 取經諷讀. 凡三日, 得二百過, 黙禱以謝之, 後不復夢.(陳寅伯明
> 說.)

　무주 금계현⁷⁹에 한 신을 모신 사묘가 있는데 매우 영험하다고 알
려져 기도하는 사람들이 시주하는 날이 하루도 빠짐없어 쌓인 돈이
모두 2천 관에 이르렀다. 종실인 조선문이 사묘를 지나가다 마음속
으로 그 돈을 차지하고 싶었다. 이에 분향하며 기도하길,

　“넉넉한 자에게서 덜어 내어 부족한 자에게 보태 주는 것은 사람이
나 신령이나 마찬가지 아니겠습니까. 저 조선문은 극히 가난하여 신
께 20만 전만 빌리기를 소원합니다. 만약 제 소원을 들어주시지 않는

79　金溪縣: 江南西路 撫州 金溪縣(현 강서성 撫州市 金溪縣).

다면 관아에 아뢰어 사묘에서 소유한 모든 재산을 몰수하고 사묘를 불태워 버릴 것입니다. 신께서 노하시겠지만 그렇다고 저에게 어떻게 하시겠습니까!"

기도를 마치고 곧 묘축[80]을 불러 돈을 요구하였다. 묘축은 거절할 구실을 찾지 못하자 할 수 없이 말하길,

"신께서 허락하신다면 좋습니다."

조선문은 배교[81]를 던져 점을 쳤는데, 연속해서 길한 괘가 나왔다. 이에 거듭 감사의 절을 올리고 돈을 갖고 나왔다.

이렇게 사묘에서 돈을 뜯어간 지 무려 십 년이나 되었다. 하루는 꿈에 신이 나타나 말하길,

"예전에 빌려간 돈을 이제는 갚아야만 한다."

조선문은 꿈속에서 핑곗거리가 없자 명전[82]으로 갚아 주겠다고 약속하였다. 하지만 신은 안 된다고 하며 말하길,

"명전은 말로만 돈이지 사실 돈이라고 할 수도 없다."

그리고 명전은 그 두 배를 준다고 해도 소용없다며 거절하였다. 조선문은 방법이 없자 자신의 사정을 솔직히 말하고 빌기를,

"제가 한때 잘못 판단해서 이런 일을 저질렀으나 지금 정말로 돈을 갚을 방법이 없습니다. 신께서 불쌍히 여겨 용서해 주시길 부탁드립

---

80 廟祝: 사묘에서 금전이나 곡물을 관리하는 사람을 말한다.
81 杯珓: 대나무나 나무를 깎아서 만든 점치는 도구로서 초승달 모양이며 윷처럼 한 쪽은 평평하고 한쪽은 둥글다. 두 개를 동시에 던져 일치 여부에 따라 길흉을 점친다.
82 緡錢: 緡은 엽전을 꿰는 줄로서 주로 낚싯줄을 사용하였다. 緡錢은 꿰미에 꿴 동전 1천 개를 말하며 漢代 세금 단위로도 사용하여 세금이란 뜻도 있다. 본문에서는 문맥상 冥錢으로 번역하였다.

이견갑지【一】

니다."

　신은 한참 생각에 잠겨 있다 말하길,

　"정말로 돌려줄 돈이 없다면『금강경』을 외우는 수밖에 없다. 한 권을 외울 때마다 10관씩 깎아 주겠다. 그 외 다른 방법은 없다."

　조선문은 깨어나자마자 몹시 무서웠다. 즉시 재계하고『금강경』을 가져와 외웠다. 전부 사흘 동안 200번을 넘길 때까지 외우고, 속으로 기도하며 신에게 감사드렸더니 그 뒤로 다시는 꿈을 꾸지 않았다. (자가 인백인 진명이 한 이야기다.)

紹興初, 莆田人林迪功爲江西尉. 秩滿, 用捕盜賞改京官, 未得調.
時臨安多火, 士大夫寓邸中者, 每出必挾敕告之屬自隨. 林性尤謹畏,
納告袖中, 時時視之. 初未嘗失墜, 然每歸輒不見, 則懸賞三十千求之.
不經日, 必有得而歸之者, 如是數四. 林亦不能測. 獨宿室中, 外間常
聞人共語者, 怪之, 不敢問. 一夕, 辯論喧甚, 久之寂然. 明旦, 門不啓,
店媼集同邸者發壁以入, 已仆于榻上, 旁有翦刀股存, 蓋用此以自刺
也. 林初獲賊時, 兩人頗疑似, 林欲就其賞, 鍛鍊死之, 是以獲此報.

　　소흥연간(1131~1162) 초, 홍화군 포전현[83] 사람으로 적공랑[84]인 임
씨는 강남서로에서 현위를 지냈다. 임기를 채운 뒤 도적을 체포한 공
으로 경관으로 승진하였으나 아직 정식 인사 명령은 나지 않은 상태
였다.[85] 당시 임안에 화재가 빈번하여 일시 저점에 투숙하는 관리[86]

83　莆田縣: 福建路 興化軍 莆田縣(현 복건성 莆田市).

84　迪功郎: 무관 寄祿官 품계를 나타내는 관명이며 최하위인 종9품이다. 政和 6년
　　(1116)에 將仕郎에서 개칭하였으며, 관품을 받지 못한 吏人의 사기를 고취하기 위
　　해 장사랑 외에도 假將仕郎을 부여하였다.

85　調: 송대 문관은 하급관리인 選人과 고위관료인 京朝官으로 크게 나눈다. 京朝官
　　은 다시 중앙부서 관료 보임 자격이 있는 京官과 조회에서 직접 황제를 알현할 수
　　고위관리인 朝官으로 나눈다. 朝官은 升朝官 · 常參官이라고도 한다. 選人이 승진
　　규정을 충족시키면 吏部의 南曹에서 증서를 발급해 주고 중서성으로 관련 문서를
　　상정한다. 이후 중서성의 심의를 거쳐 최종 확정이 되면 다시 南曹에서 구체적인
　　인사 명령을 내는데 그것을 가리켜 調라고 한다.

86　士大夫: 송대 사대부의 범주가 어디까지인가에 대해 여전히 이론이 있지만 현재

들은 매번 외출할 때마다 반드시 사령장 등을 스스로 지니고 다녔다. 임씨는 성격이 워낙 조심스럽고 겁도 많아 인사 서류를 옷소매에 넣어 두고 수시로 그것을 살펴보았다. 처음에는 한번도 잃어버린 일이 없었는데, 숙소에 돌아올 때마다 보이지 않는 일이 번번이 발생하였다. 임씨는 그때마다 30관을 현상금으로 걸어 찾곤 하였는데, 그러면 하루도 지나지 않아 반드시 찾아오는 자가 있었다. 그런 일이 모두 네 번이나 되었지만 임씨는 도대체 무슨 까닭인지 알 수 없었다.

임씨는 혼자서 방을 쓰고 있었지만 밖에서 들어 보면 늘 누군가와 말을 하고 있었다. 이상하게 여겼지만 그렇다고 물어보기도 부담스러웠다. 하루는 저녁에 서로 따지는 소리가 몹시 시끄러웠는데 한참을 지나자 조용해졌다. 다음 날 아침, 문이 열리지 않아 저점의 주인 여자가 숙소의 사람들을 모아 벽을 부수고 들어가 보니 이미 침상에 엎어져 있었고, 그 옆에는 가위의 한쪽 날이 놓여 있었다. 아마도 가위 날로 스스로 찌른 것 같았다.

임씨가 처음 도적을 잡았을 때 두 사람이 자못 의심스럽기는 했지만 혐의가 분명치 않은 상태였다. 그러나 임씨는 상에 욕심이 나서 그들에게 죄를 덮어씌운 뒤 사지로 내몰았다. 그 때문에 이 같은 업보를 치른 것이다.

학계에서는 '관리와 지식인을 포함'하는 폭넓은 개념으로 보는 쪽이 비교적 많다. 하지만 본문을 비롯해 『이견지』 전반에 걸쳐 저자 홍매는 '사대부가 곧 관리'라는 입장을 견지하면서 士人과 명확하게 구분하고 있다. 士人과 士大夫를 구분한 홍매의 견해에 따라 번역하였다.

이견갑지

夷堅甲志
卷 6

꿈에서 금·은기를 하사받은 승상 사호史丞相夢賜器

史丞相登科時, 年恰四十矣. 未策名之時, 淸貧特甚. 嘗當歲除之夕, 隨力享先, 旣罷, 就寢. 夢若在都城, 二中貴人乘馬來, 宣喚甚急, 遂隨入大殿下. 王者正坐, 左右金紫侍立, 容衛華盛. 中貴引趨謁, 稽首拜舞, 類人間朝儀. 殿庭兩傍, 各設一案, 金銀器皿, 羅陳其上, 晶熒奪目. 未幾, 殿上人傳呼, 奉聖旨賜史某金器若干, 銀器若干, 凡四百七十件. 史倅傯駭異, 莫之敢承. 兩靑衣掖之使拜, 乃跪謝而出. 中貴復導之還, 過巨川高橋, 方陟數板, 失足墜水, 悸而寤.

正旦日, 以語其夫人, 夫人笑曰: "昨夜大年節, 民俗所重, 我家尙無杯酒臠肉, 虛度歲華, 安得有金銀如是之富? 眞是姦鬼相戲侮耳." 史亦爲之解顔. 已而擢紹興乙丑第, 踰一紀, 始充太學官. 至已卯歲, 自祕書郎除司封郎, 爲建王直講. 財三歲, 際遇飛龍在天之恩, 遂躋位輔相, 窮富極貴三十餘年. 計前後賜賚, 正與夢中四百七十之數同. 一時所蒙, 夐絶倫輩, 決非偶然, 神明其知之矣.

승상[1] 사호[2]가 과거에 급제하였을 때 나이가 딱 40이었다. 관직을

---

[1] 丞相: 승상은 재상에 대한 별칭이다. 재상은 최고 행정장관에 대한 통칭으로 송대 재상의 정식 명칭은 同中書門下平章事이다.

[2] 史浩(1106~1194): 자는 直翁이며 兩浙路 明州 鄞縣(현 절강성 寧波市 鄞州區) 사람이다. 늦게 관직에 나갔지만 고종의 신임을 얻었고, 입양을 통해 태자 문제를 해결할 것을 제안하였다. 그리고 태자의 교육을 담당하여 후에 孝宗이 즉위한 뒤에 參知政事·尙書右僕射가 되었고, 太保로 사직하였다. 그 뒤 光宗 때 太師로 승진하였으며 89세로 사망하였다. 초년의 고생에도 불구하고 권세와 장수를 누린 대표적인 인물로 회자된다.

받기[3] 전에는 무척이나 가난하였다. 한번은 섣달그믐날 저녁에 조상께 정성껏 제사를 올리고 난 뒤 곧 잠들었다. 꿈에 아마 도성인 것 같았는데, 두 명의 환관[4]이 말을 타고 와서 아주 급하게 제왕의 소환 명령[5]을 밝혔다. 이에 그들을 따라 곧장 대전으로 들어갔는데, 왕이 가운데 앉아 있고, 좌우에는 3품관 이상의 관원이 입는 자주색 관복을 입고 신분증이 새겨진 어대를 찬 고관이 시립하고 있었으며, 시위대의 위용은 화려하고 성대하였다. 환관들이 사호를 이끌고 앞으로 가서 왕을 배알[6]하게 하자 머리를 조아려 절을 한 뒤 춤을 추며 물러나왔다.[7] 이런 모습들이 마치 세상의 조례 의례와 유사하였다. 궁전의 정원 양쪽에는 각각 상이 하나씩 놓여 있었고 금·은 그릇들이 그 위에 차례로 진열되어 있었는데 번쩍이는 광채에 눈이 부실 지경이었다. 얼마 지나지 않아 대전 위에 있는 사람이 사호를 부르더니[8] 성지를 받들어 사호에게 금그릇과 은그릇 약간을 하사한다고 하였는데, 그 수가 무려 470벌이나 되었다. 사호는 놀랍기도 하고 경황도 없어서 감히 받을 생각도 못하였다. 환관 두 사람[9]이 부축하여 절을 하고

---

3 策命: 策書를 통해 관직이나 작위를 수여하는 등 인사 명령을 내린다는 말이며 筴命이라고도 한다.
4 中貴: 힘 있는 환관, 또는 황제의 총애를 받는 측근을 가리키는 말이다.
5 宣喚: 제왕이 명을 내려 부른다는 말이며 宣召·宣招라고도 한다.
6 趨謁: 앞으로 가서 배알한다는 말이다. 제왕 앞에서 보폭을 크게 하고 걷는 것은 무례한 일로 간주된다. 趨는 공경을 표하는 걸음걸이인 종종걸음을 뜻한다.
7 拜舞: 무릎을 꿇고 머리를 땅에 대고 절한 뒤 춤을 추며 퇴장한다는 말이다. 황제를 친견하였을 때 행하는 예법의 하나이다.
8 傳呼: 전각 내 황제의 명령을 옆의 신하들이 계속 복창하여 당사자에게 전달하는 것을 뜻한다. 傳喚이라고도 한다.
9 靑衣: 漢代 이후 신분이 낮은 사람이 입는 옷을 상징하며 侍女·下人·樂工·役吏 등을 뜻한다.

무릎 꿇어 감사의 인사를 하게 한 뒤 나가도록 하였다. 환관들이 다시 인도하여 돌아갈 수 있었는데, 큰 냇가에 걸린 높은 다리를 지나다 바닥의 판자 몇 개를 지났을 때 그만 발을 헛디뎌 냇가로 떨어졌고, 그 와중에 놀라서 깨고 말았다.

이튿날 아침 사호는 간밤에 꾼 꿈에 대하여 아내에게 말해 주었는데, 아내가 웃으며 말하길,

"어젯밤은 섣달그믐이고, 사람[10]들이 가장 중시하는 명절인데, 도리어 우리 집은 술 한 잔, 고기 한 점도 없이 맨손으로 설을 보내야 하는 형편이었으니 어떻게 금그릇과 은그릇 같은 그런 호사를 누리겠어요? 분명 못된 귀신이 당신을 갖고 장난친 것일 거예요."

사호도 '그렇겠지'라고 여기고 웃고 말았다. 그로부터 얼마 뒤인 소흥 15년(1145) 과거에 급제하였고, 12년 뒤에는 처음으로 태학의 관리로 충임되었다. 소흥 29년(1159)에는 비서랑[11]에서 사봉랑[12]에 제수되었고 건왕[13]을 위한 태학박사[14]가 되었다. 그 후 불과 3년이 지나 효종이 등극하는 기회를 만나 재상 반열에 올라갔다. 그로부터 30여 년 동안 사호는 권력과 부의 정점에서 지냈으며, 전후 하사받은 물품을 살펴보니 정확히 470벌로 꿈에서 본 숫자와 똑같았다. 같은 시기

---

10 民俗: 통상 민간의 풍속습관을 뜻하지만 民衆·百姓을 뜻하기도 한다.

11 祕書郎: 비서성에서 도서의 관리와 교정 등의 업무를 담당하였다. 정8품이다.

12 司封司郎中: 관원의 封爵·追贈·封號의 승계 등을 담당한 司封司의 장관으로서 종6품이다. 약칭은 司封郎이다.

13 建王: 孝宗은 紹興 30년(1160)에 고종의 양자로 입적이 되면서 寧國軍節度使·開府儀同三司직을 받았고, 이어서 建王에 봉해졌다.

14 太學博士: 國子監에서 경전을 강의하는 교수직으로서 唐代 이래 直講이라고 칭하였으나 元豊 3년(1080) 관제개혁 때 太學博士로 개칭하였다. 경전에 해박하고 행실이 모범적이며 40세 이상인 京朝官을 선발 조건으로 하였다.

에 황제로부터 받은 은혜가 동렬의 고관 가운데 비할 바가 없었으니 이는 절대로 우연이 아니었다. 신명이 사호의 운명에 대해 미리 알고 계셨던 것이다.

兪一郎者, 荊南人. 雖爲市井小民, 而專好放生及裝塑神佛像. 紹熙
三年五月, 被病危困, 爲二鬼卒拽出, 行荒野間. 遂至一河, 見來者甚
衆, 皆涉水以度, 獨得從橋到彼岸. 別有鬼使, 引飛禽走獸萬計, 盡來
迎接. 稍抵前路, 又遇千餘僧. 及一門樓, 使者導入, 望殿上十人列坐,
著王者之服.

問爲何所, 曰: "地府十王也." 判官兩人持文簿侍側. 俄押往殿下,
檢生前所爲. 王者問: "有何善業, 可以放還?" 判官云: "此人天年, 尙餘
一紀, 并有贖放物命已受生人身者三千餘, 合增壽二紀." 王遂判: "兪
一本壽只六十三歲, 今來旣增二紀, 日下差童子押回." 俄兩靑衣童引
行靑草路, 至一缺牆, 推其背使過, 不覺復活. 左手掌內有朱字數行,
不可認, 蓋批判語也.

형호남로[15] 사람 유일은 비록 시정의 평범한 주민이었지만 방생을
비롯하여 신상과 불상 꾸미는 일을 매우 좋아하였다. 소희 3년(1192)
5월에 병이 들어 위독하였는데, 두 명의 귀신 포졸이 끌고 나가 황량
한 들판 사이를 지나가게 되었다. 한 강가에 이르러 보니 그곳에 대
단히 많은 사람들이 와 있었고, 그들 모두 걸어서 강을 건너고 있었

15　荊湖南路: 至道 3년(997)에 전국에 설치된 15개 路 가운데 하나이며, 荊은 형강,
　　즉 枝江부터 城陵磯까지의 장강 중류 구간 이름이고, 湖는 洞庭湖를 뜻하므로 형
　　호남로는 장강과 동정호 이남의 현 호남성에 상당하는 지역이다. 治所는 潭州(현
　　호남성 長沙市)였고 7個州·2個軍으로 이루어졌다. 약칭은 荊南이다.

다. 그런데 유일만 다리를 이용해 강 맞은편에 이르렀다. 그곳에 별도의 사절이 새와 각종 짐승 만여 마리를 이끌고 나와 있었는데, 그들 모두 유일을 영접하였다. 조금 더 앞으로 가자 또 자신을 기다리고 있던 천여 명의 승려들을 만났다. 다시 한 문루에 이르자 사자가 안내하여 안으로 들어가 대전의 위를 바라보니 열 명이 나란히 앉아 있는데, 모두 왕의 옷을 입고 있었다. 이곳이 어디냐고 유일이 묻자 말하길,

"명계의 시왕부다."

두 명의 판관이 손에 장부를 들고 옆에 서 있었다. 잠시 후 전각 아래로 끌고 가더니 생전의 행위에 대해 조사하면서 왕이 묻기를,

"어떤 선한 업이 있더냐? 풀어 주어 돌아갈 만한가?"

판관이 답하길,

"이 사람의 천수는 아직도 12년이 남아 있습니다. 게다가 돈을 주고 사서 풀어 준 산 짐승들 가운데 이미 사람으로 윤회한 자가 3천여 명이나 되니 수명을 24년 늘려 주는 것이 합당합니다."

왕이 마침내 판결하길,

"유일의 본래 수명은 63세에 불과하나 지금 24년을 늘려 주기로 하였다. 오늘 동자를 파견하여 돌려보내도록 하라."

잠시 후 파란색 옷을 입은 두 명의 동자가 유일을 인도하여 풀이 푸르른 길을 가다가 한 무너진 담에 이르렀다. 동자들은 유일의 등을 떠밀어서 그 사이를 통과하게 하니 부지불식간에 다시 살아났다. 왼쪽 손바닥 안에 붉은 글자가 몇 줄 쓰여 있었는데 무슨 글자인지 알아볼 수 없었다. 아마도 대왕이 내린 판결문인 듯하였다.

李子約撰生六子, 長彌性, 次彌倫·彌大, 皆預鄉貢未第. 子約議更其名, 以須申禮部乃得易, 先改第四子彌遠曰正路. 正路年十六, 入太學, 夢人告曰: "李秀才, 君已及第." 出片紙, 闊二寸許, 上有'彌遜'二字以示之. 李曰: "我舊名彌遠, 今爲正路, 是非我." 其人曰: "此眞郎君也, 何疑之有?" 辯論久之, 方寤, 頗喜. 憚其父嚴毅, 未敢白. 以告母柳夫人, 夫人爲言之. 遂令名彌遜, 而以似之爲字.

後數年, 兄似矩尙書主曹州冤句簿, 子約罷充簽就養. 似之試上舍畢, 亦歸侍旁. 報牓者一人先至曰: "已魁多士." 索其牓, 無有. 但探懷出片紙, 上書'李彌遜'三字. 方疑未信, 似之云: "五年前所夢豈非今日事乎? 紙上廣狹, 字之大小, 無不同, 但夢中不著姓耳. 必可信!" 已而果然. 時大觀戊子也. (亦蘇粹中說.)

자가 자약인 이찬은 여섯 명의 아들을 두었는데, 큰아들이 이미성이고, 그 다음이 이미륜, 이미대였다. 세 아들 다 향시에 응시하였으나 모두 합격하지 못하였다. 이에 이찬은 합격을 위해 아들의 이름을 바꾸는 문제를 생각해 보았으나 반드시 예부에 신청한 뒤에야 개명이 가능하므로 넷째 아들 이미원만 먼저 이름을 정로로 바꾸었다. 이정로가 16세 되는 해 태학에 입학하였는데, 하루는 꿈에 누군가가 나타나서 알려주기를,

"이수재, 자네는 이미 급제하였네!"

그리고 폭이 2촌쯤 되는 종이를 꺼내더니, 그 위에 '미손'이라는 두 글자가 쓰여 있는 것을 보여 주었다. 이정로가 말하길,

"제 이전 이름은 미원이고 지금은 정로이니 제가 아닌 것 같습니다."

그 사람이 말하길,

"이것은 그대가 분명한데 의심할 것이 어디 있나?"

둘이 한참을 따지던 중 비로소 잠에서 깨었는데 꽤나 기뻤다. 하지만 아버지가 엄격하고 강한 성격이어서 두려워 감히 말하지 못하고, 어머니 유씨 부인에게만 알려 주었다. 유씨 부인이 이를 남편에게 말하여 이름을 미손[16]으로 고쳤고, 자를 사지라고 하였다.

그 뒤로 몇 년이 지나 이미손의 형으로 후에 상서[17]가 된 이미대[18]가 조주 원구현[19] 주부였을 당시 이찬은 연주[20]의 첨서판관청공사직을 사임하고 아들의 봉양을 받고 있었다. 이미손은 태학의 상사 시험을 마치고 역시 조주 원구현으로 돌아와 부모를 옆에서 모시고 있었다. 그때 과거 합격 여부를 통보하는 정식 서류가 오기 전에 먼저 결

---

16 李彌遜(1085~1153): 자는 似之이며 兩浙路 蘇州 吳縣(현 강소성 蘇州市 吳中區・相城區) 사람이다. 휘종 때 起居郎과 冀州지사를 지냈고 고종 때에는 饒州・吉州지사, 試中書舍人을 거쳐 試戶部侍郎이 되었다. 대금 강경파 李綱과 가까웠던 이미손은 秦檜의 주화론에 반대하다 밀려났다.

17 尙書: 황제 옆에서 문서 수발을 담당하는 관직에서 유래한 관명으로서 尙書省 산하에는 吏部・戶部・禮部・兵部・刑部・工部 등 6부가 있고 尙書는 각 부의 장관 명칭이다.

18 李彌大(1080~1140): 자는 似矩이며 兩浙路 蘇州 吳縣(현 강소성 蘇州市 吳中區・相城區) 사람이다. 崇寧 3년(1104)에 진사급제하였으니 동생 이미손보다 4년 빨리 관직에 나섰다. 起居郎과 監察御史를 지냈다. 본문과 달리 尙書를 지낸 것은 이미대가 아니라 이미손이다.

19 寃句縣: 京東西路 曹州 寃句縣(현 산동성 菏澤市). 曹州는 崇寧 1년(1102)에 興仁府로 승격되었다.

20 兗州: 京東西路 兗州(현 산동성 濟寧市 兗州區).

과를 보고 온 사람이 말하길,

"많은 선비 가운데 장원하셨습니다."

하지만 방문을 직접 보자 하니 갖고 있지 않다며 단지 품안에서 꺼낸 종이 조각을 보여 주었는데, 거기에 '이미손'이라고 세 글자가 쓰여 있었다. 막 반신반의하는데 이미손이 말하길,

"5년 전에 꿈꾼 일이 바로 오늘의 이 일이 아니겠습니까? 종이의 넓이와 글자의 크기까지 똑같습니다. 다만 꿈속에서는 성을 쓰지 않았을 뿐이니 반드시 믿을 만합니다."

얼마 후 정식 결과를 보니 과연 그러하였다. 대관 2년(1108)의 일이었다.(이 역시 소수중이 한 이야기다.)

蘇州常熟縣福山東嶽行宮, 廟貌甚嚴. 士人胡子文乘醉入廟, 望善惡
二判官相對, 戲擊其惡者筆. 同行者以爲不可, 乃還之. 歸至舟次, 俄
一使來曰: "被判官命收君." 子文已醒, 憶醉時事, 甚懼, 沿道默誦『金
剛經』. 旣至廟, 兩人相向坐, 西向者怒甚, 叱曰: "汝爲士人, 當識去就,
何得侮我!" 對曰: "爲狂藥所迷, 了不自覺, 願丐微命以歸." 不應.

子文但密誦經, 至第三分, 二人皆起. 又二章, 則擧手加額. 東向者
解之曰: "此子一時酒失, 原其情似可恕." 怒者曰: "正以同官太寬, 使
人敢爾." 子文扣頭曰: "某能誦『金剛經』, 若蒙賜之更生, 當日誦七卷
以報." 怒者曰: "若爾, 亦宜小懲." 以所執筆點其背曰: "去." 覺遍身如
冰, 遂寤. 所點處生一疽, 痛不可忍, 百日方愈. 自是日持經七遍, 雖劇
冗不敢輟. (葉平甫說.)

소주 상숙현[21] 복산에 있는 동악[22]행궁[23]은 외관이 대단히 장엄하

---

21 常熟縣: 兩浙路 蘇州 常熟縣(현 강소성 蘇州市 常熟市).
22 東嶽: 泰山을 관장하는 산신인 泰山神을 말한다. 본래 하늘과 인간의 소통을 전담
하는 신으로 알려졌는데, 점차 모든 생명의 삶과 죽음을 관장하는 신으로 변하였
다. 역대 제왕이 天命을 받기 위한 제사를 태산에서 지낸 까닭과 명계의 입구가 태
산에 있다는 민간신앙은 이렇게 해서 형성된 것이다. 태산이 天齊大生仁聖帝로
帝位를 분봉받은 것은 元代의 일인데, 오랜 관습에 따라 통상 嶽帝‧東嶽大帝라고
칭하였다. 사묘의 이름도 岱廟지만 통상 東岳廟라고 칭한다.
23 行宮: 황제가 도성을 벗어나 머물던 관아나 숙소를 말한다. 본문의 동악행궁처럼
泰山에 있는 東嶽廟 외에 전국 각지에 세워진 동악묘를 가리켜 동악행궁이라고 한
다.

였다. 사인 호자문이 술에 취해 동악행궁에 들어갔다가 선과 악을 다루는 두 판관 신상이 서로 마주 보고 있는 것을 보고 그 가운데 악을 다루는 판관의 손에 들려 있는 붓을 뽑아서 장난을 쳤다. 그러면 안 된다고 일행이 말려 붓을 되돌려 놓았다. 동악행궁에서 돌아와 배에 머물고 있는데, 잠시 후 한 사자가 와서 말하길,

"판관의 명을 받들어 당신을 체포하겠다."

호자문은 이미 술에서 깨어 있어서 취중의 일이 생각나 아주 무서워하였다. 끌려가는 도중에 속으로『금강경』을 외우며 갔다. 동악행궁에 도착하자 두 판관이 서로 마주 보고 앉아 있었는데, 서쪽을 향해 앉아 있던 판관이 노발대발하며 질책하길,

"너는 사인으로서 무엇이 예절에 맞는 행동인지 마땅히 알고 있으면서도 어쩌면 그렇게 나를 모독하였단 말이냐!"

호자문이 대답하길,

"술에 취해 혼미해서 정말 아무 생각 없이 저지른 일입니다. 미천한 목숨이지만 불쌍히 여겨 살아 돌아갈 수 있게 해 주시길 원합니다."

하지만 판관은 아무런 대꾸도 하지 않았다.

호자문은 그저 속으로『금강경』만 외우고 있었다. 1/4[24]쯤 외웠을 때 두 판관이 함께 자리에서 일어났다. 또 두 번을 외우자 두 손을 들어 이마까지 올리며 환희심을 표하였다. 동쪽을 향해 앉은 판관이 중재하길,

---

24 第三分: 唯識宗의 용어로 1/4을 뜻한다.

"이자가 한때 술에 취해서 실수하기는 했지만 그 본심을 살펴보니 그런대로 용서해 줄만 하지 않소?"

노했던 판관이 말하길,

"바로 그대처럼 지나치게 관대하게 대해 주니 사람들이 함부로 구는 것이요."

호자문이 머리를 땅에 조아리며 말하길,

"제가 『금강경』을 외울 줄 아니 만약 용서해 주시는 은혜에 힘입어 다시 살아 돌아갈 수만 있다면 매일 7권 이상 외워서 보답하겠습니다."

노했던 판관이 말하길,

"만약 그렇게 한다고 해도 작은 징벌은 받아야 마땅하다."

그리고 들고 있던 붓으로 호자문의 등에 점을 찍으며 말하길,

"돌아가거라."

전신이 얼음처럼 차갑게 느껴지더니 곧 깨어났다. 붓으로 점을 찍은 곳에는 종기가 하나 생겼고, 통증이 참기 힘들 정도였으나 백일이 지나자 비로소 낫기 시작하였다. 이날부터 매일 경전을 일곱 번씩 외웠는데, 아주 번거로운 일이긴 했지만 감히 중단하지 않았다.(엽평보가 한 이야기다.)

福州永福縣能仁寺護山林神, 乃生縛獼猴, 以泥裹塑, 謂之猴王. 歲月滋久, 遂爲居民妖祟. 寺當福·泉·南劍·興化四郡界, 村俗怖聞其名. 遭之者初作大寒熱, 漸病狂不食, 緣籬升木, 自投於地, 往往致死, 小兒被害尤甚. 於是祠者益衆, 祭血未嘗一日乾也. 祭之不痊, 則召巫覡, 乘夜至寺前, 鳴鑼吹角, 目曰取攝. 寺衆聞之, 亦撞鐘擊鼓與相應, 言助神戰, 邪習日甚, 莫之或改.

長老宗演聞而歎曰:"汝可謂至苦. 其殺汝者, 旣受報, 而汝橫淫及平人, 積業轉深, 何時可脫!"爲誦梵語大悲呪資度之. 是夜獨坐, 見婦人人身猴足, 血汚左腋, 下旁一小猴, 腰間鐵索縶兩手, 抱稚女再拜于前曰:"弟子猴王也, 久抱沉寃之痛, 今賴法力, 得解脫生天. 故來致謝." 復乞解小猴索, 演從之, 且說偈曰:"猴王久受幽沉苦, 法力冥資得上天. 須信自心元是佛, 靈光洞耀沒中邊." 聽偈已, 又拜而穩. 明日, 啓其堂, 施鎖三重, 蓋頃年曾爲巫者射中左腋, 以是常深閉. 猴負小女如所覩, 乃碎之. 并部從三十餘軀, 亦皆烏鳶梟鵰之類所爲也. 投之溪流, 其怪遂絶.

복주 영복현²⁵ 능인사²⁶에서는 산림신을 모셨는데, 살아 있는 원숭이를 잡아 진흙을 발라 신상을 만들고 원숭이 왕이란 뜻의 '후왕'이라

25　永福縣: 福建路 福州 永福縣(현 복건성 福州市 永泰縣).
26　能仁寺: 唐 天佑 2년(905)에 창건되었으며 원래 이름은 寄林寺였다. 송대에 能仁寺로 개칭하였으며, 한동안 폐사로 있다가 명 萬曆연간(1573~1620)에 중창되어 현재에 이른다. 현 명칭은 下際寺다.

불렀다. 오랜 세월이 흐르면서 점차 주민들을 위협하는 요괴가 되었다. 능인사는 복주[27] · 천주[28] · 남검주[29] · 홍화군[30] 등 4개 주군의 교계지에 있었는데, 촌민들은 능인사라는 이름만 들어도 무서워할 정도였다. 후왕과 맞부딪친 사람들은 처음에는 몹시 추웠다 더웠다를 반복하다가 점차 병이 깊어지면 아무것도 먹지 못하게 되며, 울타리나 나무 위로 올라가 스스로 땅에 떨어져 죽는 일도 왕왕 있었고, 어린아이의 피해가 특히 심하였다.

이에 후왕을 모시는 사람들이 갈수록 많아져 제사상의 피가 하루도 마를 날이 없었다. 제사를 지내도 병이 완쾌되지 않으면 무녀나 박수를 초청해서 밤을 틈타 절 앞까지 온 뒤 징을 치고 나팔을 불었는데, 이를 '요괴 잡기'라고 칭하였다.

절에 있는 사람들도 그 소리를 들으면 종을 치고 북을 두드리며 호응하였는데, 이를 가리켜 '신을 돕는 싸움'이라고 하였다. 악습은 날이 갈수록 심해졌고 조금도 개선될 여지가 없었다.

고승인 종연이 이 일에 대해 듣고 탄식하며 말하길,

"후왕, 너도 무척 괴롭겠구나! 너를 살해한 자는 이미 그 업보를 치렀지만 너는 평범한 사람에게까지 흉포하게 굴어 악업이 점점 더 많이 쌓이니 언제 그 업장에서 벗어난단 말이냐!"

그리고 후왕이 업장에서 벗어날 수 있도록 도와주기 위해 범어로 「대비주」[31]를 외웠다. 그날 밤 종연 혼자 앉아 있는데, 사람의 몸에

---

27 福州: 福建路 福州(현 복건성 福州市).
28 泉州: 福建路 泉州(현 복건성 泉州市).
29 南劍州: 福建路 南劍州(현 복건성 南平市 · 三明市).
30 興化軍: 福建路 興化軍(현 복건성 莆田市).

원숭이의 발을 한 어떤 부인이 나타났는데, 왼쪽 겨드랑이에 핏자국이 있었다. 그리고 부인 옆에는 허리 부근에 철사로 두 손이 묶여 있는 새끼 원숭이가 있었다. 부인은 어린 여자아이를 안고 두 번 절을 올린 뒤 앞으로 나와서 말하길,

"저는 후왕입니다. 오랫동안 깊은 원한의 고통을 안고 살아 왔는데, 오늘 법력에 의지해 해탈을 하고 천계에서 태어날 수 있게 되었습니다. 이에 와서 감사의 인사를 올립니다."

그리고는 다시 작은 원숭이의 철사를 풀어 달라고 부탁하였다. 종연이 부탁을 들어준 뒤 다시 게를 읊길,

후왕이 오랫동안 깊은 고통을 겪었으나,
법력의 도움에 의지하여[32] 천계로 올라가게 되었네.
자신의 마음이 원래 부처임을 꼭 믿으면,
불성의 밝은 빛은[33] 어느 곳 하나[34] 가릴 것 없이 찬연히 빛나리라.

후왕은 종연의 게송을 다 듣고 난 뒤 다시 절을 하고 사라졌다. 다음날 후왕의 사당을 열어 보니 3중으로 잠겨 있었는데, 과거에 한 무당이 후왕의 왼쪽 겨드랑이를 활로 쏘아 맞혔기에 늘 꼭꼭 닫아 두었던 것이다. 원숭이가 한 여자아이를 등에 업고 있는 것도 어젯밤에

---

31 大悲呪: 『千手千眼觀世音菩薩大悲心陀羅尼經』을 뜻한다. 천수관음의 공덕을 찬탄하고 천수관음의 三昧의 경지를 드러내는 것으로 통상 '천수다라니' 또는 '대비주'라고도 칭한다.

32 冥資: 본래 죽은 사람을 위해 태워 주는 冥錢 등을 뜻한다. 적절한 용어를 찾기가 힘들어 법력으로 번역하였다.

33 靈光: 중생이 본래부터 갖고 있는 불성은 청정무구하여 밝은 빛을 낸다는 뜻이다.

34 中邊: 가운데와 가장자리로서 內外·表裏 등과 같은 뜻이다.

본 것과 같았다. 이에 후왕의 상을 부셔버렸다. 그리고 후왕이 거느리고 있던 30여 시종을 보니 모두 까마귀 · 솔개 · 올빼미 · 매 등 새 종류였다. 종연은 이것들도 모두 냇물에 던져 흘러가게 하였다. 요괴들이 이렇게 하여 사라졌다.

복주 좌·우사리원의 연등福州兩院燈

> 福州左右司理院, 每歲上元, 必空獄設醮. 因大張燈, 以華靡相角,
> 爲一郡最盛處. 舊皆取辦僧寺. 紹興庚午, 侍郎張公淵道作守, 命毋擾
> 僧徒. 獄吏計無所出, 恥不及曩歲, 相率強爲之. 前一夕, 左司理陳爔,
> 夢朱衣吏著平上幘揖庭下曰: "設醮錢已符右院關取." 明旦, 有負萬錢
> 持書至, 取而視, 乃閩清令以助右院者. 方送還次, 羣吏曰: "今夕醮事,
> 正苦乏使, 留之何害!" 陳亦悟昨夢, 乃自答令書而取其金. 醮筵之外,
> 其費無餘. 是雖出於一時之誤, 然冥冥之中, 蓋先定矣.(爔說.)

복주의 좌·우사리원[35]에서는 매년 정월대보름[36]이 되면 반드시
감옥을 비우고 제단을 차려 신령을 받들면서 많은 등을 내걸었는데,
두 사리원이 서로 경쟁하듯 화려하고 사치스러웠다. 좌·우사리원의

---

35 司理院: 지방의 刑事 사건을 전담하는 기관이다. 五代에는 각 州마다 馬步獄을 두
고 馬步都虞侯가 관장하였는데, 開寶 6년(973)에 司寇院으로 바꾸고 문관을 책임
자로 임명하였다. 太平興國 4년(979) 司理院으로 개칭하고 전국 각 州·府·軍·
監에 설치하게 하고, 인구가 많거나 형사 사건이 많은 곳에는 좌·우 2개의 사리
원을 설치하였다. 책임자는 司理參軍이며, 2곳인 경우 左司理參軍·右司理參軍이
라고 하였다. 兩院은 左·右司理院의 약칭이다.

36 上元節: 음력 정월대보름날 밤을 뜻한다. 元宵節의 별칭으로 7월 15일의 中元節
(盂蘭盆節), 10월 15일의 下元節(水官節)과 함께 三元節의 하나다. 漢 文帝에 의해
1월 15일이 元宵節로 정해졌고, 武帝 때 우주를 주재하는 최고의 신인 '太一神'을
모시는 날로 승격되었다. 상원절에는 각양각색의 등을 켜서 거는데 등롱이 장관
을 이뤄 등롱절이라고도 한다. 등롱은 隋代부터 출현하였다고 하는데, 연중 엄격
한 등화관제가 해제되는 유일한 날이어서 많은 사람들이 거리로 쏟아져 나오는 날
이기도 하다.

정월대보름 행사는 복주 내에서 가장 활기차고 화려하였다. 그리고 전부터 그 비용을 모두 절에서 갹출하여 충당하였다. 그런데 소흥 20년(1150), 병부시랑 장연도[37]가 복주지사가 된 뒤 승려들을 괴롭히지 말라고 명하자 사리원의 옥리들은 아무리 생각해 봐도 예산을 충당할 수 없어 행사가 예전만 못할 것 같아 부끄럽게 생각하고 서로 전력을 다해 강행하려고 하였다.

정월대보름 전날 밤, 좌사리원의 진관이 꿈을 꾸었는데, 붉은 옷을 입고 평상건[38]을 쓴 한 서리가 뜰에서 읍을 하며 말하길,

"제단을 설치하는 비용은 이미 우사리원에서 마련하기로 하였습니다."

다음 날 아침, 한 사람이 많은 돈과 편지를 갖고 왔기에 보니 복주 민청현[39]지사가 우사리원을 돕기 위해 보낸 것이었다. 진관이 돈을 돌려보내려고 하자 여러 서리들이 말하길,

"오늘 제단을 설치해야 하는데 돈이 모자라서 일을 제대로 할 수 없어 걱정이었습니다. 그 돈 좀 쓴다고 해서 무슨 문제가 됩니까!"

진관 역시 어젯밤의 꿈이 무슨 뜻인지 깨닫고 스스로 영수증을 작성해 준 뒤 그 돈을 받았다. 제단을 설치하고 잔치 비용을 쓰고 보니 남는 돈이 하나도 없었다. 이것은 비록 한때 잘못된 일이긴 했지만 암암리에 미리 정해진 것이었다.(진관이 한 이야기다.)

---

37 張淵道: 홍매의 장인이며 建炎 3년(1129)에 太常博士가 되었고, 紹興 10년(1140)에 提擧秦司茶馬가 되었다. 후에 福州지사, 桂州지사 겸 광남서로 안무사, 兵部侍郞 등을 역임하였다.

38 平上幘: 魏晉 때 武官용 두건으로 사용하였고 隋唐代에는 侍臣과 武官이 함께 사용하였으며, 황제 및 황태자의 승마용 두건으로도 사용되었다. 건의 윗부분이 지붕처럼 평평하다고 하여 붙여진 이름이다.

39 閩淸縣: 福建路 福州 閩淸縣(현 복건성 福州市 閩淸縣).

　　周公才, 字子美, 溫州人. 政和初爲絳州絳縣尉, 沿檄晉州, 過姑射山, 進謁眞人祠. 方下山, 一人草衣丫髻, 坐道左, 睨周曰: "尊官大好, 然須過六十方快." 周時年三十餘, 又與絳守同姓, 守爲經營薦書數章, 自意後任當改秩. 聞其言, 頗怒, 而言不已, 益忿忿, 取劍欲擊之. 忽騰上樹杪, 復躍下, 入木根穴中. 周擧劍擊樹, 其人呼曰: "我乃靑羊也, 與公誠言, 何相苦如此!" 周捨去, 會日將暮, 卽止山下邸中.

　　有道人先在, 以一鶴及僕鐵鬼自隨, 揖周曰: "天氣差寒, 能飮一杯乎?" 酒至冷, 不可飮. 道人畫桉作'火'字, 置杯其上, 俄項卽熱. 飮畢, 含餘瀝噀壁間, 復噀周面曰: "爲君祓除不祥. 君今日必見異物." 具以前事告. 曰: "是矣, 是矣, 然亦不足怪. 君知之乎? 此正昔所遇呂洞賓老樹精輩也." 又取鯉鮓共食. 時落日斜照盤上, 鮓皆作五色. 笑曰: "略見張華手段." 迨夜, 各就寢. 拂旦行, 道人已起, 曰: "欲與君款語, 而行李甚遽, 奈何!"

　　是日入邑境, 薄晚, 不値驛舍, 就民家假室. 鐵鬼忽至曰: "先生以昨日不成款, 今當相就, 令我先攜酒果來." 周曰: "先生安在?" 曰: "至矣." 周出迎, 遙望道人跨鶴, 去地數尺而行. 旣至, 民帥妻子以下羅拜, 道人亦慰接之曰: "爾家皆無恙否?" 民跪白曰: "縣尉至, 方患無伴, 而先生偶來, 某家有麥麪, 適又得驢肉, 欲作不托爲供, 何如?" 道人頷之.

　　民揖坐東向, 而周爲客. 食罷, 步至牆下共飮, 周連引滿, 頗醉, 不覺坐睡. 及醒, 但鐵鬼在傍, 曰: "先生不能待, 已去矣." 獻一桃甚大, 曰: "先生令君食此, 當終身無病. 後八十年相會於羅浮山." 周遜謝, 且贈錢二百. 大笑曰: "我何所用!" 長揖而別, 指顧間已不見. 民曰: "是古絳縣老人也, 今爲地仙. 時一遊人間. 識之者皆過百歲. 某自少獲見之, 今亦八十矣." 周始悔恨. 果連蹇二十餘年甫得京秩, 後監進奏院.

　　紹興十六年, 以正旦朝謁, 感疾, 召鄕人林亮功飯, 具言平生所履,乃及此事. 又三日而亡, 壽止六十八. 所謂羅浮再會之語不可曉云.(林君說.)

자가 자미인 온주[40] 사람 주공재는 정화연간(1111~1118) 초에 강주 강현[41]의 현위였다. 공문을 받고 진주[42]로 가다가 고사산을 지나면서 진인사에 들려 참배하였다. 막 산을 내려가다가 도롱이를 입고 양쪽으로 머리를 묶은[43] 사람이 길가에 앉아 주공재를 곁눈질하며 말하길,

"귀관은 운세가 좋아 보입니다. 하지만 60세를 넘겨야 비로소 좋아질 것입니다."

당시 주공재는 나이가 30여 세였고, 또 강주지사가 같은 주씨여서 여러 차례 추천서를 작성해 주었기에 주공재 자신은 다음 임기에는 당연히 승진할 것이라고 생각하고 있었다. 그런데 이 같은 말을 듣게 되자 몹시 화가 났고, 상대방 말이 다 끝나기도 전에 더욱 화가 솟구쳐 올라 칼을 뽑아 들고 내리치려고 하였다. 그러자 상대방은 가볍게 나뭇가지 끝으로 뛰어 올라갔다가 다시 뛰어 내려오더니 나무뿌리 사이 구멍으로 쏙 들어가고 말았다. 주공재가 칼을 높이 들어 나무를 내려치자 그 사람이 소리 지르길,

"나는 청양[44]이다. 그대를 위해 솔직하게 말해 준 것인데, 어쩌면

---

40 溫州: 兩浙路 溫州(현 절강성 溫州市).
41 絳縣: 河東路 絳州 絳縣(현 산서성 運城市 絳縣).
42 晉州: 河東路 晉州(현 산서성 臨汾市).
43 丫髻: 머리카락을 두 갈래로 나누어 둥글게 묶는 방식으로 어린이나 미혼 성인 남자의 두발 양식이다.

이견갑지 【一】

이렇게 고약하게 대한단 말인가!"

주공재가 그곳을 떠나서 길을 가던 중 곧 해가 저물려고 해서 산 아래 객잔에 머물렀다.

한 도인이 먼저 와 있었는데, 학 한 마리와 쇠로 만든 노복인 철귀가 따라 다녔다. 도인은 주공재에게 읍을 한 뒤 말하길,

"날씨가 조금 춥소이다. 술 한잔 마실 수 있겠소?"

하지만 술이 너무 차서 마실 수 없자 도인은 식탁에 '불 화' 한 글자를 쓴 뒤 그 위에 술잔을 얹어 두었다. 그랬더니 금방 술이 뜨거워졌다. 술을 마신 뒤 남은 술찌기를 입에 머금더니 벽 사이로 내뿜었다. 그리고 다시 주공재의 얼굴에 내뿜더니 말하길,

"자네를 위해 길상치 못한 것을 없애는 액막이[45]를 한 것이다. 자네는 오늘 분명 이상한 무엇인가를 보았을 것이야?"

주공재가 앞서 있었던 일을 모두 말해 주자 도인이 말하길,

"그랬구나, 그랬구나. 하지만 그렇게 놀랄 일은 아니다. 자네는 알고 있느냐? 이것은 옛날에 여동빈이 고목의 정령을 만났던 것과 똑같은 일이다."

그리고 소금에 절인 잉어를 가져와 주공재와 함께 나눠 먹었다. 그때 해가 막 저물면서 석양이 술상을 비추고 있었고, 절인 잉어에서 오채색이 나왔다. 도인은 웃으면서 말하길,

---

44 靑羊: 노자가 函谷關의 책임자 尹喜를 위해 『道德經』을 써 주고 헤어지면서 '천일 후 成都의 靑羊에서 나를 찾으라'고 하여 3년 뒤에 만났다고 전해진다. 그 뒤로 본래 지명이었던 靑羊이 신선의 만남을 상징하게 되었으며 때로는 나무의 정령이나 煞神을 뜻하기도 한다.

45 祓除: 죄나 부정을 떨쳐버리기 위해 신에게 비는 일을 뜻한다.

"장화[46]의 『박물지』에 실린 것과 비슷한 것을 본 셈이지."

밤이 되서 각자 잠이 들었다. 다음 날 아침 차려입고 길을 떠나려는데, 벌써 일어나 있던 도인이 주공재에게 말하길,

"자네와 속 깊은 이야기를 나누고 싶었는데, 갈 차비를 이렇게 서두르고 있으니 어찌하겠나!"

이날 주공재가 진주 경내에 들어섰을 때 날이 막 저물기 시작하였고, 역사가 없어서 민가에서 방을 빌렸다. 그런데 철귀가 갑자기 나타나 말하길,

"선생께서는 어제 제대로 이야기를 나누지 못했기 때문에 오늘 당연히 만나러 오실 것입니다. 그래서 저에게 먼저 술과 과일을 가지고 오라고 명하셨습니다."

주공재가 묻길,

"선생께서는 어디에 계시는가?"

철귀가 말하길,

"곧 도착하십니다."

주공재가 문밖으로 나가 맞이하려는데 저 멀리서 도인이 학을 타고 땅에서 몇 척 높이로 날아서 오고 있었다. 도인이 숙소에 이르자 집주인이 처자식을 모두 데리고 와 빙 둘러서서 절하며 맞이하였고, 도인도 위로하며 그들을 맞더니 말하길,

"너의 집안 모두 무고하지?"

---

46 張華(232~300): 자는 茂先이며 范陽郡 方城縣(현 하북성 廊坊市 固安縣) 사람이다. 西晉의 정치가로 開府儀同三司・侍中・中書監 등의 요직을 두루 거쳤으며 지리・동물・傳記・신화・방술 등을 총망라한 중국 최초의 『博物志』를 저술하였다.

집주인이 무릎을 꿇고 말하길,

"현위께서 오셨는데 함께하실 분이 없어 걱정이었습니다. 그런데 마침 선생께서 오셨네요. 저희 집에 보리 가루가 있고, 또 마침 노새 고기도 생겼으니 수제비[47]를 만들어 드리고자 합니다. 어떠신지요?"

도인이 턱을 끄덕이며 동의하였다.

집주인이 읍을 하여 예를 표한 뒤 동쪽을 보고 앉았고, 주공재는 손님 자리에 앉았다. 식사를 마친 뒤 담장 아래로 걸어가 함께 술을 마셨다. 주공재는 계속해서 잔을 가득 채워 마시다 보니 제법 취해서 자기도 모르는 사이에 잠이 들고 말았다. 술이 깨서 보니 철귀만 옆에 있었다. 철귀가 말하길,

"선생께서는 기다리실 수가 없어서 먼저 가셨습니다."

그리고 엄청나게 큰 복숭아 하나를 주면서 말하길,

"선생께서는 당신이 이 복숭아를 먹어야 한다고 명하셨습니다. 그러면 평생 병이 없을 것이며, 80년 뒤에 나부산[48]에서 만나자고 하셨습니다."

주공재가 겸손하게 사의를 표하고 동전 200문을 주자 철귀가 크게 웃으며 말하길,

"제가 돈 쓸 곳이 어디 있겠습니까?"

---

47 不托: 밀가루나 보리 가루로 만든 수제비다. 湯餅의 별칭이기도 하다.
48 羅浮山: 광동성 惠州市 博羅縣에 자리하였으며 羅山과 浮山이 합쳐서 이루어진 화강암 산이다. 羅山의 飛雲峰이 1,296m, 浮山의 上界峰이 1,276m이며, 432개 봉우리와 980개의 계곡·폭포로 이루어졌다. 산세가 웅위하고 계곡이 깊은 명산으로서 일찍이 司馬遷이 오악에 버금가는 산이라고 높게 평가하였다. 도교의 성산 가운데 하나다.

그리고 손을 모아 공손히 인사한 뒤 헤어졌는데 금방[49] 어디로 갔
는지 보이지 않았다. 집주인이 말하길,

"저분은 예전에 강현에 살던 노인이었는데, 지금은 지선[50]이 되셨
습니다. 가끔 사람 사는 곳에 와서 놀다 가곤 하십니다. 저분을 아는
사람은 모두 100세가 넘었지요. 저도 어렸을 때 뵌 일이 있는데, 저
역시 지금 80세입니다."

주공재는 비로소 후회하기 시작하였다. 주공재는 실제로 20여 년
동안 온갖 어려움을 겪은 뒤 비로소 경관이 되었고, 후에 진주원[51]을
관장[52]하였다.

소흥 16년(1146) 새해 아침에 황제를 조견한 뒤 병을 얻자 동향 사
람 임양공을 청해 함께 식사를 하며 자기가 평생 동안 겪었던 일에
대해서 이야기하면서 이 일에 대해서도 언급하였다. 그 후 사흘 뒤에
사망하였고, 수명은 68세에 그쳤다. 나부산에서 재회하자고 했던 말
이 과연 무슨 뜻인지는 알 수가 없다.(임양공이 한 이야기다.)

---

49 指顧間: 손가락을 세거나, 고개를 한 번 돌려보는 정도의 짧은 시간을 뜻한다.

50 地仙: 葛洪의 『抱朴子』 「論仙」에서는 신선을 각각 上士·中士·下士로 나누고, 上
士는 몸을 들어 허공으로 올라가니 天仙이라고 하고, 中士는 名山에서 노니 地仙이
라고 하며, 下士는 죽은 뒤에 육신에서 벗어나니 屍解仙이라고 한다고 하였다.

51 進奏院: 황제의 조칙과 중앙 부처의 공문을 각 지역에 전달하고, 각 지역의 공문을
조정 각 부처로 발송하는 업무를 위해 각 지방행정부서가 도성에 설치한 연락사무
소를 뜻한다. 太平興國 7년(982)에 都進奏院을 설치하여 각 路의 진주원을 통합하
였다.

52 監都進奏院: 진주원 업무를 총괄하였으며 경조관이나 三班使臣으로 보임하였다.
품계는 종8품하였고 약칭은 監進奏院이다.

이견갑지【一】

黃琮, 字子方, 莆田人. 宣和初爲福州閩淸令. 平日多蔬食, 但日市
肉四兩供母. 爲人方嚴, 不畏强禦. 時方興道藏, 郡守黃冕仲尙書裒使
十二縣持疏歛之民, 琮獨不應命. 旣聞他縣皆數百萬, 乃自詣郡, 以己
俸四月輸之. 冕仲雖不平, 然以直在彼, 莫敢詰.

內臣爲廉訪使者, 數干以私, 皆拒不答, 常切齒思報. 會奏事京師,
每見朝士, 必以溢惡之言詆琮. 嘗入侍, 徽廟問: "汝在閩時, 知屬縣有
賢令否?" 其人出不意, 錯愕失對, 唯憶琮一人姓名, 極口稱贊之. 卽日
有旨, 改京官通判漳州. 使者旣出, 始大愧悔, 乃知吉人之報, 轉禍爲
福如此.(劉圖南說.)

홍화군 포전현[53] 사람 황종[54]은 선화연간(1119~1125) 초에 복주 민
청현지사가 되었다. 황종 자신은 평소 채식을 위주로 했지만 어머니
를 위해 매일 고기 4량[55]을 사서 봉양하였다. 사람됨이 반듯하고 위
엄이 있었으며, 권세 있는 사람[56]을 두려워하지 않았다. 당시 막 도교

---

53 莆田縣: 福建路 興化軍 莆田縣(현 복건성 莆田市).

54 黃琮: 자는 子方이며 福建路 興化軍 莆田縣(현 복건성 莆田市) 사람이다. 복주 長
溪縣 縣尉 시절 부친상을 당했는데 고향으로 운구할 돈이 없어 장례를 치르지 못
하자 현지사가 돈을 거둬 주었지만 거절하고 도보로 운구할 정도로 청렴하고 강직
한 지방관이었다. 候官縣・閩淸縣・泰寧縣지사와 漳州 知事通判 등을 역임하였
다.

55 四兩: 1근은 16량이므로 1/4근을 뜻한다. 송대의 1근은 북송 초에는 680g, 중기에
는 640g, 남송 초에는 625g을 표준으로 하였다.

56 强禦: 豪强이나 權勢 있는 사람을 뜻한다. 황종이 候官縣지사로 있을 때 太宰 余氏

경전을 소장하는 것이 유행하여[57] 자가 면중이며 상서 직급으로 복주 지사 겸 안무사로 임명된 황상[58]은 관할 12개 현에 자신의 소장에 근 거하여 백성들에게 돈을 거둬들이라고 하였다. 하지만 황종 혼자 그 명령에 응하지 않았다. 황종은 다른 현 모두 수백만 전을 거둬들였다 는 소식을 듣고 스스로 복주 관아를 찾아가 자신의 봉록 4개월분을 납부하였다. 황상은 비록 마음이 편치는 않았지만 황종이 하는 일이 이치에 맞았기에 감히 힐책할 수 없었다.

염방사자[59]로 임명된 내시[60]가 황종에게 수차례 뇌물을 요구했지 만 모두 거절하고 아무런 응낙도 하지 않았다. 이에 내시는 늘 절치 부심하며 보복하고자 했다. 도성에서 업무를 보고할 기회가 되자 조 정의 관리들을 만날 때마다 반드시 악의에 가득 찬 말로 황종을 헐뜯 었다. 한번은 궁에 들어가 황제를 모셨는데, 휘종이 갑자기 묻길,

"네가 복건에 있을 때, 소속 현지사 가운데 누가 현명하더냐?"

가 세운 香火寺는 엄청난 寺田 규모에도 불구하고 태재의 권력을 믿고 세금을 포 탈하였지만 역대 현지사 모두 용인하였다. 하지만 황종은 직접 추수현장에 가서 부세를 정확하게 징수함으로써 칭찬과 비판을 한 몸에 받았다.

57 道藏: 徽宗이 도교를 숭상하여 전국 각지에 道觀을 짓고 道藏, 즉 道教經書를 수장 하자 그에 부화뇌동하는 지방관이 많았다. 福建安撫使였던 黃裳도 道藏館 건립을 내세워 주민들에게 돈을 요구했던 것이다. 이를 거부한 황종의 의로운 행동을 전 해 들은 민청현 주민들은 앞다투어 돈을 모아 황종의 사당을 세워 그 공을 기렸다.

58 黃裳(1044~1130): 자는 晃仲이며 福建路 建寧軍(현 복건성 南平市) 사람이다. 元 豐 5년(1082) 과거에 장원급제하였으며 관직은 端明殿學士에 이르렀고 사후 少傅 로 추증되었다. 「減字木蘭花」를 비롯한 詞로 일세를 풍미하였다.

59 廉訪使者: 원래 督軍 업무를 담당하던 走馬承受를 政和 6년(1116)에 개칭하였다. 약칭은 廉訪 · 廉訪使이다.

60 內臣: 환관을 뜻하며 內官 · 內使라고도 한다. 이때 복건염방사로 파견된 내시는 楊安時로서 복건 각 지역 관리들의 고과를 매겼다.

내시는 생각지도 못한 질문에 당황하여 제대로 대답하지 못하던 중 오직 기억나는 사람이라곤 황종 한 사람 이름뿐이었다. 이에 황종을 극구 칭찬하였고, 당일로 성지가 내려 황종은 승진되어 장주[61] 통판에 임명되었다.[62] 염방사였던 내시는 밖으로 나온 뒤 아주 창피하기도 했고 후회스럽기도 했지만 이것이 어진 사람에게 하늘이 내려주는 복이라는 것을 알게 되었다. 전화위복이란 바로 이와 같은 것이다.(유도남이 한 이야기다.)

61　漳州: 福建路 漳州(현 복건성 漳州市).

62　楊安時의 착각으로 황종은 도성에 소환되어 휘종의 칭찬과 함께 장주 통판으로 승진하는 등 황종과 양안시 사이에 있었던 일은 본문과 일치한다. 단 당시 복건에서 청렴한 현지사로 선발된 이는 황종 한 명은 아니었다. 黃琮의 등위가 1등이긴 하였지만 陳麟·翁殼도 청렴관으로 선발되었다. 이 승진 사건은 황종이 泰寧縣지사로 있을 때의 일이다.

張有, 字謙中, 吳興道士也. 以篆名天下. 爲人退靜好古, 非古文所
有字, 輒闕不書. 宣和中, 年已七十餘, 中書侍郎林彦振攄喪其母魏國
夫人, 歸葬於湖. 將刻埋銘, 請篆額, 書魏字爲魏下山. 彦振以爲不類
今字, 命去之, 不從. 彦振雖不樂, 然度能書者無出其右, 則召所親委
曲鐫說之, 且許厚謝. 張不可, 曰: "世俗魏字, 我法所無. 林公不肯用,
宜以見還, 決不易也." 彦振知不可强, 遂止. 自是人益賢之.

余伯舅沈祖仁, 爲歸安丞, 與張善, 憚其人, 不敢求字. 一日, 被酒,
亟造門索絹一端, 作大字數十, 尤高古可愛, 至今寶藏之. 有所著『復
古編』行於世.

　　자가 겸중인 호주 오흥현[63]의 도사 장유는 전서로 천하에 이름을
떨쳤다. 장유는 성정이 나서길 싫어하고 조용하며 옛것을 좋아하여
고문에 없는 글자는 번번이 비워 두고 쓰지 않았다.

　　선화연간(1119~1125)에 나이가 이미 70여 세가 되었는데, 중서시
랑 임터[64]가 모친 위국부인의 상을 당하자 호주[65]로 돌아가 장례를 치

---

63 吳興縣: 兩浙路 湖州 吳興縣(현 절강성 湖州市 吳興區).
64 林攄: 자는 彦振이고 福建路 福州 長樂縣(현 복건성 福州市 長樂市) 사람이다. 부
　　친이 顯謨閣直學士여서 蔭補로 출사하였지만 휘종의 신임을 얻어 進士及第 자격
　　을 하사받고 起居舍人과 翰林學士로 발탁되었다. 開封府尹을 지냈고, 蔡京과도
　　원만한 관계를 유지하였다. 大觀 1년(1107)에 吏部尙書에서 同知樞密院·中書侍
　　郎으로 승진하였다.
65 湖州: 兩浙路 湖州(현 절강성 湖州市).

르고자 하였다. 묘지명[66]을 새기려고 장유에게 전액[67]을 써 달라고 부탁하였다. 그런데 '위魏'자를 쓰면서 그 아래에 '뫼 산山'자를 더하였다.

임터가 보기에 지금 쓰는 글자와 너무 달라서 아래의 산 자를 삭제하라고 하였으나 장유는 말을 듣지 않았다. 임터는 비록 불쾌했지만 장유보다 더 뛰어난 서예가가 없다는 사실을 고려하여 장유를 불러 직접 만나 자신을 굽히면서 간곡하게 권유[68]하였고, 후하게 사례할 것도 약속하였다. 하지만 장유는 절대 안 된다고 고집하며 말하길,

"세속에서 쓰는 위자는 내 서법에는 없는 글자입니다. 임공께서 제 글자를 전액으로 쓰는 것이 내키지 않으시다면 저에게 지금 당장 돌려주십시오. 저는 절대로 바꿔서 쓰지는 않을 것입니다."

임터는 더 이상 강권할 수 없음을 알고 포기하였다. 이 일로 사람들은 장유를 더욱 높이 여겼다.

필자의 큰 외삼촌 심조인이 호주 귀안현[69] 현승이었을 때 장유와 친하였지만 그 까다로운 성품을 고려해 감히 글을 써 달라고 부탁하지 못하였다. 그런데 하루는 술에 취해 서둘러 집 대문에 오더니 비단 반 필[70]을 달라고 하여 큰 글씨를 수십 자나 썼다.

---

66 埋銘: 죽은 이를 기록하고 기리기 위해 쓰는 글이다. 통상 誌石 또는 墓誌銘이라고 하는데, 誌는 죽은 이의 성명·관직·고향 등의 기록을, 銘은 죽은 이를 기리는 글을 뜻한다.

67 篆額: 비석의 상단을 가리켜 碑頭 혹은 碑額이라고 하는데, 대부분 篆書로 쓰기 때문에 篆額이라고도 한다.

68 委曲鐫說: 위곡은 자신을 굽히고 상대를 따른다는 말이고, 전설은 간곡하게 권하고 타이름을 뜻한다.

69 歸安縣: 兩浙路 湖州 歸安縣(현 절강성 湖州市).

70 端: 布帛은 2端을 말아서 1匹을 만들었으므로 1端은 半匹에 해당하며, 길이는 시대에 따라 편차가 있지만 대략 6.6m이다.

글이 매우 고상하고 고풍스러운 것이 아주 좋아서 지금까지 소중하게 간직하고 있다. 장유가 지은『복고편』은 지금도 세상에 널리 퍼져 돌아다닌다.

福州閩縣東十五里鳳池山, 其上有池, 冬夏不涸. 俗傳唐末有樵者, 嘗見五色雀羣浴于彼, 以故得名. 其南鼓山, 山之半有涌泉寺, 鳳池隸焉.

熙寧中, 元章簡公絳出守, 訪之. 鼓山寺僧憚其數至爲擾, 嫁其名於北山報慈院. 主僧頗黠, 逢元公之意, 刻木作鳳, 立之小沼上, 以喙吐水. 公至, 大喜, 爲賦詩. 數年間參大政, 鳳池之事, 遂成先兆. 後溫左丞益出守, 亦喜爲此游, 且和元公詩. 未幾, 亦至兩地, 然實非眞鳳池山也, 而休證如此, 豈偶然邪!

복주 민현[71] 동쪽으로 15리 떨어진 곳에 위치한 봉지산의 정상에는 연못이 하나 있는데, 겨울이고 여름이고 물이 마르지 않았다. 민간에 전해 오는 이야기로는 당 말에 한 나무꾼이 오색의 참새 떼가 이곳에서 날고 있는 것을 본 일이 있다고 하여 봉지라는 이름이 생겼다고 한다. 봉지의 남쪽에는 고산[72]이 있고, 산의 중턱에 용천사가 있는데, 봉지는 용천사[73]에 속하였다.

---

71 閩縣: 福建路 福州 閩縣(현 복건성 福州市 閩侯縣).
72 鼓山: 복건성 福州市 동남쪽에 있는 높이 969m의 산이다. 길이가 30km에 달하며 주봉은 另崩峰이다. 풍경이 수려한 명승지로서 『方輿勝覽』 卷10에는 '돌산의 형태가 북처럼 생겨서 붙여진 이름이며, 구름이 끼거나 천둥치며 비가 올 때면 북소리가 나는 듯하다'라고 설명하고 있다.
73 涌泉寺: 높이 455m의 鼓山 중턱에 자리 잡고 있는 고찰로 783년에 창건되었다. 송 眞宗이 涌泉禪院이라는 이름을 내려 주었고, 1407년에 涌泉寺로 개칭하여 현재에

희녕연간(1068~1077)에 장간공 원강⁷⁴이 복주지사로 임명되어 봉지를 방문하였다. 고산 용천사의 승려들은 원강이 자주 찾아와 번거롭게 할까 걱정되어 봉지라는 이름을 북산의 보자원으로 옮겨 버렸다. 보자원의 주지는 매우 교활하여 원강의 뜻에 영합하기 위해 나무를 봉황 모양으로 조각하여 작은 못에 세워 놓고 부리에서 물을 뿜을 수 있도록 만들었다. 원강이 와 보고 아주 기뻐하며 시부를 지었다. 몇 년 뒤 한림학사 직급으로 참지정사가 되었으니 봉지의 일은 그 전조였던 것이다. 후에 상서좌승 온익⁷⁵도 복주지사가 되어 이 봉지를 즐겨 찾았으며 원강의 시에 화답하는 시를 짓기도 하였다. 얼마 후 온익도 원강처럼 한림학사 직급과 참지정사 지위에 이르렀으니 사실 진짜 봉지산은 아니었지만 훌륭한 증험이 이와 같았으니 이를 어찌 우연이라고만 하겠는가!

이르고 있다.

74 元絳(1008~1083): 자는 厚之이며 兩浙路 杭州 錢塘縣(현 절강성 杭州市) 사람이다. 5세부터 시를 지은 수재였다. 각지 轉運使와 福州 · 開封府지사를 거쳐 翰林學士로서 參知政事에 임명되었다. 시호는 章簡이다.

75 溫益(1037~1102): 자는 禹弼이며 福建路 泉州 晉江縣(현 복건성 泉州 晉江市) 사람이다. 紹聖연간(1094~1097)에 福州 · 潭州지사를 지냈고, 휘종 때 龍圖閣待制로서 開封府지사를 역임하였고, 尙書右丞까지 올라갔다. 간신 蔡京과 손을 잡고 권력을 잡기 위해 온갖 악행을 일삼았다. 본문의 左丞은 착오인 것으로 보인다.

이견갑지【一】

陳筑, 字夢和, 莆田人. 崇寧初登第, 爲福州古田尉, 惑邑倡周氏. 周
能詩, 贈筑絶句曰: "夢和殘月到樓西, 月過樓西夢已迷. 喚起一聲腸斷
處, 落花枝上鷓鴣啼." 首句蓋寓筑字也. 又「春晴」詩曰: "瞥然飛過誰
家燕, 驀地香來甚處花, 深院日長無個事, 一瓶春水自煎茶." 後與筑作
合歡紅綬帶, 自經於南山極樂院, 從者知之, 共排闥救解, 二人皆活.
已而事敗, 筑失官去. 周至紹興初猶在, 旣老且醜, 門戶遂冷落云.

자가 몽화인 흥화군 포전현 사람 진축은 숭녕연간(1102~1106) 초
에 과거에 급제하여 복주 고전현⁷⁶의 현위가 되었는데 현성의 창기
주씨에게 매료되었다. 주씨는 시를 지을 줄 알아 진축에게 절구를 써
서 주었는데,

꿈에 새벽달을 쫓아 누각의 서쪽에 이르렀으나,
달이 누각의 서쪽을 지나가 버려 꿈은 그만 길을 잃었네.
누군가 나를 부르는 소리에 단장의 아픔은 더해 가고,
꽃이 떨어진 가지에는 자고새만 우짖네.

앞의 구절은 아마도 진축의 '축'자를 은유한 것으로 보인다. 또「비
개인 봄날」이라는 시에서는,

76　古田縣: 福建路 福州 古田縣(현 복건성 寧德市 古田縣).

저리도 빨리 날아가는 저 새는 누구네 집의 제비인가,
갑자기 뿜어져 나오는 저 향기는 어느 곳의 꽃향기인가.
높은 기루에는 아무런 일도 없이 하루해만 길어,
봄날의 물 한 병으로 나 홀로 차를 다리네.

그 뒤로 전축과 주씨는 붉은 실로 수를 놓아 영원히 함께할 것을 맹서하는 띠를 만든 뒤 남산 극락원에서 스스로 목을 매었다. 수행하던 사람이 그것을 알고 함께 방문을 밀치고 들어가 구해서 두 사람 모두 살아났다. 하지만 곧 이 일이 알려져 진축은 관직을 잃고 고전현을 떠났다. 주씨는 소흥연간(1131~1162) 초까지도 여전히 살아 있었지만 이미 늙고 추해져서 찾는 이가 없이 영락했다고 한다.

福州老胥夏鏵者, 自治平時爲吏. 政和中, 以年勞得官, 首尾四紀.
嘗言閩郡將多矣, 無不爲其黨所欺, 不能欺者, 惟得二人焉, 其一程公
闢師孟, 其一羅儔老畸. 羅公初精明, 人莫敢犯, 後亦有罅可入云. 羅
好學, 每讀書必硏究意義, 苟有得, 則怡然長嘯, 或未會意, 則搔首踟
蹰. 吏伺其長嘯, 卽抱牘以入, 雖包藏機械, 略不問. 或遇其搔首, 雖小
姦欺, 無不發摘. 以故得而欺之. 鏵曰: "彼好讀書, 尙見欺於吾曹, 況
於他哉!"(右三事皆郡士鄭東卿說.)

복주의 늙은 서리인 하화라는 자는 치평연간(1064~1067)부터 서리
로 일했고, 정화연간(1111~1118)에는 나이와 공로가 많다고 하여 관
원이 되었으니 시작부터 따지면 무려 48년이나 일하였다. 한번은 자
신이 복주의 여러 무관을 모셨는데, 우리 서리들에게 휘둘리지 않은
사람이 없었다고 말하였다. 속일 수 없는 사람이라곤 오직 두 사람뿐
이었는데 그중 한 명이 정사맹[77]이었고, 또 다른 하나는 나기[78]였다.

---

[77] 程師孟(1015~1092): 자는 公闢이며 兩浙路 蘇州 吳縣(현 강소성 蘇州市 吳中
區·相城區) 사람이다. 각지에서 提點刑獄使로 근무하면서 형사 안건 처리 및 수
리관개 분야에서 탁월한 업적을 남겼다. 熙寧 1년(1068)에 福州지사로 부임하여
청렴하고 공정한 공무 처리와 성벽 축조, 학교 건설 등 많은 업적을 남겼다. 정사
맹이 지방관으로 근무한 洪州·福州·廣州·越州에 모두 生祠가 세워졌을 정도
다.

[78] 羅畸(1056?~1124): 자는 儔老이며 福建路 南劍州 沙縣(현 복건성 三明市 沙縣)
사람이다. 太常博士·兵部郎中·秘書少監·右文殿修撰 등을 지냈으며, 廬州·福

나기는 매우 주도면밀해서 처음에 누구도 감히 함부로 할 수 없었다. 하지만 후에는 역시 파고들 만한 틈이 있었다. 나기는 학문을 좋아하여 책을 읽을 때마다 반드시 그 의의를 깊이 연구하였는데, 진정 소득이 있으면 아주 기뻐하며 길게 휘파람을 불었다. 반면 뜻을 깨닫지 못하면 머리를 긁으며 머뭇거렸다. 서리들은 그가 길게 휘파람 불기를 기다렸다가 즉시 문서를 들고 들어가곤 했는데 비록 교묘한 속임수가 숨겨져 있더라도 대충 보고 묻지 않아 통과될 수 있었다. 하지만 어쩌다 머리를 긁적이고 있을 때엔 조그만 거짓이나 사기라도 적발하지 못하는 것이 없었다. 이렇게 해서 나기를 속일 수 있었다. 그러기에 하화가 말하길,

"저 사람은 독서를 좋아하는데도 우리에게 당하는데 하물며 다른 사람들이야!"(이 세 가지 일화 모두 복주의 사인 정동경이 한 이야기다.)

州·處州지사를 역임하였다. 崇寧연간(1102~1106)에 辟雍을 준공한 것을 축하하기 위한 글을 작성할 때 1등 하였을 정도로 문재가 뛰어났다.

이견갑지【一】

周史卿, 建州浦城人. 元祐初, 如京師赴省試, 中途遇道者云云, 卽歸與妻子入由果山鍊丹, 聲價籍籍. 士大夫經山下, 無不往見. 呂吉甫自建安移宣州, 苦足疾, 不能行, 來謁周. 周請呂伸足直前爲布氣, 令人以扇扇之. 少頃, 足底火熱, 炙上徹心, 良久, 痛遂已.

凡在山二十年, 丹垂成. 一夕, 風雷大作, 霹靂甚震. 曉視藥爐, 丹已失矣. 周不意, 遂出神求之, 謂妻曰: "我當略往七日, 且復回, 未死也, 切勿焚我." 妻如其言. 周平生與一僧善, 僧亦在他山結廬, 聞周死來弔, 力勸其妻曰: "學道之人, 視形骸如糞土. 旣去矣, 安足惜!" 妻信僧言, 泣而焚之. 明日而周回, 則已無形體可生矣. 空中咄咄責其妻而去. 異日, 僧復來, 妻以前事告之. 僧曰: "吾適方聞訃故來, 前日未嘗至." 乃悟魔所化也.

其家後置周影像於僧舍, 日輪一行者奉香火, 必於地得四錢. 又留醋一甕, 至今不敗, 往往爲人取去, 然未嘗竭. 縣人劉翔云: "由果山甚淺隘, 氣象索然. 非神仙所居也."(翔說.)

건령군 포성현[79] 사람인 주사경은 원우연간(1086~1093) 초, 성시에 응시하기 위해 개봉부로 가던 중 한 도인을 만났다고 한다. 주사경은 즉시 집으로 돌아와 처자식을 데리고 유과산에 들어가 단약을 만들었는데, 명성이 자자하였다. 사대부 가운데 유과산 아래를 지나면서 주사경을 만나지 않은 사람이 없을 정도였다. 여혜경[80]이 건주[81]에서

79　浦城縣: 福建路 建寧軍 蒲城縣(현 복건성 南平市 蒲城縣).

선주[82]로 가는데 발병으로 고통스러워 더 이상 갈 수가 없었다. 이에 주사경을 찾아가서 만났다. 주사경은 여혜경에게 발을 곧게 앞으로 펴라고 하여 기를 통하게 한 뒤 사람을 시켜 부채질을 해 주도록 하였다. 조금 지나자 발바닥이 불처럼 뜨거워졌고, 뜨거운 기운이 올라와 심장을 관통하는 것 같더니 한참을 지나자 통증이 드디어 멈췄다.

입산한 지 대략 20년이 되어 단약이 거의 완성되었다. 하루는 밤에 바람이 거세게 불고 천둥이 치더니 벼락이 크게 내리쳤다. 새벽이 되어 연단로를 보니 단약이 어디론가 사라져 보이지 않았다. 주사경은 아무래도 그 까닭을 모르겠기에 마침내 혼만 빠져나와서 단약을 찾고자 했다. 주사경은 아내에게 말하길,

"나는 대략 7일 동안 나갔다 와야 할 것 같소. 다시 돌아올 것이며 내가 죽은 것이 아니니 절대로 나를 화장하지 말아야 하오."

주사경의 아내는 시키는 대로 하였다. 주사경은 평생 한 승려와 친하게 지냈는데, 그 승려 역시 다른 산에 여막을 짓고 살고 있다가 주사경이 죽었다는 소식을 듣고 조문하러 왔다. 승려는 주사경의 아내에게 강력히 권하길,

---

80 呂惠卿(1032~1111): 자는 吉甫이며 福建路 泉州 南安縣(현 복건성 泉州市 南安市) 사람이다. 왕안석과 함께 신법개혁의 중심인물이었다. 사마광은 왕안석이 괴팍하고 세상물정에 어둡지만 어진 사람인 데 비해 여혜경은 그 반대의 사악한 인물로서 변법의 사실상 주동자라고 더 비판하였을 정도다. 뛰어난 문재와 언변, 탁월한 행정력이 돋보였지만 후에 왕안석을 배신하였고, 曾布 등 신법파 내부에서도 갈등이 심화되는 원인을 제공하기도 하였다. 변법 실무 총책인 制置三司條例司의 檢詳文字를 비롯해 翰林學士와 參知政事를 역임하였다.

81 建安: 福建路 建州(현 복건성 南平市 建甌市).

82 宣州: 江南東路 宣州(현 안휘성 宣城市).

이견갑지【一】

"도술을 배우는 사람은 육신을 마치 썩은 흙처럼 여깁니다. 이미 죽었는데 무얼 그리 연연해 하십니까?"

주사경의 아내는 승려의 말을 믿고 울면서 시신을 화장하였다. 다음 날 주사경이 돌아와 보니 자신의 몸이 이미 없어져서 살아날 방법이 없었다. 주사경은 화가 머리끝까지 난 목소리로 허공에서 아내를 질책[83]한 뒤 사라졌다. 며칠 뒤 승려가 다시 오자 주사경의 아내는 전에 있었던 일을 승려에게 말해 주었다. 하지만 승려가 말하길,

"나는 조금 전에 우연히 부고를 듣고서 지금 온 것입니다. 전날에는 온 적이 없습니다."

이에 비로소 마귀가 장난친 것임을 깨달았다. 그 뒤로 가족들은 주사경의 초상화를 요사채에 두고 매일 한 명의 행자가 돌아가면서 향을 피우며 모시게 했는데, 향을 피운 행자들은 반드시 땅에서 4전씩 주을 수 있었다. 또 식초 한 항아리를 남겼는데, 지금까지 썩지도 않고 가끔씩 다른 사람들이 퍼 가기도 하지만 한 번도 바닥을 드러낸 일이 없었다. 포성현 사람 유상이 말하길,

"유과산은 너무 낮고 좁아서 기가 흩어지는 지세기 때문에 신선이 살 만한 곳이 못 된다."(유상이 한 이야기다.)

---

83 咄咄: 사람을 깜짝 놀라게 하는 무섭고 기세등등한 소리, 또는 상대를 무안하게 만들 정도로 심하게 나무람을 뜻한다.

이견갑지

夷堅甲志
卷 7

明州定海縣人大蔣員外者, 輕財重義, 聞子姪不肖鬻田産者, 必隨其
價買之. 旣久, 度其無以自給, 復擧以還, 不取錢. 已而又賣, 旣買又
還, 至有數四者.
　嘗泛海欲趨郡, 往柁樓便旋, 爲回風所擊, 遂溺水. 舟人挽其衣救之,
不可制. 舟行如飛, 方號呼次, 遙見一人冉冉立水上, 隨風赴舟所, 視
之, 乃蔣也. 急取之, 問所以. 曰: "方溺時, 覺有一物如蓬藉吾足, 適順
風吹蓬相送, 故得至." 人以爲積善報云.(李郁光祖說.)

　명주 정해현[1]의 부자 장씨는 재물에 연연해 하지 않고 의리를 중시
하였다. 조카들 가운데 변변치 못하여 토지를 팔고자 하면 반드시 그
값을 제대로 쳐서 사 주었다. 시간이 지나도 여전히 생활할 능력이
없다고 생각되면 다시 땅을 돌려주면서 돈을 받지 않았다. 그리고 돌
려준 땅을 다시 팔면 처음처럼 다시 사서 돌려주었는데 심지어 같은
일을 네 번이나 되풀이한 경우도 있었다.

　한번은 바다를 건너 명주로 가던 중 조타실에 가서 돌아다니다가
회오리바람에 휩쓸려서 바다에 빠진 일이 있었다. 뱃사공이 그의 옷
을 잡아당겨서 구하려 했지만 어찌할 수 없었다. 배는 나는 듯이 앞
으로 나아가고 있었고 계속해서 고함치며 그를 부르던 차제에 멀리

1　定海縣: 兩浙路 明州 定海縣(현 절강성 寧波市 鎭海區·北崙區).

서 어떤 사람이 하늘거리며 바다 위에 서서 바람을 타고 배가 있는 곳으로 빠르게 다가오는 것이 보였다. 자세히 보니 바로 장씨였다. 서둘러 끌어올려 자초지종을 물으니 대답하길,

"막 물에 빠졌을 때 무엇인가 볼록한 것이 내 발에 밟히는 것을 느꼈다. 또 때마침 순풍이 불어 볼록한 것과 함께 나를 보내 주어 배로 올 수 있었다."

사람들은 그가 선행을 쌓아 그 보답을 받은 것이라고 생각하였다.
(자가 욱광인 이조가 한 이야기다.)

李少愚回參政, 建康人, 所居在秦淮畔. 年二歲, 因家人拜掃登舟,
乳母懷抱間, 失手墜水中. 水急不可尋, 擧舟號慟. 至明日, 有漁舟聞
哭聲, 問知其故, 卽舟中取一兒還之, 乃少愚也. 曰: "夜來遙望灘上,
數人附火, 就視之, 但見一嬰兒臥地上, 四面火環繞. 意謂魍魎竊取,
故抱得之." (林亮功說.)

자가 소우인 건강부² 사람 참지정사 이회는 진회하³ 강변에 살았는
데, 두 살 때 가족들과 벌초를 하러 가느라 배에 탄 일이 있었다.

당시에는 유모가 이회를 안고 있었는데, 그만 실수로 물에 빠트리
고 말았다. 물살이 세서 아기를 찾을 수 없었고 배 안의 모든 사람들
이 울면서 애통해 하였다.

다음 날 한 고기잡이 배가 통곡 소리를 듣고는 그 까닭을 묻더니,
즉시 배 안에서 한 아기를 안고 와서 돌려주었는데 바로 이회였다.
어부가 말하길,

"어젯밤에 와서 멀리 모래톱 위를 바라보니 몇 사람이 불 근처에

2　建康府: 남송 江南東路 建康府(현 강소성 南京市). 建炎 3년(1129)에 江寧府에서
　　개칭하였다.
3　秦淮: 현 남경시의 중심을 관통하는 하천으로서 秦始皇이 南巡할 때 이곳 龍藏浦
　　에 왔다가 王氣가 성한 것을 발견하고 왕기를 흘려 보내기 위해 하천을 개착하면
　　서 만들어졌다고 한다.

있더군요. 그래서 다가가 보니 한 아기가 땅바닥에 누워 있고, 사방은 불이 둘러싸고 있었습니다. 도깨비들이 아이를 훔쳤기 때문인가 싶어서 아기를 안고 돌아왔습니다."(임량공이 한 이야기다.)

　　아귀로 변한 승려 법도法道變餓鬼

　　紹興六年三月廿一日, 平江虎丘山有常州主僧法道, 因病入延壽堂,
忽變形作餓鬼, 頭目極大, 頸窄咽靑, 口吐猛火. 人以食與之, 則呼曰:
"鐵丸也, 不可食." 如是七日. 長洲令爲請道法師救之, 謂曰: "汝生前
想有隱惡, 急自言, 佛法容人悔謝. 我爲汝誦呪解釋." 病僧久之方自言
曰: "向時在廬山慧日寺作典座, 盜常住菜, 日換酒一升. 後作江州能仁
副院, 將寬剩米沽酒, 有是二罪." 法師曰: "汝旣知過, 吾救汝." 卽抉其
口, 灌呪水. 僧昏然遂睡, 天明方醒. 已索湯粥, 漸進食, 數日愈.(宣僧
日智說, 時在虎丘寺見之.)

　　소흥 6년(1136) 3월 21일, 평강부⁴ 호구산⁵에 머물던 상주⁶ 사람 주
지 법도가 병 때문에 연수당⁷으로 들어갔는데, 홀연히 형체가 변해서
아귀가 되었다.

　　머리와 눈이 엄청나게 커지고 목은 좁고 목구멍은 파랗게 되었으

4　平江府: 兩浙路 平江府(현 강소성 蘇州市). 政和 3년(1113)에 蘇州를 平江府로 승
　　격시켰다.
5　虎丘山: 소주시 서남쪽에 위치한 높이 34m의 작은 구릉이지만 주위의 평탄한 지
　　형으로 인해 일찍부터 소주의 상징이 되었다. 오왕 闔閭가 부친 夫差의 능을 이곳
　　에 마련하였는데, 그때 호랑이가 나타났다고 해서 붙여진 이름이다. 호구산의 상
　　징인 雲岩寺塔(속칭 虎丘塔)은 961년에 준공된 높이 47.7m의 7층 전탑인데, 정상
　　이 기울어진 사탑으로 유명하다.
6　常州: 兩浙路 常州(현 강소성 常州市).
7　延壽堂: 사찰 내 병든 승려를 수용하기 위해 별도로 설치한 시설이다.

며 입으로는 맹렬하게 불을 내뿜었다. 사람들이 먹을 것을 그에게 주면 곧 외치길,

"쇠로 만든 환약이라 먹을 수가 없다."

그러기를 일주일, 평강부 장주현[8]지사가 도관의 법사를 청해서 그를 구해 주라고 하였다. 법사가 말하길,

"너는 생전에 악행을 숨길 생각이었겠지만 빨리 자백해라.

불법은 사람들이 참회하고 사죄하면 용서하니 내가 너를 위하여 주문을 외워 업을 해소해 주겠다."

중병이 든 승려 법도는 한참 있다가 비로소 고백하길,

"예전에 여산 혜일사[9]에 있을 때 취사를 담당[10]하고 있었는데, 종종 식재료[11]를 훔쳐 매일 술 한 승과 바꿔 마셨습니다.

후에 강주[12] 능인사[13]에서 부주지로 있으면서 남은 쌀로 술을 샀습니다. 이 두 가지 죄가 있습니다."

법사가 말하길,

"네가 이미 자신의 잘못을 알고 있으니 내가 너를 구해 주겠다."

법사는 곧 그의 입을 벌려 주문을 외운 물을 부어 주었다.

8　長洲縣: 兩浙路 平江府 長洲縣(현 강소성 蘇州市).

9　慧日寺: 元豊 7년(1084)에 소동파가 올랐던 廬山의 고찰이었으나 지금은 명맥만 유지하고 있을 뿐 옛 모습은 찾기 힘들다.

10　典座: 사찰 내 식사 및 잡무를 맡은 승려이다.

11　常住: 토지·건물·음식 등 사찰의 모든 재산을 뜻하며, 常住物·常住穀 등으로 쓰인다.

12　江州: 江南東路 江州(현 강서성 九江市).

13　能仁寺: 현 강서성 九江市 潯陽區에 있는 고찰로서 南朝 梁武帝(502~549) 때 창건되었다. 慶曆연간(1041~1048)에 크게 중창하였으며 이 일대 선종의 중심 사찰이다.

승려는 혼미한 상태로 잠이 들었으며 날이 밝자 비로소 깨어났다. 잠시 후 탕과 죽을 찾더니 조금씩 삼키기 시작했고, 며칠이 지나자 병이 나았다.(선주[14] 사람인 승려 일지가 한 이야기이다. 당시 호구사에서 이런 일을 보았다.)

14 宣州: 江南東路 宣州(현 안휘성 宣城市).

紹興二年十月, 宣僧日智至台州黃巖縣西鄉, 寓宿山寺. 次日, 寺僧留齋, 有村民張·陳二老, 來請主僧施戒. 張曰: "某女孫佛兒, 年十五, 昨夕暴死. 至五更將殮, 其祖母不忍, 抱之以泣. 女欻然開目呼曰: '我通身是水, 手足皆痛.' 問其故, 曰: '夜有二使來, 追縛我, 押過叉嶺, 與西鄉相去十餘里, 辭不能行, 遭鐵椎擊背兩下, 極痛. 嶺下有池, 池中有橋, 遂令我橋上立, 別見人以黑被裹兩人入門內, 此二使亦欲以花被裹我, 曰: '汝欠他家錢千五百, 今當償之.' 我力懇曰: '容我歸從祖母請錢.' 不許. 旁綠衣人言曰: '此人曾聽說般若, 可恕也.' 二使不得已, 擲我水中而去. 池水甚淺, 我蹨岸得出, 遂急歸.'"

"某驚異其事, 卽往叉嶺驗之, 果見陳氏者門有池, 訪其主翁問曰: '翁家昨日生何物?' 曰: '犬生三子, 二黑一斑. 斑者爲犬母銜置池中, 已死, 獨二黑者在.' 某具以孫女言告, 仍以千五百錢償之. 陳老曰: '元無錢在公女處.' 不肯受. 某自度不償此債, 小孫他日亦不免, 遂率陳老來此."

主僧乃爲施戒, 而以其金賙日智. 問其聽般若之因, 乃曾同母往縣中洪福寺, 聽景祥師開堂說法.

소흥 2년(1132) 10월에 선주 사람인 승려 일지가 태주 황암현¹⁵의 서향에 이르러 산사에 머물렀다. 다음 날 사찰의 승려들이 절에 머물면서 재¹⁶를 지내 달라고 권하였다. 그때 촌민인 장씨와 진씨 노인도

---

15 黃巖縣: 兩浙路 台州 黃巖縣(현 절강성 台州市 黃巖區).

주지에게 와서 재[17]를 청하였기 때문이다. 장씨 노인이 말하길,

저의 손녀 불아는 나이가 15세인데 어제 저녁에 갑자기 죽었습니다. 5경이 되어 염하려고 하는데 애 할머니가 차마 염을 하지 못하고 손녀를 안고 울고 있었습니다. 그런데 손녀가 갑자기 눈을 뜨더니 큰 소리로 말하길,

"온몸이 물에 흠뻑 젖었고 손과 발이 모두 아파요."

그래서 무슨 일이 있었냐고 물어보니 손녀가 이런 말을 하더군요.

"밤에 어떤 두 명의 사자가 쫓아와서 저를 묶은 뒤 압송하여 서향에서 10여 리 떨어진 차령을 지나고 있었어요. 제가 더는 못 가겠다고 하자 철추로 등의 양쪽 아래를 때렸는데 너무 아팠어요. 차령 아래에는 연못이 있고, 그 가운데 다리가 있더군요. 저보고 다리 위에 서 있으라고 했는데, 그때 저쪽에서 어떤 사람이 검은 가죽으로 두 사람을 싸서 문안으로 들어가는 것을 보았어요. 저를 잡아간 두 사자도 꽃무늬가 있는 가죽으로 저를 싸려고 하면서 말하길,

'너는 저 집에서 1,500문을 빚졌으니 당장 갚아야 한다.'

그래서 제가 정말 간절하게 말하길,

'집으로만 보내 주시면 할머니께 돈을 달라고 할게요.'

그래도 그들은 허락해 주지 않더군요. 그런데 옆에 있던 녹색 옷을

---

16 齋: 본래 승려들의 식사라는 뜻이었지만 점차 승려에게 식사를 공양하는 의식, 또는 공양 의식을 중심으로 한 법회, 喪事와 관련된 의식 법회를 칭하는 용어로 확대되었다.

17 施戒: 계는 본래 불자가 지켜야 할 수행 규범을 뜻하나 본문에서는 승려가 주체가 될 경우에는 齋, 신도가 주체가 될 경우에는 施戒로 구분하였을 뿐 넓은 의미에서의 齋와 같은 뜻으로 쓰였다.

입은 사람이 말하길,

'이 아이는 전에 반야심경 설법을 들은 일이 있으니 편의를 봐줄 만하다.'

이에 두 사자는 할 수 없이 저를 물속에 던지고 가 버렸는데, 연못이 아주 얕아서 둑을 넘어서 빠져나와 서둘러 집으로 돌아왔어요."

저는 그 일이 놀랍고도 이상해서 즉시 차령으로 가서 살펴보았더니 정말로 진씨라는 사람의 집 대문 앞에 연못이 있는 것을 보았습니다. 그 집주인 되는 노인에게 찾아가 물어보길,

"혹 어르신 집에서 어제 무엇을 낳았습니까?"

그러자 노인이 대답하길,

"개가 새끼를 세 마리 낳았는데, 두 마리는 검둥이고 한 마리는 바둑이였습니다. 바둑이는 어미 개가 물어서 연못에 빠트려서 이미 죽었고, 검둥이 두 마리만 남았습니다."

제가 손녀 이야기를 모두 말하고 나서 곧 1,500문을 갚으려 주었지만 진씨 노인이 말하길,

"댁의 손녀에게 돈을 빌려준 일이 없소."

라며 받으려 하지 않았습니다. 저는 이 빚을 갚지 않으면 어린 손녀가 언젠가 다시 이런 일을 당할 것이라고 생각되어 마침내 진씨 노인과 함께 여기에 오게 된 것입니다.

주지는 이에 계를 행하고 그 돈을 일지에게 주었다. 그 손녀가 반야 설법을 들었던 연고를 물어보니, 전에 손녀가 어머니와 함께 현성에 있는 홍복사에 갔을 때 경상 스님이 법당을 열고 설법하는 것을 들었다고 하였다.

　　平江城中草橋屠者張小二,　紹興八年,　往十五里外黃埭柳家買狗. 狗見張屠有喜色, 直前抱之. 張提其耳以度輕重, 用錢三千得之. 狗不待束縛, 徑隨張歸. 至齊門外, 懼其逸, 方以索縶之.

　　狗忽人言曰:"我乃爾父, 又不欠爾債, 不可殺我."張醉且困, 不省其言, 遂以歸. 令妻具飯, 狗又告其妻曰:"新婦來, 我乃阿翁也. 七八年不見爾夫妻面, 今幸得歸. 只欠柳家錢三千, 已償了, 切不可殺我. 爾夫壽甚短, 只一二年, 宜急改業, 後世不可爲人矣. 我覺飢甚, 可持飯來."

　　妻急以其夫飯分半與之, 夫不知也. 夫食畢復索, 則已無, 甚怒. 妻曰:"分一半與阿翁食矣."具以狗言白. 夫始大懼, 留飼養, 不敢殺. 三日後, 出至蔣氏家噬人, 爲所殺. 張屠遂改業, 爲賣油家作僕云.

　　평강부 성내 초교[18] 부근에 사는 백정 장소이는 소흥 8년(1138)에 15리 밖 황태[19]에 있는 유씨 집에서 개를 샀다. 개는 장소이를 보자 기뻐하며 곧장 앞으로 달려와 장소이에게 안겼다. 장소이는 귀를 잡고 들어 올려서 무게를 잰 뒤 3천 문을 주고 샀다. 개는 묶을 것도 없이 곧장 장소이를 따라서 집으로 돌아왔다. 평강성 제문[20] 밖에 이르

18　草橋: 현 소주시 滄浪區에 위치한 소주공원 북쪽의 草橋弄 부근에 있었던 다리다.
19　黃埭: 전국시대 초의 재상인 春申君 黃歇이 제방을 쌓은 곳이어서 붙여진 지명이다. 초교에서 황태까지의 거리는 송대의 里로는 30리가 넘는다.
20　齊門: 소주의 북문이다. 전505년 闔閭가 齊를 격파하자 齊景公은 딸을 합려의 아들과 결혼시키기 위해 보냈다. 하지만 태자가 곧 죽자 경공의 딸은 고향 제를 그리

러 개가 달아날 것을 염려하여 개에게 목줄을 매려고 하자, 개가 갑자기 사람의 말을 하길,

"내가 바로 네 애비고, 너에게 빚진 것도 없으니 나를 잡아서는 안 된다."

장소이는 취한 데다 피곤하기도 해서 그 말뜻을 알아채지 못하고 곧 집으로 돌아왔다. 장소이는 아내에게 밥을 차리라고 하였는데, 개가 장소이의 아내에게 말하길,

"새아가 이리 오렴. 내가 시아버지다. 7~8년 동안 너희 부부 얼굴을 보지 못하였는데 오늘에야 다행히 돌아오게 되었구나, 유씨 집안에 3천 문 빚진 것이 있었는데, 이미 갚았으니 절대로 나를 잡지 말거라. 네 남편은 명이 짧아서 일이 년밖에 못 살 것이니 빨리 직업을 바꿔야만 한다. 그렇지 않으면 내세에 사람으로 태어나지 못할 것이다. 난 배가 몹시 고프니 밥을 좀 가져오너라."

장소이의 아내는 급히 남편의 밥을 반으로 나누어 개에게 주었는데, 장소이는 이 일을 몰랐다. 장소이가 밥을 다 먹고 나서 다시 밥을 찾았는데, 밥이 없자 몹시 화를 냈다. 아내가 말하길,

"절반을 나눠서 아버님 드시게 하였어요."

그리고 개가 한 말을 낱낱이 말해 주었다. 장소이는 비로소 몹시 무서워하면서 개를 그냥 두고 키우며 감히 잡지 못하였다. 하지만 개는 사흘 뒤에 장씨 집에 갔다가 사람을 물어서 죽임을 당하였다. 백정 장소이는 결국 직업을 바꿔서 기름 파는 집의 일꾼이 되었다고 한다.

위하여 병이 들었다. 이에 합려가 북쪽의 제를 바라볼 수 있도록 '멸齊門'을 만들어 주었는데, 통상 齊門이라고 불렸다.

이견갑지【一】

常州無錫縣村民陳承信, 本以販豕爲業, 後極富. 其母平生尤好畜豕, 紹興四年死. 死之七日, 其家正作佛事, 聞棺中有聲, 意爲再生, 甚喜, 遽取斧開棺, 則已化一老牝豬矣. 急復掩之. 明日, 請常州太平寺 □□主施戒, 遂葬. 時天色晴爽, 喪車才出門, 滂沱大雨, 送者不可行, 皆回. 及墓坎, 穴中水已滿, 乃以石壓葬之.

상주 무석현[21]의 촌민 진승신은 본래 돼지 파는 일을 업으로 하였는데, 후에 큰 부자가 되었다. 진승신의 어머니는 평생 돼지 치는 것을 특히 좋아하였는데, 소흥 4년(1134)에 죽었다. 그런데 죽은 지 7일이 되어 집에서 막 재를 지내고 있는데 관에서 무슨 소리가 들렸다. 가족들은 다시 살아났나 싶어서 아주 기뻐하며 급히 도끼를 가져다 관을 열어 보니 이미 늙은 암돼지로 변해 있어서 서둘러 관을 다시 덮었다. 다음 날 상주 태평사의 □□에게 청하여 재를 주관하게 하고 서둘러 장사를 지냈다. 그때 날씨가 매우 맑고 상쾌하였는데, 상여가 막 집 대문을 나가자마자 큰비가 세차게 내려 장사 지낼 사람들이 더 나갈 수 없어 모두 돌아왔다. 후에 묘혈에 가보니 물이 가득하여 돌로 관을 눌러서 매장하였다.

---

21 無錫縣: 兩浙路 常州 無錫縣(현 강소성 無錫市).

[此下宋本闕二十四行.]

[송대 판본은 이 뒤의 24행이 결락되어 있다.]

陳東, 靖康間嘗飮於京師酒樓, 有倡打坐而歌者, 東不顧. 乃去倚欄
獨立, 歌「望江南」詞, 音調淸越, 東不覺傾聽. 視其衣服皆故弊, 時以
手揭衣爬搔, 肌膚綽約如雪. 乃復呼使前, 再歌之. 其詞曰: "闌干曲,
紅颺繡簾旌. 花嫩不禁纖手捻, 被風吹去意還驚, 眉黛蹙山靑. 鏗鐵板,
閑引步虛聲. 塵世無人知此曲, 却騎黃鶴上瑤京, 風冷月華淸." 東問何
人製, 曰: "上淸蔡眞人詞也." 歌罷, 得數錢下樓. 亟遣僕追之, 已失矣.
出『夷堅志』.

　　진동23은 정강연간(1126~1127)에 개봉부의 한 술집에서 술을 마신
일이 있었다. 다소곳이 앉아 노래를 부르는 기생이 있었는데, 진동은
거들떠보지도 않았다. 이에 기생은 누각의 난간으로 가서 홀로 기대
어 선 채「강남을 바라보며」라는 사를 읊조렸다. 음조가 맑고 탁월하
여 진동은 자기도 모르게 귀 기울여 듣고 있었다. 그녀를 보니 옷차
림은 아주 남루해 보였고 때때로 손으로 옷깃을 쓸어 올리는데, 그

22　이 일화는 원래 결락되어 있으나 중화서국본 小注를 참고하여「再補」에 근거해
　　보충하였다.

23　陳東(1186~1127): 자는 少陽이며 兩浙路 鎭江府 丹陽縣(현 강소성 鎭江市 丹陽
　　市) 사람이다. 政和 3년(1113)에 태학에 들어갔고, 欽宗 즉위 직후 태학의 학생들
　　을 이끌고 국난을 초래한 蔡京·王黼·童貫·朱勔·李彦·梁師成 등 이른바 '六
　　賊'을 제거하라는 청원운동을 관철시켰다. 북송 멸망 후 고종에게 주화파 黃潛
　　善·汪伯彦을 해임시키고 대금 강경파 李綱을 중용할 것을 상소하였으나 오히려
　　죽임을 당하였다.

피부가 눈처럼 부드럽고 아름다웠다. 이에 그녀를 거듭 불러 앞으로 오게 하여 다시 노래하게 하였다. 그 사는 다음과 같다.

굽이굽이 난간에는 붉은빛 나부끼는 수놓인 주렴과 깃발이 드리웠네.
꽃은 곱고 부드러워 가녀린 손으로 만져보고 싶지만, 바람이 불어와 더욱 깜짝 놀라고,
청흑색 눈썹은 산의 푸르름을 더욱 재촉하네.
악기[24] 소리 울려 퍼지니 한가로운 발걸음조차 소리 없이 들리네.
속세에 이 곡을 아는 사람 없으니, 이제 황학을 타고 저 신선의 세계에 오르런다.
바람 찬 달은 화사하고 맑구나.

진동은 그 사가 누구의 작품인지 물었다. 그녀가 말하길,
"상청[25]의 채진인[26]이 지은 사입니다."
노래를 마치자 기생은 몇 푼의 돈을 받고 누각에서 내려왔다. 급히 노복을 보내 쫓아갔지만 그녀는 이미 사라져 버리고 없었다. 『이견지』에 나와 있다.[27]

---

24 鐵板: 한 쌍의 반원형 철판을 이어 붙인 악기로서 노래의 반주용으로 쓴다. 鐵綽板 이라고도 한다.
25 上淸: 불교의 우주관인 三千大千世界 개념에 대응하기 위해 도교에서 설정한 천상 계인 三淸境, 즉 玉淸・上淸・太淸의 하나다.
26 蔡眞人: 도교에서는 신선이 사는 洞天福地를 10大洞天, 36小洞天, 72福地로 구분 한다. 蔡眞人은 72복지 가운데 10번째인 丹餕洞을 주관하는 신선으로 알려졌다. 丹餕洞은 현 강서성 撫州市 南城縣 麻姑山에 있다.
27 이 일화는 『詩話總龜・後集』 권14에 실려 있는 이야기로서 "出 『夷堅志』"라고 그 출처가 밝혀져 있기에 함분루본에 실리어 「再補」에 수록된 것이다.

劉粲民, 字光世, 衢州人, 丞相德初猶子. 少時夢人告云: "君仕宦遇
中則止." 凡十餘歲, 又夢如是者三四. 及年五十餘, 官至朝議大夫, 積
年勞不敢求遷秩, 常以語人. 其妻數趣之曰: "中散大夫, 世俗所謂十段
錦, 不隔郊祀任子, 利害甚重, 夢何足憑, 勿信也." 劉不得已, 竟自列.
命將下, 謂其所親葉黯晦叔曰: "中散將至矣, 萬一如夢, 奈何!" 受命不
兩月, 詣祖塋拜掃, 得疾, 一日而卒, 壽止五十九.

자가 광세인 구주[28] 사람 유찬민은 재상 유덕초[29]의 조카다. 어렸
을 적에 꿈속에서 어떤 사람이 알려 주길,

"자네는 벼슬을 하다가 '중'자가 들어간 관직을 맡게 되면 벼슬길이
끝날 걸세."

그 후 약 10여 년 동안 이 같은 꿈을 서너 번이나 꾸었다. 나이 50
여 세가 되자 관직은 조의대부[30]에까지 올랐고, 여러 해 동안 열심히
일했지만 감히 승진을 청하지 않았다. 그리고 항상 다른 사람에게
자신의 꿈 이야기를 해 주었다. 하지만 유찬민의 아내는 거듭 재촉
하길,

---

28 衢州: 兩浙路 衢州(현 절강성 衢州市).

29 劉德初: 大觀연간(1107~1110)에 薛肇明과 함께 尙書를 역임하였다.

30 朝議大夫: 元豊 3년(1080) 관제개혁 후 문신 寄祿官 30품계 가운데 15등으로서 정
6품이다. 정원은 70명이었으나 元祐 3년(1088) 이후 정원이 50명으로 정해져서
결원이 있어야만 승진이 가능하였다.

"중산대부[31]는 세상 사람들이 말하는 고관에 오르는 '비결'[32]이며, 교사[33]나 음보[34]와도 아주 밀접하여 이해관계가 엄청나요. 꿈이 뭐 그렇게 믿을 만한 것이라고 그러세요? 신경 쓰지 마세요."

결국 유찬민은 할 수 없이 스스로 승진을 요청하였다. 승진 명령이 곧 내려오게 되자 유찬민은 자가 회숙인 친구 엽암에게 말하길,

"곧 중산대부로 승진할 것인데, 만약 꿈처럼 되면 어떡하지!"

승진 명령을 받고 두 달이 채 못 되었을 때 유찬민은 조상에게 승진을 고하러 산소에 갔다가 그만 병을 얻어 하루 만에 죽고 말았다. 당시 59세였다.

---

31 中散大夫: 문관 寄祿官 29개 품계 중 10위이며 정5품상이었으나 元豊 3년(1080) 관제개혁 후 문신 寄祿官 30품계 가운데 14등으로서 종5품이다. 元祐 3년(1088) 이후 정원이 20명으로 정해져서 결원이 있어야만 승진이 가능하였다. 시종관이 아닐 경우 고과평가는 중산대부로 끝난다.

32 十段錦: 중국 전통의 '養生십단금'을 뜻한다. 양생의 10가지 방법으로 面功 · 眼功 · 鼻功 · 齒功 · 口功 · 頭功 · 耳功 · 腰功 · 膝功 · 腹功을 들고 있다. 본문에서는 고관으로 승진할 수 있는 비결이란 뜻으로 사용하였다.

33 郊祀: 교외에서 황제가 주관하는 천신과 지신에 대한 제사를 뜻한다. 南郊에서는 하늘에, 北郊에서는 땅에 제사를 지내는데, 천자로서의 정통성을 과시한다는 점에서 매우 중요한 행사로 간주된다. 그래서 제사를 마치면 통상 후한 포상과 蔭補의 혜택을 제공하므로 교사에 참여할 수 있는 관직에 포함되느냐의 여부가 관리들에게는 매우 중요한 사안이었다.

34 任子: 고관 자제들에게 父兄의 공적 및 관직에 따라 관직을 수여하는 제도이다. 漢代부터 시행되었으며 본문에서는 蔭補의 뜻으로 쓰였다.

羅鞏者, 南劍沙縣人. 大觀中, 在太學. 學有祠, 甚靈顯, 鞏每以前程事, 朝夕黙禱. 一夕, 神見夢曰: "子已得罪陰間, 亟宜還鄉, 前程不須問也." 鞏平生操守鮮有過, 願告以獲罪之由. 神曰: "子無他過, 惟父母久不葬之故耳." 鞏曰: "家有弟兄, 罪獨歸鞏, 何也?" 神曰: "以子習禮義爲儒者, 故任其咎. 諸子碌碌, 不足責也." 鞏旣悟悔, 乃急束裝遽歸. 鄉人同舍者問之, 以夢告, 行未及家而卒.(曹績說, 鞏乃曹祖姑壻也.)

남검주 사현[35] 사람인 나공은 대관연간(1107~1110)에 태학에서 공부하고 있었다. 태학에는 사당이 있는데 매우 영험하였다. 나공은 앞날의 일이 궁금할 때마다 이곳에서 아침저녁으로 묵도하곤 하였다. 하루는 신이 꿈에 나타나 말하길,

"너는 이미 죄를 지어 이 세상 사람이 아니니 하루 속히 고향으로 돌아가거라. 네 앞날의 일은 물어볼 필요도 없다."

나공은 평생 절의를 지키고 살았고, 과실이 드물었던 탓에 신에게 자신이 죄를 짓게 된 연유를 알려 달라고 애원하였다. 이에 신이 대답해 주길,

"너에게 다른 잘못은 없다. 오직 네 부모가 죽은 뒤 오랫동안 장사를 지내지 않았다는 죄목이 있을 뿐이다."

35　沙縣: 福建路 南劍州 沙縣(현 복건성 三明市 沙縣).

나공이 다시 물어보길,

"저의 집에는 형과 동생도 있는데, 어째서 그 죄가 오직 저에게만 있다고 하십니까?"

신이 말하길,

"너는 예의를 공부하여 유생이 되었기 때문에 마땅히 그 죗값을 치러야 한다. 다른 형제들은 그저 먹고 살기에도 바쁘니 그 책임을 물을 수 없다."

나공은 그제야 후회스러웠지만 잘못을 깨닫고 급히 짐을 싸서 고향으로 돌아가려고 서둘렀다. 태학 숙사에서 함께 지내던 고향 사람들이 갑자기 귀향하는 까닭을 물어보자 꿈속의 사연을 말해 주었다. 그러나 나공은 고향에 도착하기도 전에 죽고 말았다.(조적이 한 이야기다. 나공은 조적의 고모할머니의 사위였다.)

> 陳杲, 字亨明, 福州人. 貢至京師, 往二相公廟祈夢. 夜夢神曰: "子
> 父死不葬, 科名未可期也." 杲猶疑未信. 明年, 果黜於禮闈. 遂遣書告
> 其家, 亟庀襄事. 後再試登第.(寧德人李舒長説.)

자가 형명인 복주³⁶ 사람 진고는 과거를 보러 개봉부에 와서 이상
공묘에 가서 앞날을 알 수 있도록 현몽해 줄 것을 기도하였다. 밤에
꿈을 꾸었는데 신이 말하길,

"너는 아비가 죽었는데 장사도 지내지 않는 자식이니 과거시험 결
과는 기대도 하지 말거라."

진고는 반신반의하며 믿지 않았다. 하지만 이듬해 봄 예부에서 주
관하는 성시³⁷에서 결국 낙방하고 말았다. 이에 서둘러 가족들에게
편지를 보내 이 일을 알리고 급히 부친 장례³⁸를 치르도록 하였다. 그
후 다시 과거를 보았고 급제할 수 있었다.(복주 영덕현³⁹ 사람 이서장이
한 이야기이다.)

---

36 福州: 福州路 福州(현 복건성 福州市).
37 禮闈: 尙書省 禮部에서 주관하는 시험이라는 데서 유래한 명칭이며, 省試 · 省闈
또는 禮部試라고도 한다.
38 襄事: 본래 어떤 일을 완성한다는 말인데 본문에서는 장례를 치른다는 뜻으로 쓰
였다.
39 寧德縣: 福州路 福州 寧德縣(현 복건성 寧德市).

李似之侍郞云:"艱難以來, 士大夫禍福皆有定數." 建炎丁未, 傅國華尚書墨卿爲舒州守, 聞武昌寇作, 自武昌纔隔蘄黃卽至舒, 懼其侵軼, 又嘗再使高麗, 橐中裝甚厚, 惜之, 乃令其弟挈家避諸江寧. 旣至, 泊江下, 舟人曰:"外多草竊, 不若入闉便." 時宇文仲達鎭江寧, 與傅公善, 卽遣家人白宇文假鑰啓闉, 舟得入. 自意安全無虞. 是夜, 卒周德爲變, 劫其舟, 一家盡死, 惟存一老婢. 而舒城帖然.

吳昉顧彥成爲兩浙漕, 杭卒陳通積怒於有官君子, 將爲亂. 會顧君出巡吳興, 通强抑衆不發, 須其歸. 凡一月而顧至, 杭之官吏及漕臺人皆出迎. 是夜變起, 官吏盡死. 而顧君乃與其家泊城外僧寺, 作佛事未入, 聞亂, 復走湖州, 遂免. 傅公有心於避禍而全家不免, 杭卒一月待顧君而顧竟脫, 皆非人所能爲也.

호부시랑 이미손이 말하길,

"정강의 난⁴⁰ 이래 사대부들의 화와 복은 모두 하늘에 의해 정해졌다."

건염 1년(1127), 자가 국화인 상서 부묵경은 서주⁴¹지사로 재임하면

40　靖康의 難: 본문의 艱難은 본래 艱苦困難을 뜻하지만 禍亂 · 危難을 뜻하기도 한다. 여기서는 靖康연간(1126~1127)에 발생한 북송의 멸망과 휘종 · 흠종을 비롯한 3천여 송조의 핵심인사들이 금에 포로로 끌려간 사건을 말한다. 통일제국 황제 가운데 두 명이나 포로가 되어 끌려간 유일한 경우여서 전대미문의 굴욕적 사건으로 간주되었다.

41　舒州: 淮南西路 舒州(현 안휘성 安慶市). 慶元 1년(1195)에 舒州를 安慶府로 승격

서 악주 무창현[42]에서 도적들이 난을 일으켰다는 소식을 들었다. 무창현에서 기주[43]와 황주[44]만 지나면 곧 서주에 이르기 때문에 부묵경은 도적들의 침탈을 두려워하였다. 또 그는 두 번이나 고려에 사신으로 다녀온 일이 있어[45] 전대에 넣어 둔 것이 매우 두둑했다. 혹 재산을 잃을까 아까워서 동생에게 일가족을 데리고 강녕부로 피난하도록 하였다.

배가 강녕부에 도착해 강가에 정박했는데, 사공이 말하길,

"성 밖에는 도적들이 많으니 배를 갑문 안쪽으로 들여놓는 것이 좋겠습니다."

마침 강녕부지사로 있는 우문중달이 형 부묵경과 사이가 좋았기에 동생은 즉시 우문중달에게 집안사람을 보내 열쇠를 빌려 갑문을 연 뒤 그 안으로 들어갈 수 있었다. 동생은 안전하여 걱정할 일이 없을 것이라고 스스로 생각하였다. 그러나 그날 밤 병졸 주덕이 반란을 일으켜 배를 빼앗고 일가족 모두가 죽고 말았다. 늙은 노비 한 사람만 겨우 살았는데 오히려 서주는 평안하고 아무 일도 없었다.

시켰다.

42 武昌縣: 荊湖北路 鄂州 武昌縣(현 호북성 武漢市 武昌區).

43 蘄州: 淮南西路 蘄州(현 호북성 黃岡市 蘄春縣).

44 黃州: 淮南西路 黃州(현 호북성 黃岡市 黃州區).

45 傅墨卿의 고려 방문 가운데 宣和 6년(1124)의 방문은 매우 중요한 의미를 지닌다. 당시 방문단에는 給事中 路允迪이 國信使를, 中書舍人 傅墨卿이 國信副使를, 徐兢이 國信使提轄을 맡았다. 서긍이 귀국 후에 쓴 『宣和奉使高麗圖徑』은 당시 고려의 생활상을 소개한 책으로 대단히 중요하다. 또 노윤적이 항해 도중 媽祖의 영험함에 힘입어 순항하였다고 보고하고 휘종으로부터 賜額을 받아 莆田의 聖墩廟에 두었는데, 이는 마조신앙에 대한 정부의 최초 공인으로 이후 마조신앙의 발전에 큰 역할을 하였다.

오방⁴⁶과 고언성⁴⁷은 양절로 전운판관이었는데, 항주의 장교 진통이 고위관료에게 원한을 품고 있어서 반란을 주모하였다.⁴⁸ 마침 그때 고언성이 호주 오흥현⁴⁹으로 순시차 떠나자 진통은 무리를 강력하게 통제하며 반란을 일으키지 않고 고언성이 돌아오기만을 기다렸다. 한 달 뒤 고언성이 항주로 돌아오자 항주의 관리들과 전운사의 관리들이 모두 나와 그를 영접하였다.

그날 밤 반란이 일어나 관리들이 모두 죽었는데, 그때 고언성과 그의 가족들은 모두 성 밖에 있는 한 절에 머물면서 불사를 행하고 있어 미처 성안으로 들어가지 못하고 있던 중 반란 소식을 듣고 다시 호주⁵⁰로 도망가서 결국 반란을 피할 수 있었다.

부묵경은 마음속으로 화를 피하고자 했지만 그의 가족 모두 환난을 피할 수 없었다. 반면 항주의 반군들은 고언성이 돌아오길 한 달이나 기다렸지만 고언성은 결국 화를 모면하였다. 이 모두 사람의 힘으로 어찌할 수 있는 일이 아니었던 것이다.

46　吳昉: 陳通이 반란을 일으킬 당시 고언성과 함께 兩浙轉運判官직을 맡고 있었다. 식량과 의복 등 보급품에 불만을 품고 있던 군인들에 의해 살해되었다.

47　顧彦成: 字는 子英이며 常州 無錫縣 사람이다. 兩浙轉運判官을 거쳐 浙東西路漕運都轉運使를 역임하였다.

48　陳通: 建炎 1년(1127) 8월, 童貫 휘하의 勝捷軍 패잔병 등이 항주로 오게 되자 진통이 이들을 지휘하게 되었는데, 패잔병은 항주의 부유함을 보고 약탈을 계획하였고, 진통은 그것을 기화로 반란을 이끌었다. 남북송 교체기의 혼란과 항주의 중요성 때문에 수백 명으로 시작한 반란이 예상보다 규모가 커져 남송 초 정국을 뒤흔들었다.

49　吳興縣: 兩浙路 湖州 吳興縣(현 절강성 湖州市 吳興區).

50　湖州: 兩浙路 湖州(현 절강성 湖州市).

泉州僧本佾說, 其表兄爲海賈, 欲往三佛齊. 法當南行三日而東, 否則値焦上, 船必糜碎. 此人行時, 偶風迅, 船駛旣二日半, 意其當轉而東, 卽回柁, 然已無及, 遂落焦上, 一舟盡溺. 此人獨得一木, 浮水三日, 漂至一島畔. 度其必死, 捨本登岸.

行數十步, 得小逕, 路甚光潔, 若常有人行者. 久之, 有婦人至, 擧體無片縷, 言語啁啾不可曉. 見外人甚喜, 攜手歸石室中, 至夜與共寢. 天明, 擧大石窒其外, 婦人獨出. 至日晡時歸, 必齎異果至, 其味珍甚, 皆世所無者. 留稍久, 始聽自便. 如是七八年, 生三子.

一日, 縱步至海際, 適有舟抵岸, 亦泉人, 以風誤至者, 乃舊相識, 急登之. 時婦人繼來, 度不可及, 呼其人罵之. 極口悲啼, 撲地, 氣幾絶. 其人從蓬底擧手謝之, 亦爲掩涕. 此舟已張帆, 乃得歸.

천주의 승려 본칭의 말에 따르면 그의 사촌 형은 바다 상인으로 삼불제[51]에 가려고 했다. 항해술에 따라 남쪽으로 사흘을 간 뒤 다시 동쪽으로 가야만 했다. 그렇지 않으면 암초를 만나 배가 반드시 부서지기 때문이다. 본칭의 사촌이 항해할 때 마침 바람을 만나 빠르게 갈수 있어서 항해한 지 이틀 반 만에 뱃머리를 동쪽으로 돌려야 할 것으로 생각해 키를 돌렸지만 미처 방향을 잡기도 전에 암초에 부딪쳐

[51] 三佛齊(Samboja kingdom): 室利佛逝(Sri Vijaya)라고도 한다. 수마트라섬 동남부 팔렘방을 수도로 하여 말라카 해협과 순다 해협을 오가는 동서 무역의 중심지로 11세기까지 동서 무역을 지배하였다.

배 전체가 가라앉고 말았다. 본칭의 사촌 홀로 겨우 나무토막 하나를 붙잡고 사흘간 바다 위를 떠다니다가 어느 한 섬에 표류하였다. 그는 살아남기 힘들 것이라 생각하면서 나무를 버리고 섬으로 올라갔다.

몇 십 보를 걷자 작은 길이 보였는데, 길이 너무 깨끗해서 늘 사람들이 오고 다녔던 것 같았다. 한참을 지나자 한 부인을 만나게 되었다. 그녀는 온몸에 실오라기 하나 걸치지 않았고, 말은 새처럼 재잘재잘대는데 도무지 알아들을 수가 없었다. 외지 사람을 보고 몹시 기뻐하며 손을 잡고 돌로 된 방으로 들어갔다. 밤이 되자 그 여자와 동침하였다. 날이 밝자 큰 돌을 들어서 석실 바깥을 막아 놓고 여자 홀로 밖으로 나갔다. 해 질 무렵이 되자 돌아왔는데, 그때마다 기이한 과일을 들고 왔다. 과일은 너무 맛있었고, 이 세상에서 본 일이 없는 것들이었다. 섬에 머무른 뒤 어느 정도 시간이 흐르자 비로소 자유롭게 돌아다니게 해 주었다. 이렇게 7~8년이 지났고, 그 사이에 아이를 셋이나 낳았다.

하루는 해변가를 거닐고 있었는데 마침 배 한 척이 바닷가에 이르렀다. 그들도 천주 사람이었고, 해풍 때문에 잘못해서 이 섬에 이르렀다는데, 마침 오래전부터 잘 알고 지내던 사이였다. 그는 급히 배에 올라탔고 때마침 여자가 쫓아왔는데, 남자를 붙잡을 수 없다는 것을 알고 그를 부르며 원망했다. 목을 놓아 슬피 울면서 발을 굴렀는데 거의 숨이 넘어갈 지경이었다. 남자는 배에서 손을 흔들어 사죄하였는데, 그 역시 얼굴을 가리고 눈물을 흘렸다. 배는 이미 돛을 올리고 출발했으며, 그는 천주로 겨우 돌아올 수 있었다.

常德府查市富戶余翁家, 歲收穀十萬石, 而處心仁廉, 常減價出糶.
每糶一石, 又以半升增給之. 它所操持, 大抵類此.

慶元元年六月, 在書室誦經, 雷電當晝暴作, 有樵夫避雨立門外. 忽
一道人, 靑巾布衣, 引入余宅, 扣書室見翁, 謂之曰: "可令此村叟蹲伏
經棹下, 暫避雷聲." 道人遂就坐. 少頃, 雷火閃爍入室, 旋繞數匝而息.

及雨霽, 一僕報言: "門楣上有新書朱字." 出視之, 云: "樵夫董二, 前
世五逆, 罪惡貫盈, 上帝有勅罰之, 被陳眞人安於慈喜菩薩誦經棹下護
之, 諸神不敢近." 凡三十九字. 讀畢, 失道人所在. 未幾, 余翁坐亡.

상덕부[52] 사시[53]의 부호인 여옹의 집안은 매년 10만 석의 곡식을
거둬들였는데, 마음 씀씀이가 인자하고 욕심이 적어 항상 시세보다
싸게 곡식을 내다 팔았다. 어떤 이가 쌀 한 석을 사면 여옹은 반 승을
더 얹어 주었다. 그는 항상 그런 식으로 처신하였다.

경원 1년(1195) 6월, 서재에서 불경을 읽고 있을 때, 대낮인데도 천
둥 번개가 크게 쳤다. 이때 한 나무꾼이 비를 피해 대문 밖에 서 있었
다. 그런데 갑자기 푸른 두건을 쓰고 베옷을 입은 한 도인이 그 나무
꾼을 데리고 여옹의 집으로 들어와 서재 문을 두드리며 여옹을 보고
말하길,

---

[52]　常德府: 荊湖北路 常德府(현 호남성 常德市).
[53]　查市: 草市가 열리는 곳의 지명으로 추정된다.

"이 촌부를 당신 책상 밑에 웅크리고 앉게 하여 잠시 천둥소리라도 피할 수 있게 해 주시지요."

그러면서 도인은 곧 자리에 앉았다. 잠시 후 번개가 번쩍이며 서재에 비쳐 들어왔고, 여러 차례 서재 안을 감싸 돌더니 멈췄다.

비가 그치고 날이 개자 한 노복이 와서 말하길,

"문미 위에 새로 쓴 붉은 글자가 있습니다."

여옹이 나가보니 쓰여 있길,

"나무꾼 동이는 전생에 오역죄[54]를 범하였으니 그 죄악이 극악무도하다.[55] 상제께서 동이를 엄벌할 것을 명하였는데, 진 진인에 의해 자희보살이 경전을 읽는 책상 아래 앉아 보호를 받았으니 여러 신들도 감히 그에게 접근할 수가 없었다."

모두 39자였다. 여옹이 모두 읽고 나자 도인은 자취를 감추었다. 얼마 지나지 않아 여옹은 앉은 채 세상을 떴다.

---

54 五逆: 無間地獄에 떨어질 지극히 악한 다섯 가지 죄로서 통상 아버지를 죽임, 어머니를 죽임, 아라한을 죽임, 승가의 화합을 깨뜨림, 부처의 몸에 피를 나게 함을 꼽는다.

55 貫盈: 『書經』에서 紂王의 죄가 마치 꿰미에 꿰어 놓은 동전처럼 많다는 데서 나온 말로서 극악무도한 罪惡을 뜻한다.

乾道間, 仁和縣一吏早衰病瘠, 齒落不已. 從貨藥道人求藥, 得一單
方, 只碾生硫黃爲細末, 實於猪臟中, 水煮臟爛, 同硏細, 用宿蒸餠爲
丸, 隨意服之. 兩月後, 飮啖倍常, 步履輕捷, 年過九十, 略無老態, 執
役如初. 因從邑宰出村, 醉食牛血, 遂洞下數十行, 所泄如金水, 自是
尫悴, 少日而死.
　　李巨源得其事於臨安人內醫官管範, 嘗與王樞使言之. 王云: "但聞
猪肪脂能制硫黃, 玆用臟尤爲有理, 亦合服之, 久當見功效也."

건도연간(1165~1173)에 항주 인화현⁵⁶의 한 서리는 이른 나이에 쇠
약해져 병들고 수척하였으며 치아가 계속 빠졌다. 이에 약 파는 도인
에게 좋은 약을 청하니 그가 단방 처방⁵⁷ 하나를 주었다. 생유황을 갈
아 고운 분말을 만든 뒤 돼지 내장 안에 채워 넣고 끓는 물에 푹 삶은
뒤 같은 방식으로 갈아서 분말로 만든다. 그 후 다시 오랫동안 쪄서
반죽하여 환약으로 만들어 수시로 복용하는 것이다. 두 달 뒤 식사량
이 평소의 두 배로 늘었고, 걸음걸이도 가볍고 빨라졌다. 나이 90이
넘었지만 늙은이 티가 나지 않았고 업무도 전처럼 여전하였다. 그런
데 하루는 현지사를 따라 마을로 가서 술에 취한 뒤 소의 피를 먹고
는 수십 차례 설사를 하였다. 설사한 것이 마치 누런 물과 같았다. 이

56　仁和縣: 兩浙路 杭州 仁和縣(현 절강성 杭州市 西湖區와 上城區・拱墅區 일부).
57　單方: 여러 가지 약재를 섞지 않고 단 하나의 약만 쓰는 처방을 뜻한다.

때부터 병약해져 초췌해지더니 며칠이 지나지 않아 죽고 말았다.

이거원은 임안부[58] 사람인 내의관 관범에게서 이 일에 대해 들었고, 언젠가 왕 추밀사에게 그것을 말한 적이 있다. 왕 추밀사가 말하길,

"돼지의 지방으로 유황을 다스릴 수 있다고 들었는데, 이 처방은 돼지 내장을 함께 쓰는 것이니 더욱 일리가 있다. 이를 적절하게 복용했으니 오랫동안 효험이 있었던 것이 당연하지!"

---

58 臨安府: 남송 兩浙路 臨安府(현 절강성 杭州市).

이견갑지【一】

鄱陽主使周世亨, 謝役之後, 奉事觀世音甚謹. 慶元初, 發願手寫經
二百卷, 施人持誦. 因循過期, 遂感疾, 乃禱菩薩祈救護. 旣小安, 卽以
錢三千‧米一石付造紙江匠, 使抄經紙. 江用所得別作紙入城販鬻, 周
見而責之. 江以貧告, 復增畀其直. 及售紙于此, 每幅皆斷爲六七, 懼
而亟還家, 悉力緝製, 納于周.

周倩一僧摺成冊, 齋戒繕寫, 方及二十卷, 正晝握筆, 羣鴉數十鳴譟
屋上, 逐之不退. 起禱像前, 迫出視, 蓋一鴉中箭流血, 衆鴉爲拔之不
能得, 故至悲聞. 周連誦寶勝如來‧救苦觀世音二佛, 以筆指之, 箭脫
然自拔, 鴉飛入空中. 周贊嘆之際, 箭從天井內擲落于佛龕. 靈感如此.

요주 파양현[59]의 서리 주세형은 사직한 뒤 정성을 다해 관세음보살
을 모셨다. 경원연간(1195~1201) 초, 주세형은 불경 200권을 직접 써
서 사람들이 가지고 다니면서 암송할 수 있도록 보시할 것을 서원하
였다. 하지만 차일피일하다가 서원한 기한을 넘기게 되자 곧 병이 나
고 말았다. 이에 관세음보살에게 자신을 돌봐 달라고 기도하였고, 병
세가 조금 나아지자 종이 기술자 강씨에게 돈 3천 문과 쌀 한 석을 주
고 경전을 베낄 종이를 만들어 달라고 하였다. 하지만 강씨는 주세형
에게서 받은 돈으로 다른 종이를 만들어 현성에 들어가 팔았다. 주세
형이 알고 이를 질책하자 강씨는 너무 가난해서 어쩔 수 없었다고 하

---

59 鄱陽縣: 江南東路 饒州 鄱陽縣(현 강서성 上饒市 鄱陽縣).

였다. 주세형은 종이 값을 더 쳐서 주었다. 그래도 강씨가 다시 종이를 내다 팔자 매 폭마다 6~7쪽으로 찢겨 나갔다. 강씨는 무서워서 급히 집으로 돌아간 뒤 온 힘을 다해 종이를 만들어 주세형에게 주었다.

주세형은 한 스님에게 종이를 접어 책으로 만들어 달라고 부탁하였다. 그리고 경건하게 재계하고 베껴 쓰기 시작하였다. 막 스무 권을 썼을 무렵, 한낮에 붓을 잡았는데 갑자기 수십 마리의 갈까마귀 떼가 지붕 위에서 시끄럽게 울어 대었다. 이에 쫓아내려고 했지만 달아나지 않았다. 주세형은 일어나 관세음보살상 앞에서 기도하고 잠시 후 나가보니 갈까마귀 떼가 시끄럽게 울어 댄 것은 그중 한 마리가 화살에 맞아 피를 흘리고 있었고, 다른 갈까마귀들이 그 화살을 뽑아 주고 싶어도 방법이 없기 때문이었다. 주세형은 '보승여래불', '구고관세음불'의 존호를 간절히 음송하며 붓으로 까마귀를 가리켰다. 그러자 까마귀의 몸에서 화살이 저절로 떨어져 나왔고, 갈까마귀는 곧 하늘로 날아갔다. 주세형이 감탄하고 있는 사이에 화살은 천정에서 불상을 모신 불감으로 떨어졌다. 영험함이 이와 같았다.

溫州瑞安縣南箐簹村民張七妻, 久病, 一夕正服藥, 忽不見. 急呼鄰里, 燭火巡山尋之. 至一洞, 甚深, 衆疑其在, 譟而入. 至極深處, 見婦人面浮水上, 取以歸. 云: "數人邀我去, 初在洞口, 見火炬來, 急牽我入. 我衣領間有鍍金釵, 恐失之, 常擧手捫索, 鬼輒有畏色, 以故而得不沉."

온주 서안현[60] 남쪽 운당의 촌민 장칠의 아내는 오랫동안 병을 앓고 있었다. 어느 날 저녁 막 약을 먹다가 갑자기 사라졌다. 장칠은 급히 이웃 사람을 불러 서둘러 횃불을 켜고 산을 뒤지며 아내를 찾았다. 그러다 한 동굴에 이르렀는데 동굴이 몹시 깊어서 사람들은 그 안에 있지 않을까 생각하고 떠들썩하게 소리 지르며 안으로 들어갔다. 아주 깊은 곳까지 가자 장칠 아내가 얼굴을 내밀고 물 위에 떠 있는 것이 보였다. 이에 그녀를 물에서 꺼내어 돌아왔다. 장칠의 아내가 말하길,

"몇몇 사람들이 나를 불러 나갔는데, 동굴 입구에서 횃불이 오는 것을 보더니 급히 나를 끌고 물속으로 들어가게 했어요. 내 옷깃 사이에 금으로 도금한 비녀가 있는데 잃어버릴까 걱정되어 계속 손으로 더듬어 찾았는데 귀신이 금방 겁내는 기색이 있더군요. 아마 그래서 머리가 물속으로 가라앉지 않을 수 있었던 것 같아요."

60　瑞安縣: 兩浙路 溫州 瑞安縣(현 절강성 溫州市 瑞安市).

溫州瑞安道士王居常, 字安道, 後還俗, 居東山. 因販海往山東, 爲僞齊所拘. 脫身由陸路將歸, 至開封, 夜夢人告曰: "汝來日當死. 如遇乘白馬著戎袍挾弓矢者, 乃殺汝之人, 宜急呼搜山大王乞命. 若笑, 則可生, 怒, 則死. 緣汝曩世曾殺他人, 故今受報." 居常次日行荒陂中, 果見一人乘馬, 宛如昨夢所言, 卽拜呼搜山大王乞命, 其人笑而去, 遂得脫. 後歸鄕, 繪其像事之.(右二事亦朱亨叟說.)

　　온주 서안현에 사는 자가 안도인 도사 왕거상은 후에 환속하여 동산에서 살았다. 물건을 팔기 위해 바닷길로 산동에 갔다가 위제의 관아에 구금되었다.

　　후에 왕거상은 탈출하여 육로로 돌아오던 중 개봉부에 이르렀다. 그런데 밤에 꿈속에서 한 사람이 나타나 말하길,

　　"너는 내일 죽음을 면하기 어려울 것이다.

　　만약 내일 전투복을 입고 활과 화살을 갖고 백마를 탄 사람을 만난다면 바로 그자가 너를 죽일 사람이다. 그러면 잽싸게 '수산대왕 살려만 주십시오!'라고 외쳐라.

　　만약 그가 웃으면 살 수 있을 것이고, 화를 내면 죽을 것이다. 네가 전생에 사람을 죽인 죄 때문에 지금 그 업보를 치르는 것이다."

　　다음 날 왕거상이 황량한 비탈길을 가던 중 과연 말을 타고 있는 한 사람을 만났는데 그 모습이 어젯밤 꿈에서 들었던 것과 똑같았다. 즉시 엎드려 절하며 "수산대왕 살려만 주십시오!"라고 외쳤다.

그러자 그 사람은 웃으며 갔고, 왕거상은 겨우 목숨을 건질 수 있었다. 후에 고향으로 돌아와 그 모습을 그려 놓고 섬겼다.

(이 두 가지 일화도 주형수가 한 이야기다.)

19 치성광주熾盛光呪

瑞安士人曹觳, 字覺老, 少出家爲行者. 其家累世病傳尸, 主門戶者一旦盡死, 無人以奉祭祀, 觳乃還儒冠. 後數年亦病作, 念無以爲計, 但晝夜誦熾盛光呪. 一日, 讀最多, 至萬遍, 覺三蟲自身出, 二在項背, 一在腹上, 周匝急行, 如走避之狀. 觳恐畏, 不敢視, 但益誦呪. 忽項上有光如電, 蟲失所之, 疾遂愈.(郡人戴宏中履道說.)

자가 각로인 온주 서안현의 사대부 조각은 어려서 출가하여 행자승이 되었다. 조각의 집안 식구들은 대대로 폐결핵[61]을 앓았는데, 집안 어른들이 하루아침에 모두 사망하여 제사를 모실 사람이 없게 되었다. 이에 조각은 환속하여 유생이 되었다. 후에 몇 년이 지나 병이 재발하자 다른 방법이 없음을 알고 오직 밤낮으로 치성광주를 외웠다. 하루는 가장 많이 읊어 만 번에 이르렀는데 갑자기 벌레 세 마리가 몸에서 나오는 것을 느꼈다. 두 마리는 목 뒤에서, 한 마리는 배에서 나와 한 바퀴 돌더니 급히 어디로 가 버렸는데 마치 도망치듯 하였다. 조각은 몹시 두려워서 감히 보지도 못하고 그저 더욱 큰소리로 치성광주만 읊조렸다. 그러자 홀연 정수리 위에서 번개 같은 밝은 빛이 생기더니 벌레들은 간 곳 없이 사라졌고, 병이 곧 나았다.(온주 사람으로 자가 굉중인 대이도가 한 이야기다.)

61 傳尸: 본래 죽어도 묻힐 곳이 없다는 말로서 傳屍 · 轉屍와 같으나 한의학에서는 肺結核을 뜻한다.

> 　漳州漳浦縣敦照鹽場在海旁, 將官陳敏至其處, 從漁師買沙魚作線.
> 得一魚, 長二丈餘, 重數千斤. 剖及腹, 一人偃然横其間, 皮膚如生, 蓋
> 新爲所呑也.
> 　又紹興十八年, 有海鰌乘潮入港, 潮落, 不能去, 臥港中. 水深丈五
> 尺, 人以長梯架巨舟登其背, 猶有丈餘. 時歲饑, 鄉人爭來剖肉. 是日
> 所取, 無慮數百擔, 鰌元不動. 次日, 有剜其目者, 方覺痛, 轉側水中,
> 旁舟皆覆, 幸無所失亡. 取約旬日方盡, 賴以濟者甚衆, 其脊骨皆中米
> 臼用.

　돈조염장은 장주 장포현⁶² 바닷가에 있는데, 무관 진민이 그곳에
와서 어부에게 상어고기를 산 뒤 낚시에 매어 물고기를 한 마리 낚으
니 길이가 무려 2장이 넘고 무게는 수천 근이나 되었다. 배를 갈라보
니 한 사람이 그 사이에 횡으로 얌전히 누워 있었는데, 피부가 살아
있는 것 같았다. 아마도 막 삼켜서 그런 것 같았다.

　또 소흥 18년(1148)에 수염고래가 밀물을 타고 포구로 들어왔다가
썰물이 되자 바다로 가지 못하고 포구에 누워 있었다. 당시 포구는
수심이 1장 5척 정도여서 사람들은 큰 배에 긴 사다리를 싣고 가서
고래 등에 올라가려 했으나 사다리가 여전히 1장 정도 짧을 만큼 고

62　漳浦縣: 福建路 漳州 漳浦縣(현 복건성 漳州市 漳浦縣).

래가 컸다. 당시 기근이 들어 동네 사람들이 서로 다투어서 고기를 베어 갔는데, 그날 하루에 가져간 것만도 담가로 몇백 개 분량이나 되었지만 수염고래는 미동도 하지 않았다. 다음 날 한 사람이 수염고래의 눈을 파내자 비로소 통증을 느끼고 물속에서 몸을 꿈틀거려 옆의 배들이 다 뒤집어졌으나 다행히도 사상자는 없었다. 고래고기를 모두 가져가는데 대략 열흘이 걸렸고 그 덕분에 기근을 면한 사람들이 대단히 많았다. 수염고래의 척추는 모두 쌀을 찧는 방아로 만들어 썼다.

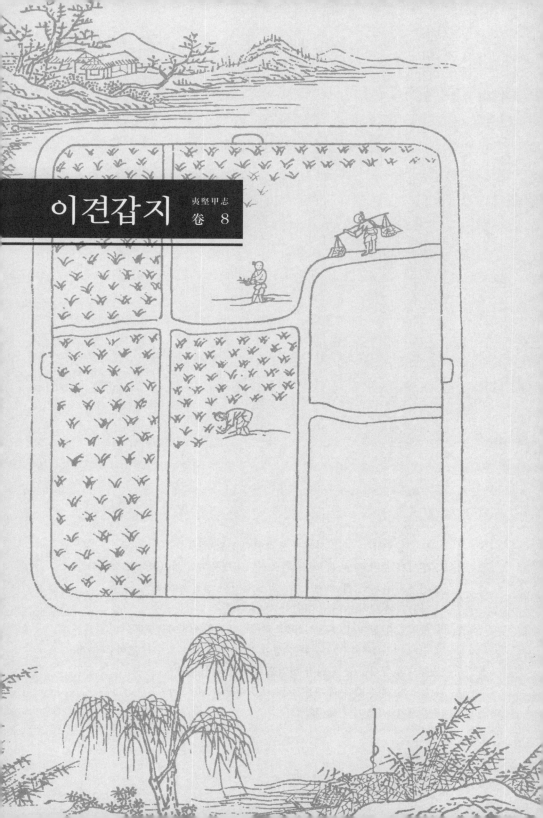

이견갑지

夷堅甲志

卷 8

興化人吳公誠, 字君與, 年七十, 以大夫致仕. 夢人告曰: "公猶有俸金七百千在官." 旣覺, 取夯歷會之. 凡積留未請者正如其數, 乃謂諸子曰: "我所得止此, 且置勿請, 庶稍延我壽." 子如戒緘封, 不復言. 後一年而卒. 計挂冠後所入半俸, 適滿七百千, 乃非昔日所積者. 旣服除, 其子與郡守有舊, 悉以向所當得者復給之.

자가 군여인 흥화군 흥화현[1] 사람 오공성은 70세가 되자 대부로 관직을 사임하였다. 어느 날 꿈에 한 사람이 나타나 말하길,

"공의 봉록 70만 전이 아직 관부에 남아 있습니다."

오공성은 꿈에서 깬 뒤 관련 문서를 가져와 전부 살펴보았다. 무릇 아직 청구하지 않고 남겨 둔 봉록 총액이 바로 꿈에서 말한 액수와 똑같았다. 이에 자식들을 불러서 말하길,

"내가 관리로서 받는 것은 여기까지다. 수령하지 않은 것은 그대로 두고 청구하지 말라. 아마 그렇게 하면 나의 수명이 조금 더 늘어날지도 모른다."

자식들은 부친의 지시에 따라 봉록에 대해 입을 다물고 다시는 언

1　興化縣: 福建路 興化軍 興化縣(현 복건성 莆田市) 또는 淮南東路 泰州 興化縣(현 강소성 泰州市 興化市). 본문이 주로 복건에 관한 일화를 소개하고 있어서 興化軍으로 번역하였다. 興化軍 興化縣은 太平興國 4년(979)에 설치되었고, 泰州 興化縣은 十國 吳의 武義 2년(920)에 설치되었다.

급하지 않았다. 이후 1년이 지나 오공성이 죽었다. 관직을 그만두고 그때까지 받은 은퇴 후 봉록을 계산해 보니 딱 70만 전이어서 꿈에서 말한 액수는 예전 현직에 있을 때 청구하지 않고 남겨 둔 그 봉록이 아니었다.[2] 탈상을 한 후 오공성의 아들과 오랜 교분이 있던 홍화군 지사는 오공성이 원래 수령해야 할 봉록을 그 아들에게 모두 지급해 주었다.

---

2 半俸: 송대에는 관료가 자진 사임하거나 70세 연령 제한으로 사임하면 원래 봉록의 반액을 지급하였으며, 지급 주체는 거주지 주현이었다. 단 현금보다는 곡물 등 현물 지급 비중이 컸다.

　김사에게 붙잡힌 귀신金四執鬼

福州城南禊遊堂下有公蓮池數十畝，民金四榷其利．其居在南臺，去池七里，慮有盜，每夕輒往巡邏．嘗遇一人行支徑中，詰之，曰："我以事它適，偶夜歸耳．"時已三鼓，金素有膽，視其擧措不類人，又非人所常行路，乃好謂之曰："我家在江南，偶飮酒多，覺醉不可歸，欲與汝相負．汝先自此負我至合沙門，我乃負汝至馬鋪，汝復負我過浮橋．"其人欣然如所約而去．至馬鋪欲下，金執之甚急，連聲呼家人燭火來視，已化爲一老鵶，乃縛而焚之．

복주[3]성 남쪽에 있는 계유당[4] 아래에는 수십 묘나 되는 공용 연못이 있는데 주민 가운데 김사라는 자가 그 이익을 독차지하였다. 김사는 연못으로부터 7리 떨어진 남대도[5]에 살고 있었는데, 도둑이 있을까 우려하여 매일 저녁마다 가서 순찰하곤 하였다. 한번은 연못의 샛길로 가는 한 사람과 마주치자 누구냐고 추궁하였는데, 그가 말하길,

"나는 일이 있어서 다른 곳에 갔다가 밤이 되어 돌아가는 것뿐이다."

그때가 이미 3경[6]이었다. 김사는 본래 담력이 있는데다 그 사람의

3　福州: 福建路 福州(현 복건성 福州市).
4　禊遊堂: 계는 물가에서 요귀를 떨어내기 위해 지내는 제사를 뜻한다. 아마도 春禊·秋禊 등을 지내는 곳인 듯하다.
5　南臺島: 복주시를 관통하는 閩江에 형성된 대형 사주로서 현 福州市 倉山區이다.
6　三鼓: 밤 시간을 5등분하여 북을 쳐서 시간을 알렸다. 3경(23~1시)을 뜻한다.

행동거지가 여느 사람 같지 않았고, 또 사람들이 평소 다니던 길이 아니어서 그에게 친절하게 말하길,

"우리 집은 강남인데 우연찮게 술을 많이 마시고 취해서 아무래도 집에 돌아가지 못할 것 같습니다. 우리 서로 업어 주면 어떨까요? 댁이 먼저 여기서부터 합사문[7]까지 나를 업고 가면, 내가 댁을 업고 마포까지 가고, 댁이 다시 나를 업고 부교를 건너가시지요."

그 사람은 흔쾌히 동의하고 약속한 대로 갔다. 마포에서 내리려고 할 때 김사는 그 사람을 갑자기 꽉 붙잡고 연거푸 소리쳐서 집안사람들을 부르니 식구들이 촛불을 들고 나와 보았다. 그는 이미 한 마리의 나이 든 암컷 새매로 변해 있었다. 이에 묶어서 불태워 버렸다.

---

7 合沙門: 974년에 세운 복주성 남문의 이름이다. 978년 吳越이 송에 투항하자 태종은 복주성을 철거하도록 명하여 합사문은 4년 만에 사라지고 말았다. 현 복주시 洗馬橋 부근에 있었다.

이견갑지【一】

臨安民張公子者, 嘗至一寺, 見敗屋內古佛無手足, 取歸, 莊嚴供事
之. 歲餘, 卽有靈響, 其家吉凶事輒先告之, 凡二三十年. 建炎間, 金人
犯臨安, 張竄伏眢井, 似夢非夢, 見所事佛來與之別曰: "汝有難當死,
吾無策可救, 緣前世在黃巢亂中曾殺一人, 其人今爲丁小大, 明日當至
此, 殺汝以報, 不可免矣."

張怖懼. 明日, 果有人攜矛臨井, 叱張令出. 旣出, 卽欲刃之. 張呼
曰: "公非丁小大乎?" 其人駭問曰: "何以知我名氏?" 其告佛語. 其人憮
然擲刃于地曰: "寃可解不可結. 汝昔殺我, 我今殺汝, 汝後世又當殺
我, 何時可了! 今釋汝以解之. 然汝留此必爲後騎所戕, 且與我偕行."
遂令相從數日, 度其脫也, 乃遣去. 丁生蓋河北民爲金人簽軍者.(三事
皆陳季若說.)

임안부[8] 주민 장공자는 한번은 절에 갔다가 낡고 퇴락한 건물 안에
서 손과 발이 없는 오래된 불상을 보고 집으로 모셔 와 잘 꾸미고 정
성을 다해 모셨다. 1년여가 지나자 불상이 영험함을 보여 집안의 길
흉사에 대해 번번이 먼저 알려 주었는데, 그러기를 무려 20~30년이
나 하였다. 건염연간(1127~1130)에 금조의 군대가 임안부를 공격하
자[9] 장공자는 마른 우물에 몸을 감추었는데, 비몽사몽 간에 보니 모

8　臨安府: 남송 浙西路 臨安府(현 절강성 杭州市).
9　建炎 3년(1129) 7월, 고종은 항주를 臨安府로 승격시켰고, 이달 金軍은 전면 공세
　에 나섰다. 10월에 고종은 항주에서 越州(현 紹興市)로 도피하였고, 항주는 12월

시던 부처가 와서 자신과 이별을 고하며 말하길,

"너에게 재난이 있어 죽을 수밖에 없는데 내가 도와줄 방책이 없구나. 네가 황소의 난[10] 때 한 사람을 죽인 전생의 악연이 있는데, 그때 죽은 사람이 금생의 정소대라는 자이다. 그가 내일 이곳에 와서 너를 죽임으로써 원수를 갚으리니 면할 길이 없구나."

장공자는 몹시 두려웠다. 다음 날 과연 한 사람이 창을 들고 우물가에 와서 장공자에게 나오라고 무섭게 소리쳤다. 장공자가 우물에서 나오자마자 그는 즉시 장공자를 살해하려고 하였다. 장공자가 소리치며 말하길,

"공은 정소대가 아닙니까?"

그 사람이 깜짝 놀라며 묻길,

"어떻게 내 이름을 아느냐?"

이에 부처가 한 말을 소상히 알려 주었다. 그 사람이 길게 탄식하며 칼을 땅바닥에 내던지면서 말하길,

"원한은 마땅히 풀어야 하는 것이지 맺어서는 안 된다. 전생에 네가 나를 죽였는데 지금 내가 너를 죽인다면 네가 후생에 또 나를 죽일 것이니 과연 언제 끝이 나겠느냐! 지금 너를 풀어 주어 악연을 풀

에 함락되었다. 建炎 4년(1130) 2월 금군은 북으로 철수하면서 항주에서 약탈과 방화 등을 자행하였다.
10 黃巢의 난(875~884): 安史의 난 평정 이후에도 당조의 통치는 계속 악화일로에 접어들었다. 산동의 소금밀매업자 황소는 하남의 王仙之와 함께 반란을 일으켜 880년에는 도성을 점령하고 大齊를 수립하였다. 하지만 3년 만에 붕괴하고 말았다. 황소는 광동까지 중국 전역을 돌며 약탈과 파괴를 일삼았고, 특히 대운하의 조운체계를 파괴하고 다수의 황소 잔당이 온존한 것이 당조 붕괴에 결정적 영향을 미쳤다.

이견갑지 【一】

고자 한다. 하지만 네가 여기에 남아 있으면 후발 기병에 의해 죽임을 당할 것이다. 나와 함께 여기를 떠나자."

정소대는 장공자에게 며칠 동안 따라다니게 하였으며 그가 위험을 벗어났다고 여겨질 무렵 갈 길을 가게 하였다. 정소대는 아마도 하북의 주민으로 금조의 징집에 의해 군에 복무한 자[11]인 것 같다.(이 세 가지 일화 모두 진계약이 한 이야기다.)

11 簽軍: 金朝에 의해 강제 징집된 漢人 병사이다.

宣和中, 京師士人元夕出遊, 至美美樓下, 觀者闐咽不可前. 少駐步, 見美婦人, 舉措張皇, 若有所失. 問之, 曰: "我逐隊觀燈, 適遇人極隘, 遂迷失侶, 今無所歸矣." 以言誘之, 欣然曰: "我在此稍久, 必爲他人掠賣, 不若與子歸." 士人喜, 卽攜手還舍.

如是半年, 嬖寵殊甚, 亦無有人蹤跡之者. 一日, 召所善友與飲, 命婦人侍酒, 甚款. 後數日, 友復來曰: "前夕所見之人, 安從得之?" 曰: "吾以金買得之." 友曰: "不然, 子宜實告我. 前夕飲酒時, 見每過燭後, 色必變, 意非人類, 不可不察." 士人曰: "相處累月, 焉有是事!" 友不能强, 乃曰: "葆眞宮王文卿法師善符籙, 試與子謁之. 若有祟, 渠必能言. 不然, 亦無傷也." 遂往.

王師一見, 驚曰: "妖氣極濃, 將不可治. 此祟異絶, 非尋常鬼魅比也." 歷指坐上它客曰: "異日皆當爲左證." 坐者盡恐. 士人已先聞友言, 不敢復隱, 備告之. 王師曰: "此物平時有何嗜好?" 曰: "一錢篋極精巧, 常佩於腰間, 不以示人." 王卽朱書二符授之曰: "公歸, 俟其寢, 以一置其首, 一置篋中."

士人歸, 婦人已大罵曰: "託身於君許久, 不能見信, 乃令道士書符, 以鬼待我, 何故?" 初尙設辭諱, 婦人曰: "某僕爲我言, 一符欲置吾首, 一置篋中, 何諱也?" 士人不能辯, 密訪僕, 僕初不言, 始疑之. 迨夜伺其睡, 則張燈製衣, 將旦不息. 士人愈窘, 復走謁王師, 師喜曰: "渠不過能忍一夕, 今夕必寢, 第從吾戒." 是夜, 果熟睡, 如敎施符. 天明, 無所見, 意謂已去.

越二日, 開封遣獄吏逮王師下獄曰: "某家婦人瘵疾三年, 臨病革, 忽大呼曰: '葆眞宮王法師殺我.' 遂死. 家人爲之沐浴, 見首上及腰間篋中皆有符, 乃詣府投牒, 云王以妖術取其女." 王具述所以, 卽追士人并向日坐上諸客, 證之皆同, 始得免. 王師, 建昌人. (林亮功說, 林與士人之友同齋.)

선화연간(1119~1125), 개봉부의 한 사인이 정월대보름날 밤에 등 구경을 하러 나갔다가 미미루 아래에 이르렀다. 등 구경을 하는 사람이 인산인해를 이루고 있어 더는 앞으로 갈 수가 없어 잠시 걸음을 멈추고 서 있었는데, 그때 한 아름다운 여인이 눈에 띄었다. 당황해하는 모습이 마치 무엇인가를 잃어버린 듯 했다. 이에 물어보니 대답하길,

"저는 사람들을 따라 등 구경을 나왔다가 사람들이 너무 밀어 대는 바람에 그만 일행을 놓치고 말았습니다. 지금 돌아갈 바를 모르겠습니다."

사인이 여인을 유혹하자 그 여인은 흔쾌히 말하길,

"내가 여기서 조금 더 있다 보면 분명 다른 사람들이 나를 데려가 팔아 버릴 터이니 차라리 댁과 함께 가는 것이 낫겠습니다."

사인은 기뻐하며 바로 그녀의 손을 잡고 집으로 돌아왔다.

이렇게 해서 반년이 흘렀는데, 사인은 그 여인을 몹시 아끼며 사랑하였고, 마침 여인을 찾으러 오는 사람도 없었다. 하루는 친한 친구를 불러 함께 술을 마시며 그 여자에게 술을 대접하도록 하였고 여자도 정성을 다하였다. 그런데 며칠 뒤 친구가 다시 찾아와 말하길,

"지난번 밤에 봤던 여자는 어떻게 해서 얻었나?"

사인이 대답하길,

"내가 돈을 주고 사 왔지."

다시 그 친구가 말하길,

"그렇지 않을걸. 자네는 나에게 솔직하게 말해 줘야 하네. 지난밤에 술을 마실 때 보니 매번 촛불 뒤를 지나면 안색이 꼭 변하였는데 이는 사람이 아니라는 뜻이야. 꼭 자세히 살펴봐야 하네."

사인이 말하길,

"우리가 함께 지낸 지가 벌써 몇 달이나 되었는데, 어떻게 그런 일이 있을 수 있겠나!"

그 친구는 더 이상 강하게 말하지 못하면서 일러 주길,

"보진궁의 왕문경 법사가 부적[12]을 잘 쓴다고 하니, 시험 삼아 자네와 함께 법사를 찾아뵈세. 만약 요괴에 쓰인 것이라면 법사가 반드시 말해 줄 것이고 그렇지 않다 해도 해될 것은 없을 것 아닌가?"

이에 두 사람은 함께 보진궁에 갔다.

왕 법사는 사인을 보자마자 놀라며 이르기를,

"요기가 매우 성하니 쉽게 다스리기는 어려울 것 같다. 이 요괴는 아주 특별하여 보통 귀신이나 도깨비와는 비할 바가 아니다."

그는 앉아 있는 다른 손님들을 일일이 손가락으로 가리키며 말하길,

"훗날 모두 나를 위해 증언해 주셔야 합니다."

앉아 있던 사람 모두 두려워하였다. 사인은 이미 친구에게 들은 말도 있고 해서 감히 다시 숨기지 못하고 모든 일을 말하였다. 왕 법사가 묻길,

"이 요괴는 평소에 무엇을 좋아하느냐?"

---

12 符籙: 도교에서 즐겨 쓰는 부적이다. 符는 천신의 명령을, 籙은 神明의 이름을 뜻하며 글자를 변형시킨 것 같은 부호는 天神의 이름을 祕文으로 적은 것이다. 이를 통해 재앙이나 사악한 기운을 물리칠 수 있다고 하여 도사의 법술을 드러내는 핵심적 요소로 간주한다. 도교 가운데서도 正一道에서 가장 중시하였으며 송대의 이른바 三宗(三山符籙)으로는 茅山上淸派·閣皂山靈寶派·龍虎山天師道를 꼽는다. 符籙 외에도 符文·符書·符術·符篆·符圖·甲馬·法籙 등 다양한 별칭이 있다.

사인이 답하길,

"동전을 넣어 두는 조그만 상자가 아주 정교한데, 그것을 늘 허리에 차고 다니지만 남에게 보여 주지는 않습니다."

왕 법사는 즉시 붉은 글씨로 쓴 두 개의 부적을 써 주며 말하길,

"그대는 집으로 돌아가 그 요괴가 잠들기를 기다렸다가 하나는 머리에, 다른 하나는 그 상자 안에 넣어 두도록 하게."

사인이 집에 돌아가자마자 그 여자는 큰소리로 욕하길,

"당신에게 몸을 맡긴 지 이미 오래인데 나를 믿지 못하고 도사에게 부적이나 써 달라고 하며 나를 귀신으로 대하니 이게 어찌된 일이오?"

처음에 계속 핑계를 대며 회피하려고 하자, 여자가 말하길,

"노복 한 사람이 나에게 와서 부적 하나는 내 머리에 두고 하나는 상자 안에 둘 것이라고 이미 알려줬는데 무엇을 더 숨긴단 말이오?"

사인은 더 이상 변명할 수가 없어 몰래 그 노복을 찾아가 물어보니 그 노복은 애초 그런 말을 하지 않았다고 하였다. 사인은 비로소 여자를 의심하기 시작하였다. 밤이 되어 잠들었는지 엿보았지만 여자는 등을 켜 놓고 옷을 지으며 새벽이 다 되도록 쉬지 않았다. 사인은 더욱 궁색해져서 할 수 없이 다시 왕 법사를 찾아갔다. 왕 법사는 기뻐하며 말하길,

"그 요괴는 하룻밤은 참을 수 있겠지만 오늘 밤에는 반드시 잠을 잘 것이다. 그저 내가 시킨 대로만 하면 된다."

그날 밤 정말로 여자가 깊이 잠들었고, 사인은 시킨 대로 부적을 놓아 두었다. 날이 밝자 아무것도 보이지 않아 요괴가 이미 없어진 것으로 생각하였다.

이틀 후, 개봉부[13]에서 옥리를 파견하여 왕 법사를 잡아가 하옥시
키며 말하길,

"어떤 집에서 부인이 3년 동안 결핵을 앓다가 병세가 위급해지자
갑자기 큰 소리로 말하길,

'보진궁 왕 법사가 나를 죽인다!'

그러더니 금방 죽고 말았다. 가족들은 그녀를 목욕시키다 머리와
허리춤의 상자에 모두 부적이 있는 것을 발견하고 개봉부에 와서 소
장을 제출[14]하며 왕 법사가 요술을 써서 그 딸을 데려갔다고 했다."

왕 법사가 자초지종을 모두 진술하고 곧 사인과 지난날 그 자리에
있던 여러 손님을 모두 소환하였는데, 증언한 바가 모두 같아서 비로
소 죄를 면할 수 있었다. 왕 법사는 건창[15] 사람이다.(임량공이 한 이야
기다. 임량공과 사인은 친구 사이로 태학에 있을 때 같은 숙사에 있었다.)

---

13 開封府: 東京 開封府(현 하남성 開封市).
14 投牒: 공소장을 제출한다는 말과 함께 관리의 신분증을 던진다는 말로 사직을 뜻
    하기도 한다.
15 建昌: 江南西路 建昌軍(현 강서성 撫州市 南城 · 南豐 · 廣昌 · 資溪 · 黎川縣) 또는
    江南東路 南康軍 建昌縣(현 강서성 九江市 永修縣).

이견갑지【一】

福州永福縣有村律院, 伯仲二僧同房. 伯僧愛一犬, 每食必呼使前.
仲甚惡之, 見必叱逐, 或繼以鞭箠, 如是累歲. 伯嘗出外旬日, 歸不見
犬, 責仲曰:"汝常日讎犬特甚, 乘我之出, 必殺食之矣." 仲力辯, 不得
已, 乃言:"因其竊食, 誤擊殺之, 埋諸後圃, 非食也."

伯殊不信, 潛往瘞所發視, 急歸語仲曰:"犬雖異類, 心與人同, 汝與
結寃非一日. 適吾視其體, 頭已爲蛇, 會當報汝. 汝不宜往, 可倩所知
者再觀之." 洎別一人往視, 則蛇頭愈長, 始大恐, 問所以解寃之策. 伯
敎以盡鬻衣鉢, 對佛懺謝. 遂入懺堂, 晝夜不息, 凡數年. 一夕, 焚紙
鏹, 覺盆中有物, 意其鼠, 撥灰視之, 蛇也. 乘仲張口, 急奔入喉中, 遂
死.(本縣般若長老惟學說.)

　　복주 영복현[16]의 한 촌락에 율원이 있었는데, 두 명의 형제 승려가
한 방에서 지냈다. 형은 개 한 마리를 매우 좋아하여 매번 식사 때마
다 불러서 옆에 두고 먹였다. 동생은 개를 아주 미워하여 볼 때마다
욕하며 내쫓거나 혹은 채찍으로 때리기까지 하였다. 이렇게 몇 해를
지냈다. 한 번은 형이 열흘 남짓 출타를 했다가 돌아와 보니 개가 보
이지 않자 동생을 나무라길,

　　"네가 늘 개를 원수처럼 싫어하더니 내가 외출한 틈을 타서 잡아먹
은 게 분명하다."

16　永福縣: 福建路 福州 永福縣(현 복건성 福州市 永泰縣).

동생은 힘껏 변명했지만 통하지 않자 할 수 없이 말하길,

"개가 음식을 훔쳐 먹기에 때리다가 잘못되어 죽이고 말았어. 절 뒤 밭에 묻어 주었어. 잡아먹은 것은 아니야."

형은 그래도 그 말을 믿을 수가 없어 몰래 묻은 곳에 가서 흙을 파 보고는 급히 돌아와 동생에게 말하길,

"개는 비록 사람과 다르지만 마음은 사람과 마찬가지다. 네가 그 개와 원한을 맺은 것이 하루 이틀이 아니다. 내가 가서 개의 시체를 보니 머리는 이미 뱀이 되었더구나. 분명히 너에게 복수할 것이니 너는 그곳에 가지 않는 것이 좋겠다. 이 일을 아는 사람에게 다시 보고 오라고 부탁하는 것이 좋겠다."

다른 사람이 가서 보니 뱀의 머리가 더욱 커져 있었다. 이에 동생은 비로소 두려워하며 원한을 풀어 줄 방책이 무엇인지 물어보았다. 형은 의발을 모두 팔아서 부처 앞에서 참회하고 사죄하라고 하였다. 동생은 참회당[17]에 들어가 주야로 쉬지 않고 참회하기를 몇 년이나 계속하였다. 하루는 밤에 명전을 태우는데, 화로 안에 무엇인가 있는 것을 발견하고 쥐려니 생각하였다. 재를 휘저어 살펴보니 바로 뱀이었다. 동생이 깜짝 놀라 입을 벌리는 틈을 타서 뱀이 목구멍 안으로 급히 뛰어 들어갔다. 동생은 곧 죽고 말았다.(영복현의 반야 장로 유학이 한 이야기다.)

---

[17] 懺悔堂: 출가하여 戒와 衣鉢을 받기 전 자신의 과거 악업에 대해서 진심으로 참회하는 과정을 거치는데, 그에 관련된 일을 행하는 법당이다.

青州人柴注, 爲壽春府司理. 因鞫劫盜獄, 一囚言: "離城三十里間, 開旅邸, 每遇客攜囊橐獨宿, 多殺之, 投尸於白沙河下, 前後不知若干人, 惟謀一老嫗不得." 注問其故, 囚曰: "頃年老嫗獨寄宿, 某與兄弟言: '今夜好個經紀.' 至更深, 遣長子推戶, 久乃還云: '若有人抵戶而立, 不可啟.' 某不信, 提刀自行, 及門, 穴壁窺之, 見紅光中一大神, 與房上下等, 背門而立, 氣象甚怒. 某驚懼失聲, 幾於顚仆. 天將曉, 門方開, 嫗正起理髮, 誦經不已. 問何經, 曰: '『金剛經』也.' 乃知昨夜神人蓋金剛云."

청주[18] 사람으로 수춘부[19] 사리참군인 시주는 한 강도의 옥사를 심문하고 있었다. 한 죄수가 말하길,

"성에서 30리쯤 떨어진 곳에 여관을 열었는데, 전대를 매고 홀로 묵는 손님이 있을 때마다 대부분 그들을 살해하고 시체를 백사하에 던져 버렸습니다. 앞뒤로 그렇게 죽인 자가 모두 몇 명인지 모르겠습니다. 그런데 오직 한 노파만이 뜻대로 되지 않더군요."

시주가 그 이유를 묻자, 죄수가 대답하길,

"몇 년 전에 노파가 홀로 와서 묵게 되어 저는 형제들에게, '오늘 밤은 운수[20]가 좋다'고 하였습니다. 밤이 더욱 깊어졌을 때, 큰아들을

18　青州: 京東東路 靑州(현 산동성 濰坊市 靑州市).
19　壽春府: 淮南西路 壽春府(현 안휘성 六安市 壽縣).

보내 문을 열게 하였는데 한참 있다가 와서 말하길, '어떤 사람이 문을 막고 서 있는 것 같아서 문을 열 수가 없었어요'라고 하였습니다. 저는 믿을 수가 없어서 칼을 들고 직접 가서 문에 구멍을 뚫고 안을 들여다보았습니다. 붉은빛이 감도는 가운데 방의 천장에까지 닿을 듯한 큰 신이 문을 등지고 서 있었는데, 그 기세가 매우 화가 난 듯했습니다. 저는 놀라고 무서워서 말문이 막혀 거의 엎어질 지경이었습니다. 날이 밝아올 무렵 비로소 문이 열리기에 들여다보니 노파는 막 일어나서 머리를 빗으면서도 불경 독송을 그치지 않았습니다. 무슨 경전이냐고 물어보니, '『금강경』이오'라고 하였습니다. 그제야 어젯밤 신이 바로 금강역사였음을 알았습니다."

---

20 經紀: 본래 상인·매매 중개인 또는 장사하다·경영하다는 말이지만 법도·질서라는 뜻도 있다. 본문의 맥락을 고려하여 운수로 번역하였다.

이견갑지【一】

靖康元年, 鄧州南陽縣驛有女子留題一詩曰:"流落南來自可嗟, 避人不敢御鉛華. 卻憐當日鸎鸎事, 獨立春風霧鬢斜." 字畫柔弱, 眞婦人之書, 次韻者滿壁.

정강 1년(1126), 등주 남양현²¹의 한 역사에 어느 여인이 다음과 같은 시 한 수를 남겨 놓았다.

떠돌아다니다 남쪽에까지 이르니 탄식만 절로 나오는데,
사람들을 피하여 감히 화장²²도 하지 않았네.
그날의 사랑했던 일을 생각하니 오히려 슬퍼지고,
홀로 서서 봄바람을 맞으니 검은 머릿결²³만 흩날리누나.

서체가 부드럽고 가냘픈 것이 참으로 여인의 글이다. 운에 맞추어²⁴ 이에 화답한 시가 옆 벽면에 가득했다.

21　鄧州 南陽縣: 京西南路 鄧州 南陽縣(현 하남성 南陽市).
22　鉛華: 백분을 바르고 치장한다는 말이다. 연화는 본래 납이 들어간 화장품을 뜻하는데, 납은 결정이 곱고 윤기 있는 흰색이라 보기에 좋고 보존성도 좋아 여성들에게 크게 환영받았다. 납을 화장품으로 쓰기 시작한 시기는 늦어도 전국시대부터이다.
23　霧鬢: 霧는 숱이 많아 빽빽하다는 말이며, 무빈은 검고 아름다운 머리카락 또는 미인을 뜻한다.
24　次韻: 시의 韻과 운의 순서(次序)에 따라 화답하는 시를 짓는 것을 말한다. 步韻이라고도 한다.

王彦楚, □□□州人. 少年時, 夢作詩曰:"春罷雞□□, □行犬吠
籬. 溪深水馬健, 霜重橘奴肥." 建炎初, 將漕京西, 遇寇至, 彦楚腦間
中刃, 奔走墟落, 聞農家舂聲, 正如昔年夢中作詩景象云.(三事黃訥說.)

□□□주 사람인 왕언초는 어린 시절 꿈속에서 시를 지었는데 다
음과 같다.

절구를 찧자 닭이 …, … 울타리에선 개가 짖는구나.
계곡물이 깊어지니 수마[25]가 살찌우고, 서리가 무거워지니 귤이 탱글탱
글 알이 차오른다.

건염연간(1127~1130) 초에 왕언초는 배를 타고 경서로[26]로 가다가
도적떼를 만났다. 왕언초는 머리에 칼을 맞았는데, 마을로 도망치다
가 어느 농가의 절구소리를 들었다. 마치 예전에 꿈속에서 썼던 시의
정경과 똑같았다고 하였다.(이 세 가지 일화 모두 황잉이 한 이야기다.)

25　水馬: 전설상의 동물로 몸체는 말과 같고 꼬리는 소와 같다고 한다.
26　京西路: 至道 3년(997)에 전국에 15개 路를 설치하면서 신설된 京西路의 治所는
　　洛陽 河南府(현 하남성 洛陽市)였고, 16個州 2個軍으로 이루어졌다. 현 하남성 서
　　남부와 섬서성 동남부, 호북성 북부에 상당하는 지역이며, 熙寧 5년(1072)에 북로
　　와 남로로 분리되었다.

劉敏求, 字好古, 居開封郊外. 生一子, 兩歲而病, 將死, 不忍視, 徙置比舍民家, 須其絶而殮之. 乳媼方抱以泣, 有道人過, 見之曰:"兒未死也." 取藥一餠餌之, 遂蘇. 復索紙書十數字, 緘封以授媼, 祝令謹藏去, 勿得發視, 視則兒死. 媼先密窺之, 能認'十九'兩字, 餘不識也. 自此兒浸安, 母意其十九歲當不免. 至是年, 爲食素祝延之, 旣而無恙. 及紹興十九年, 敏求官建康, 子四十三歲矣, 得疾, 以三月二十六日不起, 媼猶在. 始啓所緘書, 乃大書九字, 其文曰:"十九年三月二十六日."(梁竑夫說.)

자가 호고인 유민구는 개봉부 교외에 살고 있었다. 아들을 하나 낳았지만 두 살 때 중병에 걸렸다. 아들이 죽어 가는 것을 차마 보고 있을 수 없어서 그는 이웃집 민가에 아들을 보낸 뒤 목숨이 끊어지면 염을 하려고 기다리고 있었다. 유모가 마침 아이를 안고 울고 있을 때 한 도인이 지나가다가 보고 말하길,

"이 아이는 아직 죽지 않았습니다."

그 도사는 약을 꺼내 교자²⁷에 섞어 아이에게 먹였는데 아이가 곧 깨어났다. 다시 종이를 찾더니 십여 자를 쓴 뒤 밀봉해서 유모에게 건네며 조심해서 잘 보관하라고 당부하였다. 그리고 절대 열어 보아

27　餠餌: 餃子에 대한 東周 시대의 용어다. 외형이 귀처럼 생겼다고 해서 붙여진 이름이다. 隋唐代에는 餛飩과 구분하였고 민간에서는 粉角·角子라고도 불렀다.

서는 안 되며 열어 보면 아이가 죽는다고 하였다. 유모는 앞서 몰래 엿보았지만 '십구' 두 글자만 알아볼 수 있었고 나머지는 알 수가 없었다. 이때부터 아이는 점차 안정되어 갔다. 아이 엄마는 아이가 열아홉 살 때는 죽음을 면하기 어려울 것이라 생각했다.

열아홉이 되는 해가 되자 채식을 하면서 수명이 연장되기를 빌었는데 시간이 흘러도 아무 일도 일어나지 않았다. 소흥 19년(1149)이 되었을 때 유민구는 건강부[28]에서 관리로 있었는데, 그 아들은 마흔 셋이었다. 이해에 아들이 마침내 병을 얻어 3월 26일에 죽었는데, 당시 유모는 여전히 살아 있었다. 유모가 밀봉된 서신을 처음으로 열어 보았는데, 종이에는 아홉 글자가 있었다. 그 문구는 "십구년 삼월 이십육일"이었다.(양횡부가 한 이야기다.)

---

28 建康府: 남송 江南東路 建康府(현 강소성 南京市).

이견갑지 【一】

> 潘璟, 字溫叟, 名醫也. 虞部員外郎張咸妻孕五歲, 南陵尉富昌齡妻
> 孕二歲, 團練使劉彝孫妾 孕十有四月, 皆未育. 璟視之曰:"疾也, 凡醫
> 妄以爲有娠耳." 於是作大劑飮之. 虞部妻墮肉塊百餘, 有眉目狀. 昌
> 齡妻夢二童子色漆黑, 倉卒怖悸, 疾走而去. 彝孫妾墮大蛇, 猶蜿蜒不
> 死. 三婦人皆平安.
> 　貴江令王霈, 夜夢與婦人歌謳飮酒, 晝不能食, 如是三歲. 璟治之,
> 疾益平, 則婦人色益沮, 飮酒易怠, 歌謳不樂. 久之, 遂無所見. 溫叟
> 曰:"病雖衰, 然未也. 如夢男子靑巾而白衣則愈矣." 後果夢, 卽能食.
> (北湖吳則禮載其事.)

　자가 온수인 반경은 명의였다. 우부원외랑[29] 장함의 아내는 임신한
지가 5년이 지났고, 선주 남릉현[30]의 현위 부창령의 아내도 2년이 되
었으며, 단련사[31] 유이손의 첩은 임신 14개월이 되었지만 모두 아이
를 낳지 못했다. 반경이 이들을 진찰해 보고 말하길,

　"이는 질병입니다. 여러 의원들이 임신으로 잘못 진단한 것일 뿐입

29　虞部司員外郎: 尙書省 工部 虞部司 소속으로서 元豐 3년(1080) 관제개혁으로 직사
　　관이 되었으며 정7품에 해당한다. 工部尙書 휘하에서 산림·水澤·苑囿·사냥·
　　木石·薪炭·藥物·광물 채취 등의 업무를 담당하였다. 약칭은 虞部員外郎이다.
30　南陵縣: 江南東路 宣州 南陵縣(현 안휘성 蕪湖市 南陵縣).
31　團練使: 지방의 자치무장 조직인 團練을 관장하는 무관으로 원풍개혁 이후 종5품
　　에 해당한다. 송조는 지방의 군사력을 최대한 억제하였기 때문에 단련사는 부
　　마·종실·환관 등에게 주로 수여하는 무신 寄祿官 명칭이어서 품계는 높지만 실
　　제 업무나 정원 규정이 없고 실제 부임하지도 않았다.

니다."

그리고는 많은 양의 약제를 지어 복용하게 하였다. 약을 복용한 후 우부원외랑 장함의 아내는 100여 개의 살덩이를 배출하였는데 눈썹과 눈의 모양을 하고 있었다. 부창령의 아내는 꿈에서 두 명의 사내아이가 안색이 칠흑처럼 변하더니 창졸간에 겁에 질려 잽싸게 도망치는 것을 보았다. 유이손의 첩은 큰 뱀을 배출했는데 밖으로 나와서도 여전히 꿈틀거리는 게 죽지 않은 것 같았다. 그 후 세 명의 부인 모두 평안해졌다.

또 귀강현³²지사 왕제는 어느 날 밤 꿈속에서 한 부인과 노래를 부르며 음주를 즐겼다. 그 후부터 낮에는 음식을 먹지 못했는데 이렇게 삼 년을 보냈다. 반경이 치료를 하니 병이 차차 회복되었는데 꿈속 부인의 안색이 날로 예전만 못했고, 술을 마시면 쉽게 피로했으며 가무도 즐겁지 않았다. 시간이 한참 지나자 더 이상 부인도 나타나지 않았다. 반경이 말하길,

"비록 병이 차도를 보이고 있지만 아직 완쾌된 것은 아닙니다. 만일 꿈속에서 푸른 두건을 쓰고 흰색 옷을 입은 청년이 보이면 그때 바로 완쾌한 것입니다."

후에 과연 그러한 꿈을 꾸었는데 그때부터 왕제는 음식을 먹을 수 있게 되었다.(북호거사 오칙례³³가 기록한 이야기다.)

---

32 貴江縣: 貴江縣은 『송사』 「지리지」와 『歷代沿革表』(四部備要, 臺灣中華書局, 1971)를 비롯한 여러 자료에서 찾을 수 없었다. 혹 江南東路 池州 貴池縣(현 안휘성 池州市 貴池區)을 잘못 쓴 것인지도 모르겠다.
33 吳則禮(? ~1121): 字는 子副이며 號는 北湖居士다. 軍器監主簿와 虢州지사를 역임하였다.

贈太師葉助天祐, 縉雲人, 爲睦州建德尉. 年壯無子, 問命於日者黃某. 黃云: "公嗣息甚貴, 位至節度使, 然當在三十歲以後. 若速得之, 亦非令器也." 天祐不樂. 後官拱州, 黃又至, 令以『周易』筮之, 得'賁卦'. 黃曰: "今日辰居土, 土加賁爲墳字, 君當生子, 但必有悼亡之戚." 果生男. 數歲而晁夫人卒. 其子卽少蘊也, 旣擢第, 爲淮東提刑周穜壻. 周嘗延一黃山人, 少蘊命之筮, 遇'晉卦'. 黃曰: "三年後當擧生二女. 晉之卦, 坤下離上, 二陰也. 晉之字, 從兩口, 爻辭曰: '晝日三接, 三年之象也.' 俟此事驗, 當以前程奉告." 少蘊深惡其說. 已而果然.

自維揚歸吳興, 復見之. 少蘊曰: "君昔日所言果中, 異時休咎, 盍以告我." 黃曰: "公貴人也, 自此當遍儀淸要, 登政府, 終於節度使. 宜善自愛." 少蘊異之, 以白乃父. 父曰: "憶三十年前, 有客亦姓黃, 爲吾言得汝之期, 且謂當建節鉞, 豈非此人乎?" 試使召之, 眞昔所見者. 父子相視而笑, 待黃生如神.

建炎中, 少蘊爲尙書左丞. 紹興十六年, 年七十, 上章告老, 自觀文殿學士除崇慶軍節度使, 致仕二年而薨, 竟如黃言.(黃訪說得之左丞.)

자가 천우인 처주 진운현³⁵ 사람 엽조는 후에 태사³⁶에 추증되었는

34 山人: 본래 속세를 떠나 산에 은거하는 隱士나 학자를 뜻하나 方士나 점쟁이를 뜻하기도 한다.
35 縉雲縣: 兩浙路 處州 縉雲縣(현 절강성 麗水市 縉雲縣).
36 太師: 太傅·太保와 함께 三公이라 칭하는 정1품의 최고위관직이지만 그 가운데서도 으뜸으로 여겼다. 단 송대에는 宰相·使相·親王에게 수여하는 순수한 명예직이었다.

데, 그가 목주[37] 건덕현[38]의 현위로 있을 때의 일이다. 나이가 들어서도 아이가 없자 점쟁이[39] 황씨에게 운명을 봐 달라고 청했다.

황씨는 말하길,

"당신의 아드님은 매우 귀한 분으로서 관위가 절도사에 이를 것입니다. 그러나 마땅히 서른 살이 넘어서 얻어야 합니다. 만약 더 일찍 얻게 된다면 훌륭한 인재는 아닐 것입니다."

엽조는 그 말을 듣고 우울하였다. 후에 공주[40]에서 관리로 근무하던 중 황씨가 또다시 왔기에 그에게 『주역』으로 점을 쳐 보게 하였는데, '비괘'[41]를 얻었다. 황씨가 풀이하길,

"오늘 일진이 토운에 거하고 土에 '비賁' 자를 더하면 무덤 '분墳'이 되니 공께서는 아들을 낳으시겠지만 반드시 가족을 애도하는 슬픔을 겪게 될 것입니다."

과연 사내아이가 태어났다. 그리고 몇 년 뒤 아이의 어머니 조씨

---

37 睦州: 兩浙路 睦州(현 절강성 杭州 建德市). 宣和 3년(1121), 方臘의 난을 진압하고 난 뒤 嚴州로 개칭하였다.

38 建德縣: 兩浙路 睦州 建德縣(현 절강성 杭州 建德市). 송대에 두 개의 建德縣이 있었다. 睦州 建德縣은 三國 吳 黃武 4년(225)에 처음 설치되었고, 江南東路 池州 建德縣(현 안휘성 池州市)은 오대의 吳 順義 2년(922)에 처음 설치되었다. 또 宣和 3년(1121), 方臘의 난을 진압하고 난 뒤 睦州를 嚴州로 개칭하였기 때문에 목주 건덕현과 엄주 건덕현은 사실상 하나다.

39 日者: 본래 천문을 보고 길흉 여부를 점치는 사람을 뜻하였으나 후에 점쟁이의 범칭으로 쓰였다.

40 拱州: 崇寧 4년(1105)에 동경 開封府를 京畿路로 승격시키면서 東輔州로 설치하였다. 치소는 襄邑縣(현 하남성 商丘市 睢縣)이다. 大觀연간(1107~1110)에 철폐하였다가 政和연간(1111~1118)에 다시 설치하였다.

41 賁卦: 『주역』의 64괘 가운데 22번째 괘로서 '艮卦'와 '離卦'가 겹쳐서 이루는 괘(䷕)를 말한다. 실질을 중시하여 내면을 충실히 하는 것이 진정한 文飾이라는 괘다. 원하는 일이 이루어지더라도 더 큰 일에 손을 대서는 안 된다는 것을 뜻한다.

이견갑지 【一】

부인이 세상을 떴다. 그 아이가 바로 엽몽득[42]이다. 과거에 급제하였고, 회남동로 제점형옥공사 주동[43]의 사위가 되었다.

주동이 하루는 황씨를 불러 엽몽득의 운세를 봐달라고 청하였는데, '진괘'[44]가 나왔다. 황씨가 풀이하길,

"3년 후에 마땅히 두 딸을 얻게 될 것입니다. 진䷢의 괘는 '곤坤'을 아래에 그리고 '이離'가 위에 있으니 둘 다 모두 '음'에 해당됩니다. '진'의 글자체는 두 개의 입 '구口'자가 모여 있는 것입니다.

또 효사[45]에서는 '낮에 세 번씩 천자를 접견하는 것이 삼 년간의 괘상이다'라고 하였으니, 이 점괘가 현실이 된 연후에 공의 앞날에 대해서 말씀드리겠습니다."

엽몽득은 황씨의 점괘 풀이에 대해서 대단히 싫어하였다. 그러나 그 뒤로 모두 다 황씨의 말처럼 이루어졌다.

---

42 葉夢得(1077∼1148): 자는 少蘊이며 兩浙路 蘇州 吳縣(현 강소성 蘇州市 吳中區・相城區) 사람이다. 翰林學士・戶部尙書・尙書左丞・江東安撫大使・建康府자사・福州지사 등을 지냈다. 강직하고 박학다식하였으며 石林居士로 널리 알려진 詞의 대가였다. 『石林燕語』・『石林詞』・『石林詩話』 등 많은 저작을 남겼다. 본문의 절도사 운운한 것은 紹興 8년(1138)에 건강부지사・行宮留守・江東安撫制置大使를 겸직한 것과 무관하지 않을 것이다.

43 周穜: 字는 仁熟이며 淮南東路 泰州(현 강소성 南通市) 사람이다. 왕안석이 첫눈에 奇才임을 인정한 인물이었다. 정치적 풍파를 각오하고 왕안석을 神宗 사당에 배향할 것을 주장하였으며 蘇軾과도 깊은 교분을 나누었다. 起居舍人을 역임하였다.

44 晉卦:『주역』의 64괘 가운데 35번째 괘로서 '離卦'와 '坤卦'가 겹쳐서 이루는 괘(䷢)를 말한다. 천자가 덕으로 백성을 다스리니 백성들은 순종하게 되는 대길운의 괘이다. 일이 순조롭게 진행이 되고 좋은 결과가 있을 수 있으나 신중함을 잃어서는 안 된다는 뜻이다.

45 爻辭:『주역』에서 卦를 구성하는 각 爻를 풀이한 것으로서 64괘에 대한 효사는 총 386개다. 주 문왕 또는 그의 아들인 주공 단이 지었다고 전해진다.

엽몽득이 양주[46]에서 호주 오흥현[47]으로 돌아온 뒤 다시 황씨를 만날 수 있었다. 엽몽득이 말하길,

"당신이 예전에 했던 말은 모두 그대로 적중하였소. 이제 앞으로의 길흉에 대해서도 모두 내게 알려 주시오."

황씨가 말하길,

"공께서는 귀인이십니다. 앞으로 응당 청요직을 두루 거쳐 재상부[48]에 들어갔다가 절도사로 관직을 마치실 것입니다. 마땅히 자중자애하셔야 합니다."

엽몽득은 그의 말을 각별히 새겨듣고 이를 아버지에게 말하였다. 아버지 엽조가 말하길,

"30년 전을 기억해 보니 어느 객 가운데 황씨 성을 가진 이가 또 있었는데, 나에게 너를 낳게 될 시기를 말해 주고, 또 의당 절도사를 맡을 것이라고 일러 주었는데, 혹시 그 사람이 아닐까?"

혹시나 해서 사람을 보내 그를 불러와 보니 정말로 예전에 보았던 그 사람이었다. 부자는 서로 바라보며 웃었고, 황씨를 신처럼 떠받들었다.

건염연간(1127~1130)에 엽몽득은 상서성 좌승이 되었고, 소흥 16년(1146)에는 나이가 70에 이르러 노쇠함을 들어 사임의 상주를 올리니 조정에서는 관문전 학사[49]에서 숭경군[50] 절도사[51]로 승진시켜 주

---

46 維揚: 淮南東路 揚州(현 강소성 揚州市). 維揚은 양주의 오랜 별칭이다.
47 吳興縣: 兩浙路 湖州 吳興縣(현 절강성 湖州市 吳興區).
48 政府: 唐代 재상이 업무를 보던 '政事堂'과 宋의 재상부인 二府, 즉 중서성과 추밀원을 함께 지칭하는 용어다.
49 觀文殿學士: 樞密使, 知樞密院事 직급으로 지방에 파견되거나, 혹은 재상직에서

었다. 관직에서 물러난 뒤 2년 후에 세상을 떴으니 모두 점쟁이 황씨의 말처럼 되었던 것이다.(황잉이 상서좌승 엽몽득에게 들은 것을 이야기한 것이다.)

좌천되어 지방에 파견될 경우 부여하는 정3품 貼職이다. 觀文殿大學士에 이어 학사 가운데 두 번째에 해당한다.

50 崇慶軍: 成都府路 蜀州(현 사천성 成都市 崇州市). 高宗이 즉위하기 전 받았던 작위가 蜀國公이었고 封地가 蜀州였기 때문에 紹興 14년(1144)에 崇慶軍으로 바꾸었고, 淳熙 4년(1177)에 다시 崇慶府로 승격시켰다.

51 節度使: 재상 및 부재상을 역임한 宰執官에게 제수되는 순수한 명예직이지만 최고 위무관직이고 각종 의례의 융숭함으로 인해 대단히 명예롭게 생각하였다.

요주의 관아^{饒州官廨}

饒州譙門之南一官廨, 素有怪. 紹興十一年, 常平主管官韓參居之, 延樂平士人胡价爲館客, 郡守程進道亦遣其子從學. 會程受代, 价納官奴韓秀賂, 白程爲落籍, 程許之. 韓倡乘夜攜酒肴竊入价書室, 與飮, 且堅囑之, 遂得自便. 他夕, 倡復攜具至, 旣飮, 又遍以餘尊犒從者, 自是數至.

一夕, 過三鼓, 西鄰推官廳會客散, 望价書室燈尙明, 呼之, 猶與相應答. 及天明, 則价臥榻上死矣. 主人詰問侍童及外宿直者, 皆云: "每夜有婦人自宅堂取酒炙以出, 意宅中人, 不敢言, 及旦則去. 昨宵已雞唱, 聞先生大呼, 疑其夢魘, 不謂遽死." 蓋鬼詐爲倡以惑价, 而价不悟.

後三年, 通判任良臣居之, 其女十餘歲, 常見二人相攜以行, 因大病, 急徙出. 後以爲驛舍云.

요주⁵² 초문⁵³의 남쪽에 있는 관아는 예전부터 요괴가 있었다. 소흥 11년(1141)에 제거상평사⁵⁴ 주관관⁵⁵인 한참이 이곳에 기거했는데,

---

52　饒州: 江南東路 饒州(현 강서성 上饒市 鄱陽縣).

53　譙門: 성문 가운데 누각이 있는 성문을 뜻한다.

54　常平倉: 기근이나 곡가 폭등에 대비하여 곡식을 저장하는 관서로서 각 주마다 2,000~20,000貫의 기금을 마련하여 곡식을 수매하게 하였다. 熙寧 9년(1076)의 경우 전국 상평창의 자산은 3739만 貫石이었다. 하지만 남북송 교체기의 혼란으로 乾道 3년(1167)에는 곡식 358만석, 錢 287만관으로 대폭 감소하였고 그것도 장부상의 숫자인 경우가 대부분이었다.

55　提擧常平司主管官: 紹興 6년(1136)부터 설치하기 시작하여 紹興 15년(1145) 提擧常平茶鹽司幹辦公事를 신설할 때까지 10년 동안 유지하였다. 하지만 당시 혼란상

요주 낙평현[56]의 사인 호개를 빈객으로 초대하자 주지사인 정진도도 그 아들을 보내 호개에게 배우게 하였다. 마침 정진도의 임기가 만료되어 업무를 인수인계하자[57] 호개는 관기 한수의 뇌물을 받고 정진도에게 그녀를 기적에서 빼내어 달라고 청했고, 정진도는 청을 받아주었다. 기녀였던 한수는 밤마다 술과 안주를 가지고 몰래 호개의 서재로 찾아가 함께 술을 마시며 간곡하게 그에게 부탁했으며, 그때부터 수시로 드나들 수 있게 되었다. 하루는 밤에 또다시 술과 안주를 모두 챙겨 와서 마시고는 또 남은 술은 노복들에게 두루 나눠 주어 그들을 위로하였고, 이때부터 더욱 자주 찾아왔다.

어느 날 밤 삼경이 넘은 시각이었다. 서쪽 인근에 있는 추관[58]청에서 모임이 파하여 손님들이 돌아가는데, 호개의 서재에 등불이 여전히 켜져 있는 것을 보고 그를 불렀다. 둘은 서로 인사를 주거니 받거니 하였다. 그런데 날이 밝자 호개가 평상에 누운 채로 죽어 있었다. 정진도가 시동들과 밖에서 숙직하는 자들에게 캐묻자, 모두 똑같이 대답하길,

"매일 밤 한 여자가 관아 주방에서 술과 고기를 가지고 가기에 관아의 사람이라고 여겨 아무도 누구냐고 묻지 않았습니다. 그 여자는 아침이 되면 돌아가곤 하였지요. 어젯밤에 이미 새벽닭이 울었을 때

으로 인해 명목상의 관직에 불과하였다. 약칭은 常平主管官이다.

56 樂平縣: 江南東路 饒州 樂平縣(현 강서성 景德鎭市 樂平市).

57 受代: 관리의 임기가 만료되었을 때 후임자와 업무 인수인계하는 것을 말한다.

58 推官: 幕職官으로서 節度推官 · 觀察推官 · 防禦推官 · 團練推官 · 軍事推官 등이 있으며 判官 바로 아래 직급이다. 원풍개혁 후 정9품관에 해당하였고, 元祐연간 (1086~1093) 이후로는 종8품에 해당하였다.

선생께서 크게 고함치는 것을 들었지만 악몽을 꾸나 보다 생각했지 급사하리라고는 생각지도 못했습니다."

대략 귀신이 기생으로 변신해 호개를 유혹하였는데, 호개가 깨닫지 못했던 것이다.

3년 뒤 통판 임양신이 그곳에 거주하게 되었는데, 열 살 정도 된 딸아이가 어느 두 사람이 손을 꼭 잡고 다니는 것을 늘 보더니 큰 병에 걸려서 급하게 이사를 나왔다. 후에 이 관아를 역사로 삼았다고 한다.

饒州餘干縣桐口社民段二十八, 紹興乙卯歲爲雷所擊, 挈尸至雲外, 有朱衣人云: "錯也." 復撲於平地, 段如夢中, 移時方甦, 項上幷脇下皆 有斧跡, 出靑黑汁數升. 同村港西亦有段二十六者, 卽時震死. 此人元 儲穀二倉, 歲饑, 閉不肯出, 故天誅之. 旣死, 穀皆爲火焚, 而桐口之段 至今猶在.

요주 여간현⁵⁹ 동구의 사민⁶⁰ 단이십팔은 소흥 5년(1135)에 벼락을 맞았는데 시체가 하늘 위 구름 밖으로 끌려 올라갔다. 붉은 옷을 입 은 사람이 나타나 말하길,

"잘못 데려왔구나!"

단이십팔은 다시 평지로 떨어졌는데, 그는 꿈을 꾸는 듯하더니 시 간이 흐르자 겨우 깨어났다.

목과 옆구리에 모두 도끼 자국이 있고, 암청색의 체액이 몇 승이나 쏟아져 나왔다.

같은 마을 골목 서쪽에는 단이십육이라는 자가 살고 있었는데 바 로 그때 벼락을 맞고 죽었다.

단이십육은 원래 창고 두 곳에 곡식을 저장해 놓고 있었는데, 그해

59　餘干縣: 江南東路 饒州 餘干縣(현 강서성 上饒市 餘干縣).
60　社民: 社는 행정조직과 달리 자율적으로 구성된 각 직능, 지역 공동체를 뜻한다. 본문의 경우 社民은 마을 주민과 대동소이하다.

에 기근이 들었는데도 창고를 닫아 버리고 곡식을 풀려고 하지 않아 하늘이 그를 벌주어 죽음에 이르게 한 것이다. 그가 죽자마자 곡식도 모두 불타 버렸지만 동구의 단이십팔은 지금도 살아 있다.

　　불효자 벼락 맞아 죽다^{不孝震死}

　　鄱陽孝誠鄉民王三十者, 初, 其父母自買香木棺二具, 以備死. 王易
以信州之杉, 已而又貨之, 別易株板. 及母死, 則又欲留株板自用, 但
市松棺殮母. 旣葬旬日, 爲雷擊死, 側植其尸. 或走報厥子, 子急往哭,
且扶尸仆地. 正日中, 震雷起, 忽挈子往他處, 約相去五里許. 洎復回,
父已復倒立矣. 凡兩瘞之, 皆震出. 遂斲棺一竅, 表以竹而掩之, 始得
寧.

　　요주 파양현⁶¹ 효성향에 사는 촌민 왕삼십의 부모는 자신들이 죽은
뒤에 쓰려고 향나무로 만든 관 두 개를 미리 사 두었다. 왕삼십은 향
나무 관을 신주⁶² 지역에서 나는 삼나무 관⁶³으로 바꾸었다가 다시 그
것마저 팔아 버리더니 층층나무⁶⁴ 판목으로 만든 관으로 다시 바꾸었
다. 어머니가 돌아가시자 그는 자기가 쓰기 위해 층층나무 관을 남겨
두고 제멋대로 소나무 관⁶⁵을 사서 어머니를 염하였다. 장례를 치르
고 열흘쯤 지나 왕삼십은 벼락을 맞아 죽고 말았으며 시체는 땅에 거

---

61 鄱陽縣: 江南東路 饒州 鄱陽縣(현 강서성 上饒市 鄱陽縣).

62 信州: 江南東路 信州(현 강서성 上饒市).

63 杉棺: 삼목은 높이 30m, 직경 2.5~3m까지 자라는 常綠喬木으로서 가구재나 고
급 관재 등에 주로 사용한다.

64 株棺: 주목은 欜木(층층나무)이라고도 한다. 常綠喬木으로서 재질이 단단하고 무
거우며 잘 썩지 않고 변형이 적어 고급 가구재나 관재로 쓰인다. 호남성 株洲가 대
표적 산지다.

65 松棺: 소나무나 잣나무로 만든 관은 관 가운데 가장 저렴한 것으로 간주된다.

꾸로 꽂혔다.

　어떤 사람이 이 사실을 왕삼십의 아들에게 알리자 아들이 서둘러 울며 달려가 시체를 부축해서 땅에 눕혔다. 정오가 되자 천둥과 벼락이 다시 치더니 갑자기 그 아들을 다른 곳으로 끌고 갔는데 대략 5리쯤 떨어진 곳이었다. 아들이 다시 돌아왔을 때 왕삼십의 시신은 다시 거꾸로 땅에 꽂혀져 있었다. 두 차례 시체를 묻었지만 두 번 다 벼락이 내리쳐서 무덤이 파헤쳐졌다. 이에 그 아들이 관에 구멍을 낸 뒤 대나무를 꽂아 보이지 않게 겉을 가리니 비로소 별다른 일이 없었다.

饒州東湖傍居民梅三者, 紹興二十年除夕, 縛一牝犬, 欲殺已刺血煮食, 恍惚間不見. 夜夢犬言曰: "我犬也, 被殺不辭, 但欠君家犬子數未足, 幸少寬我." 梅許諾. 明日, 自外歸, 恬然無所傷, 乃復育之.

요주 동호 근처에 매삼이라는 자가 살고 있었다. 소흥 20년(1150) 섣달그믐날에 암캐 한 마리를 묶은 후 잡아서 이미 피를 받아서 삶아 먹으려고 하였는데, 갑자기 정신이 멍한 사이에 개가 보이지 않았다. 그날 밤 꿈에 개가 나타나서 말하기를,

"제가 개인지라 죽어도 할 말은 없습니다. 다만 그대의 집에는 강아지 수가 부족하니 저를 좀 더 너그럽게 봐주십시오."

매삼이 이를 허락해 주었다. 다음 날 그 개는 밖에서 집으로 돌아왔는데 상처 난 곳도 없이 여느 때와 같은 모습이었다. 이에 매삼은 그 개를 다시 기르게 되었다.

安昌期, 昭州恭城人, 少舉進士. 皇祐中, 朝廷平儂智高, 推恩二廣,
凡進士曾試禮部者, 皆特試于廷, 昌期因是得橫州永定尉. 以事去官,
遂不復仕, 獨與小童游廣東, 放浪山水間.

同年曲江胡濬爲惠州海豐令, 昌期往過之, 留甚久. 杯酒間多爲嬉
戲小技, 娛悅坐人. 嘗結紙數紐, 覆而呪之, 良久, 器遂動, 徐徐啟之,
皆爲鼠矣, 咀嚼擧動如眞. 復覆之, 則依然結紙也. 時采山藥, 嚼而吐
之, 以示人, 津著藥上, 皆如膠飴. 或通夕不寐, 指其童曰:"勿輕此童,
它日與吾偕隱."

治平二年, 游淸遠峽山寺, 謂僧曰:"久聞山中有和光洞, 故來遊."遂
與童俱往, 數日不返. 僧疑爲虎所食, 遍求之, 無所見. 於洞前石壁上
得詩曰:"蕙帳將辭去, 猿猱不忍啼. 琴書自爲樂, 朋友孰相攜. 丹竈非
無藥, 靑雲別有梯. 峽山余暫隱, 人莫擬夷齊."後題云:"前橫州永定縣
尉安昌期筆."(山僧說.)

소주 공성현⁶⁶ 사람인 안창기는 젊어서 진사에 급제하였다. 황우연
간(1049~1054) 조정에서는 농지고⁶⁷를 평정한 후 광남동로와 광남서

66　恭城縣: 廣南西路 昭州(현 광서자치구 桂林市 恭城瑤族自治縣).
67　儂智高(1025~1055): 현 광서장족자치구 白色市 靖西縣의 장족 사람으로서 1041
　　년 大曆國(곧 南天國으로 바꿈)을 세우고 交趾(현 베트남)의 오랜 지배에서 벗어
　　나려고 하였다. 농지고는 교지의 공세를 효과적으로 저지하면서 송에 도움을 청
　　하였지만 계속 송이 거부하자 皇佑 4년(1052), 邕州(현 광서 南寧市)를 점령하고
　　大南國을 세웠으나 이듬해 狄靑에게 패하여 운남 大理로 도피하였다. 1071년 邕
　　州는 교지에 의해 점령당하였다.

로 일대에 성은을 베풀어 무릇 예부시험에 응시했던 진사들 모두 특별히 전시[68]에 응시할 수 있게 하였고, 이로 인해 안창기도 횡주 영정현[69]의 현위가 될 수 있었다. 그는 후에 어떤 일에 연루되어 관직을 그만두고 다시는 출사하지 않았으며 오직 동자 한 명을 데리고 광동 일대의 명산대천을 유랑했다.

과거 합격 동기생[70]인 소주 곡강현[71] 사람 호준이 혜주 해풍현[72]지사를 맡게 되자 안창기는 그를 찾아갔다가 오랫동안 거기서 머무르게 되었다. 그는 술을 마실 때 여러 가지 재미있는 장난과 잡기로 좌중을 즐겁게 하였다. 한 번은 종이를 뭉쳐서 여러 개 묶고 뒤집어 주문을 외니 조금 지나자 종이를 넣은 그릇이 움직였고, 천천히 열어 보니 모두 쥐가 돼 있었다. 찍찍 씹으면서 움직이는 모습이 진짜 같았다. 다시 뒤집으면 여전히 접힌 종이뭉치일 따름이었다. 때때로 산약을 캐서 씹다가 뱉어 사람들에게 보여 주기도 하였는데, 침으로 산약을 적신 것이 마치 엿과 같았다. 어떤 때는 밤새 잠을 자지 않았고, 또 동자를 가리키면서 말하길,

"이 아이를 우습게 여기지 마세요. 훗날 나와 함께 신선처럼 은거할 것입니다."

---

68 殿試: 성시를 통과한 수험생을 대상으로 황제가 직접 시험을 주관하는 것으로서 통상 殿試라고 하며 御試·廷試·廷對라고도 한다. 당 高宗 때 처음 실시되었으나 송 태조에 의해 제도화되었다. 후에 전시는 합격 여부를 결정짓는 것이 아니라 등수만 결정하는 것으로 바뀌었고, 황제와 합격자의 관계를 단순한 군신지간에서 사제지간으로 만드는 등 정치적 효과가 대단히 컸다.

69 永定縣: 廣南西路 橫州 永定縣(현 광서자치구 南寧市 橫縣).

70 同年: 통상 동갑을 뜻하지만 같은 해 과거에 급제한 동기생을 뜻하기도 한다.

71 曲江縣: 廣南東路 韶州 曲江縣(현 광동성 韶關市 曲江區).

72 海豐縣: 廣南東路 惠州 海豐縣(현 광동성 汕尾市 海豐縣).

치평 2년(1065), 그는 광주 청원현[73]의 협산사를 유람하던 중 승려에게 말하길,

"오래전 듣기로 이 산중에 화광동이 있다고 하여 이를 둘러보기 위해 왔습니다."

그리고는 동자와 함께 떠났는데 며칠이 지나도 돌아오지 않았다. 승려는 호랑이에게 잡혀 먹혔다고 여겨 도처로 그를 찾았지만 찾을 수가 없었다. 그런데 동굴 앞 석벽에서 시를 한 수 발견했는데, 거기에 쓰여 있길,

향 풀로 엮은 장막과 이별하고 떠나려니,
원숭이들도 차마 울지 못하는구나.
거문고와 책으로 스스로 즐거워하였으니,
어느 친구와 함께 손을 잡을까.
연단술의 약이 없는 것은 아니로되,
푸른 구름에 이르는 길에도 따로 사다리가 있도다.
협산에서 남은 생애 잠시 은둔하려니,
사람들이여 백이 숙제에 비하지 말지어다.

시의 뒤에는 '전 횡주 영정현위 안창기가 씀'이라고 되어 있었다. (산에 있던 승려가 한 이야기다.)

---

[73] 清遠縣: 廣南東路 廣州 清遠縣(현 광동성 清遠市).

紹興八年, 廣州西海壖, 地名上弓灣, 月夜, 有海獸狀如馬, 蹄鬣皆丹, 入近村民家, 民聚衆殺之. 將曉, 如萬兵行空中, 其聲洶洶, 皆稱尋馬. 客有識者, 慮其異, 急徙去. 次日, 海水溢, 環村百餘家盡溺死.

소흥 8년(1138) 광주[74]의 서해 연안에 있는 상궁만이라 불리는 해변에서 있었던 일이다. 어느 달 밝은 밤에 말처럼 생긴 바다 동물이 나타났는데, 그 발굽과 갈기가 모두 붉은색이었다. 그 바다 동물이 근처 마을의 민가로 들어오자 집주인이 사람들을 불러 모아 그것을 죽였다. 막 동이 트려고 할 때 만 명의 군사가 공중을 행군하였는데, 그 소리가 거친 파도 소리 같았고 그들 모두 잃어버린 말을 찾는다고 말하였다. 모여든 객들 가운데 무엇인가를 아는 사람은 그 기이함을 염려하여 급히 짐을 챙겨 다른 곳으로 옮겨 갔다. 다음 날 바닷물이 넘쳐 밀려왔고 온 마을의 백여 집 사람들이 모두 익사하고 말았다.

74 廣州: 廣南東路 廣州(현 광동성 廣州市).

이견갑지

夷堅甲志
卷 9

> 鄒益者, 饒州樂平人, 爲進士. 初興三舍時, 乞夢於州城隍廟, 夜夢
> 往官府, 見壁間詩一聯云: "鄒益若爲饒解首, 朱元天下第三人." 旣覺,
> 大喜, 謂必冠鄉擧. 時舍法初行, 挾書假手之法甚嚴, 益首犯禁. 朱元
> 者, 徽州人. 蔡京改茶法, 元爲茶商, 坐私販抵罪, 正第三人云.

요주 낙평현¹ 사람 추익이 진사가 되었다. 당초 삼사법²이 시행되었을 때 그는 요주 성황묘³에서 신에게 현몽해 달라고 간구한 일이 있었다. 어느 날 밤 꿈속에서 추익은 관아에 가는 길에 벽에 쓰인 시한 구절을 보았는데, 거기에 써 있길,

"추익이 만약 요주 해시에서 일등⁴을 하면, 주원은 천하에서 세 번

---

1 樂平縣: 江南東路 饒州 樂平縣(현 강서성 景德鎭市 樂平市).
2 三舍法: 王安石 變法의 하나로서 학교 교육을 통해 과거를 대치하고자 한 것이다. 太學을 外舍·內舍·上舍로 나누고 각각의 정원을 外舍 2,000명, 內舍 300명, 上舍 100명으로 하고 성적에 따라 승급한 뒤 상사의 성적에 따라 上等에게는 관직 수여, 中等에는 省試 면제, 下等에게는 解市를 면제해 주었다. 후에 지방 官學에서도 삼사법을 시행하였다. 紹聖연간(1094~1097)에 일시 과거제를 폐지하고 삼사법으로 대치하기도 하였지만 宣和 3년(1121)에 폐지되었다.
3 城隍廟: 城은 '성곽', 隍은 '해자'를 뜻한다. 성황신은 도시의 수호신으로서 주민의 생사화복을 주관한다. 도시의 발달에 따라 남북조부터 일정한 형식을 갖추었고 당대에 발전하여 송대에는 국가 제사에 포함되었다. 명대 이후로는 명계의 지방신으로 간주되어 행정체계에 대응하는 성황신계가 갖춰졌다. 城隍祠라고도 한다.
4 解首: 과거의 지방시험인 解試의 수석 합격자로서 통상 解元이라고 하며 解頭라고도 한다.

째 사람이 될 것이다."

꿈에서 깨어난 뒤 추익은 크게 기뻐하면서 반드시 향시에서 일등을 할 것이라 장담했다. 당시는 삼사법이 처음 시행되던 때라 부정행위를 금지하는 법이 매우 엄격하였는데, 추익이 처음으로 규정을 어겼다. 휘주[5] 사람 주원은 채경[6]이 다법을 개정할[7] 당시 원래 차를 파는 상인이었는데, 전매품을 사사로이 밀매하다가 법에 저촉되었다. 그는 다인법을 위반한 세 번째 사람으로 일컬어진다.

---

5 徽州: 江南東路 徽州(현 안휘성 黃山市).

6 蔡京(1047~1126): 자는 元長이며 福建路 興化軍 仙遊縣(현 복건성 莆田市 仙遊縣) 사람이다. 특별한 정치적 식견은 없었지만 권력욕이 대단히 강한 인물로서 개인적 재능과 뛰어난 서예 솜씨, 왕안석 변법에 대한 옹호, 동관과의 결탁 등을 바탕으로 휘종에게 중용되어 4차례나 재상에 임용되어 17년 동안 권력을 장악하였다. 휘종의 과시욕과 예술적 재능에 영합하여 권력을 유지하였으며, 태평성세를 이룩했다며 사치 풍조를 조장하여 국고를 탕진하였고, 금과 연합하여 거란을 협공하는 정책을 추진하다가 결국 송을 멸망으로 몰고 갔다. 국난을 초래한 六賊의 우두머리로 몰려 귀양 가던 중 병사하였다.

7 茶法: 唐 建中 3년(782)에 차에 대해 처음 세금을 부과하였고, 大和 9년(835)에 처음 전매를 실시하여 송대로 이어졌다. 崇寧 4년(1105)에는 상인이 인지세를 내고 직접 차를 구매하여 판매할 수 있게 한 '茶引法'을 실시하였고, 建炎 2년(1128)에 광동·광서를 제외한 전국으로 다인법을 확대하여 실시하였다.

이견갑지【一】

李醫者, 忘其名, 撫州人. 醫道大行, 十年間, 致家貲巨萬. 崇仁縣富
民病, 邀李治之, 約以錢五百萬爲謝, 李拯療旬日, 不少差, 乃求去, 使
別呼醫, 且曰: "他醫不宜用, 獨王生可耳." 時王李名相甲乙, 皆良醫
也. 病者家亦以李久留不效, 許其辭. 李留數藥而去.

歸未半道, 逢王醫. 王詢李所往, 告之故. 王曰: "兄猶不能治, 吾伎
出兄下遠甚, 今往無益. 不如俱歸." 李曰: "不然. 吾得其脈甚精, 處藥
甚當, 然不能成功者, 自度運窮, 不當得謝錢耳, 故告辭. 君但一往. 吾
所用藥悉與君, 以此治之, 必愈." 王素敬李, 如其戒.

既見病者, 盡用李藥, 微易湯, 使次第以進. 閱三日有瘳. 富家大喜,
如約謝遣之. 王歸郡, 盛具享李生曰: "崇仁之役, 某略無功, 皆兄之教.
謝錢不敢獨擅, 今進其半爲兄壽." 李力辭, 曰: "吾不應得此, 故主人病
不愈, 今之所以愈, 君力也, 吾何功? 君治疾而吾受謝, 必不可." 王不
能強. 他日, 以餉遺爲名, 致物幾千緡, 李始受之. 二醫本出庸人, 而服
義重取予如此, 士大夫或有所不若也. 今相去數十年, 臨川人猶喜道其
事.

무주[8] 사람인 의원 이씨는 그 이름은 잊었으나 의술을 크게 행하여
10여 년 만에 재물이 수만 관에 이르렀다. 무주 숭인현[9]의 어느 부자
가 병이 들자 이 의원에게 치료를 부탁하면서 병이 나으면 오백만 전

8　撫州: 江南西路 撫州(현 강서성 撫州市). 별칭은 臨川이다.
9　崇仁縣: 江南西路 撫州 崇仁縣(현 강서성 撫州市 崇仁縣).

을 사례하기로 약속하였다. 이 의원이 가서 10여 일을 치료하였으나 전혀 차도가 없자 이 의원은 떠나겠다며 다른 의원을 부르라고 하면서 말하기를,

"다른 의원은 소용없고 오직 왕 의원만이 고칠 수 있을 것입니다."

당시 의원 왕씨와 이씨는 이름을 나란히 하면서 모두 용한 의원으로 정평이 나 있었다. 환자 집에서도 이 의원이 오래 머무르면서 치료했지만 효과가 없자 그가 떠나는 것을 허락해 주었다. 이 의원은 약을 여러 재 남겨 놓고 떠났다.

집으로 돌아가는 길에 아직 채 반도 가지 못한 곳에서 왕 의원을 만났다. 왕 의원이 이 의원에게 어디를 가느냐고 묻자 이 의원이 자초지종을 말해 주었다. 왕 의원이 말하기를,

"형께서도 치료하지 못한 병이고, 제 의술이 형의 의술에 훨씬 못 미치는데 지금 가 봐야 더 나아질 것이 있겠습니까? 차라리 형과 함께 돌아가는 게 나을 것 같습니다."

이에 이 의원이 말하기를,

"그렇지 않습니다. 나는 그 환자의 맥을 자세히 짚어 보았고, 그에 따라 처방한 약도 매우 합당하였소. 그러나 치료할 수 없었던 것을 내 스스로 생각해 보니 운이 다하여 사례금을 받아서는 안 되기 때문이었죠. 그래서 떠나겠다고 한 것이지요. 그대는 일단 가시오. 내가 처방하여 사용한 약을 모두 그대에게 줄 것이니 그것을 가지고 치료하면 환자는 반드시 나을 것이오."

왕 의원은 본래부터 이 의원을 존경하였고, 그래서 그가 시킨 대로 하였다.

그는 가서 병자를 보고 이 의원의 처방을 전적으로 사용하였으며

탕약만 약간 바꾸어 순서대로 환자를 치료하였다. 사흘이 지나자 병이 다 나았다. 부자네 집에서는 크게 기뻐하며 약속한 대로 사례를 하고 왕 의원을 보내 주었다.

왕 의원은 집으로 돌아온 뒤 넉넉하게 사례금을 마련하여 이 의원에게 보내면서 말하기를,

"숭인현에서 치료한 일은 제가 한 일이 별로 없고 모두 형께서 시킨 대로 했을 뿐입니다. 제가 받은 사례금을 저 혼자 감히 다 가질 수 없어 지금 그 절반을 장수를 기원하며 이형께 보냅니다."

이에 이 의원이 적극 사양하며 말하기를,

"나는 이것을 받아서는 안 됩니다. 환자의 병을 치료하지 못했기 때문이오. 지금 환자의 병이 낫게 된 것은 그대의 힘이지 내게 무슨 공이 있겠습니까? 그대가 병을 치료했는데 내가 사례를 받는 것은 말도 안 되는 일입니다."

왕 의원도 더 이상 강요할 수 없었다. 후에 왕 의원은 선물의 형식으로 이 의원에게 물건을 보냈는데 그 값이 수천 관에 이르렀다. 이의원도 비로소 그 선물을 받았다. 두 의원은 본래 평범한 사람들이었지만 의리를 중요하게 여겨 주고받는 것이 이와 같았으니 사대부들가운데서도 그만 못한 경우도 있다. 지금 거의 수십 년이 흘렀는데도 무주[10] 사람들은 여전히 그 일을 즐겨 말하곤 한다.

---

10 臨川: 江南西路 撫州(현 강서성 撫州市). 臨川郡이 처음 설치된 것은 삼국의 吳 太平 2년(257)이고, 撫州가 처음 설치된 것은 隋 開皇 9년(589)이다. 그 뒤로 임천과 무주 두 지명이 번갈아 사용되었다. 그리고 撫州는 紹興 1~3년(1131~1133) 동안만 江南東路에 속하였고 그 외는 모두 江南西路에 속하였기에 江南西路로 표기하였다.

紹興二十一年四月, 池州建德縣定林寺, 桑樹生李, 栗樹生桃, 極甘
美異常. 鄱陽石門民張二公僕家竹籬上, 生重臺牡丹一枝甚大. 吾家
佃人汪二十一家, 鑊內現金色蓮花, 有僧立其上, 自四月八日至十日不
退, 其家以煮犬, 遂滅. 聞自彭澤至石門民家, 鑊多生花, 但無僧. 此異
所未聞也. 是年, 雨澤及時, 鄕老以爲大有年之祥.

소흥 21년(1151) 4월, 지주 건덕현¹¹에 있는 정림사의 뽕나무에 자
두가 열리고 밤나무에 복숭아가 열렸다. 매우 달고 보기에도 아름다
운 것이 보통의 것과는 달랐다.

요주 파양현 석문진¹² 사람 장이공의 노복 집 대나무 울타리 위에
두 겹으로 모란꽃이 피었는데, 그중 한 가지에서 피어난 꽃이 유난히
컸다.

필자 집의 전호¹³인 왕이십일의 집 가마솥 안에서는 금빛 나는 연
꽃이 피어났고 어떤 승려가 나타나서 그 위에 서 있었는데 4월 8일부
터 10일까지 사흘 동안 떠나지 않았다. 하지만 가족들이 개를 삶아

11　建德縣: 江南東路 池州 建德縣(현 안휘성 池州市 東至縣).
12　石門鎭: 江南東路 饒州 鄱陽縣 石門鎭(현 강서성 上饒市 鄱陽縣 石門街鎭).
13　佃戶: 지주의 땅을 빌려 농사를 짓고 소작료를 내는 소작농을 뜻한다. 송대 지주와
　　전호와의 관계를 경제적 계약관계로 보느냐 혹은 종속적 예속관계로 보느냐를 두
　　고 학계의 많은 논쟁이 있었다. 이는 송대를 근세로 볼 수 있는지 여부 등을 판단
　　하는 근거로 시대구분론의 핵심 내용이 되기도 했다.

먹자 곧 연꽃과 승려가 사라졌다.

　강주 팽택현[14]에서 석문까지 여러 민가의 가마솥에 종종 꽃이 피기도 하였지만 승려가 나타난 적은 없었다. 승려가 연꽃과 함께 나타난 것은 여태 들어 보지 못한 기이한 현상이다. 이 해에는 비가 때맞춰서 내렸는데, 마을 어르신들은 모두 풍년이 들 상서로운 징조라 여겼다.

---

14 彭澤縣: 江南東路 江州 彭澤縣(현 강서성 九江市 彭澤縣).

　黄履中이 기도하여 얻은 아들^{黃履中禱子}

黃鉽, 字元受, 建昌人, 汪應辰榜登科. 言其祖履中無子, 禱于君山廟. 夢人以綵籠盛五色鳳三, 別以筠籠盛一鳥, 倂授之. 後正室生三子, 皆擢第. 妾生一子, 無所能.

자가 원수인 건창¹⁵ 사람 황월¹⁶은 왕응진¹⁷이 장원급제한 그해에 함께 급제하였다. 그가 말하기를, 자신의 조부인 황이중¹⁸은 아들이 없자 군산묘¹⁹에 가서 기도하였는데, 꿈에 어떤 사람이 나타나 채색 바구니에 오색의 봉황 세 마리를 담고 따로 대바구니에 새 한 마리를

15　建昌: 江南西路 建昌軍(현 강서성 撫州市 南城·南豐·廣昌·資溪·黎川縣) 또는 江南東路 南康軍 建昌縣(현 강서성 九江市 永修縣).

16　黃鉽: 자는 元受이며 江南西路 建昌軍 南豐縣(현 강서성 撫州市 南豐縣) 사람이다. 黃履中의 손자이며, 黃俯의 아들로서 紹興 5년(1135)에 과거에 급제하여 左朝散大夫와 南雄州지사를 역임하였다. 아들 黃文昌과 손자 黃樞도 과거에 급제하였다.

17　汪應辰(1118~1176): 자는 聖錫이며 江南東路 信州 玉山縣(현 강서성 上饒市 玉山縣) 사람이다. 紹興 5년(1135)의 과거에서 18세에 장원급제한 수재였지만 秦檜의 主和論을 비판하여 진회 사후 비로소 중앙관계에 진출 할 수 있었다. 平江府지사·吏部尙書·翰林學士 겸 侍讀을 역임하였지만 여러 차례 권력층과 충돌하고 사임하기를 반복하였다.

18　黃履中: 자는 正吉이며 江南西路 建昌軍 南豐縣(현 강서성 撫州市 南豐縣) 사람이다. 부인 葉씨 소생으로 黃俯·黃仰·黃侑 세 아들을 두었고 모두 과거에 급제하였다. 黃俯는 左迪功郞·虔州 司理參軍을 지냈다.

19　君山廟: 洞庭湖 안의 유일한 섬인 君山島에 있는 祠廟다. 도교의 72福地 가운데 하나로 유명하다.

담아서 모두 그에게 주었다고 하였다.

　이후에 정실부인이 세 명의 아들을 낳았는데 모두 과거에 급제하였고, 첩에게서 아들을 하나 보았는데 별 재능이 없었다고 한다.

絇紡, 字公素, 元姓句, 犯上嫌名, 遂增系爲絇, 其音如章句之句. 宣
和甲辰, 赴省試, 夢人告曰: "遽得, 逢州便得." 紡喜, 謂遽得者, 卽得
也. 已而不利. 至建炎戊申, 試維揚, 夢如初. 紡曰: "遽者, 絇也, 我已
姓絇." 又試於揚州, 其必得, 又不利. 久之, 復夢其人來, 以實告曰:
"君年四十八方登科, 今未也." 紡時三十八矣, 度猶有十年, 以未可得,
不敢萌進取意, 屏居道州. 富家翁召敎其子.

及紹興甲寅科詔下, 紡四十五歲矣, 以爲必無成, 不肯往. 主人強之
曰: "所以延君者, 正欲挈小兒俱入擧場, 君必行." 陰令其子自爲下家
狀求試. 紡不得已從之, 遂與富子俱薦送. 明年, 繳公據納禮部, 漫啓
視, 則所其年甲, 誤以爲四十七, 是年正四十八也. 默喜, 以爲神助, 獨
未曉逢州便得之語. 及坐圖混榜出, 紡名之左一人姓馮, 右一人姓周,
是歲遂登第. 首尾十二年, 凡三見夢方驗, 曲折明白如此.

자가 공소인 구방은 원래 성이 '구句'씨였는데, 황제의 이름을 범하
는 유사한 이름[20]이어서 '계系'자를 덧붙여서 '구絇'로 바꾸었고, 그 발
음은 '장구'의 '구'와 같게 했다. 선화 6년(1124), 성시에 응시하러 가
는데, 꿈에 어떤 사람이 말하길,

"곧遽 얻을 것이니, '봉주逢州'에서 곧 얻을 것이다."

---

20 嫌名: 다른 사람의 이름과 글자나 음이 비슷한 이름을 뜻한다. 철종의 이름인 趙煦
(xù)를 피하여 絇(qú)로 고치고, 句의 여러 가지 음 가운데 章句(jù)의 음을 선택
하였다는 뜻으로 보인다.

구방은 기뻐하였다. '곧 얻는다는 것'은 '바로 얻는다'는 의미라 여겼다. 그러나 과거에 합격하지 못했다. 건염 2년(1128), 구방은 양주[21]에 가서 시험에 참가하려는데, 또 같은 꿈을 꾸었다. 구방은 말하길,

"'거(遽, jù)'는 바로 '구(絇, jù)'를 의미하는 것이구나. 나는 이미 성을 구로 바꾸었다."

그는 양주[22]에서 시험을 쳤는데, 반드시 시험에 합격할 줄 알았으나 이번에도 합격하지 못했다. 한참 뒤 구방은 다시 꿈을 꾸었는데, 그 사람이 또 와서 솔직하게 알려 주길,

"너는 48세가 되어야 비로소 과거에 급제할 수 있다. 지금은 때가 아니다."

당시 구방의 나이는 38세였다. 앞으로 10년을 더 기다려야 과거에 급제할 수 있다고 생각하니 다시 과거에 참가할 엄두를 내지 못했고 도주[23]에서 은거하고 말았다. 당시 한 부자 노인이 구방을 불러 그 아들을 가르쳐 달라고 하였다.

소흥 4년(1134)이 되자 조정에서 과거를 연다는 조서가 내려왔고 당시 구방은 45세였다. 그는 틀림없이 떨어질 것이라 여겼기에 이번 과거를 보고 싶어 하지 않았다. 그러나 그 부자 노인이 구방에게 강권하며 말하길,

"내가 당신을 초빙한 까닭은 내 자식을 데리고 과거시험장에 함께 들어가 주기를 바랐기 때문이라오. 그러니 당신은 반드시 가야 하

---

21 維揚: 淮南東路 揚州(현 강소성 揚州市).
22 揚州: 淮南東路 揚州(현 강소성 揚州市).
23 道州: 荊湖南路 道州(현 호남성 永州市 道縣).

오."

부자 노인은 구방에게 이야기도 하지 않고 아들을 시켜 구방 대신 이력과 가계를 적은 서류[24]를 주현에 제출하고 과거 참가를 신청하였다. 구방은 어쩔 수 없이 노인의 결정에 따르기로 하고, 부잣집 아들과 함께 과거에 참가하게 되었다. 이듬해 신원 보증서[25]를 예부에 제출할 때 구방은 무심결에 그것을 열어 보았는데, 그의 연령이 47세로 잘못 기재된 것을 알았다. 그러면 지금 그의 나이는 딱 48세가 된다. 그는 몰래 기뻐하며 신령이 돕는다고 여겼다. 그러나 아직도 '봉주에서 얻을 것이다'라는 말의 뜻을 이해하지 못했다. 과거 좌석 배치도가 나왔을 때, 구방의 이름 왼쪽에는 봉(逢, féng)과 발음이 같은 풍씨(馮, féng) 성을 가진 사람이 있었고, 오른쪽에는 주(州, zhōu)와 발음이 같은 주(周, zhōu)씨 성을 가진 사람이 있었다. 이해 구방은 비로소 과거에 급제하였다.

전후 12년 동안 세 번의 꿈이 거짓이 아니었음이 비로소 드러났으니, 그간의 곡절이 이처럼 꿈속의 말과 꼭 같았다.

---

24 家狀: 과거에 응시하려면 개인의 이력, 범죄 관련 사실, 3대에 걸친 가계, 籍貫, 연령 등을 기록한 서류를 사전에 주현에 제출하여야 한다. 이를 '家狀'이라고 한다.
25 公據: 과거에 응시하기 위해서는 家狀에 대해 州學교수들이 서명한 보증서인 家保狀을 비롯해 擧人 상호 간의 연대 서명 등을 제출하여야 한다. 이를 가리켜 公據라고 한다.

元符戊寅歲, 睦州建德人黃司業者, 失其四歲男子, 日夜悲泣. 夢之曰:「兒已受生, 無用相憶. 兒前生嘗爲宰相, 坐誣陷善人, 謫爲公家子. 隔又有小過, 復再謫, 今只在數里間方十四秀才家. 他日當有官, 畢此一世後, 卻生佳處矣.」明日, 訪方秀才, 果得子. 以十二月一日生, 正與黃氏子亡日同. 黃請觀之, 兒躍然甚喜. 與之物, 卽擧手如欲取狀. 黃歸, 遂不復哭. 十四秀才者, 名逸, 官至朝請郎. 所生子名序, 紹興十二年登科, 然仕纔至常山丞以死, 壽五十有三.(右三事皆余執度文特言.)

원부 1년(1098), 목주 건덕현 사람 황사업은 네 살 된 아들을 잃고 밤낮으로 슬피 울었다. 어느 날 아들이 꿈에 나타나 말하기를,

"저는 이미 환생했으니 저를 그리워하지 마세요. 저는 전생에 재상²⁶이었는데 착한 사람을 무고한 것이 드러나 아버지의 아들로 태어났고 공교롭게도 또 작은 잘못이 있는 것이 밝혀져 다시 쫓겨나 지금은 몇 리 떨어져 있는 방십사수재의 집에 태어났습니다. 훗날 저는 관리가 될 것이고 이번 생을 마친 후에 비로소 좋은 곳에 태어날 것입니다."

다음 날 방수재 집을 찾아가 보니 정말로 아들을 얻었는데, 태어난

---

26 宰相: 송대 同平章事·同中書門下平章事·尙書左右僕射·左右丞相은 재상이고, 參知政事·門下侍郎·中書侍郎·尙書左右丞·樞密使·知樞密院事·同知樞密院事·樞密副使는 부재상이다. 부재상을 가리켜 執政이라고 하고, 재상과 부재상을 포괄해서는 宰執이라고 하였다. 금조의 제도도 유사하다.

날이 12월 1일이니 바로 황씨가 아들을 잃은 날과 같은 날이었다. 황씨는 아기를 봤으면 좋겠다고 청하였는데, 아기가 활발하고 몹시 반가워하는 것 같았다. 아기에게 물건을 주자 손을 들어 잡으려 하는 것처럼 보였다. 집으로 돌아온 뒤 황사업은 다시는 울지 않았다. 십사수재의 이름은 방일이고 벼슬은 조청랑에 이르렀으며, 그렇게 낳은 아들의 이름은 방서였는데, 소흥 12년(1142), 과거에 급제하였으나 벼슬이 겨우 구주 상산현²⁷ 현승이 되었을 때 그만 세상을 떴다. 향년 53세였다.(이 세 가지 일화 모두 자가 집도인 여문특이 한 이야기다.)

---

27 常山縣: 兩浙路 衢州 常山縣(현 절강성 衢州市 常山縣).

邵武俞翁者, 善相人, 尤能聽器物聲, 驗吉凶. 先世仕南唐爲太史令,
後主歸朝, 俞氏擧族來居邵武之泰寧. 翁年旣高, 人尊之, 呼爲翁云.

葉祖洽兒童時, 好騎羊爲戲, 翁見之曰: "郎君當魁天下士, 勉之, 無
戲." 祖洽遂折節讀書. 會黃右丞履丁內艱, 鄕居, 祖洽與邑子上官均執
弟子禮, 師事之. 嘗過小山寺, 遇翁, 翁逆謂曰: "狀元榜眼, 何自來此?"
二人相視而笑曰: "寧有是." 翁曰: "不特爾, 又同年焉. 吾爲子選一題,
可預爲之備." 二人未之信, 戲曰: "題目謂何." 翁指庭下竹一束曰: "當
作此." 二人笑而去. 熙寧三年, 廷試進士, 罷詩賦論三題, 易以策問.
祖洽遂首選, 均次之. 方悟竹一束, 蓋策字也. 祖洽父恪, 少不學, 嘗過
翁門, 縣之士子羣集, 無一可翁意, 獨指恪曰: "此人年六十, 當官七品,
服銀緋." 衆皆憮然. 恪後以子貴, 封累朝請郎, 賜朱紱, 正年六十云.

翁嘗行田間, 聞水聲曰: "水流悲, 田將易主." 已而果然. 又嘗入市,
聞樂聲曰: "金聲尢, 其有兵, 當在申酉間. 然我無傷, 兵四人當溺死."
至期, 果有戍卒自汀州還, 過市羣飮, 爭倡女, 抽戈相戕. 度不自安, 乘
暮亂流而渡, 正春濤怒漲, 溺死果四人. 或問其故, 曰: "日在子, 又屬
水, 水旺於子, 金至此死焉." 其巧發奇中類是. 今邵武人猶傳其『相書』
一編, 然去翁遠矣.

소무군[28] 사람 유옹은 관상을 잘 보았는데 특히 여러 기물의 소리
를 듣고 길흉을 점칠 수 있었다. 유옹의 선조는 남당[29]에서 벼슬을 하

---

28 邵武軍: 福建路 邵武軍(현 복건성 南平市 邵武市, 三明市 建寧縣).
29 南唐(937~975): 군권을 장악한 李昪이 吳를 무너트리고 즉위하여 당을 계승한다

여 태사령[30]까지 올랐으나 후에 후주 이욱[31]이 송에 항복하자 유씨 일족 모두 소무군 태령현[32]으로 이주하였다. 유옹은 나이가 많아 사람들이 그를 높이어 '옹'이라 부른 것이다.

엽조흡[33]이 어린 아이일 때 양을 타고 노는 것을 좋아하였는데, 유옹이 이를 보고 말하기를,

"도련님은 분명 천하의 사대부 가운데 으뜸이 될 것인데 앞으로 공부에 힘쓰고 더 이상 놀지 마시게."

이 말에 엽조흡은 강하게 절제하며 평소 자기 행동을 고치고 책을 읽었다. 마침 상서우승인 황리[34]가 모친상을 당해 고향에 머무르고

는 명분을 내세워 국호를 唐이라 하였다. 도성은 金陵(현 남경)이었으며, 강서성을 중심으로 주변 35개 주로 이루어졌다. 경제와 문화가 가장 발전하였으나 後周 世宗에게 장강 이북 14개 주를 빼앗기며 국세가 기울었고, 결국 송에 의해 망하였다. 후대 사가들이 당조와 구분하기 위하여 남당이라 칭하였다.

30 太史令: 춘추전국시대에는 역사의 편찬, 조칙 작성, 典籍 관리, 천문역법과 제사의 주관 등을 맡았던 관직이었다. 진한대 이후 역사 편찬을 전담했으나 위진 이후로는 천문역법을 주로 주관하여 후대로 이어졌다. 역사 편찬이 翰林院으로 넘어가면서 한림원에 '太史'의 별칭이 따르게 되었다.

31 後主: 남당의 마지막 통치자 李煜(재위 961～975)을 가리킨다. 망국의 비운을 안은 실패한 통치자였지만 詞의 대가로 문학사상 중요한 지위를 차지한다.

32 泰寧縣: 福建路 昭武軍 泰寧縣(현 복건성 三明市 泰寧縣).

33 葉祖洽(1046～1117): 자는 敦禮이며 福建路 昭武軍 泰寧縣(현 복건성 三明市 泰寧縣) 사람이다. 18세에 鄕試에 解元으로 합격하였고, 전시에도 장원급제한 수재였으나 아부에 능하고 축재에 힘쓰는 등 행실은 좋지 못하였다. 熙寧 3년(1070) 신법당 呂惠卿이 주관한 과거에서 개혁을 적극 옹호해 장원이 되었는데, 당시 蘇軾은 上官均을 장원으로 추천하였다. 兵部員外郎·起居郎·中書舍人·給事中을 역임하였으며, 신구법당의 당쟁 속에서 부침을 거듭하였다.

34 黃履(1030～1101): 자는 安中이며 福建路 昭武軍 邵武縣(현 복건성 南平市 邵武市) 사람이다. 翰林學士 겸 侍講으로 신법당의 蔡確·章惇과 가까워 越州·舒州·江寧府지사 등으로 밀려났다. 철종의 친정 이후 龍圖閣直學士 겸 御史中丞이 되어 司馬光을 비롯해 呂大防·劉摯·梁燾 등 元祐 구법당 인사를 공격하였다.

있었는데, 엽조흡과 읍내 자제인 상관균[35]이 제자의 예를 갖추고 그를 스승으로 섬기었다. 한번은 그들이 소산사를 지날 때 우연히 유옹을 만났는데, 유옹이 그들을 맞이하며 말하기를,

"장원과 방안이 어떻게 이곳까지 오셨는가?"

엽조흡과 상관균은 서로 바라보고 웃으며 말하기를,

"설마 그런 일이 있겠습니까?"

유옹이 다시 말하기를,

"그뿐만 아니지요. 같은 해에 합격하여 동기생이 될 것이오. 내가 그대들을 위해 문제 하나를 뽑아 알려 줄 터이니 미리 준비해 보도록 하시오."

두 사람은 그 말을 믿을 수 없었지만, 장난삼아 말하길,

"제목이 무엇입니까?"

유옹은 뜰 아래의 대나무 한 묶음을 가리키며 말하길,

"마땅히 이것을 가지고 답을 지어야 합니다."

두 사람은 웃으며 떠났다. 희녕 3년(1070), 전시에서 진사를 뽑으면서 시·부·론 세 영역의 문제를 없애고 책문으로 바꾸었다. 엽조흡은 마침내 장원이 되었고, 상관균은 방안이 되었다. 그제야 비로소 대나무竹 한 묶음束이 대략 '책策'이란 글자임을 깨달았다. 엽조흡의

두 차례 尙書右丞을 역임하였다.

35 上官均(1038~1115): 자는 彦衡이며 福建路 昭武軍 邵武縣(현 복건성 南平市 邵武市) 사람이다. 구법당 계열이지만 합리적이고 중도적 노선을 걸었으며 集英殿修撰·給事中·監察御史 등을 지냈으며 龍圖閣待制로 사임하였다. 각 분야에 좋은 치적을 남겼으며 친구들의 부조로 장례를 치러야 했을 만큼 일생을 청렴하게 지냈다.

아버지 엽각은 어린 시절 공부하지 못하였다. 일찍이 유옹의 집을 지날 때 태령현 사인의 자제들이 잔뜩 모였지만 유옹의 마음에 드는 아이가 하나도 없었다. 그런데 오직 엽각만 가리키며 말하길,

"이 사람은 나이 60에 7품관이 되어 은으로 만든 도장과 붉은 비단으로 만든 인장 띠[36]를 받을 것이다."

모인 사람 모두 낙심하며 허탈해 하였다. 엽각은 후에 아들 엽조흡으로 인해 귀하게 되었고, 하사받은 품계가 조청랑까지 올라갔으며 붉은색 인장 끈을 하사받으니 그때 나이가 꼭 60세였다. 한번은 유옹이 밭 사이를 지나다가 물소리를 듣고 말하기를,

"물소리가 슬프게 들리니 이 밭은 곧 주인이 바뀔 것이다."

머지않아 과연 그렇게 되었다. 또 일찍이 시장에 가다가 악기 소리를 듣고 말하기를,

"쇠 소리가 높이 울리니 그곳에 병사들이 올 것인데, 신시와 유시 사이가 될 것이다. 우리가 다치지는 않겠지만 병사 네 명이 반드시 익사할 것이다."

때가 되자 과연 수자리 섰던 병사들이 정주[37]로부터 돌아왔다. 저자를 지나면서 한 무리가 술을 마시더니 기생을 놓고 다투다가 마침내 창을 꺼내어 싸우다 서로 상처를 입었다. 자신에게 어떤 벌이 내려질지 알 수 없자 해 질 무렵 물을 헤치고 건너가려고 하였다. 마침

---

36 銀緋: 銀은 은으로 만든 관인을, 緋는 붉은 비단으로 만든 장식을 뜻한다. 송조에서는 三省과 樞密院에서는 은으로 만든 官印을, 六部 이하 관서와 각 路의 監司 및 州縣지사는 동으로 만든 관인을 사용하게 하였다. 紅綬는 붉은색 비단으로 만들어 도장 손잡이에 매다는 길게 늘어트린 장식을 뜻한다.

37 汀州: 福建路 汀州(현 복건성 龍岩市 長汀縣).

봄이라서 물이 많이 불어서 익사한 자가 딱 네 명이었다. 어떤 사람이 그 까닭을 묻자 유옹이 말하기를,

"날의 간지에는 자子가 있었고 이는 수水에 속하는데 수는 자에서 성하고 금金은 자에 이르면 죽기 마련이다."

묘하게 예측하고 딱 들어맞는 것이 이와 같았다. 지금 소무군 사람들은 유옹의 『상서』 한 편을 보전하고 있으나 과거의 유옹이 보였던 신묘함과는 거리가 멀다.

僧宗本者, 邵武田家子. 宣和元年, 因餉田行山陝中, 遇道人, 麻衣椎髻, 丐食. 本曰: "吾父未晡餐, 可同至家取食否?" 道人怒, 唾左拇端, 抽一劍脅之. 本對如初, 道人笑曰: "獠子可教." 解衣帶小瓢, 傾紅藥三顆授之. 本擧掌欲服間, 其二墜地不可得. 但嚥其一. 道人復笑曰: "分止此耳." 忽不見.

本不復歸家, 入近村雙林院, 止佛殿上, 卽能談僧徒隱事. 咸驚異, 走告其家. 妻子來視, 斥去, 不使入. 明日, 謹傳一鄉, 來詢休咎者系道不絶, 郡將以下咸遣書乞頌. 本握筆瞑目, 頌立成, 筆法清勁可愛. 寺僧指爲生佛, 欲令久居, 以壯聲勢. 本曰: "吾緣不在是, 當往汀州, 謁定光佛." 奮臂便行, 至泰寧之豐巖, 樂其山水秀邃, 亦夢紫衣金章人挽留, 遂止不去. 縣人共出錢爲祝髮, 得廢丹霞院額, 標其巖.

未幾, 羅畸疇老自沙縣遣信招迎, 欣然而往. 時李伯紀丞相自右史斥監邑征. 本與頌曰: "青共立, 米去皮, 此時節, 甚光輝." 伯紀罔測. 洎靖康初得君, 驟拜執政, 方悟其語. 鄧肅志宏以諸生見本, 本指伯紀謂肅曰: "君他日貴由此人." 及伯紀登庸, 志宏白衣至左正言. 本留沙縣逾年, 復還丹霞. 建炎四年, 伯紀自嶺外歸見本, 本大書机上作'紹興'二字. 明年, 果改元. 語伯紀曰: "茲地血腥觸人, 當有兵起, 公可居福州." 從之. 二月, 環境盜起, 邑落焚劉無餘. 二年六月, 伯紀帥長沙, 過邵武, 迂道訪本. 本送至建寧, 趣其速行, 戒之如泰寧, 復大書邑廳壁曰: "東燒西燒." 又連書七七數字. 纔出境, 江西賊李敦仁入邑, 縱火, 正七月七日也.

本初住丹霞, 有飛雀立化于佛前香爐上, 疇老爲著「瑞雀頌」. 人以爲師所感云. 紹興十六年, 豫言某日當去, 至期, 無疾而化. 本晚工詩, 殖貨不已, 尤忴嗇, 視出一錢如拔齒, 其徒多諫之. 曰: "此吾宿業也."

소무군 농민의 아들인 승려 종본은 선화 1년(1119) 들에 밥을 내가기 위해 산골짜기를 지나다가 한 도인을 만났는데, 그는 삼베옷을 입고 상투를 틀었으며 종본에게 음식을 나눠 달라고 하였다. 종본이 말하길,

　　"제 아버님이 아직 새참을 드시기 전이라 곤란합니다. 저와 함께 우리 집에 가서 식사하시면 되지 않겠습니까?"

　　도인은 화를 내며 왼손 엄지손가락 끝에 침을 묻히고는 칼을 뽑아 위협하였다. 하지만 종본이 태연히 처음처럼 말하자 도인은 웃으며 말하길,

　　"이 녀석이 그런대로 가르칠 만하구나!"

　　도인은 옷고름을 풀고 작은 표주박을 꺼내 뒤집더니 그 안에서 붉은 약 세 알을 건네주었다. 종본이 손바닥에 들고 받아먹으려는 찰나 그 가운데 두 알이 땅에 떨어져 어디로 갔는지 찾을 수 없게 되어 부득이 한 알만 먹었다. 도인이 다시 웃으며 말하길,

　　"네 분수가 여기까지로구나."

　　그리고는 홀연히 사라졌다.

　　종본은 집으로 돌아가지 않고 가까운 촌락에 있는 쌍림원으로 가서 불전 위로 올라가 멈춰 섰다. 그리고 승려들이 감춰 둔 일들을 술술 말하였다. 모두 깜짝 놀라고 기이하게 여겨 종본의 집으로 달려가 이 사실을 알렸다. 종본의 처자가 만나러 왔지만 가라고 내치며 안으로 들어오지 못하게 했다. 이튿날 종본의 일이 인근 향리에 요란스럽게 퍼지자 앞날을 점치고자 하는 사람들이 길에 늘어서 끊이지 않을 정도였다. 주지사[38] 이하 모든 관리들도 서신을 보내 점친 내용을 적어 달라고 하였다. 종본은 붓을 들고 눈을 감은 채 곧바로 점괘를 적

어 내려갔는데, 필치가 맑고 굳세면서도 아름다웠다. 사찰의 승려들은 그를 가리켜 생불이라며 오래 머물러 있기를 원했다. 종본을 빌어 사찰의 위세를 떨치고자 함이었다. 하지만 종본은 말하길,

"이곳은 나와 인연이 있는 곳이 아니다. 의당 정주로 가서 정광불[39]을 뵈어야 한다."

그는 툴툴 털어 버리고 곧바로 떠났다. 소무군 태령현의 풍암에 이르자 그곳의 산수가 아름답고 고요한 것이 마음에 든 데다 또 꿈에서 자주색 관복에 금으로 장식한 어대를 찬 고관이 나타나 그를 만류하기에 마침내 그곳에 머물기로 했다. 태령현 사람들은 모두 돈을 바치며 출가할 것을 권하였다. 그들은 폐허가 되어 있는 단하원의 편액을 구하여 풍암의 현판으로 삼았다.

얼마 후 나기가 남검주 사현[40]에서 서신을 보내와 오라고 청하자 종본은 흔쾌히 갔다. 당시 승상 이강[41]이 중서성 기거사인[42]에서 사

---

38 郡將: '주지사'를 뜻한다. 본래 東漢과 魏晉南北朝 때 郡守의 別稱이다. 지방관이 군대 업무를 겸직한 데서 유래하였다.

39 定光佛: 『법화경』에서는 三世佛을 과거불 정광불, 현재불 석가불, 미래불 미륵불로 파악한다.

40 沙縣: 福建路 南劍州 沙縣(현 복건성 三明市 沙縣).

41 李綱(1083∼1140): 자는 伯紀이며, 祖籍은 邵武軍이었으나 祖父 때 兩浙路 常州 無錫縣(현 강소성 無錫市)으로 이주하였다. 欽宗 즉위 후 兵部侍郎·尚書右丞을 맡았으며, 특히 금군의 개봉 포위에 京城四壁守禦使를 맡아 성공적으로 임무를 수행하였다. 그러나 주화파에 밀려 곧 실각하였으며 고종 즉위 후에도 마찬가지였다. 이강의 대금 강경론은 조야의 큰 지지를 얻었으나 흠종과 고종 모두 이강에 대해 극도로 경계하였다.

42 起居舍人: 起居郎과 함께 황제의 언행과 대신과의 면담을 비롯해 조정의 칙명 발표, 인사 등 국정 전반에 걸친 주요 활동을 날짜별로 기록하여 史館으로 보내 起居注를 작성할 수 있게 하는 업무를 맡았다. 원풍개혁 후 직사관이 되었으며 품계는 종6품에 해당한다. 별칭은 右史이다.

현 세무 감독관[43]으로 좌천되어 있는 상태였다. 종본은 그에게 점친 결과를 적어 주길,

"푸르름이 함께 서고靖, 쌀에서 껍데기를 벗기는康 그 시절에 심히 빛나리라."

이강은 무슨 뜻인지 추측할 수도 없었다. 후일 정강 1년에 황제를 만나 갑작스레 집정에 제수되고 나서야 비로소 그 말의 뜻을 깨달았다. 등숙[44]이 여러 학생들과 함께 종본을 만났는데, 종본이 이강을 가리키며 등숙에게 말하길,

"그대는 훗날 이 사람 덕분에 귀하게 될 것이오."

이강이 중용[45]된 후 등숙도 평민 신분에서 좌정언[46]에 이르렀다. 이듬해까지 종본은 사현에 머물다 다시 단하원으로 돌아갔다. 건염 4년(1129), 이강이 영남 지역에서 돌아오다가 종본을 찾았다. 종본은 책상 위에 '소홍'이란 두 글자를 크게 적었다. 이듬해 정말 연호가 소홍으로 바뀌었다. 종본이 이강에게 말하길,

"이곳은 피비린내가 심하니 필시 병란이 일어날 것입니다. 공께서

---

43 宣和 1년(1119), 이강은 내우외환에 대한 대비가 필요하다는 상소를 올렸다가 휘종의 눈 밖에 나서 南劍州 沙縣의 稅務 감독관으로 좌천된 일이 있다.

44 鄧肅(1091~1132): 자는 志宏이며 福建路 南劍州 沙縣(현 복건성 三明市 沙縣) 사람이다. 태학 재학 중 휘종의 花石綱이 강남지방 주민을 괴롭힌다고 비판하여 쫓겨난 일이 있고, 정강의 난 때 금군 진영에 교섭사절로 파견되었으며, 금조에서 張邦昌를 황제로 즉위시키는 데 극력 반대하였다. 또 李綱과 절친한 사이로 이강의 축출에도 강력하게 반대하였다. 전란의 와중에 고향으로 피난 왔다가 41세로 사망하였다.

45 登庸: 과거에 합격한다는 뜻과 함께 임용 · 중용된다는 뜻이 있다.

46 左正言: 門下省을 左省, 中書省을 右省이라고도 칭한다. 따라서 문하성과 중서성에는 각각 간관인 左 · 右諫議大夫, 左 · 右司諫, 左 · 右正言을 두었는데 이를 兩省官이라고 한다. 좌정언은 원풍개혁 이후 종7품이었다.

는 복주[47]에 머무시는 것이 좋습니다."

이강은 그의 말을 따랐다. 그해 2월 태령현 주변에 도적들이 들고 일어나 마을마다 남김없이 불타고 파괴되었다. 소흥 2년(1132) 6월, 이강은 형호남로[48] 안무사가 되어 소무군을 지나다가 길을 돌아 종본을 찾았다. 종본은 이강을 전송하며 건녕현[49]에 이르자 그에게 서둘러 갈 것을 재촉하며 태령현에서 한 것과 같은 말을 해 주었다. 또 건령부 청사의 벽에 다음과 같이 크게 적었다.

"동쪽도 불타고 서쪽도 불탄다."

뒤이어 '7, 7'이란 숫자를 적었다. 건령부의 경계를 벗어나자마자 강남서로의 도적 이돈인[50]이 건령부에 쳐들어와 불을 질렀다. 바로 7월 7일의 일이었다.

종본이 처음 단하원에 머물 때 참새 한 마리가 날아들어 불상 앞의 향로 위에 서서 죽었다. 나기가 이를 보고 「서작송」을 지었는데, 사람들은 참새가 종본에게 감화된 것이라고 말하였다. 소흥 16년(1146), 종본은 며칠에 자신이 죽을 것이라 예언하였는데, 그날이 되자 병도

---

47 福州: 福建路 福州(현 복건성 福州市).
48 長沙: 荊湖南路 潭州(현 호남성 長沙市). 담주는 隋에서 처음 사용한 지명인 데 비해 長沙는 춘추전국 이래 사용한 오래된 지명이기 때문에 통상 장사를 더 선호하였다.
49 建寧縣: 福建路 昭武軍 建寧縣(현 복건성 三明市 建寧縣). 바로 옆에 建寧軍이 있어 혼동하기 쉽다.
50 李敦仁: 江南西路 虔州 虔化縣(현 강서성 贛州市 寧都縣) 사람이다. 楊勒 토벌을 명분으로 군중을 모아 반란을 일으켰다가 투항하여 承節郞이 되었고, 建炎 4년(1130)에도 虔化縣 농민반란을 진압한다는 명분으로 군중을 모아 다시 반란을 일으켜 주변 지역을 파괴하였다. 紹興 1년(1131)에 세가 불리하자 복건로 汀州 등을 공격하기도 하였다. 본문에서 언급하고 있는 것이 바로 이때의 상황이다. 이돈인은 연말에 統制 顔孝恭에게 패하자 투항하여 閤門祗侯직에 제수되었다.

없이 사망하였다. 종본은 만년에 시를 잘 지었으며 끝없이 많은 재산을 모았지만 매우 인색하여 동전 하나 내주는 것을 마치 이빨 하나 뽑는 것처럼 끔찍하게 여겼다. 제자들이 여러 차례 그러지 말라고 권하였지만 그때마다 말하길,

"이는 내 오랜 업보다."

僧惠吉張氏, 饒州餘干人. 少亡賴, 爲縣五伯, 因追胥村社, 少休山麓, 遇婦人乘竹輿, 無所服, 惟用匹布蔽體. 訝其韶秀而結束詭異, 揖而訊之. 曰: "非汝所知也." 取一卷書授之, 曰: "勉旃, 後當爲僧." 言訖, 輿去如飛, 二僕夫冉冉履空中.

張歸, 卽能談人意間事, 棄妻子, 出遊, 過撫州宜黃縣, 行止佯狂, 人無知者. 時大旱, 縣人作土龍禱雨, 張投牒請自祈禬, 約明日午必雨, 不爾, 願焚軀以謝. 卽趺坐積薪上. 民之輕慓禍賊者, 爭益薪. 及明, 烈日滋熾, 萬衆族觀, 至秉炬以須. 如期, 果大雨, 四境霑足, 邑人始謹事之.

鄒柄居是邑, 惡其惑衆. 張往見之曰: "吾宿負公杖, 幸少寬我." 會張爲邑人甃治衢陌, 裒金數百萬. 或譖於鄒曰: "彼乾沒其半, 間道以遺妻孥." 鄒怒, 言於縣宰, 捕笞之. 已而悔, 詣張謝. 張曰: "曩固言之矣, 無傷也."

宣和三年, 適邵武泰寧, 謂縣人黃溫甫曰: "吾與若隔生同爲五臺僧, 若嘗病, 費吾藥餌, 今當館我以償." 黃爲築庵香爐峰頂, 買僧牒落髮. 師能呪水起疾, 數百里間, 來者絡繹. 通直郎葉武爲令, 夢一女子持火, 東西焚庭廡, 復爇鼓門, 驚覺. 遲明, 師造縣迎問曰: "昨夕無恐否?" 葉愕然, 具以夢告. 師命輿土地木胎, 至庭斧之, 血津津然. 初, 縣有崇物, 化爲美姝, 惑宿直吏, 至是遂已.

縣丞江定國母呂氏, 有眩疾, 每發, 頭涔涔不可忍, 以扣師. 師曰: "無它故, 要是銀兒爲孽." 定國駭懼. 銀兒者, 其父時故姬, 呂氏陰殺之. 於是丐爲禳謝. 師引紙畫爲禽畜百十種, 令秉火炬, 設瓜果, 賓主置榻, 戒其家人皆就寢勿顧, 獨一二僕使在. 迨夜, 師入呂氏寢, 物色之, 得於粧閣. 僕者咸見好女子, 年可十六七. 綠衣黃裙, 對之掩泣, 若不從狀. 師徐徐諭解, 已而肯首. 乃以所畫并楮鏹付之, 送使出門. 呂氏明日疾不作.

富人江景淵. 嘗與人爭田, 不勝, 用計殺之. 忽得脾疾, 詣師請救, 師具數其過, 景淵叩頭哀祈. 爲至其居, 命劚地丈許, 得蒼狗, 吽牙怒視, 左右皆恐. 視之, 乃塊石, 師以杖擊之, 應手糜碎, 景淵卽癒.

又有倡, 棄籍歸一胥, 同謁師. 師所居山椒, 林樾蔽繞, 來者未至門, 不知也. 師逆告其徒曰:"某人夫婦少選至, 勿令其婢子入." 及二人至, 元無婢自隨. 師言狀, 倡驚泣求救, 乃昔日曾逼一婢赴井死, 胥固未之知.

嘗入市, 見搏揜者立道左, 呼使前, 捫其項下如揭物狀, 曰:"後不得復爾." 人問故, 蓋此人昨夕負博進, 恚而投繯, 救至得不死. 師白晝捕魍魅, 逆說禍福, 甚多, 不勝載. 紹興四年死, 泰寧人至今繪事其像, 不呼其名, 惟曰'張公', 或曰'張和尙'云.

요주 여간현[51] 사람인 승려 혜길 장씨는 젊어서 무뢰배 노릇을 하다가 현의 형졸이 되었다. 어느 날 향촌에서 열리는 축제[52]에 치안 담당 서리[53]로 참석하기 위해 길을 가다가 산기슭에서 잠시 쉬던 중 대나무 가마에 타고 있는 여인을 만났다. 그녀는 옷을 입지 않고 다만 삼베로 몸을 가리고 있을 뿐이었다. 혜길은 그 아름다운 모습과 기이

---

51 餘干縣: 江南東路 饒州 餘干縣(현 강서성 上饒市 餘干縣).

52 村社: 향촌에서 열리는 社會를 뜻한다. 社는 자율적으로 구성된 각 직능, 지역 공동체를 뜻하며, 마을 중심의 지역 모임 외에도 성채나 부대 단위의 군인 모임을 비롯해 다양한 형태가 있었다. 대부분 자신들이 모시는 수호신에 대한 성대한 제사와 행진, 그리고 향연 등을 통해 단합과 번영을 기원한다. 이런 활동을 가리켜 社會 · 社火 · 社陌이라고 한다.

53 追胥: 도둑을 잡거나 탈루 세액을 추징하는 업무를 맡은 서리를 뜻한다.

한 옷차림에 놀라 예의를 갖추며 심문하였다. 이에 그녀가 대답하길,

"네가 알 바 아니다."

그리고는 책 한 권을 건네주면서 말하길,

"이것을 열심히 보거라. 너는 후일 승려가 될 것이다."

말을 마치자 가마는 나는 듯 가 버렸다. 가마를 멘 두 노복은 천천히 공중을 향해 걸어갔다.

장씨는 집에 돌아오자마자 즉시 남의 속마음을 꿰뚫고 말할 수 있게 되었다. 그는 처자식을 버리고 밖으로 돌아다니다가 무주 의황현[54]을 지나게 되었다. 그곳에서 장씨는 짐짓 미친 체 행동하여 남들이 알아채지 못하게 하였다. 당시 큰 가뭄이 들어 의황현 사람들은 흙으로 용을 빚어 비를 내리게 해 달라고 기원하였다. 장씨는 자신이 나서서 비가 오도록 기도해 보겠다고 글을 보낸 뒤, 내일 정오에는 반드시 비가 내릴 것이며 만일 그렇지 않으면 내 몸을 불태워 사죄하겠다고 약속하였다. 그는 즉시 장작더미 위에 가부좌를 틀고 앉았다. 주민 가운데 경박하고 거칠며 일 저지르기 좋아하는 자들은 장씨 주변에 장작을 더 쌓아 올렸다. 이튿날이 되자 해는 더 뜨겁게 내리쬐었다. 군중들이 빙 둘러싸 쳐다보며 횃불을 치켜들고 정오가 되기를 기다렸다. 그런데 정오가 되자 정말 큰비가 내려 사방의 가뭄이 모두 해소되었다. 이후 의황현 사람들은 그를 깍듯이 모시기 시작했다.

그때 추병[55]이 의황현에 거주하고 있었는데, 그는 장씨가 사람들을

---

54 宜黄縣: 江南西路 撫州 宜黄縣(현 강서성 撫州市 宜黄縣).

55 鄒柄: 자는 德久이며 兩浙路 常州(현 강소성 常州市) 사람이다. 일찍이 과거를 포기하였으나 靖康연간(1126~1127)에 樞密院編修에 제수되었고 給事中·台州지사 등을 역임하였다. 대금 강경론을 주장하여 고종으로부터 경원시되었다. 中書

미혹한다며 싫어하였다. 장씨는 추병을 찾아가 말하길,

"저는 전부터 공께 곤장을 맞을 빚을 지고 있습니다. 조금만 관대하게 처분해 주시면 감사하겠습니다."

당시 장씨는 의황현 사람들을 위해 도로 보수 작업을 하며 수백만 전을 모금한 상태였다. 누군가 추병에게 참소하길,

"장씨가 그 절반을 착복하고 몰래 처자식에게 보냈습니다."

추병은 노하여 현지사에게 말해 장씨를 체포하게 한 뒤 곤장형에 처하게 했다. 얼마 후 추병은 누군가가 무고한 것임을 알아채고 후회하며 장씨를 찾아가 사과하였다. 장씨가 말하길,

"지난번에 분명히 이 일에 대해서 말씀 드린 적이 있었지요. 괘념치 마십시오."

선화 3년(1121), 장씨는 소무군 태령현으로 가서 태령현 사람 황온보에게 말하길,

"나와 그대는 전생에 둘 다 오대산의 승려였다. 그대가 병들었을 때 내가 약을 사 준 바 있다. 이제 나에게 거처를 만들어서 갚는 것이 도리다."

황온보가 향로봉 정상에 암자를 지어 주자 장씨는 관에서 발급한 승려 신분증[56]을 산 뒤 삭발하고 승려가 되었다. 혜길이 주문을 외운

舍人·兵部侍郎·吏部侍郎·寶文閣待制·江寧府지사 등을 역임하고 章惇·蔡京에게 바른 소리를 아끼지 않은 鄒浩의 큰아들이다.

56 僧牒: 불교와 도교 출가자에 대한 관부의 승인 증명서로 통상 度牒이라고 한다. 정부는 도첩 판매를 통해 재정을 보완하고, 승려는 부역을 면제받을 수 있었다. 도첩의 정부 기준 가격은 元豊 7년(1084)에 130관이었지만 元佑연간(1086~1093)에 300관, 紹熙 3년(1192)에 800관이었다. 하지만 元豊 7년 夔州路에서는 300관을 받는 등 시대와 지역에 따른 차이가 컸다.

물을 먹여 병을 낫게 해 주자 그 소식을 듣고 수백 리 내에 찾아오는 사람들이 줄을 이었다.

당시 통직랑[57] 엽무가 태령현지사로 있었는데, 어느 날 꿈에 한 여인이 불을 들고 다니며 사방에 있는 관아 건물을 태웠다. 또 고루의 문까지 태우려 하자 엽무는 놀라 깨었다. 이튿날 새벽 혜길이 현 관아로 찾아와 묻기를,

"지난밤 혹시 놀라지 않으셨습니까?"

엽무는 깜짝 놀라며 꿈 이야기를 상세히 들려주었다. 혜길은 나무로 만든 토지신상을 마당으로 가져오게 한 후 도끼로 쪼개니 피가 줄줄 흘러나왔다. 과거 이 현에는 요물이 있어 미녀로 변신한 다음 숙직하는 서리들을 홀리곤 했는데, 이때부터는 그런 일이 없어졌다.

태령현 현승 강정국의 어머니 여씨는 어지럼증이 있었다. 한번 발작을 하면 머리가 참을 수 없을 정도로 아프고 어지러웠다. 여씨가 찾아오자 혜길이 말하길,

"다른 이유는 없고 은아가 저주하기 때문이오."

강정국은 놀라서 떨었다. 은아는 부친이 살아 있을 때 죽은 첩으로 여씨가 몰래 그녀를 죽였었다. 여씨는 제사를 지내 사죄할 수 있게 해 달라고 간청하였다. 혜길은 종이에다 새와 가축 110종류를 그리고 온갖 과일과 채소를 차리게 한 다음 사람을 시켜 횃불을 들고 지키게 하였다. 여씨를 평상에 눕히고, 집안 사람들 모두 다 잠자리에 들게 하여 나와서 엿보지 못하게 했다. 다만 노복 한두 사람만 남아

---

57 通直郞: 문관 寄祿官 29개 품계 중 17위이며 종6품하이었으나 元豐 3년(1080) 관제개혁 후 30개 품계 중 25위, 정8품으로 바뀌었다. 정8품부터 升朝官에 속한다.

있게 했다. 밤이 되자 혜길은 여씨의 침실로 들어가 이리저리 요괴를 찾다가 화장품 상자 속에서 발견하였다. 노복이 함께 보니 16, 7세쯤 되어 보이는 예쁜 여자로서 녹색 저고리에 노랑 치마를 입고 있었는데, 얼굴을 가린 채 울면서 혜길의 말을 들으려 하지 않는 듯 보였다. 혜길이 천천히 타이르자 비로소 머리를 끄덕이며 따랐다. 이에 그림과 지전을 주고 배웅하여 돌아가도록 했다. 여씨는 이튿날부터 발작이 사라지게 되었다.

부자 강경연은 일찍이 남과 토지를 두고 소송하다가 지게 되자 계략을 써서 그를 살해하였다. 그 후 갑자기 비장에 병이 생겨 혜길을 찾아와 구해 달라고 하였다. 혜길이 그 잘못을 일일이 질책하자 강경연은 머리를 조아리며 구슬피 기도했다. 혜길이 그와 함께 집에 가서 땅을 한 길 정도 파게 하니 푸른 개 한 마리가 나왔다. 개는 으르렁거리며 사납게 둘러보아 사람들이 모두 무서워했다. 그런데 한참 후 다시 살펴보니 돌덩이일 뿐이었다. 혜길이 지팡이로 내리칠 때마다 산산이 부서졌고 강경연의 병도 나았다.

또 기적에서 나와 서리에게 시집을 간 어떤 기생이 있었는데, 그들 부부가 함께 혜길을 찾아왔다. 혜길이 거처하는 곳은 산초나무가 우거져 수풀에 가려져 있어 찾아오는 사람이 문 앞에 이르기 전까지는 오가는지를 알 수 없었다. 혜길은 제자들에게 마중 나가라며 이르기를,

"어떤 부부가 잠시 후 찾아올 텐데, 그 여자 종은 들이지 말도록 해라."

얼마 후 그 부부가 왔는데 원래부터 따라온 여자 종이 없었다. 혜길이 두 사람을 만나 여자 종의 모습을 말하자 기생은 놀라 울며 구

해 달라고 하였다. 과거 이 기생은 여자 종 하나를 핍박하여 우물에 빠져 죽게 하였는데 남편은 이를 모르고 있었던 것이다.

한번은 시장에 갔는데 노름꾼 하나가 길 왼쪽에 서 있었다. 혜길이 그를 불러 앞으로 오게 한 다음 목 아래로 무언가 매달린 듯한 것을 어루만지며 말하길,

"다시는 그렇게 하지 말거라."

사람들이 무슨 말이냐고 물었다. 이 사람은 그 전날 밤 노름을 하다 돈을 잃자 화가 나서 목매달아 죽으려 하다가 남들이 구해 주는 바람에 살아난 것이었다. 혜길이 대낮에 도깨비를 잡은 일이라든가 길흉화복을 예언한 일은 대단히 많아 일일이 다 적을 수 없다. 혜길은 소흥 4년(1134)에 죽었다. 태령현 사람들은 아직도 혜길의 초상을 그려서 섬기며, 그 이름을 부르지 않고 다만 '장공' 혹은 '장화상'이라고 부른다.

泰寧縣東十五里, 有仙棺石. 相傳往年因風雨, 白晝晦冥, 人聞空中音樂聲, 及霽, 見棺木在巖間. 其處峭絶, 人莫能上, 疑仙人蛻骨送于此, 因名'音山'. 亦曰'聖石'. 遇大旱, 祈雨卽應. 蔣穎叔使福建日, 過之, 爲賦詩, 更名卓筆峰.

宣和五年, 復大雷電, 風雨雰塞, 及霽, 而棺旁又列一棺, 題湊不異世俗作者. 次年春, 山邊人見輿馬旌幢, 騎從呵殿, 騰雲至其地, 作樂而去. 樂聲泠然, 非世間音. 村民能猱援者, 嘗登之, 云棺不施釘, 可開視. 骨色靑碧, 葬具悉古製, 惟一小剪刀, 細腰修刃, 同人間用者. 將挈而下, 忽霹靂挾崖起, 大蛇旁午. 民驚怖墜地, 體無所傷, 而病狂, 半年方愈. 爲鄕人言如此.(右五事皆邵武士人黃文彀言.)

소무군 태령현에서 동쪽으로 15리를 가면 선관석이 있다. 전해지는 말에 의하면, 언젠가 비바람으로 대낮인데도 어두컴컴해졌는데 공중에서 음악소리가 들렸다고 한다.

날이 갠 후에 살펴보니 관 하나가 바위 사이에 놓여 있었지만 너무 가파른 절벽이라 올라갈 수 없었다. 사람들은 아마도 신선이 자기 몸을 벗어 이리로 보낸 것이 아닌가 여겼다. 그래서 '음산(소리나는 산)'이라 이름 짓고 또 '성석(성스러운 돌)'이라 불렀는데, 큰 가뭄이 들 때 기도를 하면 즉시 응답이 있었다.

장지기[58]가 복건로의 전운판관으로 부임할 때 이곳을 지나다가 시를 짓고 '탁필봉'이라 고쳐 부르게 했다.

선화 5년(1123), 다시 큰 천둥과 번개가 치고 비바람으로 안개가 자욱하였다. 날이 갠 후 본래의 관 옆으로 다른 관 하나가 나란히 놓여 있었는데, 관[59]의 모습이 세속에서 만든 것과 크게 다르지는 않았다.

이듬해 봄, 음산 주변 사람들은, 가마와 말을 끌고 각종 깃발을 든 채 말을 탄 의장대[60]가 구름을 타고 이곳에 와서 음악을 연주하고 사라지는 것을 보았다. 그 음악 소리는 청아하고도 마음을 격양시켜 세간의 음악과 판이하였다.

촌민 가운데 원숭이처럼 바위를 잘 타는 사람 하나가 일찍이 그곳에 올라간 적이 있었는데, 그의 말에 의하면 관에는 못을 박지 않아 열어 볼 수 있었다고 한다.

시신은 푸른 녹색이었고 장례 용품은 모두 옛날 방식 그대로인데, 오직 가위 하나만 허리가 잘록하고 날이 잘 갈아진 것이 세간에서 쓰는 것과 같았다고 한다.

가위를 집어 들고 내려오려는데 갑자기 낭떠러지 사이에서 벼락이 일어나고 큰 뱀들이 여기저기 나타나 무섭고 놀라서 그만 땅에 떨어

---

58 蔣之奇(1031~1104): 자는 穎叔이고 兩浙路 常州 宜興縣(현 강소성 無錫市 宜興市) 사람이다. 嘉佑 2년(1057)에 蘇軾과 같은 해 과거에 급제하였다. 監察御史를 지내며 歐陽脩를 무고한 죄로 좌천된 일이 있었으나 潭州 · 廣州 등의 지사로 탁월한 실적을 거두었으며, 崇寧 1년(1102)에 知樞密院事로 杭州지사를 역임하였다. 본문에서 언급한 것은 蔣之奇가 福建轉運判官을 지내면서 免役法을 시행하였을 때의 일이다.

59 題湊: 천자나 제후의 관을 보관하는 槨室은 대형 목재를 쌓아서 벽을 만들고 위로 올라가면서 점차 안으로 좁혀 지붕을 만들었다. 이렇게 만든 곽실을 가리켜 題湊라고 한다. 본문에서는 棺의 뜻으로 썼다.

60 呵殿: 고위관료가 행차할 때 수행하는 의장대를 뜻한다. 의장대의 선두를 가리켜 呵라고 하고 후미를 殿이라고 한다.

졌다고 하였다. 몸에는 다친 데가 없었으나 미치광이가 되었다가 반 년 만에 나았다. 위의 이야기는 그 후 그가 마을 사람들에게 이야기 한 것이다.(이 다섯 가지 일화 모두 소무군의 사인 황문모가 한 이야기다.)

> 　左武大夫榮州刺史張琦, 紹興十六年, 自建康解軍職, 爲江東兵鈐,
> 駐饒州三年而病. 琦有田在池州建德縣, 命使臣掌之. 是歲, 使臣夢黃
> 衣數人, 持一朱書漆牌云: "攝饒州鈐轄張琦, 潭州長沙知縣趙伯某."
> 旣寤, 意謂琦被召命, 詣鄱陽慶之, 琦病已篤, 不得見. 家人恐其夢不
> 祥, 不敢言. 而琦數詢其子云: "趙知縣到未?" 子謂病中譫語, 不敢對.
> 凡月餘, 果有趙君者, 罷長沙縣, 歸至饒, 泊城下, 卒於舟中. 琦登時亦
> 死.

　좌무대부[61]이자 영주[62] 자사[63]인 장기는 소흥 16년(1146) 건강부[64]
에서의 군직을 그만두고 강동로[65] 병마검할이 되어 요주에 주둔하게
되었다. 그 후 3년 만에 병이 들었다. 장기는 지주 건덕현에 토지가
있어 그곳의 하급무관[66]으로 하여금 관리하게 하였다.

----

61 左武大夫: 政和 2년(1112)에 신설한 관직이며 紹興연간(1131~1162)에는 무관 寄
　　祿官 52개 품계 중 13위, 정6품이었다.

62 榮州: 梓州路 榮州(현 사천성 自貢市 榮縣).

63 刺史: 무신에 대한 명예직으로서 북송 전기에는 종3품~정4품하였으나 元豐 3년
　　(1080) 관제개혁 때 종5품으로 조정되었다. 節度使·承宣使·觀察使·防禦使·
　　團練使에 이어 正任 무관계의 최하위직이다.

64 建康府: 남송 江南東路 建康府(현 강소성 南京市).

65 饒州: 江南東路 饒州(현 강서성 上饒市 鄱陽縣).

66 使臣: 본래 황제의 명을 받아 타국에 파견되는 관리, 또는 특별한 명령을 받고 파
　　견되는 관리에 대한 범칭이나 송대에는 7품관 이하 무관에 대한 총칭이기도 하다.
　　政和 2년(1112)에는 정7품인 武功大夫에서 정8품 修武郎까지를 大使臣, 종8품 從

그해 건덕현의 하급무관이 꿈을 꾸었는데 누런색 옷을 입은 몇 사람이 붉은색 글씨가 쓰인 패찰을 지니고 있었고 패찰에는 "요주 검할 대행[67] 장기와 담주 장사현[68]지사 조 모"라고 쓰여 있었다.

꿈에서 깨어난 후 그는 장기가 새로운 관직에 임명되는구나 싶어서 축하하기 위해 요주 파양현[69]으로 갔다. 하지만 장기의 병세가 심하여 만나볼 수 없었다. 집안사람들은 그 꿈이 불길한 것 같아 걱정되어 감히 말하지 못했다. 그런데 장기는 여러 차례 아들에게 묻기를,

"현의 조 지사가 아직 도착하지 않았느냐?"

아들은 아버지가 병중에 한 부질없는 말이라 여기고 사실대로 말하지 않았다. 한 달여가 지난 후 정말로 성이 조씨인 장사현지사가 현직에서 파직되어 요주로 돌아오다가 성 아래에 이르러 배 안에서 죽었다. 장기 역시 그 직후 사망하였다.

義郞부터 종9품 承信郞까지를 小使臣으로 구분하였다. 대사신 정원은 治平 1년(1064)에는 1,100명이었고, 紹熙 2년(1191)에는 5,172명이었다.

67 攝官: 임시 대리하는 비정식 관원을 뜻한다.

68 長沙縣: 荊湖南路 潭州 長沙縣(현 호남성 長沙市 長沙縣).

69 鄱陽縣: 江南東路 饒州 鄱陽縣(현 강서성 上饒市 鄱陽縣).

> 周濱, 字東老, 福州閩人, 佳士也. 陳了翁以兄之女妻之. 濱受『易』
> 於翁, 如有所悟. 翁喜參禪, 見濱論死生之說, 禪者所不能言, 甚訝之.
> 宣和中, 以疾卒. 前一日, 作詩與蔡氏甥曰: "三舅報無常, 諸甥脚手忙.
> 熟挑三挺皁, 爛煮一鍋湯. 垢膩從君洗, 形骸任爾扛. 六釘聲寂寂, 千
> 古路茫茫."

　복주 민현[70] 사람으로 자가 동로인 주빈은 좋은 선비여서 진료옹은
형의 딸을 주빈에게 시집보냈다. 주빈은 진료옹으로부터 『주역』을
배워 많은 깨달음을 얻었다.

　진료옹은 참선을 좋아했는데, 주빈이 말하는 삶과 죽음의 논리는
참선하는 사람들이 말할 수 없는 것이어서 매우 놀라워했다.

　주빈은 선화연간(1119~1125)에 병으로 죽었는데, 죽기 전날 시를
지어 생질인 채씨에게 주었다. 그 내용은 다음과 같다.

나는 세상사 무상함을 깨닫는데,
여러 조카들 바삐 살아가는도다.
하인들 큰소리로 채근하며,
한 냄비 국을 뜨겁게 끓이는구나.
나의 더러운 때 그대에 맡겨 씻기고,

---

70 閩縣: 福建路 福州 閩縣(현 복건성 福州市 · 閩侯縣).

나의 육신 그대에 맡겨 나르게 하노라.
여섯 개 못질하는 소리 쓸쓸하고,
천고의 길은 아득하기만 하다.

蔡振, 字子玉, 閩縣人. 年甫冠, 從鄕先生鄭東卿學『易』, 忽悟死生之理. 其家在鼓山下. 紹興十七年, 聞莆田鄭樵入山從老僧問禪, 振作書抵樵, 論儒釋之學. 樵見其年少而論高, 疑假手於人, 親扣之, 益奇怪, 乃見東卿, 問振所學. 東卿曰: "不知也." 十九年四月, 振來謁東卿, 問『尙書・禹貢』, 得疾歸家, 遂篤, 叱出其妻, 呼弟掄, 告以死. 令掄把筆, 口占一詩, 曰: "俟同舍生來弔, 可出示之." 其語云: "生也非贅, 死兮何缺? 與時俱行, 別是一般風月." 詩畢而逝.

　　자가 자옥인 복주 민현 사람 채진은 스무살에 향선생⁷¹인 정동경에게서 『역경』을 배우다가 홀연히 삶과 죽음의 이치에 대해 깨닫게 되었다. 그의 집은 고산 아래에 있었다. 소흥 17년(1147)에 흥화군 포전현⁷² 사람 정초⁷³가 산에 들어가서 노승을 쫓아 선에 대해 배운다는 사실을 듣고 정초에게 편지를 써 보냈는데, 그 내용은 유교와 불교의 학문을

---

71 鄕先生: 향선생은 원래 퇴직하여 향리에 은거하는 전직 관리를 뜻한다. 향리에 거주하는 현직 관리인 鄕大夫의 상대적 개념이다.

72 莆田縣: 福建路 興化軍 莆田縣(현 복건성 莆田市).

73 鄭樵(1104~1162): 자는 漁仲이며 福建路 興化軍 莆田縣(현 복건성 莆田市) 사람이다. 『通志』의 저자로 유명하다. 박학다식하였으나 과거에 응시하지 않고 30여 년 동안 夾漈山에 은거해 독서와 저술에 몰두했다. 명산대천을 유람하면서 기이하거나 오래된 사실들을 수집했고, 장서가를 만날 때마다 머무르면서 모든 책을 완독한 뒤에야 떠났다. 天文・地理・禮樂・文字・蟲魚・草木・方書 등 많은 학문에 정통했다.

논한 것이었다. 정초는 채진의 나이가 어리지만 그 논한 바가 보통이 아님을 알아채고는 혹 다른 사람의 것을 베낀 것이 아닌지 의심하여 직접 채진에게 물어보니 그 대답이 더욱 놀라웠다. 이에 정동경을 만나 채진이 어떻게 공부를 했는지 물어보았다. 정동경은 말하길,

"아는 바가 없습니다."

소흥 19년(1149) 4월, 채진이 정동경을 찾아와 배알하면서 『상서』 「우공」[74]에 대해 물어보았는데, 곧 병을 얻어 집으로 돌아갔다. 그의 병은 더욱 위중해졌다. 채진은 아내를 꾸짖어 쫓아내고는 동생인 채륜을 불러 자신이 곧 죽을 거라 말하였다. 채륜에게 붓을 잡게 하고는 입으로 시를 한 수 지었는데 말하길,

"같이 공부했던 동기생이 와서 조문하는 것을 기다렸다가 이 시를 보여 주거라."

그 시는 다음과 같았다.

삶이 번거로운 것은 아니지만,
죽음도 무엇이 모자라겠는가.
시간을 따라 함께했으나,
바람과 달 같은 것이 아니겠는가.

시를 짓고는 곧 세상을 떠났다.

---

74 『尙書』「禹貢」: 중국 九州의 지리와 물산에 대하여 쓴 고대 지리서이다. 夏의 시조로 알려진 禹가 홍수를 다스리고, 천하를 통일하는 과정에서 정한 冀·燕·靑·西·揚·荊·豫·梁·擁州 등 9개 州의 구획에 따라서 山川·土壤·貢賦·物産·山岳·水界 등을 기록하였다.

許太尉將未第時, 居福州晉浦巷. 夜有虎自東山蹂破城, 入其園, 傷
圈豕而去. 及旦, 擧室慮其復至, 太尉不以爲異, 且高吟曰: "昨夜虎入
我園, 明年我作狀元." 叔母戲續其下云: "顚狗不要亂吠, 且在屋裏低
蹲." 鄰里傳以爲笑. 明年, 太尉魁天下士, 後登政府. 叔母之子特以恩
得官至大夫, 謂之許工部. 舊所居室, 太尉悉以與之. 後工部得心疾,
家人閉不使出, 所謂'顚狗低蹲'之語, 乃其母詩, 實先讖也.(三事鄭東卿
說.)

　　태위 허장⁷⁵이 아직 과거에 급제하지 못했을 때 복주의 중포항⁷⁶에
거주하였다. 밤에 호랑이가 동산⁷⁷으로부터 무너진 성을 넘어와 그의
정원으로 들어와서는 우리 안의 돼지를 해치고 가 버렸다. 아침이 되
어 온 집안 식구들이 호랑이가 다시 올까 두려워하였다. 허장은 기이
한 일이라 여기지 않았으며 또 큰 목소리로 말하길,

　"지난밤 호랑이가 우리 정원에 들어왔으니 내년에 내가 장원이 될
것이다!"

75　許將(1037~1111): 福建路 福州 閩縣(현 복건성 福州市・閩侯縣) 사람이다. 嘉祐
　　8년(1063)에 27세의 나이로 복주 최초의 장원급제자가 되었다. 문무를 겸전하였
　　으며 외교와 내치 모두 탁월한 업적을 남겼고 청렴하여 신종과 철종의 신임을 얻
　　었다. 兵部侍郎과 尙書左・右丞을 지냈다.

76　晉浦: 현 복건성 福州市 동남쪽에 있다.

77　東山: 현 복건성 福州市 동남쪽 10㎞ 지점에 있다.

숙모가 장난스럽게 그 다음 말을 이으며 이르길,

"엎어진 개는 어지러이 짖지 말고 집안에서 낮게 엎드려 있거라."

이웃들이 이 이야기를 전하며 웃음거리로 삼았다. 다음해 허장이 장원급제하고 재상부에 들어갔다. 숙모의 아들은 특별히 은덕을 입어 관직을 얻어 대부가 되어 허 공부라 불리었다. 허장은 예전에 살던 집을 모두 그에게 주었다. 이후 허 공부가 정신 질환을 앓자 집안 사람들이 그를 집에 가두고 나가지 못하도록 하였다. 이른바 '엎어진 개 낮게 엎드려 있으라'는 말은 바로 허 공부 모친이 지은 시이니 실로 시로써 미리 예언을 했던 셈이다.(이 세 가지 일화는 정동경이 한 이야기다.)

이견갑지

夷堅甲志
卷 10

舒州桐城縣何翁者, 以貲豪於鄉, 嗜酒及色. 年五十得風疾, 手足奇右不能擧. 興之同郡良醫李百全幾道家, 治療月餘, 而病良已. 將去, 幾道飲之酒, 酒牛, 問之曰:"死與生孰美?" 翁愕然曰:"公醫也, 以救人爲業, 豈不知死不如生, 何用問?" 幾道曰:"吾以君爲不畏死耳. 若能知死之可惡, 甚善. 君今從死中得生, 宜永斷房室, 若不知悔, 則必死矣, 不復再相見也."

翁聞言大悟. 才歸, 卽於山巔結草庵屏處, 卻妻妾不得見, 悉以家事付諸子. 如有二年, 勇健如三十許人. 徒步入城, 一日行百二十里. 幾道見之曰:"君果能用吾言, 如持之不懈, 雖未至神仙, 必爲有道之士." 翁自是愈力, 但多釀酒, 每客至, 與奕碁飲酒, 清談窮日夜, 凡二十有五年.

建炎初, 江淮盜起, 李成犯淮西, 翁度其且至, 語諸子曰:"急竄尙可全." 諸子或顧戀妻孥金帛, 又方治裝, 未能卽去. 翁卽杖策, 腰數千錢, 獨行至江邊. 賊尙遠, 猶有船可度, 徑隱當塗山寺中. 諸子未暇走而賊至, 皆委鋒刃.

翁在寺, 與鄰室行者善, 一日, 呼與語曰:"吾欲買一棺, 煩君同往取之, 可乎?"曰:"何用此?" 笑不應. 遂買棺歸, 置室內, 數自拂拭. 又謂行者曰:"吾終恩公矣. 吾屋後儲所市薪, 明日幸以焚我柩, 恐有吾家人來, 但以告之." 行者且疑且信, 密察其所爲. 至暮, 臥棺中, 自托蓋掩其上. 明日就視, 死矣. 時年七十九. 後歲餘, 翁有姪亦脫賊中, 訪翁蹤跡, 至是寺, 方聞其死. 翁與中書舍人朱新仲翌有中外之好, 朱公嘗記其事以授予云.

서주 동성현[1]의 하옹은 향리에서 재산이 가장 많았고, 술과 여색을 좋아하였다. 나이 50이 되어서 중풍을 맞아 오른쪽 손과 발을 움직일 수 없게 되었다. 그를 수레에 실어 서주의 명의인 백전 이기도의 집으로 데려가서 한 달여 치료를 받게 하니 병세가 호전되었다. 그가 집으로 돌아가려 할 때 이기도는 그와 술을 마시면서 취기가 어느 정도 오르자 그에게 묻기를,

"죽음과 삶 중에 무엇이 좋으십니까?"

하옹이 깜짝 놀라 말하기를,

"당신은 의사로서 사람을 살리는 것이 생업이잖습니까? 죽음이 삶만 못하다는 것을 모를 리 없는데 왜 그런 질문을 하는 것이오?"

이기도가 말하기를,

"나는 당신이 죽음을 두려워하지 않는다고 여겼습니다. 만약 당신이 죽음이 좋지 않다는 것을 안다면 이는 매우 바람직합니다. 당신은 지금 죽었다 살아났으니 마땅히 안방의 출입을 끊어야 하며, 만약 뉘우치지 않는다면 반드시 죽게 되리니 앞으로 다시는 만날 일이 없을 것입니다."

하옹은 그 말을 듣고는 크게 깨우쳤다. 집으로 돌아온 즉시 산꼭대기에 풀로 엮은 암자를 짓고 은거하면서 처첩을 멀리하고 집안의 모든 일을 자식들에게 맡겼다. 이렇게 2년을 지내니 용감하고 강건하기가 마치 30여 세 같았다. 걸어서 서주 성까지 가기도 하였는데 하루에 120리를 걸을 수 있었다. 이기도가 그를 보면서 말하길,

---

1 桐城縣: 淮南西路 舒州 桐城縣(현 안휘성 安慶市 桐城市).

이견갑지 【一】

"당신은 과감하게 내가 한 말을 실행에 옮겼습니다. 만약 나태해지지 않고 계속 유지한다면 비록 신선의 경지에는 이르지 못할지라도 반드시 세상의 이치를 깨우친 사람이 될 수 있을 것입니다."

하옹은 이로부터 더욱 힘써 노력하였다. 그저 술을 많이 빚어서 매번 손님이 오면 바둑과 장기를 두면서 술을 마시고 청담을 나누면서 밤을 지새웠다. 이렇게 지내기를 25년이 되었다.

건염연간(1127~1130) 초에 강회[2]에서 도적들이 일어나고, 이성[3]이 회서 지역을 침범하였다. 하옹은 그들이 곧 들이닥칠 것이라 생각하여 여러 아들들에게 말하길,

"서둘러 피하면 그런대로 목숨을 보전할 수 있을 것이다."

하지만 아들들은 처자식과 재산에 연연한데다 집을 새로 수리하였기에 즉시 떠나지 못하였다. 하옹은 급히 허리춤에 몇 관의 돈만 두르고 채찍을 잡고 말을 달려 혼자 강변으로 갔다. 도적들이 아직 멀리 있어 그때까지는 그런대로 탈 배가 있어 강을 건널 수 있었고, 서둘러 태평주 당도현[4]의 산사로 가서 은거할 수 있었다. 하지만 아들들은 도망갈 겨를도 없이 도적이 들이닥쳐 모두 그들의 칼끝에 죽고 말았다.

---

2 江淮: 江은 長江을, 淮는 淮河를 뜻한다. 따라서 넓은 의미에서는 江南·淮南을 뜻하고 좁은 의미에서는 長江 하류와 淮河 이남 지역을 뜻한다. 현 강소성과 안휘성의 중남부지역에 해당한다.

3 李成: 자는 伯友이며 河北東路 雄州 歸信縣(현 하북성 保定市 雄縣) 사람이다. 남북송 교체기에 투항과 반란을 거듭하다가 결국 大齊에 투항한 뒤 紹興 3년(1133)에는 호북성을, 紹興 10년(1140)에는 낙양 등지를 공략하는 공을 세워 濟國公에 봉해졌다. 사졸과 함께 생활하고 전투에 앞장서서 뛰어난 전투력을 발휘하였다.

4 當塗縣: 江南東路 太平州 當塗縣(현 안휘성 馬鞍山市 當塗縣).

하옹은 절에서 기거하면서 옆방의 행자승과 가깝게 지냈다. 하루는 행자승에게 말하길,

"내가 관을 하나 사고 싶은데 귀찮겠지만 자네가 나와 같이 가서 가져올 수 있겠는가?"

행자가 묻기를,

"어디에 쓰려고 하십니까?"

하옹은 빙긋이 웃기만 할 뿐 아무런 말도 하지 않았다. 마침내 관을 사 가지고 돌아와서 방 안에 두고 스스로 몇 차례 깨끗하게 닦았다. 또 행자승에게 이르기를,

"내가 마지막으로 귀찮게 하겠네. 집 뒤에 새로 산 땔나무를 쌓아 놓았는데, 그것을 가지고 내일 나의 관을 태워 주시게나. 혹 우리 집 안사람들이 오면 그저 사실대로 말해 주시게!"

행자승은 반신반의하면서 몰래 그의 행동을 살펴보았다. 밤이 되자 관 안에 드러눕고는 스스로 덮개를 밀어 위를 덮어 버렸다. 다음 날 가서 보니 죽어 있었다. 당시 그의 나이 79세였다. 그 후로 1년여가 지나 도적의 수중에서 도망쳐 나온 조카가 한 명 있어 하옹의 종적을 쫓아 절까지 찾아왔다. 그들은 절에 와서 그의 죽음을 알게 되었다. 하옹과 중서사인 주신중은 깊은 교우관계를 가져 왔었다. 주신중이 일찍이 그에 관한 일을 기록하여 나에게 전해 준 것이다.

명의 방안상의 침술^{龐安常針}

朱新仲祖居桐城時, 親識間一婦人妊娠將產, 七日而子不下, 藥餌符水, 無所不用, 待死而已. 名醫李幾道偶在朱公舍, 朱邀視之. 李曰: "此百藥無可施, 惟有鍼法, 然吾藝未至此, 不敢措手也." 遂還. 而幾道之師龐安常適過門, 遂同謁朱.

朱告之故, 曰: "其家不敢屈先生. 然人命至重, 能不惜一行救之否?" 安常許諾, 相與同往. 纔見孕者, 卽連呼曰: "不死." 令家人以湯溫其腰腹間. 安常以手上下拊摩之. 孕者覺腸胃微痛, 呻吟間生一男子, 母子皆無恙. 其家驚喜拜謝, 敬之如神, 而不知其所以然.

安常曰: "兒已出胞, 而一手誤執母腸胃, 不復能脫, 故雖投藥而無益. 適吾隔腹捫兒手所在, 鍼其虎口, 兒旣痛, 卽縮手, 所以遽生, 無他術也." 令取兒視之, 右手虎口鍼痕存焉. 其妙至此.(新仲說.)

주신중은 조상 때부터 서주 동성현에 거주했는데, 당시 친하게 알고 지내던 한 부인이 임신하여 출산해야 할 때가 되었는데, 7일이 지나도 아이가 나오지 않았다. 약을 쓰고 부적을 써도 아무 소용이 없어 그저 죽기만을 기다렸다. 명의로 이름난 이기도가 우연히 주신중의 집에 오자 주신중은 그 부인을 봐달라고 청하였다. 이기도가 임산부를 진찰하고 말하기를,

"이 병은 백약이 무효이며 오직 침술만이 효과가 있는데, 나의 의술이 그 수준에 이르지 못해 감히 손을 댈 수 없습니다."

그리고 곧 돌아갔는데 이기도의 스승인 방안상이 마침 그의 집을 지나게 되자 마침내 함께 주신중을 찾아갔다. 주신중은 자초지종을

설명하고 부탁하기를,

"그 집에서는 선생께 감히 부탁드릴 수도 없는 입장입니다. 하지만 인명은 극히 소중한 것이니 부디 번거롭다 생각하지 마시고 한번 가서 구해 주시지 않겠습니까?"

방안상이 허락하고, 그들과 함께 갔다. 방안상은 임산부를 보자마자 즉시 큰소리로 말하기를,

"죽지 않을 것이다."

그는 집안 식구들에게 뜨거운 물로 임산부의 허리와 배 사이를 따뜻하게 하라고 하였다. 방안상은 손으로 산모의 배를 가볍게 아래위로 문질렀고, 임산부는 장과 위에서 미세한 통증이 느껴졌다. 그리고 잠깐 신음하는 사이에 사내아이를 한 명 낳았다. 모자 모두 아무 탈이 없었다. 그 집안 식구들은 놀라 기뻐하면서 방안상에게 절을 하며 감사했는데, 그를 마치 신처럼 존경하면서도 그가 어떻게 해서 아이를 낳을 수 있게 하였는지 알지 못하였다.

방안상이 말하기를,

"아기가 이미 자궁에서 나왔는데 한 손으로 어미의 위와 장을 잘못 붙들고 있어 더 이상 나오지 못하게 된 까닭에 약을 써도 아무 소용이 없었던 것이오. 마침 내가 뱃살 안쪽에서 아기 손이 있는 곳을 어루만지고 손의 엄지와 집게손가락 사이 호구혈[5]에 침을 놓으니 아이가 통증을 느껴 즉시 손을 거두어 바로 태어나게 된 것이지 남다른

---

5 虎口穴: 손등의 엄지와 식지 사이에 있는 合谷穴을 말한다. 이 혈을 세게 누를 경우 건강한 사람은 상관없으나 임신부의 경우 자궁 축소나 조산을 초래할 수 있다. 별칭은 合骨穴이며 虎口穴은 속칭이다.

이견갑지 【一】

방법이 있었던 것은 아니외다."

아기를 데려와 살펴보니 오른손 호구혈에 침을 놓은 흔적이 남아
있었다. 그 신묘함이 이와 같았다.(주신중이 한 이야기다.)

紹興二年, 廬陵董良史廷試罷, 詣紅象道人作卦影, 欲知其低昂. 卦成, 有詩曰: "黑猴挽長弓, 走向天邊立, 系子獨高飛, 中人嗟莫及." 良史不能曉. 占者曰: "事應乃可解." 及唱名, 張子韶九成爲榜首. 張生於壬申, 所謂黑猴者也. 長弓, 張字也. 良史在三甲, 其上孫雄飛, 所謂系子高飛也. 其下仲幷, 所謂中人莫及也.(良史說.)

소흥 2년(1132) 길주⁶ 사람 동량사⁷가 전시를 마친 후 홍상도인을 찾아가서 괘영점⁸을 쳐 자신의 성적이 높은지 낮은지 알아보려고 하였다. 점괘가 나왔는데 시로 이르기를,

검은 원숭이가 긴 활을 잡아당기며,
걸어서 하늘 근처에 가 서 있네.
계자는 홀로 높이 날며,
중인은 탄식하며 미치지 못하네.

6　廬陵: 江南西路 吉州(현 강서성 吉安市). 秦始皇 26년(전221)에 처음 廬陵縣을 설치하였고, 隋 開皇 10년(590)에 吉州로 개칭하였다. 唐代에 여릉과 길주로 몇 차례 개칭하였고, 송대에는 길주라 칭하였으나 여전히 여릉이 별칭으로 쓰였다.

7　董良史: 자는 邦直이며 江南西路 撫州 仙居縣(현 강서성 撫州市 樂安縣) 사람이다. 建昌軍・贛州・洪州 通判과 柳州지사를 역임하였다. 秦檜에게 항명할 정도로 강직한 성품의 소유자였다.

8　卦影: 熙寧연간(1068~1077)에 사천에서 크게 유행하기 시작한 점술로서 사람의 생년월일시를 취하여 卦를 만들고, 괘의 함의를 12지신에 해당하는 동물 그림을 이용해 우의적으로 표현하여 점을 치는 것을 뜻한다. '軌革卦影'의 약칭이다.

동량사는 이 시의 뜻을 이해하지 못했다. 홍상도인이 말하길,

"결과가 드러나면 곧 이해할 수 있을 것입니다."

진사급제자 이름이 차례로 호명되자 자가 자소인 장구성[9]이 장원급제로 명단의 제일 윗자리를 차지했다. 장구성은 임신년에 태어났으니 이른바 검은 원숭이였던 셈이고, '긴 활長弓'이란 글자가 합치면 '장張'자가 된다. 동량사는 3갑에 속하였는데, 바로 앞 등수가 손웅비孫雄飛였으니 이른바 '계자系子가 홀로 나는 것'은 그를 뜻하는 것이었고, 바로 아래 등수가 중병仲幷이었으니 '중인中人이 미치지 못한다'는 것은 그를 뜻하는 것이었다.(동량사가 한 이야기이다.)

---

9 張九成(1092~1159): 자는 子韶이며, 兩浙路 秀州 海鹽縣(현 절강성 嘉興市 海鹽縣) 사람이다. 楊時의 제자로 과거에 장원급제하였으며 재상 趙鼎의 추천으로 禮部 · 刑部侍郎을 지냈다. 강직한 성품으로 진회의 주화론에 적극 반대하여 탄압을 받았고 南安軍(현 강서성 大餘)에서 14년 동안 유배생활을 하였다. 사후에 崇國公겸 太師로 추증되었다.

英州眞陽縣曲江村人吳琪, 略知書, 其妻譚氏. 紹興五年閏二月, 本
邑觀音山盜起, 攻剽鄕落, 琪竄去. 譚氏與其女被執, 幷鄰社村婦數人
偕行. 譚在衆中頗潔白, 盜欲妻之. 詬曰:"爾輩賊也. 官軍旦夕且至,
將爲齏粉. 我良家女, 何肯爲汝婦!" 強之不已, 至於捶擊. 愈極口肆罵,
竟斃於毒手. 後盜平, 鄰婦同執者皆還, 曰:"使吳秀才妻不罵賊, 今日
亦歸矣." 因備言其死狀, 吳生始知之. 聞者高其節, 予嘗爲之傳云.

　　영주 진양현[10] 곡강촌 사람 오기는 대략 글을 알았으며, 그의 아내
는 담씨다. 소흥 5년(1135) 윤 2월 진양현 관음산에 도적이 나타나 마
을을 공략하여 노략질하자 오기는 달아나 숨었다. 담씨와 그의 딸은
도적에게 붙잡혔고, 인근 마을의 부인 여러 명이 함께 잡혀갔다. 담
씨는 여러 명 중에서 피부가 자못 희고 깨끗하여 도적이 그를 아내로
삼고 싶어 했다. 이에 담씨가 도적을 책망하며 말하기를,

　　"너희 무리들은 도적떼이다. 관군이 오늘 내로 이르면 너희들은 박
살이 날 것이다. 나는 양가의 여인인데 어찌 너 같은 놈의 아내가 되
겠는가!"

　　도적이 억지로 강요하며 마침내 담씨를 때리게 되자 담씨가 더욱
험하게 욕해 대니 마침내 흉악한 놈의 손에 죽게 되었다. 이후 도적

10　眞陽縣: 廣南東路 英州 眞陽縣(현 광동성 淸遠市 永德市).

떼가 평정되자 함께 잡혀간 이웃 부인들이 모두 돌아와서 말하기를,

"만약 오 수재의 아내가 도적을 욕하지 않았다면 오늘 함께 돌아왔을 것이다."

이에 그녀가 죽게 된 상황을 상세하게 설명하자 오기가 비로소 알게 되었다. 이 얘기를 들은 사람들이 담씨 부인의 정절을 높이 평가하였고, 필자 역시 그녀를 위하여 이 일을 전하는 것이다.

紹興十九年三月, 英州僧希賜, 往州南三十里洸口掃塔. 有客船自
番禺至, 舟中士人之僕, 脚弱不能行, 舟師憫之曰:"吾有一藥, 治此病
如神, 餌之而差者不可勝計, 當以相與." 旣賽廟畢, 飮胙頗醉, 入山求
得藥, 漬酒授病者, 令天未明服之.
　　如其言, 藥入口卽呻呼云:"腸胃極痛, 如刀割截." 遲明而死. 士人
以咎舟師, 舟師恚曰:"何有此!" 卽取昨夕所餘藥, 自漬酒服之, 不逾時
亦死. 蓋山多斷腸草, 人食之輒死, 而舟師所取藥, 爲根蔓所纏結, 醉
不暇擇, 徑投酒中, 是以及於禍, 則知草藥不可妄服也.

소흥 19년(1149) 3월, 영주¹¹의 승려 희사는 영주에서 남쪽으로 30
리 떨어진 광구에 가서 탑을 청소하였다. 배 한 척이 광주¹²에서 왔는
데 배에 탄 어느 사인의 노복이 다리에 힘이 빠져 걸을 수 없게 되자
배의 한 선원이 그를 불쌍히 여기며 말하기를,

"나에게 약이 있는데 이런 병을 고치는 데 신통하여 먹고 나은 사
람들이 헤아릴 수 없이 많다. 너에게도 주마."

사묘에서 재를 마쳤을 때 선원은 술과 제수용 고기를 먹고 상당히

11　英州: 廣南東路 英州(현 광동성 淸遠市 永德市).
12　番禺: 廣南東路 廣州(현 광동성 廣州市). 반우는 秦始皇 33년(전214)에 설치된 최
　　초의 행정지명으로서 吳 黃武 5년(226)에 설치된 광주보다 400년이나 앞서기 때
　　문에 광주의 별칭으로 널리 쓰이고 있다. 반우는 관아의 뒤에 있는 番山과 禺山에
　　서 유래하였다고 한다.

취한 상태에서 산에 들어가서 약초를 구한 다음 술에 담가 병자에게 주면서 날이 밝기 전에 복용하라고 했다.

노복은 그의 말대로 하였는데, 약을 마시자마자 바로 신음하면서 말하길,

"위와 장이 너무 아파. 칼로 도려내는 것 같아."

날이 밝아올 무렵 노복은 죽고 말았다. 사인이 그 선원의 잘못을 책망하자 선원이 성을 내며 말하기를,

"그럴 리가 없습니다!"

그는 즉시 어제 저녁에 쓰고 남은 약초를 가져와 스스로 술에 담가 먹었고, 2시간도 되지 않아 그 역시 죽었다. 대개 산에는 단장초[13]가 많아 사람들이 이를 먹고 죽곤 하는데, 선원이 가져온 약은 뿌리와 덩굴이 얽혀 있었고 그는 술에 취해 이를 가려낼 여유도 없이 바로 술에 넣어 버려 화를 입게 된 것이다. 그러니 약초를 함부로 복용해서는 안 된다는 것을 알아야 한다.

---

13 斷腸草: 덩굴성 저목인 등병꽃나무과의 뿌리나 잎으로서 살충제나 류머티즘·건선·악성 종양을 치료하기 위한 민간요법으로 이용되기도 했지만 독성이 강해서 독약으로도 이용되었다.

鄭良, 字少張, 英州人. 宣和中, 仕至右文殿修撰·廣南東西路轉運使, 累貲爲嶺表冠. 旣奉使兩路, 遂於英築大第, 堊以丹碧, 窮工極麗, 南州未之有也. 靖康元年, 或訴其過於朝, 朝廷遣直龍圖閣陳述爲漕, 俾鞫之. 述至英, 良居家, 初不知其故, 盛具延述, 述亦推心與飮, 締同官之好.

至廣州, 始遣使逮良下獄, 窮治其贓, 榜笞不可計. 奏案上, 方得出獄, 出之一日而良死. 比斷勑至, 止於停官編隸, 已無及矣. 家人未能葬, 權厝於英之南山寺. 所追錄寶貨甚多, 述遂攝帥事. 建炎二年代還, 以它事復爲轉運使許君所劾, 下廷尉, 削籍, 編置英州.

太守置之南山, 時良已遷葬數日, 殯宮空, 欲述居之. 或告以實, 述曰：“吾前治其獄, 王事也. 今已死, 何足畏？”卽居之. 才三四日, 白晝見良, 驚曰：“鄭良何敢來！”卽感疾死, 時建炎二年也. 良之宅, 今三分爲天慶觀·州學·驛舍, 其家徙江西云. (三事英僧希賜言.)

자가 소장인 영주 사람 정량은 선화연간(1119~1125)에 관직이 우문전 수찬·광남동서로 전운사에 이르렀고, 모아 놓은 재산이 영남 지역에서 제일갔다. 두 로의 전운사를 맡고 난 후 마침내 영주에 큰 저택을 지었다. 흰 벽에 붉은색과 푸른색을 섞어서 색을 칠하고 힘껏 꾸며 매우 화려했다. 남쪽 지방에서는 일찍이 볼 수 없는 것이었다. 정강 1년(1126)에 어떤 사람이 그의 잘못을 조정에 고발하였는데, 조정에서는 용도각 직학사인 진술을 전운사로 파견하여 그를 추국하게 하였다. 진술이 영주에 이르렀을 때 정량이 마침 집에 있었는데, 처음에는 그가 파견된 까닭을 모르고 성대하게 갖추어 진술을 대접하였다. 진술 역시 더불어 허심탄회하게 술을 마시며 같이 관직에 있는 사람끼리의 우정을 맺었다.

진술은 광주에 도착한 뒤 비로소 사람을 보내 정량을 잡아 옥에 가두게 하였다. 정량이 뇌물 받은 것을 끝까지 추국하며 곤장을 친 횟수는 헤아릴 수 없을 정도였다. 진술은 보고서를 상주한 뒤 비로소 정량을 풀어 주었고, 정량은 감옥에서 나온 지 하루 만에 죽고 말았다. 판결에 관한 칙명이 도착하였고 조정에서는 정량의 관직을 박탈하고 노비 호적에 편입시키라는 처벌만 내렸는데,[14] 이미 사망하였기 때문에 아무 소용도 없었다.

정량의 가족들은 장례를 치를 수 없어서 잠시 영주의 남산사에 시신을 맡겨 두었다. 정량에게서 환수한 금은보화가 매우 많아서 진술은 그 실적으로 안무사 대행을 맡을 수 있었다. 건염 2년(1128), 진술이 임기를 마치고 조정으로 돌아갈 때가 되었는데, 다른 일로 다시 전운사 허모의 탄핵을 받아 대리시[15]에 끌려가 관직을 삭탈당하고 영주로 폄적되었다.

영주지사는 그를 남산사에 안치하였는데, 이때 정량을 천장한 지이미 여러 날이 지나서 빈소로 쓰던 방이 비어 있었기 때문에 진술을

---

14 編隷: 관직을 박탈하고 유배지에서 통제받게 하는 것을 編管이라고 하여 安置보다 무거운 처벌이다. 編隷는 노비 호적에 편입시키는 중벌에 속하는 것으로 보인다.
15 大理寺: 최고 사법기관으로서 모든 형사 안건 및 민원을 심사한다. 심사 결과는 審刑院으로 이관하여 다시 논의한 뒤 조정으로 상주한다. 대리시의 결정에 대해 민원이 제기될 경우에는 御史臺에서 심의하며, 그래도 민원이 제기될 경우에는 대신들이 최종 심의·결정하도록 하였다. 廷尉를 비롯해 理曹·法寺·法局·棘寺·棘局 등 다양한 별칭이 있다.

거기서 거하게 하였다. 어떤 사람이 그 사실을 이야기해 주니, 진술이 말하기를,

"내가 전에 그와 관계된 옥사를 처리하였는데, 이는 모두 공무로 한 일이다. 이미 죽고 없는데 두려워할 게 뭐냐?"

그리고는 그 방에 머물렀다. 겨우 3, 4일이 지났을 때, 백주 대낮에 정량이 보였다. 놀라서 묻기를,

"정량, 네가 어찌 감히 나타났느냐!"

진술은 얼마 지나지 않아 곧 병에 걸려 죽었다. 이때가 건염 2년 (1128)이다. 정량의 저택은 지금 세 부분으로 나뉘어 천경관[16]·주학·역사가 되었고, 그 가족들은 강남서로로 이사 갔다고 한다.(이 세 가지 일화는 영주의 승려 희사가 한 이야기다.)

---

[16] 天慶觀: 玉淸元始天尊·上淸靈寶天尊·太淸道德天尊 등 도교의 최고신을 모시는 곳이다. 북송 진종은 전연의 맹을 체결한 뒤 수세에 몰린 자신의 정치적 위상을 제고하기 위해 天書를 조작하고 전국 각지의 도관을 천경관으로 개칭하게 하고 적극 후원하였다.

賀氏者, 吉州永新人, 嫁同鄉士人江安行, 有二子. 自夫死不茹葷,
日誦『圓覺經』, 釋服不輟. 或勸更誦他經, 賀氏曰: "要知眞性, 本圓本
覺, 不覺不圓, 是爲凡夫, 我不誦經, 要遮眼耳." 長子楹, 登進士第, 紹
興六年, 爲賀州簽判, 迎母至官. 賀氏從容語其婦曰: "吾誦經以來, 了
無夢想, 比年夜艾, 常見瑞光中有倪坐, 欲升之未果. 今白日閉目, 亦
見佛相."

是歲五月甲戌, 沐浴易衣, 明日, 食罷, 盥漱如常, 忽收足端坐, 兩中
指結印, 瞑目而逝. 家人倉黃召醫, 已無及矣. 郡守范直淸帥其屬瞻禮,
歎曰: "大丈夫不能如此." 命畫工寫其像. 像成, 惟目睛未點, 乃禱曰:
"精神全在阿堵中, 願賜開示." 俄兩目燁然, 子孫扶視, 皆謂再生. 點睛
訖, 復瞑. 時年七十七.(傳雰彦濟言.)

길주 영신현¹⁷ 사람인 하씨는 같은 마을 사인 강안행에게 시집을
가 슬하에 두 아들을 두었다. 남편이 죽은 후 육식을 하지 않고 매일
『원각경』¹⁸을 암송하였으며 탈상한 후에도 이를 멈추지 않았다.

어떤 사람이 다른 경전으로 바꾸어 암송하라고 권하자 하씨가 말

---

17 永新縣: 江南西路 吉州 永新縣(현 강서성 吉安市 永新縣).

18 『圓覺經』: 본래 명칭은 『大方廣圓覺修多羅了義經』이다. 원각은 말과 생각이 끊어
진 절대적인 참된 나의 상태를 뜻한다. 원각을 닦아 모든 현실이 실체가 아님을 알
면 곧 생사윤회가 없어질 뿐 아니라 생사가 곧 열반이 되고 윤회가 곧 해탈이 된다
는 것을 논한 대승불교의 所依경전이다. 특히 중생이 본래 성불한 존재라면 왜 無
明이 있는지에 대해 논리적으로 답하고 있다.

하길,

"사람의 진정한 본성을 깨닫기 위해서는 원각의 근원에 기반해야 하며 원각을 깨닫지 못하면 범부일 뿐이다. 내가 경을 외지 않는다면 그때가 눈을 감을 때일 것이다."

큰아들 강영이 진사에 급제한 후 소흥 6년(1136)에 하주[19] 첨서판관 청공사가 되어 어머니에게 관청으로 와 함께 지내자고 하였다. 하씨는 담담하게 그 며느리에게 일러 말하길,

"내가 경을 외운 이래로 거의 꿈을 꾸지 않았는데, 나이가 드니 깊은 밤이면 상서로운 빛 가운데 예좌[20]가 보여 올라가려 해도 올라가지지가 않는다. 요즘은 대낮에도 눈을 감으면 역시 부처의 얼굴이 보인다."

그해 5월 갑술일에 하씨는 목욕을 하고 옷을 갈아입었다. 다음 날 식사를 마친 뒤 평소처럼 양치질과 세수를 하였다. 홀연히 발을 모으고 단정하게 앉더니 양 중지로 결인하고 눈을 감더니 숨을 거두었다. 가족들은 황급하게 의사를 불렀으나 이미 늦었다. 하주지사 범직청이 수하 관원을 거느리고 와서 예를 올리고는 탄식하며 말하길,

"대장부도 이와 같을 수는 없을 것이다."

그는 화공에게 명하여 하씨의 초상을 그리라고 하였다. 초상이 완성되었는데, 오직 눈동자만 그리지 않은 상태였다. 이에 화공이 기도하며 이르기를,

---

19 賀州: 廣南西路 賀州(현 광서자치구 賀州市). 大觀 2년(1108)에 廣南東路에서 廣南西路로 변경되었다.

20 猊坐: 부처가 앉아 있는 자리인 사자자리를 뜻한다.

"정신은 오로지 눈에[21] 있으니 청컨대 은혜를 베풀어 눈을 떠 주시지요."

잠시 후 두 눈이 번쩍여 자손들이 몸을 부축하며 보고는 다들 다시 살아난 것 같다고 말했다. 화공이 눈동자를 다 그리니 다시 눈을 감았다. 당시 나이 77세였다.(자가 방언인 부제가 한 이야기다.)

---

21 阿堵: 南朝 때의 구어로 '여기'·'이것'을 뜻한다.

宣和間, 明州昌國人有爲海商, 至巨島泊舟, 數人登岸伐薪, 爲島人
所覺, 遽歸. 一人方溷, 不及下, 遭執以往, 縛以鐵綆, 令耕田. 後一二
年, 稍熟, 乃不復縶. 始至時, 島人具酒會其鄰里. 呼此人當筵, 燒鐵箸
灼其股, 每頓足號呼, 則哄堂大笑. 親戚間聞之, 才有宴集, 必假此人
往, 用以爲戲. 後方悟其意, 遭灼時, 忍痛齧齒不作聲, 坐上皆不樂, 自
是始免其苦. 凡留三年, 得便舟脫歸, 兩股皆如龜卜.(張昭時爲縣令, 爲
大人言.)

　　선화연간(1119~1125), 명주 창국현²²에 바다를 오가는 상인이 된
자가 있었다. 어느 날 큰 섬에 배를 정박시키고 선원 몇 명이 언덕에
올라 땔감을 베다가 섬사람들에 의해 발각되자 급히 돌아갔다. 그런
데 한 사람이 막 똥을 누다가 미처 섬에서 빠져나오지 못하고 붙잡혀
갔다. 섬사람들은 그를 쇠로 된 줄로 묶어 밭을 갈게 하였다. 1, 2년
이 지나 점점 익숙해지자 다시 묶지는 않았다. 그가 처음 섬에 왔을
때 섬사람들은 술을 준비한 후 이웃들을 초청해 놀았는데, 이때 이
사람을 술자리로 부른 뒤 뜨겁게 달군 쇠 젓가락으로 그의 다리를 지
졌다. 매번 아파서 발을 동동 구르고 고함을 지르면 앉아 있던 사람

22　昌國縣: 兩浙路 明州 昌國縣(현 절강성 舟山市). 반란으로 인해 大曆 6년(771)에
　　기존 翁山縣(현 舟山市)을 철폐하였는데, 熙寧 6년(1073)에 鄞州縣지사 王安石의
　　상주로 설치되었다.

들은 장내가 떠들썩하게 웃었다. 친척들이 이를 듣고는 연회가 있어 모이기만 하면 반드시 이 사람을 데리고 오게 하여 놀잇거리로 삼았다. 후에 그는 비로소 그들의 의도를 깨닫고 불에 지질 때 이를 악물고 통증을 참으며 소리를 지르지 않자 앉아 있는 사람들이 모두 재미없어 하였다. 그때부터 비로소 그 고통을 면할 수 있었다. 무릇 3년이나 지난 후 작은 배를 타고 탈출하여 돌아올 수 있었는데 두 다리가 모두 거북점을 볼 때 사용된 거북껍질처럼 되었다.(장소가 창국현 지사로 있을 때 사람들이 그를 위해 해 준 이야기다.)

　　孟州濟源縣韓文公送李願歸盤谷序碑, 唐元和中縣令崔浹所立. 歲月旣久, 湮沒爲民井甃. 政和三年, 縣尉宋鞏巡警至其地, 洗濯視之, 曰: "此至寶也." 村民愚, 以爲眞有寶, 伺宋去, 碎之, 無所獲, 棄於道上. 高密人孟溫舒爲令, 聞之, 舁歸縣, 龕于出治堂中.

　　出治堂者, 元佑中宰傅君愈所建, 秦少游作記, 且書之刻石. 崇寧時, 爲觀望者礲去, 溫舒得舊本於民間, 再刊之, 但隱其姓名, 亦好事君子也.

　　맹주 제원현²³에는 문공 한유가 쓴 「반곡으로 가는 이원을 보내며」²⁴라는 글이 새겨진 비석이 있다. 당대 원화연간(806~820)에 제원현지사 최협이 세운 것이다. 세월이 흘러 비석이 매몰되어 백성들이 사용하는 우물의 담이 되었다. 정화 3년(1113)에 현위 송공이 순시하다 이 지역에 이르러 비석을 물로 씻고 본 뒤 말하길,

　　"이건 대단한 보물이다!"

　　어느 한 우매한 촌민이 이를 듣고 진짜 보석이라 여기고는 송공이 가기를 기다렸다가 그것을 깨트렸다. 하지만 얻는 것이 없자 길가에

23　濟源縣: 京西北路 孟州 濟源縣(현 하남성 濟源市).

24　「送李願歸盤谷序碑」: 한유는 당송팔대가의 한 사람으로, 과거에도 합격하였지만 계속 관직을 받지 못하여 汴州와 徐州에서 막직관으로 생활하고 있었다. 33세 되던 해 친구 李願이 盤谷이라는 곳에 은거하자 친구의 삶을 빗대 대장부의 삶이란 무엇인가를 논하면서 자신의 불우함과 불만을 토로한 글이다.

버려두었다. 밀주 고밀현[25] 사람 맹온서가 현지사가 되었을 때 이 이야기를 듣고는 비석 조각을 관아로 가져와 출치당에 모셔 두었다.

출치당은 원우연간(1080~1102)에 현지사였던 부군유가 지은 것으로 자가 소유인 진관[26]이 「출치당기」를 지었고, 부군유가 이를 비석에 새겼다. 숭녕연간(1102~1106)에 신법당 눈치를 보는 사람들에 의해 비석이 훼손되자 맹온서는 민간에서 옛 탁본을 찾아 다시 그것을 새겼다. 그러나 진관이라는 이름은 숨겼으니 좋은 일을 한 군자라 할 수 있다.

25 高密縣: 京東東路 密州 高密縣(현 산동성 濰坊市 高密縣).

26 秦觀(1049~1100): 자는 少遊이며 淮南東路 高郵軍(현 강소성 揚州市 高郵縣) 사람이다. 蘇軾의 제자로서 소식의 추천으로 太學博士에 제수되고 秘書省正字 겸 國史院編修官이 되었다. 하지만 紹聖 1년(1094) 元祐黨籍에 연좌되어 소식의 실각과 동시에 유배되었고 徽宗 즉위로 사면되어 돌아오는 도중 廣西에서 사망하였다. 시와 詞에 뛰어나 黃庭堅·張耒·晁補之와 함께 소식 문하의 '四學士'로 일컬어졌다.

孟溫舒爲濮州雷澤令, 吏不敢欺. 嘗有瘖者, 投空牒訴事, 左右皆愕. 溫舒械之曰:"彼恃廢疾來侮我."命二吏隨扶以出, 肆諸通衢, 復潛遣謹厚者物色其旁, 曰:"有所聞卽告."果有語者曰:"是人傭於某家, 累年負其直不償, 故詣令訴, 特口不能言耳. 今乃獲罪, 安用令?"吏以白, 溫舒遣執語者訊之, 遂得直, 一縣稱爲神明.(郭樞密三益作溫舒墓志, 書此事.)

복주 뇌택현[27]지사인 맹온서는 서리들이 감히 속이기가 힘든 사람이었다. 일찍이 말을 하지 못하는 한 사람이 백지로 고소장을 투서하여 좌우가 모두 놀란 일이 있었다. 맹온서가 그자에게 형틀을 씌우고 말하길,

"저자는 장애가 있다는 것을 빌미 삼아 나를 모욕하였다."

그는 서리 두 사람에게 명해 그를 부축하여 내보내 큰길가에 세워 사람들이 보게 하고는 다시 몰래 침착하고 성실한 사람을 보내 그 옆에서 살펴보게 하며 당부하길,

"누군가 뭐라고 말하는 것이 있거든 곧바로 와서 보고하거라!"

과연 어떤 자가 와서 말하기를,

"이 사람은 모모 집에 고용되었는데 여러 해 동안 품삯을 받지 못

---

27 雷澤縣: 京東西路 濮州 雷澤縣(현 하남성 濮陽市 範縣).

해 현지사에게 고소한 것이다. 그저 말을 할 수 없을 뿐이었는데 지금 도리어 죄를 덮어썼으니 현지사가 다 무슨 소용인가?"

서리가 이를 고하니 맹온서가 사람을 보내 그 말한 자를 데려다 심문하였다. 이에 마침내 잘못된 일을 바로잡을 수 있게 되었고, 뇌택현 사람들은 그를 신통하다고 칭송하였다.(동지추밀원사 곽삼익[28]이 맹온서의 묘지명을 쓸 때 이 일화를 수록하였다.)

---

28 郭三益(?~1128): 자는 愼求이며 兩浙路 常州(현 강소성 常州市) 혹은 秀州(현 절강성 嘉興市) 사람이다. 吏部員外郎 · 給事中 · 同知貢擧를 거쳐 洪州 · 潭州지사를 지냈다. 建炎연간(1127~1130)에는 荊湖南路安撫使 겸 馬步軍都總管을 거쳐 同知樞密院事를 역임하였다.

紹興二年, 虔寇謝達陷惠州, 民居官舍, 焚蕩無遺. 獨留東坡白鶴故居, 並率其徒, 葺治六如亭, 烹羊致奠而去. 次年, 海寇黎盛犯潮州, 悉毀城堞, 且縱火. 至吳子野近居, 盛登開元寺塔見之, 問左右曰: "是非蘇內翰藏圖書處否?" 麾兵救之, 復料理 吳氏歲寒堂, 民屋附近者 賴以不爇甚衆. 兩人皆劇賊, 而知尊敬蘇公如此. 彼欲火其書者, 可不有愧乎!

소흥 2년(1132), 건주[29]의 도적 사달이 혜주[30]를 함락시켰다. 백성들의 주택이든 관사든 마을을 불 지르고 난동질하여 남은 것이 없었다. 오로지 소동파가 지냈다던 백학의 고거만을 남겨 두었고, 아울러 그 무리를 이끌고 육여정[31]을 수리하였다. 그리고는 양고기를 삶아 소식에게 제를 올리고 가 버렸다. 이듬해 해적 여성이 조주[32]를 침범하였을 때, 성을 모두 부수고 마음대로 불 질렀다. 오복고[33]의 집 근

---

29 虔州: 江南西路 虔州(현 강서성 贛州市).

30 惠州: 廣南東路 惠州(현 광동성 惠州市 · 汕尾市).

31 六如亭: 현 광동성 惠州市 惠城區 西湖風景區 東坡園에 있다. 소식은 紹聖 1년(1094)에 혜주로 유배되어 3년여를 살았다. 그때 소식을 수행한 유일한 시첩 王朝雲이 紹聖 3년(1096)에 34세의 나이에 병사하자 인근 棲禪寺 승려들이 그녀의 묘 위에 세워준 정자가 육여정이다. 왕조운이 죽기 직전 읊은 게송 「六如偈」에서 "삼라만상 일체에 법이 있으니 꿈 같고, 환상 같고, 거품 같고, 그림자 같고, 이슬 같고, 번개 같아라(一切有爲法, 如夢幻泡影, 如露亦如電)"라고 한데서 유래하였다.

32 潮州: 廣南東路 潮州(현 광동성 潮州市 · 汕頭市 · 揭陽市).

처에 이르러 여성은 개원사[34] 탑에 올라 오복고의 집을 보더니 좌우에게 묻기를,

"이곳은 한림학사[35] 소식의 도서를 보관한 곳이 아닌가?"

이에 부하들에게 명하여 불을 끄게 하더니 다시 오복고의 세한당을 수리하였다. 부근의 여러 민가가 이로 인해 화마를 면할 수 있었다. 사달과 여성 두 사람은 모두 잔폭한 도적이었다. 그런데도 소식을 공경함이 이와 같았다. 그러니 소식의 저작을 태우려고 했던 사람들이 부끄럽지 않을 수 있겠는가?

33 吳復古(1004~1100): 자는 子野이며 호인 遠遊는 神宗이 하사한 것이다. 廣南東路 潮州 潮陽縣(현 광동성 汕頭市 潮陽區) 사람이다. 효렴으로 추천받았지만 관직을 사양하여 평생 布衣로 지냈지만 명망이 대단하였다. 33세나 나이 차이가 나는 소식과 忘年交가 유명하며 97세로 장수하였다.

34 開元寺: 광동성 潮州市 내에 위치한 고찰로 당 開元 26년(738)에 개창하였다. 송대 건축양식을 잘 보존하고 있는 개원사 天王殿은 일본 奈良의 東大寺 대웅전과 매우 유사하다는 점으로도 유명하다.

35 翰林學士: 정3품관인데 직급 이상으로 모두가 선망하는 직책이어서 정원 규정이 잘 지켜지지 않았고 순수한 명예직도 많아 실제 업무를 담당할 경우 한림학사 겸 知制誥라 칭하였다. 內翰을 비롯해서 翰林·翰墨·內相·內制·學士·詞臣·鳳·坡 등 다양한 별칭이 있다.

范鏜, 字宏甫, 建州浦城人. 布衣時, 至日中無炊, 里人未之奇也. 一夕, 寒甚, 自村墅回邑, 假寐溪橋中, 夜聞人聲從橋出, 若有詢之者. 應曰: "學士寢于是." 鏜不疑其鬼, 徐徐聽之, 皆涉水而濟. 黎明, 鏜還. 浦城人目教授生童者爲學士, 意所稱謂此. 未幾, 鏜登第, 終龍圖閣學士. 蓋宿橋之夕, 相去五里許一家, 設水陸, 呼學士者乃鬼也.

자가 굉보인 건령군 포성현[36] 사람 범당[37]은 벼슬길에 나가기 전 평민으로 있을 때 어찌나 가난한지 정오가 되어도 불을 피워 밥을 짓지 못했다. 마을 사람들 역시 이를 이상하게 여기지 않을 정도였다. 어느 날 저녁 날씨가 매우 추웠는데, 범당이 마을 교외에서 현성으로 돌아오고 있는 도중 어느 다리에서 잠시 잠이 들었다. 밤이 되자 그는 다리 밑에서 나는 소리를 들었는데, 마치 어떤 사람이 '누가 다리에서 자고 있느냐'고 묻는 것 같았다. 어떤 사람이 대답하길,

"학사가 여기에서 자고 있습니다."

범당은 말하고 있는 자들을 귀신으로 여기지 않고 천천히 듣고 있었는데 모두 물을 건너가 버렸다. 날이 밝아 올 무렵 범당은 집으로

36　浦城縣: 福建路 建寧軍 浦城縣(현 복건성 南平市 浦城縣).

37　范鏜: 자는 宏甫이며 熙寧 6년(1073)에 과거에 급제하였다. 洪州・靑州・太原지사를 비롯한 주요 지방관과 中書舍人・給事中・工部尙書 등을 역임하였고, 龍圖閣學士에 제수되었다.

돌아갔다. 포성 사람들은 어린 학생들을 가르치는 사람을 학사라고 불렀는데, 범당은 밤에 들은 학사라는 호칭이 학생들을 가르치는 그 학사인 줄 알았다. 오래지 않아 범당은 과거에 급제하였고, 용도각 학사로 세상을 떴다. 원래 범당이 다리에서 자고 있었던 그날 밤 다리에서 5리 정도 떨어진 집에서 수륙재를 열었는데, 범당을 학사로 칭했던 자들은 이때 그 집에 가던 귀신들이었다.

黃薦可, 字宋翰, 福州長溪人. 紹興中除惠州守, 迓兵已至, 有日者過門, 聞從吏聲喏, 告其人曰: "吏聲無土, 公必不赴." 未行果罷.(三事黃文瞀說.)

자가 송한인 복주 장계현[38] 사람 황천가는 소흥연간(1131~1162), 혜주지사에 제수되었다. 그를 맞이하기 위해 파견된 병사[39]들이 이미 집에 도착하였다. 한 점쟁이가 황천가의 집을 지나가면서 서리들의 인사소리를 듣고는 그중 한 사람에게 말하길,

"서리들의 말소리에 '토土'의 기운이 없으니, 공은 반드시 부임하지 못할 것이오." 과연 황천가는 출발하기도 전에 지사직을 파면당하였다.(이 세 가지 일화는 황문모가 한 이야기다.)

---

38 長溪縣: 福建路 福州 長溪縣(현 복건성 寧德市).
39 迓兵: 송대 관아에서 경비와 파견 등의 업무를 담당하였던 군졸인데, 부임하는 관리를 맞이하기 위해 파견되기도 했다. 迓卒이라고도 한다.

廖尙書用中剛, 崇寧初, 以士人爲辟雍錄, 已而擢第. 宣和中, 復以命士爲錄於太學. 時蔡魯公方盛, 用中嘗戲作詩寄所善者曰: "二十年前錄辟雍, 而今官職儼然同. 何當三萬六千歲, 趕上齊陽魯國公." 好事者傳以爲口實.(鄭樵說.)

상서 요강⁴⁰은 숭녕연간(1102~1106) 초, 사인 신분으로 태학록⁴¹이 되었는데 얼마 지나지 않아 과거에 급제하였다. 그 후 선화연간(1119~1125)에 다시 태학록이 되었다.

당시는 노국공 채경의 권세가 가장 컸을 때여서 요강이 한 번은 장난삼아 시를 지어 그의 친구에게 보내길,

이십 년 전에 벽옹⁴²의 학록이 되었는데,

---

40 廖剛(1070~1143): 자는 用中이고 호는 高峰居士다. 福建路 南劍州 順昌縣(현 복건성 南平市 順昌縣) 사람으로 이학의 대가인 家楊에게 수학하였다. 刑部侍郎·御史中丞·工部尙書를 역임하였으며, 강직한 성품으로 채경·진회 등 권신과 대립하였다. 남북송 교체기의 혼란 속에서 대금 강경책을 주장하였으며, 적절한 안무책을 병용하여 이름이 높았다.

41 太學錄: 태학에서 太學正을 보좌하여 학칙을 위반한 학생을 찾아내고 계절별 시험(季考)을 마치고 10일 후에 있는 시험을 감독하는 직책을 맡은 정9품의 學官이다. 皇祐연간(1049~1054)에 胡瑗이 처음 맡은 직책이며 정원은 3~5명이었다. 별칭은 學錄·太學錄事이며, 약칭은 錄이다.

42 辟雍: 周에서 都城에 건립한 大學을 뜻한다. 『禮記』 「王制」에 "太學은 郊에 있고, 천자의 것을 벽옹, 제후의 것을 반궁"이라고 하였다. 벽옹은 문묘 서쪽에 위치한

지금의 관직도 그때와 같도다.
언제 삼만 육천 년을 맡아
제양 노국공을 쫓아가랴!

   남 말하기 좋아하는 사람들은 이를 전하여 이야깃거리로 삼았다.
(정초가 한 이야기다.)

태학의 중심 건물로 璧처럼 둥근 원형의 못 중앙에 네모난 白石 基壇 위에 세운 건물이다. 지방 문묘에서는 반궁의 제도에 따라 大成門 전방에 泮地라는 반원형 또는 장방형의 못을 만들고 돌이나 벽돌로 만든 다리를 남북방향으로 낸다. 이를 狀元橋라고 칭하고 진사시에 장원급제자가 걷는다. 벽옹은 북경 安定門 내 成賢街의 공묘 안에 있다. 휘종 때 벽옹을 태학 입학을 위한 예비학교로 운영하여 外學이라고도 칭하였다.

湖州有村媼, 患臂久不愈, 夜夢白衣女子來謁曰:"我亦苦此, 爾能醫我臂, 我亦醫爾臂."媼曰:"娘子居何地?"曰:"我寄崇寧寺西廊."媼旣寤, 卽入城至崇寧寺, 以所夢白西舍僧忠道者. 道者思之曰:"必觀音也. 吾室有白衣像, 因葺舍誤傷其臂."引至室中瞻禮, 果一臂損, 媼遂命工修之. 佛臂旣全, 媼病隨愈.(湖人吳价說.)

호주⁴³의 한 마을에 사는 노파는 팔이 아픈 지 오래되었는데 영 낫지 않았다. 어느 날 꿈에 흰옷을 입은 여자가 찾아와 청하기를,

"나 역시 팔이 아프다오. 그대가 나의 팔을 고쳐 준다면, 나도 그대의 팔을 고쳐 주겠소."

노파가 말하길,

"낭자는 어디에 사시오?"

대답하길,

"나는 숭녕사의 서쪽 행랑채에 산다오."

노파는 꿈에서 깨어나자마자 성내로 들어가 숭녕사로 갔다. 꿈에 보았던 것을 서쪽 사랑의 스님인 충도에게 알렸다. 충도가 곰곰이 생각하며 말하길,

"필시 관세음보살상일 것이오. 우리 절에 흰옷을 입은 관세음보살

43　湖州: 兩浙路 湖州(현 절강성 湖州市).

상이 있는데, 집을 수리하면서 잘못해서 그 팔이 부서졌습니다."

스님은 노파를 데리고 가서 보게 하였는데 과연 팔 한쪽이 부서져 있었다. 노파는 기술자를 불러 불상을 수리하게 하였다. 불상의 팔이 온전해지자 노파의 팔도 곧 나았다.(호주 사람 오개가 한 이야기다.)

政和七年, 秀州魏塘鎭李八叔者, 患大風三年, 百藥不驗. 忽有遊僧來, 與藥一粒令服. 李漫留之, 語家人曰: "我三年間, 化主留藥多矣, 何嘗有效!" 不肯服. 初, 李生未病時, 誦大悲觀音菩薩滿三藏, 是夜, 夢所惠藥僧告之曰: "汝尙肯三藏價誦我, 卻不肯服我藥." 旣寤, 卽取服之. 凡七日, 遍身皮如脫去, 須眉皆再生.(邊公式說.)

정화 7년(1116), 수주 가흥현 위당진[44]에 사는 이팔숙은 나병으로 3년을 고생하였는데 백약이 무효였다. 어느 날 갑자기 떠돌아다니는 승려가 오더니 그에게 약 한 알을 주면서 먹으라고 하였다. 이팔숙은 대수롭지 않게 받고는 가족들에게 말하길,

"내가 병을 앓은 지난 3년 동안 지나가던 승려가 준 약이 매우 많았다. 그런데 아무 소용이 없었다."

이팔숙은 그 약을 먹으려 하지 않았다. 당초 이팔숙이 아프지 않았을 때 대비관음보살의 경전을 전부 외웠다. 이날 밤에 이팔숙은 꿈을 꾸었는데 낮에 와서 약을 주었던 그 승려를 만났다.

그가 말하길,

"너는 삼장[45]을 기꺼이 읽은 것으로 나를 암송하였으면서 어찌 내

---

44 魏塘鎭: 兩浙路 秀州 嘉興縣 魏塘鎭(현 절강성 嘉興市 嘉善縣 魏塘鎭).

45 三藏: 불경을 이루는 經·律·論을 뜻한다. 석가의 가르침을 경, 경의 실천규범을 율, 경을 논리적으로 설명한 것을 논이라고 한다. 經藏·律藏·論藏을 총칭하여

가 주는 약을 먹으려 하지 않느냐?"

이팔숙은 깨어난 직후 바로 그 약을 꺼내 먹었다. 7일이 안 되어 이팔숙은 전신의 피부가 허물 벗듯 벗겨지고 모발도 다시 자라기 시작했다.(변공식이 한 이야기다.)

삼장이라고 한다.

平江民徐叔文妻, 遇金人破城, 獨脫身賊手. 出郭, 於水中行, 惟誦觀音佛名. 首插金釵, 恐爲累, 擲置水中. 半途, 迷所向, 有白衣老嫗在岸, 呼之令上, 指示其路曰: "遇僧卽止." 又云: "恐汝無褁足, 贈汝金釵." 視之, 蓋向所棄者. 至一林中, 見寺逡止, 乃薦福也. 次日, 其壻蔣世永適相値, 乃攜以歸.

평강부[46] 사람 서숙문의 아내는 금군이 성을 함락시키자 적의 손아귀에서 홀로 몸만 빠져나왔다. 성에서 나온 후 강으로 들어가 도망가면서 그녀는 오직 관세음보살의 명호만 외웠다.

그녀는 당시 머리에 금비녀를 꽂고 있었는데 눈에 띨까 두려워 물속에 던져 버렸다. 반쯤 가자 어디로 가야 할지 길을 잃었다. 그때 흰옷을 입은 노파가 강 언덕에 앉아 있었는데, 그녀를 불러 올라오라고 한 후 갈 길을 가리키며 말하길,

"한 스님을 만나거든 곧 멈추시오."

또 말하길,

"너는 발싸개[47]도 없으니 너에게 금비녀를 주겠다."

그 비녀를 보니 조금 전에 자신이 버렸던 바로 그것이었다. 어느

---

46 平江府: 兩浙路 平江府(현 강소성 蘇州市).

47 褁足: 발을 감싸는 천을 뜻하나 후에는 纏足과 같은 뜻으로도 쓰였다.

숲에 이르자 절이 보여서 발길을 멈추었으며 그 절은 바로 천복사였
다. 그다음 날 사위인 장세영이 마침 그곳을 지나가다 서로 만나서
장모를 모시고 돌아갔다.

平江僧惠恭病翻胃, 不能飲食. 夜夢一狸貓自項背入腹中, 從此日甚. 每過市見魚, 深起嗜想, 遂發意誦觀音菩薩百萬聲, 日持大悲呪百八遍. 復夢至山中, 遇道人, 相慰問曰：“吾與汝藥.” 俄青衣童籠一雞至前, 貓自僧口出, 徑入籠擒雞, 因驚覺, 病頓愈.

　평강부의 승려 혜공은 구역질을 하는 위장병에 걸려 음식을 먹을 수 없었다. 어느 날 밤 꿈에 살쾡이 한 마리가 목뒤에서 배 속으로 들어가더니 그때부터 병세가 나날이 더 위중해졌다. 하지만 한편으로 혜공은 저잣거리를 지나면서 매번 물고기를 볼 때마다 너무 먹고 싶었다. 그래서 관세음보살을 백만 번 암송하고 매일 「대비주」를 백팔 번 외우기로 결심하였다. 후에 혜공은 다시 꿈을 꾸었는데, 그가 어느 산에 올라 한 도인을 만났는데, 도인이 그를 위로하며 말하길,

　“내가 너에게 약을 주겠다.”

　조금 후 청색 옷을 입은 동자가 닭 한 마리가 들어 있는 대바구니를 가져와 그의 앞에 두었다. 그러자 살쾡이가 혜공의 입에서 나와 바로 대바구니로 가더니 닭을 잡아먹었다. 혜공은 놀라 깨어났고 그때부터 병세가 좋아졌다.

　　湖州民歐十一, 坐誤殺人配廣中, 其妻在家齋素, 日誦觀音. 歐在配
所, 見一僧呼曰: "汝家妻孥極念汝, 欲歸否?"曰: "固所願." 遂出藥擦
其腕, 初無痛楚, 腕已墮地, 血流不止. 僧曰: "可持以告官, 當得歸. 收
汝斷手, 勿失也." 歐如言, 得放還. 及中途, 復見僧曰: "汝斷手在否?"
曰: "在." 取而續之, 胗合如初.(三事皆李檉與幾說.)

　　호주 사람 구십일은 사람을 실수로 죽여 광남로로 유배를 갔다. 구
십일의 아내는 집에서 채식을 하며 매일매일 관세음보살을 암송했
다. 구십일은 유배지에서 한 승려를 만났는데, 승려가 말하길,

　　"너의 아내와 아들은 집에서 너를 몹시 그리워하고 있는데, 돌아가
고 싶지 않느냐?"

　　그가 대답하길,

　　"정말로 돌아가고 싶습니다."

　　이에 승려는 약을 꺼내어 구십일의 팔에 문지르자 처음에는 통증
이 없었는데 팔이 이미 땅에 떨어져 피가 멈추지 않았다. 승려가 말
하길,

　　"지금 떨어진 팔을 가지고 가서 관원에게 고하거라. 그러면 집으로
돌아갈 수 있다. 그리고 떨어진 팔을 잃어버리지 마라."

　　구십일은 승려가 시키는 대로 했고, 덕분에 풀려날 수 있었다. 구십
일이 집으로 돌아가는 길에 그 승려를 다시 만났다. 승려가 묻기를,

"너의 떨어진 팔을 가지고 왔느냐?"

구십일이 말하길,

"여기 있습니다."

승려가 구십일의 팔을 다시 붙여 주자 팔은 처음처럼 온전히 이어졌다.(이 세 가지 일화 모두 자가 성여인 이기가 한 이야기다.)

양유충 103, 106
양절동로 133
양절로 153
양절전운사 152
양주 383
어사중승 155, 223
엄주 144, 152
여동빈 60, 269
『여동빈전』 144
여산 110
여진 42
여혜경 285
『역경』 412
연산부로 37
연주 256
염방사자 274
엽몽득 355
엽조흡 388
영은사 159
영주 177, 428, 430, 432
예부시랑 212
오대산 48
오방 314
오복고 444
오역죄 318
오원제 38
오칙례 352
옥진원 96
온언박 118
온익 280
온주 197, 198, 200, 208, 238, 268, 323,
   324, 326
옹언국 155
왕규 116

왕안석 117
왕애 86
왕응진 380
요강 449
요주 31, 129, 171, 184, 321, 358, 361,
   363, 365, 373, 399, 409
용도각 학사 447
용천사 279
용호산 141
용흥사 134
우부원외랑 351
울주 40
울주성 42
『원각경』 435
원강 280
원부 385
원우 115, 285
원풍 62, 190, 194
원화 440
월주 99, 121, 131
위승군 123
위제 47, 57, 324
유덕초 307
유예 57
유주 80
응봉국 93
이강 394
이거원 320
이기도 420, 423
이단원 195
이돈인 396
이미대 256
이미손 256, 312
이성 421

저 자_ **홍 매(洪邁)**

홍매洪邁(1123~1202)는 남송南宋 시기 사람으로 자가 경로景廬이고 호는 용재容齋 · 야처野處이며, 강남동로江南東路 요주饒州 파양현鄱陽縣(지금의 강서성 上饒市 鄱陽縣) 사람이다. 아버지는 예부상서禮部尚書를 지낸 홍호洪皓(1088~1155)로, 금조에 사신으로 갔다가 15년간 억류 생활을 마치고 돌아와 『송막기문松漠紀聞』을 편찬한 바 있으며, 형 홍괄洪适(1117~1184)과 홍준洪遵(1120~1174) 역시 모두 송조의 재상과 부재상의 자리에 올랐다. 후대 사람들은 이렇듯 활약이 뛰어난 홍씨 네 부자父子를 두고 '사홍四洪'이라 일컬었다.

홍매는 소흥紹興 15년(1145) 진사가 되어 관직에 올랐고, 금조에 사신으로 다녀온 바 있다. 일찍이 길주吉州지사, 감주贛州지사, 무주婺州지사 등을 역임하였고, 순희淳熙 13년(1186)에는 한림학사翰林學士가 되었다. 이후 영종寧宗 시기 단명전학사端明殿學士에 오른 후 관직에서 물러났다. 만년에는 향리에 머물면서 저술에 전념했으며, 남긴 저술로는 『이견지』 외에 『용재수필容齋隨筆』과 『야처유고野處類稿』 및 『사기법어史記法語』 등이 있다.

역주자_ **유원준(兪垣濬, Yoo WonJoon)**

경희대학교 사학과를 졸업하고, 대만 중국문화대학 사학과에서 석사 및 박사 학위를 받았다. 현재 경희대학교 사학과 교수로 재직 중이다.
저서로는 『북송 전기 태호 유역 부세 연구北宋前期太湖流域賦稅之硏究』(중국문화대학출판부, 1988), 역서로는 『중국문화의 시스템론적 해석』(천지, 1994) 등이 있으며, 이 외에 송대 경제사 · 사회사 · 군사사 방면 다수의 논문이 있다.

역주자_ **최해별(崔해별, Choi HaeByoul)**

이화여자대학교 사학과를 졸업하고, 중국 북경대학 역사학과에서 석사 및 박사 학위를 받았다. 현 이화여자대학교 사학과 조교수로 재직 중이다.
저서로는 『송대 사법 속의 검시 문화』(세창출판사, 2019), 역서로는 『공주의 죽음 — 우리가 모르는 3-7세기 중국 법률 이야기』(프라하, 2013)가 있으며, 이 외에 송대 법제사 · 사회사 · 의학사 방면 다수의 논문이 있다.